U0115753

十卷本

唐詩選注評鑒 六

刘学锴 撰

中州古籍出版社

·郑州·

目 录

韦应物

钱　起

韩　翃

张　巡

张巡（709—757），蒲州河东（今山西永济）人，一说邓州南阳（今属河南）人。开元二十四年（736）登进士第。天宝中，由太子通事舍人出为清河令，调真源令。安禄山反，起兵讨贼，后至睢阳（今河南商丘市南）与太守许远合力坚守。至德二载，因功授金吾将军、主客郎中、河南节度副使，拜御史中丞。叛军围睢阳经年，巡等并力死守，对屏蔽江淮、维护唐王朝生命线具有重大战略意义。至德二载十月，终因粮尽援绝而城陷，与许远、南霁云等将领先后被害。巡博通群书，为文章援笔立就。今存诗二首，文三篇。两《唐书》有传。韩愈有《张中丞传后叙》。

闻　笛①

岧峣试一临②，虏骑附城阴③。不识风尘色④，安知天地心⑤！营开边月近⑥，战苦阵云深⑦。且夕更楼上⑧，遥闻横笛音⑨。

[校注]

①作于坚守睢阳城期间。从"战苦"句看，当作于睢阳保卫战后期，约至德二载秋。诗系夜登城楼闻笛而作。②岧峣（tiáo yáo），高峻貌。此指城楼。③虏骑，指安史叛军。因其多为胡人，故称。附，紧贴。城阴，城北。北面背阴，故云。《通鉴·至德二载》：七月，"尹子奇复征兵数万攻睢阳……睢阳城至是食尽……诸军馈救不至，士卒消耗至一千六百人，皆饥病不堪斗，遂为贼所围……（八月）睢阳士卒死伤之余，才六百人，张巡、许远分城而守之。巡守东北，远守西南"。因巡分守城之东北，故见"虏骑附城阴"。④风尘色，形况

战尘弥漫的愁惨之色。⑤天地心，犹天下心，指民心的向背。二句盖谓经历体验战争之艰苦惨烈，方深感天下人心仍归向唐朝。这是在长期坚守危城中所获得的体验与信念。《礼记·礼运》："故人者，天地之心也。"或引《易·复》"复，其见天地之心乎"，谓此卦六爻中爻皆阴，所谓积阴之下，一阳复生，则"天地之心"似在于绝处逢生，凶而后吉。⑥营，《全唐诗》校："一作门。"边月，边塞的月色。因"虏骑"深入中原内地，睢阳已成边疆，故感到营门之外的月亮已成"边月"。⑦战苦，张巡《谢金吾表》："臣被围困四十七日，凡一千八百馀战。"阵云，犹战云。⑧旦夕，早晚。更楼，城上夜间报更的楼。⑨横笛，《旧唐书·音乐志二》："横笛，小篪也……《宋书》云：'有胡篪出于胡吹。'则谓此。梁《胡吹歌》云：'快马不须鞭，反插杨柳枝。下马吹横笛，愁杀路旁儿。'此歌辞元出北国。"古笛多用竖吹，横笛本为胡吹。此句"遥闻"之"横笛音"亦围城之胡兵所吹。

[笺评]

高棅曰：此篇守睢阳而作也。睢阳忠节之士，其表见于世者，非以文墨，而诗可见者，使人诵之加敬。(《唐诗品汇》卷六十三)

王穉登曰：第二联不可磨灭。结句方见笛，题中有军中字无疑。(《唐诗选》参评)

程元初曰：张巡此诗感慨愤激之至。三、四即武侯"不计成败利钝"之诚心也。(《盛唐风绪笺》)

李维桢曰：忠精节义，凛凛独生。(《唐诗隽》)

钟惺曰：("不辨"二句)裹成一片，流出真诗。(《唐诗归》卷二十三)

谭元春曰：(末句下评)只结一句"闻笛"，觉上数语皆闻笛矣，妙手。(同上)

唐汝询曰：此守睢阳登楼以窥敌之虚实，闻其营笛声而兴感，因以"闻笛"命题。言试登高以临敌，乃虏骑方屯聚于城之北也。贼势如此，则当身犯风尘，辨其气色，庶知上天降乱之意。苟不辨风尘之色，安知天地之心乎！言当躬亲其难也。然国步危矣。夫睢阳内地也，今门开而近边月，苦战而多阵云，闻旦夕笛声，而虏之凭陵可想，能不深为之虑哉！睢阳死义之士，非以诗名，而其诗亦壮，读之凛然。（《唐诗解》卷三十七）

张震曰：余观则巡之忠节，上贯日月，固不待文章显。其奋扬士气，闻之尚令人兴起感慕，况文章乎！（《删补唐诗选脉笺释会通评林·盛五律》）

陈继儒曰：死义之士，其词壮。（同上）

周珽曰：张公忠烈，令万古瞻仰感悼如此。并其守睢阳诗备录，以为读书治禄者劝。（同上）

王夫之曰：一事开合，弘深广远，固当密于柴桑，纯于康乐也。（《唐诗评选》）又曰：三、四下句简妙，寓曲于直，不许庸人易解。文生于情，情深者文自不浅。（同上）

吴乔曰：张睢阳《闻笛》诗及《守睢阳》排律，当置《六经》中敬礼之，勿作诗读。（《围炉诗话》）

吴昌祺曰：（三、四句）言贼势如此，不但风尘愁怀，并不知天地之意若何。（《删订唐诗解》）

叶葇曰：其节义如庶姜，其气概如南仲，可风可雅。（《唐诗意》）

王尧衢曰：此诗不必分解，直抒闻笛时苦心。"岧峣试一临，虏骑附城阴"。公守睢阳，登更楼而望敌，见敌骑方屯聚于城之北，时因闻笛有感而作此诗。"不辨风尘色，安知天地心"。公以孤城困守，抗百万之贼兵，至罗雀掘鼠，杀妾食士，而不变其守，此是何等风尘，何等天地！即使辨得风尘动静，知得天心向背，更待如何？故惟此百炼精忠，以身殉国，而不必辨风尘之气色，不必知天地之何心，不顾安危，不计成败，惟以公忠自矢而已。读此知先生铁石心肠，凛然如在矣。"门开边月近，战苦阵云深。"此是闻笛时军中之苦景也。"战苦阵云深"，想风云惨淡。"且夕更楼上，遥闻横笛声。"只结一句闻笛，上数语皆闻笛矣。（《古唐诗合解》卷八）

沈德潜曰：一片忠义之气滚出，"闻笛"意一点自足。三、四言不识风尘之愁惨，并不知天意之向背，非一开一阖语也。宋贤谓伯夷、叔齐欲与天意违拗，正复相合。（《重订唐诗别裁集》卷十）

顾安曰：古来忠义之士，全是一段愤激之气做成。试看此诗三、四，说遂令风尘至此，我不知天地诚属何心。连天地都不服起来，此是何等力量。战阵之间，吟咏自得，其才其胆，千古一人。（《唐律消夏录》卷四）

宋宗元曰：（"不辨"句）忠肝若揭，结句点出。（《网师园唐诗笺》）

吴瑞荣曰：精气结成，读之又觉一腔忠勇流散四十字外。（《唐诗笺要》）

余成教曰："不辨风尘色，安知天地心""忠信应难敌，坚贞谅不移"，忠义之气，溢于言表。（《石园诗话》）

[鉴赏]

张巡虽不以诗名，但他的这首《闻笛》却是可以传世的佳作。作为睢阳保卫战的亲历者和主帅，这首作于保卫战后期睢阳城已危在旦夕时的诗，本身就具有很高的历史价值，但此诗却并不单纯因张巡其人、睢阳保卫战其事而传，而是具有独立的美学价值。

首联写登城俯瞰所见。"岧峣"本状山之高峻，这里即借指高峻的城楼。和通常的登城览眺有别，作为守城的主帅，他的登临自是为了俯察敌情，故第二句即书即目所见敌军围城情景。着一"附"字，逼真地描绘出围城的叛军紧贴着城下的危困之状。张巡在守城后期与许远分城而守，他所分守的北城与东城，正是敌军的主攻方向，"虏骑附城阴"显示出叛军密匝匝地紧紧围住城北的态势,既显示出形势的危急,也透露出一种责任感。

"不识风尘色,安知天地心?"颔联续写登临所感。"风尘"承"虏骑",借指战争。"不识""安知",因果关系显然。两句意为:如果不亲身经历体验抗击叛军的战争之艰苦惨烈,又如何真正认识到天下民心的向背呢!这是作者坚守危城经年所获得的深刻体验认识和坚定信念。睢阳保卫战是战争史上的一个奇迹。张巡、许远有兵六千八百人,而他们所抗击的安史叛军多达十三万。从至德二载正月到十月,大小四百余战,累计杀敌十二万。如此悬殊的兵力对比,如此巨大的战绩,如果主帅和将领没有坚定的信念和杰出的才能,没有广大士兵、民众的坚决支持,绝不可能支撑危局如此之久,更绝不可能取得如此巨大的战绩。这两句诗,正是张巡作为守城的主帅,在长期艰苦的斗争中对"天地心"亦即天下民心向背所获得的深刻感受体验的艺术概括。它表达了一种坚定的信念。而用"风尘色"来借指战争,则战尘弥漫的惨淡之色可见;用"天地心"来借指民心向背,而天地之心与人心浑然一体。故两句虽出以议论,却毫无枯率之病,而是既生动形象,又沉着深刻;境界亦开阔舒展,毫无逼仄之感。此诗的成功,主要即缘此联的有力支撑。

"营开边月近,战苦阵云深。"腹联转写登临所见。睢阳处于中原腹地,"营开"处本不会见"边月"(边塞之月),但如今虏骑长驱直入,睢阳已成抗击东线叛军的"边城"和主战场,起着屏蔽江淮、保卫唐王朝生命线的重要战略作用,故在作为军中主帅的作者眼中,营门之外的月亮也就成了"边月"。一"近"字透露出边塞气氛的浓郁和守卫疆土的责任感。下句"战苦阵云深"则显示了战争的长久、艰苦、惨烈和战云弥漫层深的惨淡景象,一"深"字同样透露出诗人心情的深沉凝重。

尾联方点明登楼闻笛,暗透以上三联所写的情景都是在登楼闻笛的过程中展现的。如果说,"虏骑"句和腹联是写登楼所见,颔联是写登楼所感，则尾联便是写登楼所闻。点出"横笛"暗示系敌营胡兵所吹；说"旦夕"，则不只此日此夜，而是每旦每夕皆闻。这旦夕传来的胡兵吹笛声渲染出被围危城的一种四面楚歌式的气氛，"闻"中自有所感，但作者却只轻点即止，留下广阔的想象空间让读者自己体味。

诗作于睢阳保卫战的后期，形势已经非常危急，这从"虏骑附城阴""战苦阵云深"等诗句中可以看出。但诗中却流露出一种坚定的信念和镇定从容的气度，让人丝毫感受不到危城将破时的悲伤绝望和惊惶失措，也没有剑拔弩张之态，这正是诗人人格力量和儒将风度的体现。诗的艺术感染力也集中表现在这一点上。

李 华

李华（715—774），字遐叔，赵州赞皇县（今属河北）人。开元二十三年（735）登进士第。天宝二年（743）登博学宏词科。十一载拜监察御史。安史乱中被叛军所俘，受伪职。两京收复，贬杭州司功参军。上元二年授左补阙，广德元年加司封员外郎，均不赴。广德二年，李岘领选江南，召入幕，擢检校吏部员外郎。永泰元年（765），因病去官，客隐楚州。大历九年卒。与萧颖士以文章名世，世称"萧李"。有《李遐叔文集》四卷行世。《全唐诗》编其诗为一卷。两《唐书》有传。

春行寄兴①

宜阳城下草萋萋②，涧水东流复向西。芳树无人花自落，春山一路鸟空啼。

[校注]

①据首句"宜阳城下"，诗当作于天宝八载至十载官伊阙尉期间。伊阙（今河南伊川县）地近宜阳。唐河南府福昌县本宜阳，武德二年更宜阳曰福昌。②萋萋，草茂盛貌。

[笺评]

唐汝询曰：草萋涧涌，花落鸟啼，景非不佳，所悲者寂寥无人耳。盖禄山乱后，人物凋残，故有是叹。韩偓诗云："千村万落如寒食，不见人影（按：当作'烟'）空见花。"同感乱离而深浅自别。（《唐诗解》卷二十七）

陆时雍曰："无人""花自落"，语似重叠。（《唐诗镜》卷二十八）

何景明曰：写出情景俱幽。（《删补唐诗选脉笺释会通评林·盛七律》引）

蒋一梅曰：闲适。（同上引）

徐用吾曰：华而不浮。（同上引）

叶羲昂曰：情致俱幽。（《唐诗直解》）

《唐诗训解》："自"与"空"字，益见凄景。

陈继儒曰：四句说尽荒凉，却不露乱离事，妙。（《唐诗三集合编》）

邢昉曰：亦自鸟啼花落常境，直是风气遒美。（《唐风定》）

俞陛云曰：五绝中如王右丞之《鸟鸣涧》诗，《辛夷坞》诗，言月下鸟鸣，涧边花落，皆不涉人事，传神弦外。七绝中此诗亦然。首二句言城下之萋萋草满，城外之流水东西，皆天然之致。后二句言路转看山，屐齿不到，一任鸟啼花落，送尽春光。诗题标以"春行寄兴"，殆万物近观皆自得也。若元微之见桃花自落，感连昌之故宫；刘长卿因啼鸟空闻，叹六朝之如梦。同是花落鸟啼，寓多少兴亡之感，此作不落形气之中，忘怀欣戚矣。（《诗境浅说》续编）

刘拜山曰：写安史乱后郡邑凋残景象，只用一"自"字、一"空"字，便觉感喟不尽。（《千首唐人绝句》）

[鉴赏]

对这首小诗，有两种完全不同的解读：一种以为纯写幽境，一种则以为写安史乱后人物凋残景象。后一种解读抓住三、四句中的"无人""自""空"等字，仿佛颇有依据。对待这种解读上的分歧，首先当然是尽可能考证清楚作诗的年代，如果确系作于安史乱前，则后说不攻自破。其次抓住诗歌本身的意境、格调，细加品味，也是正确理解诗的意蕴的重要途径。

李华的生平仕历，记述最早且详者，当为独孤及所撰《检校吏部员外郎赵郡李公中集序》，独孤及生于开元十三年（725），卒于大历十二年（777），年辈与李华相近，又与萧颖士、李华同时提倡古文，同为唐代古文运动先驱。作此序时，华已病而尚未卒。故序中所叙仕历，当确实可信。《序》云："开元二十三年举进士，天宝二年举博学宏词，皆为科首。由南和尉擢秘书省校书郎。八年，历伊阙尉……十一年拜监察御史。"是则华之任伊阙尉当在天宝八载（749）至十载这三年间。宜阳即唐之河南府福昌县，在伊阙县之西，同为河南府之畿县，地亦邻接。华在伊阙尉任三年，此诗当为在任期间近境游历所作。华其后宦历，均与宜阳无涉。故此诗作于天宝八载至十载之某年春殆可肯定。既如此，则所谓乱离景象云云，均属错会。

再来品味诗境。题为"春行寄兴"，可见诗人是一边行路，一边观赏宜阳城一带春天的景致，而心有所感触，故作诗以寄一时之兴会。全篇四句都是在且行且观中呈现一个动态的过程，这就和独坐静观默会之诗境纯为静态者不同。人是动的，景象也随着人的行动而随步换形，次第呈现，具有动态感与过程感，"宜阳城下草萋萋"，点出"春行"所经之地宜阳，"草萋萋"，正是春天草色碧绿、生长茂盛的生动写照，展现出春天到来时自然界的一片生机和盎然春意。次句写水。路旁的山涧曲曲折折，先向东流，随着地形的起伏，又复向西流淌。这正是"春行"途中所见到的景象，涧水东流复向西，人行亦随之东而复向西。涧水之流，纯由地形之曲折起伏而改变流向，自然而然，人在随涧而行的过程中也获得了一份观赏这种"自然而然"的景致的幽兴。"行"字藏于"东流复向西"的流向中，"兴"字也自然寓含在这动态的观赏中了。

"芳树无人花自落，春山一路鸟空啼。"三、四两句，续写"春行"途中所见花落鸟啼景象。"一路"二字，点醒全篇所写均为"一路"且行且观所见所感，不独此二句为然。实际上"无人""自""空"等词语，亦贯串全篇，不但花自落，鸟空啼，草亦空自萋萋，水亦空自流淌也。然则，"无人""空""自"确实是全篇表情寄兴的诗眼，问题是所"寄"究竟是什么"兴"。乱离景象之说既与此诗之创作年代相悖，亦与全诗之格调不符。整首诗的格调，是轻快流走的，既符合"春行"途中且行且观的特点，也体现出诗人轻松愉悦的心情。草长花落、水流鸟啼，本是"春行"最常见的景物，但其中自含大自然的盎然生机和诗意。这种诗情诗趣和美好景色，正因为"无人"，故"自落"、"空啼"、自蔓、自流，言外则独有"春行"的诗人自己才能充分领略品味这平常春色中所寓含的无限生机与诗意。这才是诗人"寄兴"的真意所在。"花自落""鸟空啼"所表现的并非伤感与凄凉，而是遗憾如此大好春光无人欣赏，而为自己所独赏也。比较王维《辛夷坞》之"木末芙蓉花，山中发红萼。涧户寂无人，纷纷开且落"，一为静观默会之境，一为动态行赏之境，一为自赏中微寓自伤之境，一为自赏独得之境，一则寂寞，一则活跃欣喜，区别显然。

贾 至

贾至（718—772）字幼邻，一作幼几，洛阳（今属河南）人。天宝元年明经擢第，释褐校书郎。天宝末任起居舍人，知制诰。从玄宗入蜀，迁中书舍人。肃宗乾元元年（758），出为汝州刺史。翌年贬岳州司马。宝应元年（762）代宗立，召复中书舍人，二年迁尚书右丞。广德二年（764）转礼部侍郎，次年知东都贡举。大历三年（768）迁兵部侍郎。五年，为京兆尹，兼御史大夫。七年，以右散骑常侍卒。贾至掌诏诰多年，朝廷典册多出其手。有《贾至集》二十卷，别集十五卷，已散佚。《全唐文》录其文三卷，《全唐诗》录其诗一卷，两《唐书》有传。

初至巴陵与李十二白裴九同泛洞庭湖三首 (其二)①

枫岸纷纷落叶多，洞庭秋水晚来波②。乘兴轻舟无近远，白云明月吊湘娥③。

[校注]

①作于乾元二年（759）秋。时贾至贬岳州司马。《新唐书·肃宗纪》：乾元二年三月，"壬申，九节度之师溃于滏水……东京留守崔圆、河南尹苏震、汝州刺史贾至奔于襄、邓"。贾至岳州之贬，即因此事而致。按：贾至乾元元年由中书舍人出为汝州刺史，当因坐房琯党所致，此次贬岳州司马，其处罚远较崔圆、苏震为重，仍与受房琯事牵连有关。巴陵，唐岳州巴陵郡，州治在今湖南岳阳市。李白亦于乾元二年遇赦东归，夏秋之交，应友人裴隐之邀至岳州，与贾至相会，共游洞庭。裴九，名未详。贾至另有《别裴九弟》《赠裴九侍御昌江草堂弹琴》，李白有《酬裴侍御对雨感时见赠》诗，所指均同一人。

李白有《陪族叔刑部侍郎晔及中书舍人至游洞庭五首》，当与贾至此三首为同时之作。②《楚辞·招魂》："湛湛江水兮上有枫。"《楚辞·九歌·湘夫人》："袅袅兮秋风，洞庭波兮木叶下。"前二句化用其词意。③湘娥，湘水女神，传为尧之二女，舜妃。《史记·秦始皇本纪》："上问博士曰：'湘君何神？'博士对曰：'闻之，尧女舜之妻而葬此。'"刘向《列女传·有虞二妃》："舜陟方死于苍梧，号曰重华。二妃死于江湘之间，俗谓之湘君。"《文选·张衡〈西京赋〉》："感河冯，怀湘娥。"李善注引王逸曰："言尧二女娥皇、女英随舜不及，堕湘水中，因为湘夫人。"则湘娥、湘君、湘妃实同指。李白诗云："日落长沙秋色远，不知何处吊湘君。"亦可证。

[笺评]

蒋仲舒曰：末句翻李白案。（《唐诗广选》引）

钟惺曰：（乘兴轻舟无近远，白云明月吊湘娥）二语不是翻太白案，"白云明月"四字，正为"不知何处吊湘君"下一注脚。（《唐诗归》卷十三）

唐汝询曰：上用《楚辞》语布景，下遂有湘娥之吊，逐臣托兴之微意也。（《唐诗解》卷二十六）

郭濬曰：无聊之甚。此景此地同此人，哪得不如此！（《增定评注唐诗正声》）

徐增曰：泛洞庭湖，却以"枫岸"衬起。初至巴陵，是从水路来，岂不要同岸上一游，无奈枫岸落叶之纷纭，同是迁客，哪能堪此景况，所以去泛洞庭湖。洞庭秋水如练，至晚无风，但见微波之荡漾，因而兴发。遂乘轻舟而去，不论近远，亦犹子猷雪夜剡溪，乘兴而来，兴尽而返之意，全不作主张。正见此身迁谪，一凭执事意思，随他去罢了，胸襟何等洒然。乘兴时，初是晚天，直至月出。月光下映，水天一色，复有白云于其间，煞好光景。作诗至此，如何结束？借"吊

湘娥"以结之。此在有意无意之间，勿认做真去吊湘娥也。"吊"字从迁谪不得意中写出。（《而庵说唐诗》卷十）

王尧衢曰："枫岸纷纷落叶多"，枫岸贴秋江，初至巴陵时一路是水，两岸纷纷皆落叶也。"洞庭秋水晚来波"，泛洞庭时见秋水无风，至晚来而见微波之荡漾。"乘兴轻舟无近远"，于是兴发，乘轻舟而去，听其所至，不论远近。盖此时贾、李同被迁谪，放开胸襟，以取物外之乐。"白云明月吊湘娥"，向固晚矣。徐而月上，又有白云点缀，水光映月，上下一色。因思昔之玩此水月者，已有湘娥，今湘娥去而云月留，可用云月以吊湘娥矣。湖中君山，有湘娥庙，故云。（《古唐诗合解》卷五）

沈德潜曰：前人谓末句翻太白案。试思"白云明月"，仍是"不知何处"矣，何尝翻案耶！（《重订唐诗别裁集》卷十九）

黄叔灿曰：李白诗"不知何处吊湘君"，此云"白云明月吊湘娥"，各极其趣。上半设色，亦各有兴会。（《唐诗笺注》）

李锳曰：太白云"不知何处吊湘君"，此翻其语而以"白云明月"想象之。然云"无近远"，则虽处处可吊，仍无定处可指也。与太白诗若相反而实不相悖。（《诗法易简录》）

宋顾乐曰：神采气魄，不似太白，而景与情含，悠然不尽，亦是佳作。（《唐人万首绝句选》评）

富寿荪曰：与太白诗同为托兴湘君以抒迁谪之思，唯"乘兴"句较为洒脱，不似太白之一味怅惘耳。（《千首唐人绝句》）

[鉴赏]

贾至的这组题为《初至巴陵与李十二白裴九同泛洞庭湖三首》的七绝组诗，与李白的七绝组诗《陪族叔刑部侍郎晔及中书舍人至游洞庭五首》，时地季候景物均相似，但题内提到的与游友人则有同有异，看来应是乾元二年秋先后两次游洞庭之作。值得注意的是，贾至的这首"枫岸纷纷落叶多",与李白的那首"洞庭西望楚江分",一则曰"晚落",一则曰"晚来",一则曰"不知何处吊湘君",一则曰"白云明月吊湘娥",词意相关之迹显然。前人至有此诗末句翻李白案的评说,但从贾至此诗题内"初至巴陵"之语推测,贾至的这组诗似应在前,而李白的那组诗则应在稍后。至于"吊湘娥"与"吊湘君"的关合,有可能是李白有意酬和也有可能是偶然巧合,不必深究。

诗的前幅写薄暮时分洞庭湖畔枫叶纷落、洞庭秋水微波荡漾景象,系乘舟同泛洞庭湖所见眼前实景。但实中寓虚,其中暗含《楚辞·招魂》及《楚辞·九歌·湘夫人》中的意象及意境,从而暗逗末句"吊湘娥"。两句中都没有明提秋风,但无论是岸边枫叶之纷纷飘落,还是洞庭秋水的微波荡漾,都和秋风密切关联。这两句所描绘的景象,于阔远中略带萧瑟凄清的色彩,与诗人以迁客的身份处境泛舟洞庭时的心境相合。

三、四两句进一步写乘兴泛舟、凭吊湘娥的情思。"乘兴轻舟"四字,贯通前后幅,表明全篇所写均为"乘兴"泛"轻舟"于洞庭上时所见所思所感。曰"乘兴"、曰"轻",则此游的心境实有畅适轻松、兴会飙举的主要一面,"乘兴轻舟"之语,前人或引王子猷雪夜访戴乘兴而来之事,虽未必有意用事,但确实给能人以畅适情性的感受与联想,这从句末的"无近远"三字中尤可见出。兴之所至,无论远近,任轻舟之飘荡,其兴会淋漓之情状可想,而末句之"白云明月吊湘娥",也正是"乘兴"泛"轻舟"畅游洞庭过程中的一个诗意悠邈的项目。"吊湘娥"之想,本含有迁谪之思,但在"乘兴轻舟无近远"的行程中,又有皎洁的"白云明月"作为凭吊的背景,这"吊湘娥"之思便被诗意化了,诗人原本怀有的迁谪轻愁也在这畅适的乘兴之游和阔远的境界中得到了化解,原有的自伤情绪转化为自适与自赏。

元 结

元结（719—772），字次山，自号元子、漫叟等。郡望河南，世居太原，后移居汝州鲁山（今属河南）。天宝十三载（754）登进士第。安史乱起，举家避难于猗玕洞（在今湖北大冶），后又迁于瀼溪（在今江西瑞昌）。乾元二年，以国子司业苏源明荐，擢右金吾兵曹参军，旋以监察御史充山南东道节度参谋，招集义军讨史思明。上元元年，充荆南节度判官。宝应元年，拜著作郎，辞官退隐樊上。广德二年、永泰二年，先后两任道州刺史，招抚流亡，有政声。大历三年，迁容州刺史，加授容州都督，充本管经略使。七年病卒于长安。曾编沈千运等七人诗为《箧中集》，反对"拘限声病，喜尚形似"，提倡淳古质朴之诗风。其《舂陵行》《贼退示官吏》忧念黎庶，得到杜甫的高度称赞。有《元次山集》十卷行世。《全唐诗》编其诗为二卷，《新唐书》有传。

欸乃曲五首 (其二)①

湘江二月春水平，满月和风宜夜行。唱桡欲过平阳戍②，守吏相呼问姓名③。

[校注]

①诗作于代宗大历二年丁未岁（767）二月。诗序云："大历丁未中，漫叟结为道州刺史，以军事诣都使（指湖南都团练观察使）。还州，逢春水，舟行不进。作《欸乃》五首。令舟子唱之，盖以取适于道路云。"欸乃，摇桨荡橹声。《欸乃曲》，犹船夫曲。诗共五首，此为第二首。元结《欸乃曲》："谁能唱欸乃，欸乃感人情。"题注："棹舡之声。"②唱桡，边摇桨边唱歌。桡，船桨。平阳戍，唐代军镇，属衡州（今湖南衡阳市，大历四年二月后徙湖南军于潭州，今湖南长

沙市）。自湖南观察使府所在地衡州返回道州，须溯湘江而上，经过平阳戍。③戍守平阳戍的守吏呼问过往船只上客人的姓名，查验放行。

[笺评]

宋顾乐曰：轻轻浅浅，悠然在目，味正在逼真。（《唐人万首绝句选》评）

俞陛云曰：桡歌与《竹枝词》相似，就眼前景物，随意写之。此诗赋夜行船。后二句言榜人摇橹作歌，将过平阳之戍，津吏以宵行宜诘，呼问姓名，乃启关放客。此水程恒有之事，作者独能写出之。（《诗境浅说》续编）

刘拜山曰：于一片和平宁谧之中，仍露出战乱未息景象，恰与"以军事诣都使"序意相合。（《千首唐人绝句》）

[鉴赏]

元结的诗，淳古淡泊，绝去雕饰，迥然有别于当时的主流诗风。但质朴过甚，不免流于枯淡，即使被杜甫盛誉的名作《舂陵行》《贼退示官吏》，亦在所难免。但他的这组诗中的二、三两首，却是在保持其真朴自然本色的同时具有真切隽永情味的优秀作品。

诗的前幅写月夜行舟情景。时值仲春二月，湘江水涨，江水与岸齐平；一轮满月，映照着变得宽阔了的江面，江面上吹来了和煦的春风。这明朗宁静、和煦美好的湘江月夜的环境氛围，正是最适合乘舟夜行的时刻。句末点出"宜夜行"三字，为全篇叙事写景抒情的主干。两句节奏轻快，韵律和谐，色调明朗，洋溢着喜悦欢快的感情，颇具民歌风味。

三、四两句，截取月夜行舟中遇到的一个场景，作特写式的描绘。"唱桡欲过平阳戍，守吏相呼问姓名"二句中的平阳戍便是船出衡州之后，溯湘江而上所经过的一个戍镇。船夫一面摇桨，一面悠悠地唱着桡歌，这声音打破了月夜的寂静，也惊动了岸边的戍吏，于是便悠悠地相呼，问船上客人的姓名。这种船过相呼问姓名的情景，日间自然也时有发生，但在寂静的月夜，却使夜行舟的旅人感到非常新鲜、喜悦，给原本寂静的夜行平添了兴味。诗人正是在不经意中感受到了这一场景所蕴含的真切的生活气息和浓郁诗情，于是不加雕饰地将它写入诗中，遂成月夜行舟绝妙的写生。

　　或谓"相呼问姓名"透露出战乱未息景象，恐求之过深，既与全篇的"和平宁谧"氛围不谐调，也与后两句音情摇曳的格调不符。这组诗的第三首说："千里枫林烟雨深，无朝无暮有猿吟。停桡静听曲中意，好是云山韶濩音。"将船夫所唱的《欸乃曲》比作"韶濩音"，正说明它所透露的绝非战乱气息，那"守吏相呼问姓名"的声音实际上也融入这"云山韶濩音"中了。

孟云卿

孟云卿（约725—?），鲁山（今属河南）人。开元末，随昆山陶岘泛游江湖。天宝中应试不第。乾元元年（758），与杜甫相遇于长安、湖城。永泰二年（766）为校书郎，寻客游岭南。大历二年（767），流寓荆州；八年，在广陵遇韦应物。与元结友善，结编《箧中集》，收孟诗最多。高仲武《中兴间气集》称"当今古调，无出其右"，张为《诗人主客图》列其为"高古奥逸主"。《全唐诗》录存其诗一卷十七首。

伤时二首 (其一)①

徘徊宋郊上②，不睹平生亲。独立正伤心，悲风来孟津③。大方载群物④，生死有常伦⑤。虎豹不相食，哀哉人食人。岂伊逢世运⑥，天道亮云云⑦。

[校注]

①据诗题及诗中"虎豹不相食，哀哉人食人"之语，此诗当作于安史之乱期间。又据首句"徘徊宋郊上"，诗当作于肃宗至德二载（757）张巡、许远死守睢阳（今河南商丘），抗拒安史叛军之战事结束以后。史载，至德二载十月癸丑，"安庆绪陷睢阳，太守许远、郓州刺史姚訚、左金吾卫将军南霁云死之"。乾元中，宋州刺史有李岑、刘展。此诗或作于乾元间。②宋郊，宋州郊外。唐河南道宋州睢阳郡，治宋城（今河南商丘市南）。③孟津，指孟津渡口，在今河南孟州市西南。按，据此句，似当时孟津一带有重要战事。乾元二年（759）三月，九节度之师溃败于相州，郭子仪以朔方军断河阳桥以保东京。战马万匹，唯存三千；甲仗十万，遗弃殆尽。东京士民惊骇，散奔山

谷，此句或指其事。④大方，犹大地。古代认为天圆地方，故称大地为大方。《管子·内业》："人能正静……乃能戴大圜而履大方。"尹知章注："大方，地也。"⑤常伦，犹常理，常规，一定的规律。⑥伊，语助词，无义。世运，时代治乱兴衰之气运。此处犹言衰乱之世。⑦亮，诚然。云云，如此、这样。意指天道诚然像这样盛衰轮回交替。

[笺评]

高仲武曰：祖述沈千运，渔猎陈拾遗。词气伤怨。如"虎豹不相食，哀哉人食人"，方于《七哀》"路有饥妇人，抱子弃草间"，则云卿之句深矣。虽效于沈、陈，才得升堂，犹未入室，然当今古调，无出其右，一时之英也。（《中兴间气集》卷下孟云卿总评）

刘辰翁曰：子昂风调。（《唐诗品汇》卷十七引）

[鉴赏]

元结编《箧中集》，收沈千运、赵微明、孟云卿、张彪、元季川、于逖、王季友七人诗二十四首。他们大部分是贫寒失意的文士，其诗多悲慨人生，感情基调苍凉而风格古朴，多为古体。其中亦偶有伤时悯民之作。孟云卿的这首《伤时》，就是这类作品中的代表，诗作于安史之乱时期，约在乾元二年（759）。

起二句点出"宋郊"这一特定的地点，作为全篇的感兴之由。"徘徊"二字，描绘出诗人徘徊踯躅于宋州郊外，迥然孤子的身影。紧接着，用"不睹平生亲"五字，透露出诗人身处过去非常熟悉的地方，却不见平生亲朋故旧的无限伤感，点醒上句"徘徊"二字中所蕴含的内心活动。这里所抒写的只是一种"所遇无故物"式的陌生感和孤寂感，而导致"不睹平生亲"的原因则引而未发，留待下文揭示。

"独立正伤心，悲风来孟津。"第三句正面揭示诗人迥然独立于宋州郊野，不见平生亲故时的"伤心"情绪，第四句紧接着推进一层，展现出千里悲风，自西向东席卷而来的景象。境界旷远迷茫，情调悲凉沉郁。点出悲风来自"孟津"，自是诗人有意透露的讯息。孟津在遥远的商周易代之际，就是周武王会诸侯伐纣的战场，点出这个特殊的地点，正暗示它与战争的联系。而"悲风来孟津"的阔大悲凉景象，则加强了诗的萧飒感，诗人的悲慨进一步加深了。

"大方载群物，生死有常伦。"五、六两句上承徘徊宋郊"不睹平生亲"的悲感，先用议论衬垫一笔，说大地承载生育群物，其生死都有一定的常规，都会遵循由幼而壮而老而灭的自然规律，目的是为了逼出下文，揭示"不睹平生亲"的违背"生死"之"常伦"。

"虎豹不相食，哀哉人食人。"七、八两句突然捩转，揭出全篇主意：虎豹这样凶残的野兽，尚且不相食，可悲的是这一带竟然发生了"人食人"的惨痛景象。古代社会中发生"人食人"的现象，多由于严重灾荒导致的饥荒和惨烈长久的战争。诗中所揭示的"人食人"的现象正缘于安史之乱。高仲武编《中兴间气集》收诗起至德元载（756），止于大历十四年，说明此诗作于这段时间，在此期间宋州一带发生"人食人"惨象的，当指至德二载张巡、许远抗击安史叛军、坚守睢阳危城时发生的现象。《通鉴·至德二载》：十月，"尹子奇围睢阳，城中食尽……茶纸既尽，遂食马。马尽，罗雀掘鼠。雀鼠又尽，巡出爱妾杀以食士，远亦杀其奴，然后括城中妇人食之，继以男子老弱，人知必死，莫有叛者"。坚守睢阳危城而不遁，是为了屏蔽江淮，出于战争全局的需要。因此，这里用极其沉痛的笔调揭示这种有违生死常伦的惨象，其矛头所指自然是发动叛乱的安史及其余孽。诗情至此，达到最高潮。

"岂伊逢世运，天道亮云云。"这是诗人对这种惨象和目前尚远未结束的乱局所发的感慨。岂料自己竟遇上了这样的衰乱之世，这也许就是盛衰之交替的天道使然吧。无可奈何，只得将这种惨象归之于冥冥不可知的世运和天道。这种解释，也许显得有些苍白，但联系杜甫《新安吏》中的"眼枯即见骨，天地终无情"，其弦外之音当不难默会。

　　这首以伤时感乱为主旨的诗，通篇不作具体细致的描绘，而以大笔挥洒濡染出之，诗中展现的旷远迷茫、苍凉惨烈的境界，正是时代氛围的典型反映。虽有议论，却融化在统一的悲凉氛围中，并不显得偏枯与游离，相反地，却给人一种既大气磅礴又沉郁苍凉的感受。诗的风格乃至具体的诗句，都显然可见阮籍的《咏怀》"徘徊蓬池上"一首的影响，但却较阮诗更浑沦虚括。

严　武

严武（726—765），字季鹰，华州华阴（今陕西华阴）人，中书侍郎严挺之之子。天宝六载（747），陇右节度副大使哥舒翰荐为判官。安史乱起，随玄宗入蜀，擢谏议大夫。后赴灵武，房琯荐为给事中。上元二年（761）十月，迁剑南西川节度使，兼成都尹。宝应元年（762），代宗立，以兵部侍郎召入朝。广德元年（763）任京兆尹，兼御史大夫。十月，迁黄门侍郎。二年再镇蜀，任成都尹、剑南节度使。大破吐蕃，封郑国公。永泰元年（765）四月卒于任所。两《唐书》有传。武能诗，与杜甫友善，多有赠答，甫称其"诗清立意新"。《全唐诗》录存其诗六首。

军城早秋①

昨夜秋风入汉关，朔云边月满西山②。更催飞将追骄虏③，莫遣沙场匹马还④。

[校注]

①军城，唐代设兵戍守的城镇，亦即首句所称"汉关"。此"军城"当是严武征讨吐蕃时指挥作战的前方军镇，而非成都。《旧唐书·严武传》："广德二年，破吐蕃七万馀众，拔当狗城。十月，取盐川城，加检校吏部尚书，封郑国公。"杜甫有《奉和严郑公军城早秋》诗云："秋风袅袅动高旌，玉帐分弓射虏营。已收滴博云间戍，欲夺蓬婆雪外城。"诗作于广德二年（764）早秋。②朔云，本指北方的云气，此处与"边月"并举对文，犹言边塞的云气。西山，指岷山。杜甫有《西山三首》，作于广德元年松州被围时，所指即岷山。这一带是唐与吐蕃交界处，杜诗所谓"夷界荒山顶，蕃州积雪边"。③飞将，

西汉名将李广屡败匈奴，匈奴称之为飞将军。《史记·李将军列传》："广居右北平，匈奴闻之，号曰'汉之飞将军'，避之数岁，不敢入右北平。"此借指麾下骁勇善战的将领。骄虏，指吐蕃。安史乱起后，吐蕃屡次侵犯边地，故云。④遣，使、让。《左传·僖公三十三年》："匹马只轮无反者。""沙场匹马还"用其语。句意谓务必全歼敌军。

[笺评]

瞿佑曰：严武在当时不以诗名，其节度西川，有诗数首，仅载老杜集中，如云："昨夜秋风入汉关，朔云边月满西山。更催飞将追骄虏，莫遣沙场匹马还。"赵云涧尚书好诵之，曰："气魄雄壮，真边帅事也。"（《归田诗话》卷上）

唐汝询曰：西塞早寒，故秋风始来，云雪已满，胡兵每以此时入寇，于是遣飞将追击，且欲歼之，使无还骑也。（《唐诗解》卷二十七）

桂天祥：风格矫然，唐人塞下诸作为第一。（《批点唐诗正声》）

田子艺曰：气概雄壮，武将本色。（《唐诗广选》引）

蒋一葵曰：气概雄壮，唐人塞下诗中不可多得。（《唐诗选汇解》引）

张溍曰：严诗豪健无匹，宜其以风雅重公，可谓同调矣。（《杜少陵集详注》卷十四引）

贺裳曰：《军城早秋》，自写英雄本色耳。（《载酒园诗话又编》）

仇兆鳌曰：此诗见严武雄心。上二，边秋之景；下二，军城之事。"催飞将"，谓风雪俱行。（《杜少陵集详注》卷十四）

沈德潜曰：英爽，与少陵作鲁、卫。（《重订唐诗别裁集》卷二十）

李锳曰：前二句写早秋，即切定"军城"；三、四句就"军城"生意，又能不脱"早秋"。盖秋高马肥，正骄虏入寇时也。（《诗法易

简录》)

吴瑞荣曰：绝类高达夫。结更气概雄伟，不掩大将本色。(《唐诗笺要》)

宋顾乐曰：此等诗不必有深思佳论，只须字字饱绽，气格并胜。阮亭于此种多取之，而凡有意而气不完者，不入选。(《唐人万首绝句选》评)

施补华曰：意尽句中矣，而雄健可喜。(《岘佣说诗》)

俞陛云曰：上二句气势雄阔，后二句有誓扫匈奴之概，如王昌龄之"不破楼兰终不还"，少陵之"更夺蓬婆雪外城"，虽皆作豪语，而非手握军符。此作出自郑公，弥见儒将英风。(《诗境浅说》续编)

刘永济曰：前二句军城秋景，三、四句杀敌雄心。(《唐人绝句精华》)

刘拜山曰："西风""朔云""边月"写早秋景象。"入汉关""满西山"，又隐寓秋高马肥，敌将窥边之意。全诗情景相涵，意气雄健，故不伤直致。(《千首唐人绝句》)

[鉴赏]

唐代边塞诗，大都出于文士（军幕文士或游历边地的文人）之手，出于军事将帅者罕见。严武的这首《军城早秋》则是以具有实战经验和指挥才能的军事统帅的身份口吻写的边塞诗，别具鲜明的情采气格。

题为"军城早秋"，诗的前幅就紧扣题目，渲染早秋时节军城的特有景色气氛。"秋风"始"入"，点明"早秋"。而"汉关""朔云""边月""西山"这一系列意象，则无不染上"军城"特有的色彩。"汉关"表明唐军将士所驻守的关隘边城地处前线，具有重要的战略位置。"秋风"本来是自然意象，但"秋风"之"入汉关"，却使人联想到秋高马肥，正是吐蕃乘机入侵内地的季节，也正是唐军"雪岭防秋急"的时节。"云""月"也是自然景象，而"西山"雪岭一带，更是蕃汉交界的地区，因而"朔云边月满西山"的景象就明显透露出边境形势的紧张和战争气氛的浓厚。这两句的好处正在于诗人并不刻意设喻，而是透过一系列带有主观感情色彩的词语来渲染军城边地的战争气氛，令读者自然感受到这种特定的氛围。且形势虽然紧急，但两句所展现的境界却阔大朗爽，透露出面对这种形势的主帅的镇定从容。开头点明"昨夜"，表明下两句所写的乃是主帅今朝发号施令的情景。

"更催飞将追骄虏，莫遣沙场匹马还。"前后幅之间存在着巨大的跳跃。前幅渲染军城早秋的战争气氛，表明战争尚未开始；后幅却突然跳到发布追击骄虏的号令，仿佛有些脱节。实则正是用来渲染主帅对这次战争具有必胜的信心。诗不是实录，只有四句二十八个字的七言绝句更无法担负战争实录的功能。诗人要表达的是一种信念和气概，尽管战斗还没有打响，但却已经料定麾下神勇的飞将定能奋勇追杀敌军，使其匹马无回。这种气概，正表现出一位具有杰出军事指挥才能的将帅俊迈豪壮的情采个性、精神风貌。"更催""莫遣"四字，连发号施令之际的神情口吻也惟妙惟肖地表现出来了。

杜甫对严武的才能非常推服，《诸将五首》之五说"西蜀地形天下险，安危须仗出群材"，且赞其"军令分明"，严武在这次与吐蕃的战争中，也确实建立了"破吐蕃七万馀众"的大功。但此事在广德二年九月，取盐川城更在十月，离作这首诗的"早秋"还有两三个月。这就更说明这首诗所抒发的是战前的一种必胜信念和豪情壮采。而日后的战绩则证明了这种必胜信念不是说大话和空话。诗的风格雄直明快，但前幅境界阔大而富含蕴，后幅气概雄骏而富情采，并不是一览无余的直致，经得起读者的反复品味。

刘方平

刘方平，生卒年未详。唐河南府（今河南洛阳）人，出身世代仕宦之家。高祖政会，为唐开国元勋，封邢国公。祖奇，武后时为吏部侍郎。父微，吴郡太守、江南采访使。二十工词赋，萧颖士称其为"山东茂异"。天宝九载（750）举进士不第。曾短期入幕，约三十余岁即退隐颍阳大谷，终身不再仕。与李颀、元鲁山、皇甫冉等交善。与皇甫冉过从尤密。善画山水，墨妙无前，李勉甚爱重之。《新唐书·艺文志》著录其诗一卷。现存诗二十七首，以乐府居多。工七绝。令狐楚纂《御览诗》首列刘方平诗，共选录其诗十三首。

夜　月①

更深月色半人家②，北斗阑干南斗斜③。今夜偏知春气暖，虫声新透绿窗纱④。

[校注]

①题一作《月夜》。②半人家，指月色映照着人家房屋的一半，系形容月光斜照之状。③阑干，横斜貌。北斗七星，列成斗形，夜深时斗转星移，横斜散乱。南斗，即斗宿，有星六颗，形似斗，故称。④新，初。

[笺评]

黄叔灿曰：写意深微，味之觉含意邈然。（《唐诗笺注》）

宋顾乐曰：写景幽深，含情言外。（《唐人万首绝句选》评）

富寿荪曰：前半以月色及斗柄倾斜烘托不寐，后半因不寐而闻虫声，节物感人，益难入眠。通首于幽美静穆之夜景中寓惆怅之情，写

来细腻含蓄，唐人佳境也。（《千首唐人绝句》）

[鉴赏]

刘方平是盛唐时期一位不很出名的诗人，但他的几首小诗却写得清丽、细腻、新颖、隽永，在当时独具一格。

据皇甫冉说，刘方平善画，"墨妙无前，性生笔先"（《刘方平壁画山水》），这首诗的前两句就颇有画意。夜半更深，朦胧的斜月映照着家家户户，庭院一半沉浸在月光下，另一半则笼罩在夜的暗影中。这明暗的对比越发衬出了月夜的静谧，空庭的阒寂。天上，北斗星和南斗星都已横斜。这不仅进一步从天象上点出了"更深"，而且把读者的视野由"人家"引向寥廓的天宇，让人感到那碧海似的青天之中也笼罩着一片夜的静寂，只有一轮斜月和横斜的北斗南斗在默默无言地暗示着时间的流逝。

这两句在描绘月夜的静谧方面是成功的，但它所显示的只是月夜的一般特点。如果诗人的笔仅仅停留在这一点上，诗的意境、手法便不见得有多少新鲜感。诗的高妙之处，就在于作者另辟蹊径，在三、四句展示出了一个独特的、很少为人写过的境界。

"今夜偏知春气暖，虫声新透绿窗纱。"夜半更深，正是一天当中气温最低的时刻，然而，就在这夜寒袭人、万籁俱寂之际，响起了清脆、欢快的虫鸣声。初春的虫声，可能比较稀疏，也许刚开始还显得很微弱，但诗人不但敏感地注意到了，而且从中听到了春天的信息。在静谧的月夜中，虫声分外引人注意。它标志着生命的萌动，万物的复苏，所以它在敏感的诗人心中所引起的，便是春回大地的美好联想。

三、四两句写的自然还是月夜的一角，但它实际上所蕴含的却是月夜中透露的春意。这构思非常新颖别致，不落俗套。春天是生命的象征，它总是充满了缤纷的色彩、喧闹的声响、生命的活力。如果以"春来了"为题，人们总是选择在艳阳之下呈现出活力的事物来加以表现，而诗人却撇开花开鸟鸣、冰消雪融等一切习见的春的标志，独独选取静谧而散发着寒意的月夜为背景，以静谧突显生命的萌动与欢乐，以料峭夜寒突显春天的暖意，谱写出一支独特的回春曲。这不仅表现出诗人艺术上的独创精神，而且显示了敏锐、细腻的感受能力。

"今夜偏知春气暖"，是谁"偏知"呢？看来应该是正在试鸣新声的虫儿。尽管夜寒料峭，敏感的虫儿却首先感知到在夜气中散发着的春的信息，从而情不自禁地鸣叫起来。而诗人则又在"新透绿窗纱"的"虫声"中感知到春天的来临。前者实写，后者则意寓言外，而又都用"偏知"一语加以绾结，使读者简直分不清什么是生命的欢乐，什么是发现生命的欢乐之欢乐。"虫声新透绿窗纱"，"新"字不仅蕴含着久盼寒去春来的人听到第一个报春信息时那种新鲜感、欢愉感，而且和上句的"今夜""偏知"紧相呼应。"绿"字则进一步衬出"春气暖"，让人从这与生命联结在一起的绿色上也感受到春的气息。这些地方，都可见诗人用笔的细腻。

苏轼的"春江水暖鸭先知"是享有盛誉的名句。实际上，他的这点诗意体验，刘方平几百年前就在《月夜》诗中成功地表现过了。刘诗不及苏诗流传，可能和刘诗无句可摘、没有有意识地表现某种"理趣"有关。宋人习惯于将自己的发现、认识明白告诉读者，而唐人则往往只表达自己对事物的诗意感受，不习惯于言理，这之间是本无轩轾之分的。

春　怨

纱窗日落渐黄昏，金屋无人见泪痕①。寂寞空庭春欲晚②，梨花满地不开门。

[校注]

①金屋，《汉武帝故事》："帝以乙酉年七月七日生于猗兰殿。年

四岁，立为胶东王。数岁，长公主嫖抱置膝上，问曰：'儿欲得妇不？'胶东王曰：'欲得妇。'长主指左右长御百余人，皆云不用。末指其女问曰：'阿娇好不？'于是乃笑对曰：'好！若得阿娇作妇，当作金屋贮之也。'"此处用"金屋"借指宫中华美的房舍。但也有可能泛指一般富贵人家的华屋。②欲，《全唐诗》校：一作"又"。

[笺评]

胡应麟曰：七言绝，王、李二家外，王翰《凉州词》、王维《少年行》……刘方平《春怨》……皆乐府也，然音响自是与五言绝稍异。（《诗薮·内编·近体下·绝句》）

唐汝询曰：一日之愁，黄昏为切；一岁之怨，春暮居多。此时此景，宫人之最感慨者也。不忍见梨花之落，所以掩门耳。（《唐诗解》卷二十八）又曰：四语只是形容冷落。（《汇编唐诗十集》）

王尧衢曰："纱窗日落渐黄昏。"从纱窗中见日落，而渐及于黄昏，则正是愁时候。"金屋无人见泪痕。"金屋，陈皇后阿娇贮金屋事。泪痕无见，以寂寂空庭之故。"寂寞空庭春欲晚。"君恩宠歇，则庭空而寂寞，一春虚度矣。春欲晚，则又怨之所生也。"梨花满地不开门。"春晚则梨花满地矣。月明花落，静掩重门，此时更有难为情处。（《古唐诗合解》卷六）

范大士曰：无聊无赖，那得不愁。（《历代诗发》）

俞陛云曰：首二句言黄昏窗下，虽贵居金屋，时有泪痕。李白诗："但见泪痕湿，不知心恨谁。"愁深泪湿，尚有人窥。此则于寂寞无人处泪尽罗巾，愈可悲矣。后二句言本甘寂寞，一任春晚花飞，朱门深掩，安有馀情怜花？结句不事藻饰，不诉幽怀，淡淡写来，而春怨自见。（《诗境浅说》续编）

刘永济曰：此诗于时于境皆极形其凄寂，处在此等环境中之人之情如何，不言自喻，况欲得一见泪痕之人而无之耶！设想至此，诗人

用心之细，体情之切，俱非易到。(《唐人绝句精华》)

刘拜山曰：曰"黄昏"，曰"春晚"，伤华年之将逝；曰"无人见"，曰"不开门"，写告语之无处；而以"梨花满地"四字烘衬，刻画宫人身世之悲，最为深切。(《千首唐人绝句》)

[鉴赏]

这首诗从内容、情调和表现手法上看，都酷似晚唐五代以来的闺怨词。晚唐五代词在内容上趋于闺情化，风格则趋于柔婉含蓄。刘方平的这首诗可以说是较早出现的具有词化特征的作品，这在盛唐诗人中显得相当独特。

题为"春怨"，第二句"金屋"又和汉武帝"金屋藏娇"的故事相关，因此解者多以为这是一首宫怨诗。但"金屋"一词，既可理解为华美房屋的泛称，则词中的女主人公也不妨看成是富贵人家怀着春怨的幽闺女子。好在宫闺女子的幽怨，其内涵性质本相近似，因此亦不必执一为解。

诗的主要特点是注重环境氛围的描写和烘染，来透露人物的感情意绪，暗示人物的处境命运，对人物本身则很少加以正面刻画，因此表情特别含蓄委婉、细腻婉曲。首句"纱窗日落渐黄昏"，写日暮黄昏时分室内的空寂。透过纱窗，看到斜阳逐渐西沉，日暮黄昏的黯淡正越来越深地笼罩着室内。"纱窗日落"透露出室内女子正在透过纱窗看室外的景物变化。着一"渐"字，不但显示了时间的推移流逝，而且透露了女子在空寂的环境中度日如年、长日无聊的意绪，以及在黄昏的黯淡中逐步加深的幽独寂寞、空廓虚无之感，是一个非常富于含蕴、富于表现力的字眼。

第二句才正面点出室内的女主人公，却不展开正面的描叙，只稍事侧面烘染："金屋无人见泪痕。""金屋"中人，究竟是怨旷的宫女还是幽闺女子，不妨任人自领。点眼处在"无人见泪痕"这看似轻描淡写的五个字。不说"流泪",却说"泪痕",正见幽怨已久,泪痕犹在,旧恨新愁,重叠相继,无时或已。而这"泪痕"又"无人见",只能独自在空寂中咀嚼苦况怨情。"无人"不但显示了女主人公所处环境的幽独寂寞,而且透露出她无人同情、无可告语的处境命运。这一句是全诗的主句,全诗所写的就是身处金屋而"无人见泪痕"的女子的"春怨"。

三、四两句正面写"春怨",却不采取直抒的方式,而是通过景物描写加以烘托。环境由一、二两句在室内移至室外,由"金屋"移至"空庭",时间则由一、二两句的日落黄昏进一步点出是"春欲暮"的季节。两句的中心意象是标志"春欲暮"的"满地梨花"。它是女主人公青春年华在寂寞中消逝凋残的象征,也是女主人公处境命运的象征。为了充分表现女主人公的处境与心境,诗人围绕这一中心意象作了重叠多层的渲染烘托。写庭院,既说"寂寞",又说"空",最后又说"不开门",以与前面的"金屋无人"相照应,进一步渲染处境之幽独孤寂,暗示青春芳华既无人赏,亦无人怜的命运。而末句"梨花满地不开门"的貌似客观的描写中,又正透露出女子面对此芳华凋谢的暮春景象时内心深长的哀怨和无奈的意绪。"不开门",是不忍见此残芳满地的情景,还是无可告语悲哀意绪的流露,抑或是对前景深感绝望情绪的表现,亦不妨任人自领。

张　继

张继，生卒年未详。字懿孙，行二十。襄阳（今属湖北）人。郡望南阳。天宝十二载（753）登进士第。约至德元载（756）起曾避乱游越、杭、苏、润等地。大历四年（769）以检校祠部员外郎出任转运使判官，掌财赋于洪州。约大历末卒于洪州。以气节自矜，与诗人刘长卿、皇甫冉交善。有诗一卷。《全唐诗》录继诗四十七首，其中多混入他人之作（详周义敢《张继诗考辨》）。高仲武《中兴间气集》选录其诗三首，并评其诗曰："员外累代词伯，积习弓裘。其于为文，不自雕饰。及尔登第，秀发当时。诗体清迥，有道者风。如'女停襄邑杼，农废汶阳耕'，可谓事理双切。又'火燎原犹热，风摇海未平'，比兴深矣。"长于七绝，《枫桥夜泊》最为传诵。

枫桥夜泊[①]

月落乌啼霜满天，江枫渔火对愁眠[②]。姑苏城外寒山寺[③]，夜半钟声到客船[④]。

[校注]

①影宋钞本《中兴间气集》卷下选录此诗，题作"夜宿松江"，嘉靖本、汲古阁本《中兴间气集》"宿"作"泊"。枫桥，在苏州阊门外。桥跨运河，西有寒山寺。或云本名封桥，因张继此诗而相沿作"枫桥"。然杜牧《怀吴中冯秀才》（一作张祜《枫桥》）已云："唯有别时今不忘，暮烟疏雨过枫桥。"诗当作于大历十四年之前。②火，《全唐诗》原作"父"，据《中兴间气集》改。③姑苏，苏州的别称，因其地有姑苏山而得名。寒山寺，在今苏州市西枫桥镇。相传唐诗僧寒山及拾得曾居于此，故名。始建于梁天监年间，本名妙利普明塔院，

又名枫桥寺。④夜半钟，欧阳修曾对夜半寺院敲钟之事提出疑问（见其《六一诗话》）。然据前人、今人考证，唐代诗赋中言及寺院夜半敲钟者甚多，且不止苏州一地。详参《王直方诗话》《能改斋漫录》《石林诗话》《老学庵笔记》及傅璇琮《唐人诗人丛考》"张继"。

[笺评]

欧阳修曰：诗人贪求好句，而理有不通，亦语病也。如"袖中谏草朝天去，头上宫花侍宴归"，诚为佳句矣，但进谏必以章疏，无直用稿草之理。唐人有云："姑苏城外寒山寺，夜半钟声到客船。"说者亦云，句则佳矣，其如三更不是打钟时。（《六一诗话》）

王直方曰：欧公言唐人有"姑苏城外寒山寺，夜半钟声到客船"之句，说者云，句则佳，其如三更不是撞钟时。余观于鹄《送宫人入道》诗云："定知别后宫中伴，应听缑山半夜钟。"而白乐天亦云："新秋松影下，半夜钟声后。"岂唐人多用此语也。傥非递相沿袭，恐非有说耳。温庭筠诗亦云："悠然逆旅频回首，无复松窗半夜钟。"庭筠诗多缀在白乐天诗后。（《苕溪渔隐丛话·前集》卷二十一引《王直方诗话》）

吴曾曰：陈正敏《遯斋闲览》记欧阳文忠诗话说唐人"夜半钟声到客船"之句云：半夜非鸣钟时。人偶闻此耳，且云，渠尝过姑苏，宿一寺，夜半闻钟，因问寺僧，皆曰分夜钟，曷足怪乎？寻问他寺，皆然，始知半夜钟唯姑苏有之……然唐时诗人皇甫冉有《秋夜宿严维宅》诗云："昔闻玄度宅，门向会稽峰。君住东湖下，清风继旧踪。秋深临水月，夜半隔山钟。世故多离别，良宵讵可逢。"且维所居正在会稽，而会稽钟声亦鸣于半夜，乃知张继诗不为误。欧公不察，而半夜钟亦不止于姑苏如陈正敏说也。又陈羽《梓州与温商夜别诗》："隔水悠扬半夜钟。"乃知唐人多如此。王直方《兰台诗话》亦尝辩论，第所引与予不同。（《能改斋漫录》卷三）

王观国曰：唐张继诗曰……世疑半夜非钟声时。观国案：《南史·文学传》："丘仲孚，吴兴乌程人，少好学，读书尝以中宵钟鸣为限。"然则半夜钟固有之矣。丘仲孚，吴兴人，而继诗姑苏城外寺，则半夜钟乃吴中旧事也。（《学林》卷八）

　　计有功曰：此地有夜半钟，谓之无常钟，继志其异耳。欧阳以为语病，非也。（《唐诗纪事·张继》）

　　张邦基曰：予妹夫王从一太初著《东郊语录》有云……今平江城中从旧承天寺鸣钟，乃半夜后也。馀寺闻承天钟罢乃相继而鸣，迨今如是，是以知自唐而然。（《墨庄漫录》卷九）

　　陆游曰：张继《枫桥夜泊》……欧阳公嘲之……后人又谓惟苏州有半夜钟，皆非也。按于邺《褒中即事》诗云："远钟来半夜，明月入千家。"皇甫冉《秋夜宿严维宅》云："秋深临水月，夜半隔山钟。"此岂亦苏州诗耶？恐唐时僧寺自有夜半钟也。（《老学庵笔记》卷十）

　　胡应麟曰：张继"半夜钟声到客船"，谈者纷纷，皆为昔人愚弄。诗流借景立言，惟在声律之调，兴象之合，区区事实，彼岂暇计，无论夜半是非，即钟声闻否，未可知也。（《诗薮·外编·唐下》）

　　桂天祥曰：诗佳，效之恐伤气。（《批点唐诗正声》）

　　周敬曰：目未交睫而斋钟声遽至，则客夜恨怀，何假名言。（《删补唐诗选脉笺释会通评林》）

　　周珽曰：看似口头机锋，却作口头机锋看不得。（同上）

　　南村曰：此诗苍凉欲绝，或多辨夜中钟声有无，亦太拘矣。（张揔辑《唐风怀》）

　　陈继儒曰：全篇诗意自"愁眠"上起，妙在不说出。（《唐诗三集合编》）

　　何焯曰：愁人自不能寐，却咎晓钟，诗人语妙，往往乃尔。（《笺注唐贤三体诗法》）

　　盛传敏、王谦曰："对愁眠"三字为全章关目。明逗一"愁"字，虚写竟夕光景，转辗反侧之意自见。（《碛沙唐诗》）

王士禛曰：陈伯矶常语余："'姑苏城外寒山寺，夜半钟声到客船'妙矣，然亦诗与地肖故尔。若云'南城门外报恩寺'，岂不可笑耶！"余曰："固然。即如'满天梅雨是苏州''流将春梦过杭州''白日澹幽州''风声壮岳州''黄云画角见并州''淡烟乔木隔绵州'，皆诗地相肖。使云'白日澹苏州''流将春梦过幽州'，不堪绝倒耶？"（《渔洋诗话》卷中）

　　毛先舒曰：张继诗"江枫渔火对愁眠"，今苏州寒山寺对面有愁眠山，说者遂谓张诗指山，非谓渔火对旅愁而眠。予谓非也。诗须情景参见。此诗三句俱述景，止此句言情，若更作对山，则全无情事，句亦乏味。且愁眠山下即接姑苏城、寒山寺，不应重累如此。当是张本自言愁眠，后人遂因诗名山，犹明圣湖因子瞻诗而名西子湖耳。至于夜半本无钟声，而张诗云云，总属兴到不妨。雪里芭蕉，既不受弹，亦无须曲解耳。（《诗辩坻》卷三）

　　张宗柟曰：予见寒坪云：初唐风调未谐，诚然。盛唐以气体胜，中晚以神韵胜。即其至者而论，盛唐不乏神韵，而中晚之气体稍别矣。此渔洋之论压卷而不及中晚也。又云：四首压卷无疑，若韩翃之《寒食》，张继之《枫桥夜泊》，即次之矣。（《带经堂诗话·总集外一·删订类》）又曰：鲍侍翁《五谷丛书》：渔洋先生于顺治帝辛丑游吴，题诗枫桥，诗话载之。余以康熙庚子舟游邓尉，泊舟枫桥追忆其事，屈指刚六十年，口占一绝句云："路近寒山夜泊船，钟声渔火尚依然。好诗谁嗣唐张继，冷落春风六十年。"（《带经堂诗话·总集外五·自述类下》）

　　袁枚曰：西崖先生云："诗话作而诗亡。"余尝不解其说……唐人"姑苏城外寒山寺，夜半钟声到客船"，诗佳矣。欧公讥其夜半无钟声，作诗话者，又历举其夜半之钟以证实之。如此论诗，使人夭阏性灵，塞断机括，岂非"诗话作而诗亡"哉！（《随园诗话》卷八）

　　黄生曰：三句承上起下，浑而有力，故《三体》取以为式。从夜半无眠到晓，故怨钟声太早，搅入梦魂耳。语脉浑浑，只"对愁眠"

三字略露意。夜半钟声，或谓其误，或谓此地有半夜钟，俱非解人。要之，诗人兴象所至，不可执著。必欲执著，则"晨钟云外湿""钟声和白云""落叶满疏钟"，皆不可通矣。近评诗者论此诗云："姑苏城外寒山寺，夜半钟声到客船"便可听，若云"南京城外报恩寺"云云，岂不令人喷饭。此言亦甚有见，但其所以工拙处，尚未道破。容请语其故，予曰："无他，只'寒山'二字雅于'报恩'二字也。"客欣然有省。(《唐诗摘抄》卷四)

乔亿曰：高亮殊特，青莲遗响。(《大历诗略》卷六)

沈德潜曰：尘市喧阗之处，只闻钟声，荒凉寥寂可知。(《重订唐诗别裁集》卷二十)

高士奇曰：霜夜客中愁寂，故怨钟声之太早也。夜半者，状其太早而甚怨之之辞。说者不解诗人话语，乃以为实半夜，故多曲说。而不知首句"月落乌啼"乃日欲曙之候矣，岂真半夜乎？说诗者不以文害辞，不以辞害意，斯得之矣。(《三体唐诗辑注》卷一)

黄叔灿曰："客船"即张继自谓。本言夜半钟声，客船初到，而江枫渔火，相对愁眠，则已月落乌啼，客船水宿，含悲俱在言外。文法是倒拈，并非另有客船到也。不然，"夜半"与上"月落乌啼"，岂不刺谬乎？(《唐诗笺注》)

管世铭曰：王阮亭司寇删定洪氏《唐人万首绝句》，以王维之《渭城》、李白之《白帝》、王昌龄之"奉帚平明"、王之涣之"黄河远上"为压卷，违于前人之举"蒲桃美酒""秦时明月"者矣。近沈归愚宗伯，亦效举数首以续之。今按其所举，惟杜牧"烟笼寒水"一首为当。其柳宗元之"破额山前"，刘禹锡之"山围故国"，李益之"回乐烽前"，诗虽佳而非其至。郑谷"扬子江头"，不过稍有风调，尤非数诗之匹。必欲求之，其张潮之"茨菰叶烂"，张继之"月落乌啼"，钱起之"潇湘何事"，韩翃之"春城无处"，李益之"边霜昨夜"，刘禹锡之"二十馀年"，李商隐之"珠箔轻明"与杜牧《秦淮》之作，可称匹美。(《读雪山房唐诗序例·七绝凡例》)

王尧衢曰：此诗装句法最妙，似连而断，似断而连。（《古唐诗合解》）

宋宗元曰：写野景夜景，即不必作离乱荒凉解，亦妙。（《网师园唐诗笺》）

马位曰：《石林诗话》："姑苏城外寒山寺，夜半钟声到客船。"欧阳公尝病其夜半非打钟时，盖公未尝至吴中。今吴中山寺，实以夜半打钟。然亦何必深辩，即不打钟，不害诗之佳也。如子瞻"应记侬家旧姓西"，夷光姓施，岂非误用乎？终不失为好。（《秋窗随笔》）

俞陛云曰：作者不过夜行纪事之诗，随手写来，得自然趣味。诗非不佳。然唐人七绝，佳作林立，独此诗流传日本，几妇稚皆习诵之。诗之传与不传，亦有幸与不幸耶！（《诗境浅说》续编）

刘永济曰：此诗所写枫桥泊舟一夜之景，诗中除所见所闻外，只一"愁"字透露心情。夜半钟声，非有旅愁者未必便能听到。后人纷纷辨夜半有无钟声，殊觉可笑。（《唐人绝句精华》）

刘拜山曰：写旅程孤寂，以钟声反衬不寐，情景皆极真切，迥不同于虚构。胡氏谓"区区事实，彼岂暇计"，亦故为调和之说，非诗人即景言情之意也。（《千首唐人绝句》）

[鉴赏]

一个秋天的夜晚，诗人泊舟苏州城外的枫桥。江南水乡秋夜幽美的景象，吸引着这位怀着旅愁的客子，使他领略到一种情味隽永的诗意美，写下了这首意境清远的小诗。

题为"夜泊"，实际上只写"夜半"时分的景象与感受。诗的首句，写了午夜时分有密切关联的三种景象：月落、乌啼、霜满天。上弦月升起得早，半夜时便已沉落下去，整个天宇只剩下一片灰蒙蒙的光影。乌鸦本就有夜啼的习惯，这时大约是因为月落前后光线明暗的变化，被惊醒后在栖宿的树上发出几声啼鸣。月落夜深，繁霜暗凝。

在幽暗静谧的环境中，人对夜凉的感觉变得格外锐敏。"霜满天"的描写并不符合自然景象的实际（霜华在地在树在屋顶而不在天），却完全切合诗人的感受：深夜侵肌砭骨的寒意，从四面八方围向诗人夜泊的小舟，使他感到身外的茫茫夜气中正弥漫着满天霜华。整个一句，"月落"写所见，"乌啼"写所闻，"霜满天"写所感，层次分明地体现出一个先后承接的时间过程和感受过程，而这一切，又都和谐地统一在水乡秋夜的幽寂清冷氛围和羁旅者的孤子清寥感受中。从这里可以看出诗人运思的细密。

诗的第二句接着描绘"枫桥夜泊"的特征景象与旅人的感受。在朦胧夜色中，江边的树只能看到一个模糊的轮廓，之所以径称"江枫"也许是因为"枫桥"这个地名而引起的一种推想或是日间所见江边有枫之故。而"江枫"这个意象本身也能唤起秋色秋意的联想，给人以离情羁思的暗示。"湛湛江水兮上有枫，目极千里兮伤春心""青枫浦上不胜愁""枫落吴江冷"，这些前人的诗句可以说明"江枫"这个意象所沉积的感情内容和它给予人的联想。透过雾气茫茫的江面，可以看到星星点点几处"渔火"。由于周围昏暗迷蒙背景的衬托，使它显得特别引人注目，动人遐想。"江枫"与"渔火"，一静一动，一暗一明，一江边，一江上，景物的配搭组合颇见用心。写到这里，才正面点出泊舟枫桥的旅人——诗人自己。"愁眠"，指怀着旅愁躺在船上的不眠旅人。"对愁眠"的"对"字包含了"伴"的意蕴，不过不像"伴"字外露。这里确有孤寂的旅人面对霜夜江枫渔火时萦绕的缕缕轻愁，但同时又隐含着对旅泊幽美风物的新鲜感受。我们从那个仿佛很客观的"对"字当中，似乎可以感觉到舟中的旅人和舟外的景物之间一种无言的交融与契合。

诗的前幅布景密度很大，十四个字写了六种景象，后幅却特别疏朗，两句诗只写了一件事：卧闻寺中夜钟。这是因为，诗人在枫桥夜泊中所得到的最鲜明深刻、最具诗意美的景象，就是这寒山寺的夜半钟声。月落乌啼，霜天寒夜，江枫渔火，孤舟客子等景象，固然已从各方面显示出枫桥夜泊的特征，但还不足尽传它的神韵。在暗夜中，人的听觉升居为对外界事物景象感受的首位，而午夜万籁俱寂时的钟声，给予人的印象又特别鲜明突出。这样，"夜半钟声"就不但衬托出了夜的静谧，而且显示了夜的深永和清寥，而诗人卧听疏钟时种种难以言传的感受也就尽在不言中了。

这里似乎不能忽略"姑苏城外寒山寺"。寒山寺在枫桥西一里，初建于梁代。相传唐初诗僧寒山、拾得曾从天台国清寺移居此寺，故称。枫桥的诗意美，有了这座古刹，便带上了深远的历史文化色泽，而显得更加丰富，动人遐想。因此，这寒山寺的"夜半钟声"也就仿佛回荡着历史的回声，渗透着宗教的情思，而给人一种古雅庄严之感了。诗人之所以用一句诗来点明钟声的出处，看来不为无因。有了寒山寺的夜半钟声这一笔，"枫桥夜泊"之神韵才得到最完美的表现，这首诗就不再停留在单纯的枫桥秋夜景物画的水平上，而是创造出了情景交融、含蕴深永的典型化艺术意境。夜半钟的风习，虽早在《南史》中即有记载，但把它写进诗里，成为诗歌意境的点眼，却是张继的创造。在张继同时或以后，虽也有不少诗人描写过夜半钟，却再也没有达到过张继的水平，更不用说创造出完整的艺术意境了。

这首诗的前后幅虽然一密一疏，似乎相差很大，但全篇的色调、意境却非常和谐统一，呈现出秋夜江南水乡特有的清迥寂寥的美感。诗中出现的一系列意象，如月落、乌啼、霜天、江枫、渔火、孤月、客子、姑苏城、寒山寺、夜半钟，全都统一在朦胧、凄寂、清寥的氛围中。特别是诗的中心意象——夜半钟声，更使所有围绕着它的意象成为一个有机的整体。前人对此诗的评论，绝大部分集中在"夜半钟"之有无上，正是由于看到了它在全诗中所起的关键作用。援引有关诗例或证据，证实"夜半钟"之有，是有意义的。因为诗的中心意象（特别是像《枫桥夜泊》这样的羁旅行役诗）如果在实际生活中根本不存在，那么诗的真实性便大成问题，它的感发力量也要大打折扣。这是不能用一般的艺术虚构理论来解释的，因为它是旅泊中亲耳闻见的景物情事。如果细心一点，还会发现，连"姑苏""寒山寺"这种地名，也着意于意象色调的统一。用"姑苏"而不用"苏州"，是因为"姑苏"较之"苏州"有更悠远的历史文化色彩；而"寒山寺"除了上面已经提到的寺的古老和诗僧寒山曾居此这两层原因外，还因为"寒山寺"的"寒山"二字，和霜天秋夜的凄寒色彩、清迥意境有着密切关联，而"霜"又和"钟声"有着内在联系。《山海经·中山经》："（丰山）有九钟焉，是知霜鸣。"郭璞注："霜降则钟鸣，故言知也。""霜钟"从而成为一个常用的诗歌意象。诗人在握笔之际未必想到这些，但诗人的历史文化素养却使他在选择组合诗歌意象时自然地作出这样的而不是那样的安排。王士禛说第三句若改成"南城门外报恩寺"岂不可笑，正说明诗歌意象色调的统一和谐对于构成完整艺术意境的重要作用。

诗中直接点明诗人感情的只有"对愁眠"三字，不少论者因此而认为全篇抒写的便只是旅人的愁绪，乃至悲恨。这未免有些以偏概全，将诗人旅泊枫桥时的感受理解得过于简单了。诗人在面对霜天暗夜、江枫渔火时，心中萦绕着羁旅者的轻愁是事实，但这种愁绪并不沉重，它本身因与周围的景物氛围交融契合，同时又具有一种美感，特别是当听到寒山寺的夜半钟声传到客船上时，就倍感霜天清夜、旅泊枫桥的清迥隽永的美感，其中显然寓含着对这种美的境界的发现与欣赏的喜悦。总之，诗人的感情，绝非一个"愁"字可以概括。

柳中庸

柳中庸，生卒年不详。名淡，以字行。祖籍河东（今山西永济），后迁居京兆（今西安市）。幼善属文，与兄并、弟中行均有文名。天宝中师事萧颖士，萧以女妻之。安史乱中避地江南。大历九年（774）在湖州，与颜真卿、皎然等联唱。曾诏授洪州户曹参军，不就。与陆羽、李端等友善，有唱酬。《全唐诗》录其诗十三首，多征戍、闺怨之作。

征人怨①

岁岁金河复玉关②，朝朝马策与刀环③。三春白雪归青冢④，万里黄河绕黑山⑤。

[校注]

①《全唐诗》原作"征怨"，校："一本'征'下有'人'字。"兹据补。②金河，河名，今名大黑河，流经今内蒙古自治区呼和浩特市南，至榆林入黄河。唐置金河县，属单于大都护府所辖。玉关，即玉门关，在瓜州晋昌郡北。另有汉之玉门故关，在沙州敦煌郡西北。③马策，马鞭。刀环，刀柄上的铜环。④归，归向。青冢，即昭君墓。在今内蒙古自治区呼和浩特市南。塞外草白，而传说昭君墓上草独青，故名。⑤黑山，又名杀虎山，在今呼和浩特市境。

[笺评]

杨慎曰：绝句四句皆对，杜工部"两个黄鹂"一首是也。然不相连属，即是律中四句也。唐绝万首，惟韦苏州"踏阁攀林恨不同"及刘长卿"寂寂孤莺啼杏园"二首绝妙，盖字句虽对，意则一贯也。其馀如李峤《送司马承祯还山》言："蓬阁桃源两处分，人间海上不相闻。一朝琴里悲黄鹤，何日山头望白云。"柳中庸《征人怨》云："岁岁金河复玉关，朝朝马策与刀环。三春白雪归青冢，万里黄河绕黑山。"周朴《边塞曲》云："一队风来一队沙，有人行处没人家。黄河九曲冰先合，紫塞三春不见花。"亦其次也。（《升庵诗话》）

乔亿曰：工对不板，洗发"怨"字偏壮丽。（《大历诗略》）

宋顾乐曰：直写得出，气格亦好。（《万首唐人绝句选》评）

俞陛云曰：四句皆作对语，格调雄厚。诗题为征人怨，前二句言情，后二句写景，而皆含怨意，嵌青、白、黄、黑四字，句法浑成。（《诗境浅说》续编）

富寿荪曰：四句皆写征人之怨，诗中虽不着一字，而言外怨意弥深。通首精工典丽，于对起对收之中，别具飞动流走之妙。（《千首唐人绝句》）

[鉴赏]

在唐代边塞诗中，这是一首很具艺术特色的作品。它给人的突出印象与感受有以下几点：一是题为"征人怨"，而通篇不着一个"怨"字，但仔细寻味，又感到字里行间，处处渗透散发出怨思。二是四句皆对，且均为精工的对仗，但读来丝毫不感到板滞，而是自然流走，一气浑成。三是用了一系列的地名，构成极其广袤的空间画面。四是多用色彩鲜明的表颜色字构成工整的对仗和鲜明的对比，使全诗的色彩感特别强烈。

首句凌空而起，写征人戍守之地更换的频繁。金河与玉关，一在北，一在西，分属单于大都护府与河西节度使府管辖，彼此迥不相及，或以为诗中金河、青冢、黄河、黑山均在单于都护府辖境，而断定此诗的主人公是单于都护府的征人，但"玉关"显然不在单于都护府管内，此说实不可通。盖此句意在突出远戍征人调动的频繁，忽而远戍玉关，忽而戍防金河，着一"复"字，正见调动戍防地之频繁与相距之遥远。而句首的"岁岁"二字则进一步突出渲染了这种远距离的频繁调动，年年皆然。然则远戍的辛苦再加上调戍的长途跋涉之苦均可想见。

次句写征戍生活的单调寂寞。长期的戍守、行军生活中，天天面对的首先便是手中的马鞭与刀柄上的刀环。"马策"，正透露出跋涉之意，与上句"金河复玉关"相应，不说"刀"而说"刀环"，自寓微意。盖"环"谐"还"，见刀环则思归还故乡，但长期戍守，返乡的愿望根本无法实现，只能空对刀环而思归。"怨"意已含其中。

第三句"三春白雪归青冢"，是写征戍之地的严寒。三春季节，内地早已是艳阳高照、百花争艳，一片花团锦簇的明丽景象，而在穷边绝域，却是白雪纷纷，洒向青冢，一派冰封雪飘的萧杀萧条景象。白雪自然不会只飘洒在青冢上，但作为生长在内地、日日盼望归返故乡的征人，他的目光却自然而然地专注在那荒寒大漠中孤零零的一座青冢上，感到自己的命运似乎也正像在大漠中被遗忘的孤冢一样，显得分外孤单寂寞。而万里"白雪"中的一点"青冢"，则更以鲜明的色彩对照，强化了"青冢"的渺小孤子。而"归"字则给人以漫天白雪一齐归聚于"青冢"的视觉印象，使它在莽莽茫茫的白雪中显得更加无助和孤单。这种景象，于写实中带有某种象征意味，却又不是刻意运用象征手法，很耐玩味。

"万里黄河绕黑山。"末句更大处落墨，将写实与想象融合起来，描绘出万里黄河蜿蜒曲折，奔腾东去缭绕黑山而过的景象。"黑山"固在单于都护府境内，但"万里黄河"却是自西向东，延伸及整个北中国的大地。身在征戍之地的征人，当然不可能望见万里黄河，但作为"岁岁金河复玉关"、征戍调动频繁的战士，心目中自有万里黄河的整体印象，因此这"万里黄河绕黑山"的描绘，正符合其征戍的经历和体验。所历者广，故眼界自宽，眼前的黄河自然和想象中的万里黄河联结在一起。单看此句，或许只觉得境界雄浑壮阔，但前幅的

"岁岁""朝朝"四字，却是一直贯注到后幅的，因此在"岁岁""朝朝"面对"万里黄河绕黑山"的情况下，这原本雄浑壮阔的境界反倒更衬托出了征人的孤单寂寞和生活的单调。"绕"字既形象地显示了黄河蜿蜒曲折的态势和画面的动态感，但也透露出征人跋涉迁转于黄河上下的征戍生活的辛苦和心中牵绕不已的怨思，同样具有象外之致。

全篇对偶极为精工，除一二、三四对起对结外，各句中又自为对（"金河"对"玉关"，"马策"对"刀环"，"白雪"对"青冢"，"黄河"对"黑山"），且"金""玉""白""青""黄""黑"，均有意选用色彩鲜明的词语。但这样精工而锤炼的对偶并没有使通篇显得板滞，由于从头到尾贯注着一种神驰万里的气势，诗人的目光和视野从不拘限于眼前的狭小空间，故能创造出具有广远时空感的雄浑阔远境界，使首尾浑然一体，一气呵成，而且使征人的"怨"思与雄浑阔远的境界相融，全篇的情调就不显得凄凉低沉，而是"怨"而仍"壮"。

刘长卿

刘长卿（？—约790），字文房，郡望河间，祖籍宣州，自幼居洛阳。少居嵩山读书。屡试不第。肃宗至德二载（757）礼部侍郎李希言知江东贡举时登第，任长洲尉。翌年正月，摄海盐令。旋因事下狱，贬潘州南巴（今广东电白县东）尉。广德元年（763）量移浙西某县。永泰元年（765）前后入转运使幕。大历前期，曾在京任员外郎。二年（767），以转运使判官兼殿中侍御史奉使淮西。三月，至淮南。五年，移使鄂岳，迁鄂岳转运留后、检校祠部员外郎。遭鄂岳观察使吴仲孺诬奏，贬睦州（今浙江建德）司马。建中初（780）迁随州刺史。李希烈叛，长卿失州东归。贞元元年（785）入淮南节度使杜亚幕。约贞元六年卒。工诗，自称"五言长城"。有《刘随州集》。《全唐诗》编其诗为五卷。今人储仲君有《刘长卿诗编年笺注》、杨世明有《刘长卿集编年校注》。

逢雪宿芙蓉山主人①

日暮苍山远②，天寒白屋贫③。柴门闻犬吠，风雪夜归人④。

[校注]

①芙蓉山，在常州义兴（今江苏宜兴）阳羡山附近。长卿于阳羡山筑有碧涧别墅。《宋高僧传》卷十一《唐常州芙蓉山太毓传》谓太毓尝"止于毗陵义兴芙蓉山"。《江南通志》卷十三："荆南山，在宜兴县西南，荆溪之南。""山之东麓为静乐山，南为芙蓉山，西为横山，一名大芦山，北为南岳山（即阳羡山）。"诗作于大历十年（775）闲居义兴期间。杨世明《刘长卿集编年校注》系此诗于大历六年（771）

冬出使湖南时，谓芙蓉山指潭州（今湖南长沙）近处之芙蓉山，参见该书第338页。②苍山，指芙蓉山。③白屋，指不施彩色，露出木材的房屋。为古代平民寒士所居。《尸子·君治》："人之言君天下者瑶台九累，而尧白屋。"一说，指以白茅覆盖的房屋。《汉书·王莽传上》："开门延士，下及白屋。"颜师古注："白屋，谓庶人以白茅覆盖者也。"④夜归人，指夜归的主人。

[笺评]

顾璘曰：此所谓真语真情者，清语古调，近实，故妙。（《批点唐音》卷十二）

吴逸一曰：极肖山庄清景，却不寂寞。（《唐诗正声》评）

唐汝询曰：首见行之难至。次言家之萧条。闻犬吠而睹雪中归人，当有牛衣对泣景象。此诗直赋实事，然令落魄者读之，真足凄绝千古。（《唐诗解》卷二十三）

周敬曰：语清调苦，含无限凄楚。（《删补唐诗选脉笺释会通评林·中五绝》）

邢昉曰：情真景真。（《唐风定》卷二十）

王尧衢曰："日暮苍山远"，行路之际，暮景可悲。此句言行之难至。"天寒白屋贫"，白屋贫家，萧条景况，又值天寒而宿，更倍凄凉矣。"柴门闻犬吠"，柴门犬吠，惊客到也，确是雪夜景。"风雪夜归人"，人从风雪中夜归白屋，是在凄凉中得安乐境。（《唐诗合解笺注》卷四）

乔亿曰：萧寥。余爱诵此绝句。谓宜入宋人团扇小景。想刘松年、赵孟頫定有妙制。（《大历诗略》）

黄叔灿曰：上二句孤寂况味。犬吠归人，若惊若喜，景色入妙。（《唐诗笺注》卷七）

施补华曰：刘长卿："日暮苍山远，天寒白屋贫。柴门闻犬吠，

风雪夜归人。"较王、韦稍浅，其清妙自不可废。(《岘佣说诗》)

王文濡曰：日暮途穷，天寒而继以风雪，写尽旅行之苦。幸有白屋可以寄宿，苦中得乐，聊以自慰。(《唐诗评注读本》卷三)

刘永济曰：此诗二十字将雪夜宿山人家一段情事，描绘如见。(《唐人绝句精华》)

刘拜山曰：写山村借宿一时见闻，情景极为清隽。而山村之孤寂，居人之劳苦，皆见于言外。(《千首唐人绝句》)

[鉴赏]

这首小诗写天寒日暮投宿山居主人家的情景，题材很平常，却写得意境清迥，情韵悠长，经得起反复咀味。

题曰"逢雪宿芙蓉山主人"，见出此次投宿不仅因为"日暮"，且与"逢雪"有密切关联。因此，前两句虽未直接写到雪，却不能忽略这个气候背景。

"日暮苍山远"，首句写日暮时分，诗人孑然独行所见所感。暮色苍茫，天阴欲雪，前面的芙蓉山显得更加灰暗渺远。"远"不仅是空间距离，而且是心理距离。由于天阴欲雪，急于投宿，感到苍茫的前山似乎更远了。虽是句眼，句法却显得自然浑成，似不经意道出。

"天寒白屋贫"，次句写到达芙蓉山主人所居时所见所感。标明"白屋"，则主人的身份当是贫寒的普通百姓或寒士。"天寒"自因欲雪，但在诗句中，却与"白屋贫"之间存在着某种感受上的因果联系。由于天寒，原就简陋的"白屋"显得更加萧瑟凄冷，别无长物。"白屋"原本就是贫民所居，用"贫"来形容白屋，似乎多余。但这里的"贫"字却主要是表现一种氛围，表达一种心理感觉。它使人感到，这简陋的白屋中似乎空间每一处都在散发着一种萧瑟凄冷的气息，一种寒意袭人的氛围。

整个前幅，写诗人从行路到投宿所见所感，意境、氛围是清冷凄寒的，但后幅的意境、氛围却起了明显的变化。

"柴门闻犬吠，风雪夜归人。"前幅点出"日暮"，后幅则已入"夜"，前后幅之间存在着一段时间过程。从"闻"字可以揣知，诗人在芙蓉山主人家投宿以后，已经入睡。夜间忽然听到简陋的柴门边响起了犬吠声，接着便听到由远而近的脚步声、敲门声，家人起身、点灯、开门声和主人进门声，这才知道，原来是主人在漫天风雪之夜归来了。"犬吠"声打破了山居夜间的静寂，随着犬吠声次第出现的因"风雪夜归人"的到来而产生的一系列声响和动态，更使这原来显得凄冷萧瑟的"白屋"变得热闹起来、活动起来，充满了亲切温煦的气息。这静寂中的热闹，寒天风雪中的温煦，暗夜中的光亮，构成了鲜明的对比，使诗人心中充满了新鲜的诗意感受。他把这场景记叙下来，并定格在"风雪夜归人"这个动人瞬间。而在这之前、之后发生的许许多多情事，统统被略去了。

唐诗的魅力有众多的构成因素，但其中最关键的一点是唐代诗人所特具的诗心，即从平常生活中发现的诗意。这首诗的魅力正在于诗人对这种静寂中的热闹、风雪中的温暖、暗夜中的光亮的鲜明对照中所显示的诗意美的发现与成功表现。诗之所以止于"风雪夜归人"而不必再赘一辞，正是由于这一场景是诗意美的集中体现。

听弹琴①

泠泠七丝上②，静听松风寒③。古调虽自爱，今人多不弹。

[校注]

①长卿另有《杂咏八首上礼部李侍郎》其一《幽琴》云："月色满轩白，琴声宜夜阑。飀飀青丝上，静听松风寒。古调虽自爱，今人多不弹。向君投此曲，所贵知音难。"储仲君《刘长卿诗编年笺注》谓题下所云"礼部李侍郎"指至德二载（757）知江东贡举之礼部侍

郎，江东采访使李希言，诗为投卷而作。并将《听弹琴》附编于其后，按云："此诗与《杂咏八首·幽琴》中二联略同，前诗或由此诗足成。"而陈尚君则据敦煌遗书斯五五五有樊铸《及第后读书院咏物十首上礼部李侍郎》，谓："《刘随州集》卷四有《杂咏八首上礼部李侍郎》，虽所咏之物与樊铸不同，但可肯定为一时之作，据此可知长卿为'礼部李侍郎'知举年及第。"并推断指天宝六载至八载知贡举之礼部侍郎李岩的可能性较大。按：樊铸所作十首与长卿所作八首，虽同为"上礼部李侍郎"，但一为及第后所上，一为及第（或考试）前所上，总题及分题均不同，是否一时之作，恐难遽定。谓长卿天宝六载至八载登第，亦乏长卿诗文作为佐证。而谓"礼部李侍郎"指李希言，则储仲君已举《至德三年正月时谬蒙差摄海盐令闻王师收二京因书事寄上浙西节度李侍郎中丞行营五十韵》诗中"昔忝登龙首，能伤困骥鸣。艰难悲伏剑，提握喜悬衡。巴曲谁堪听，秦台自有情。遂令辞短褐，仍欲请长缨"等句为证，可从。但《听弹琴》诗是否即作于至德二载，抑或其前其后，仍难肯定。杨世明《刘长卿集编年校注》此首漏编，既不见于编年诗，亦不见于未编年诗。②泠泠（líng líng），形容水声清越悠扬。陆机《招隐诗》之二："山溜何泠泠，飞泉漱鸣玉。"此以状琴声。七丝，即七弦。上古琴五弦，至周增为七弦。陆机《文赋》："文徽徽以溢目，音泠泠而盈耳。"③琴曲有《风入松》。

[笺评]

俞陛云曰：中郎焦尾之材，伯乐高山之调，悠悠今古，赏音能几人？况复茂林异等，沉沦于升斗微官；绝学高文，磨灭于蠹蟫断简，岂独七弦古调，弹者无人！文房特借弹论琴以一吐其抑塞之怀耳。（《诗境浅说》续编）

富寿荪曰：借听琴抒抑塞不遇之感，并讽世情之凉薄。措语含蓄，

耐人讽味。(《千首唐人绝句》)

[鉴赏]

琴在古代乐器中向来被尊为雅乐的代表。《太平御览》卷五百七十九引桓谭《新论》云："昔神农氏继宓牺而王天下，亦上观法于天，下取法于地，近取诸身，远取诸物，于是始削桐为琴，绳丝为弦，以通神明之德，合天地之和焉。"将琴的产生与制作提高到法天地、通神明的高度，可见它在各种乐器中崇高的地位。但时移代变，琴这种古雅的乐器却越来越不为时俗所赏。历代都有自己时代流行的"新声"。在唐代，流行的则是从西域传入的节奏急骤明快的琵琶。这本是音乐史上新旧交替的自然现象。当这种现象与诗人的身世遭遇之感偶然相值时，就会激起潜藏于心中的感慨，而形之于歌咏，这首《听弹琴》正是借古调雅乐不见赏于时俗来抒发感慨的诗。

诗的前两句写"听弹琴"。"泠泠"用以形况琴声的清越，其中亦流露出琴声的节奏舒缓、单调古雅，如泉声之幽冷。用"七丝"来代指琴，不仅是由于它的形制，更由于"泠泠七丝上"的诗句能给人一种鲜明生动的形象感，仿佛能见到那清越古雅的声响从"七丝"上缓缓流淌而出。接下来一句"静听松风寒"，是形况琴声所传达出的意境，恍如风入松林，飕飕生寒。琴曲有《风入松》，这里说"松风寒"既自然绾合了曲名，又生动地展现出琴声所传达的幽清凄寒的意境，使诉之于听觉的琴声具有通之于触觉的寒凉之意。是描绘琴声的传神之笔。而句首的"静听"二字，更描绘出诗人凝神致虑，沉浸在琴声所展现的意境之中的神态，为下文的"自爱"伏脉。

三、四两句是因"听弹琴"触发的感慨。"古调自爱"四字，可以说是对前两句所描绘情景的概括，句中着一"虽"字，转出新意，第四句正面揭示感慨："今人多不弹。"如此清雅的琴声琴韵，自己虽极为赏爱，却不为时俗所赏，"今人"已经普遍厌弃而"不弹"了。

很显然，这里所表达的是一种自己空有高尚的追求却不被时俗所理解所欣赏的孤独感、一种世无知音的寂寞感，一种与世相违的失落感，但同时又寓有自赏自负的意蕴，感情内涵并不单一。这两句孤立起来看像是纯粹的议论，但由于有前两句对"听弹琴"情景的生动描绘，这种貌似议论的诗句便化为抒情意味很浓的世情感慨和人生感慨，从而经得起咀嚼而不流于一览无余。

这首诗与《杂咏八首·幽琴》的中间四句虽然基本相同，但《幽琴》未见流传而此诗却为诗家所赏，主要原因即在于这首诗在艺术表现上的集中与完整自足。而《幽琴》的前两句不过是可有可无的敷衍，末二句的意蕴则已包含在"古调"二句之中。比较之下，《幽琴》的起结便全同赘疣了。

送灵澈上人①

苍苍竹林寺②，杳杳钟声晚。荷笠带斜阳③，青山独归远。

[校注]

①灵澈（746—816），一作灵彻，唐代著名诗僧。俗姓汤，字源澄，会稽（今浙江绍兴）人。幼出家于云门寺。肃、代间从严维学诗。约大历末至吴兴，与诗僧皎然唱和。兴元元年（784）赴长安，因皎然致书，得御史中丞包佶延誉，诗名大震。贞元后期，与刘禹锡、柳宗元、韩泰、吕温等关系甚密。后被诬流窜汀州，约元和初赦还。四年（809）至庐山，住东林，后东归。元和十一年卒于宣州开元寺。其门人从其平生所赋诗二千首中删取三百首，编为《澈上人文集》十卷，又取其与人唱和酬别之作，另编为十卷，均佚。《全唐诗》编其诗为一卷。刘禹锡有《澈上人文集纪》，《宋高僧传》有传。储仲君《刘长卿诗编年笺注》谓此诗作于大历十二年长卿贬睦州司马期间。"当为灵澈游睦，挂锡山寺，日间相聚，傍晚送归，故有是作"。杨世

明《刘长卿集编年校注》置未编年诗中。②竹林寺，杨注谓在镇江。《宋高僧传》卷八有《唐润州竹林寺昙璀传》。据《舆地记胜》，寺在黄鹤山。储注则谓："润州（竹林寺）肃代间诗人均称之为鹤林，未闻有称竹林者……此诗所云，非必专名。寺旁多竹，即可谓为竹林寺也。"③荷笠，戴着箬笠帽。

[笺评]

唐汝询曰：晚则鸣钟，日斜而别。钟鸣而未至者，山远故也。（《唐诗解》卷二十三）又曰：悠悠言外。（《删补唐诗选脉笺释会通评林·中五绝》引）

陆士钦曰：闲静。（同上引）

乔亿曰：向王、裴诵此，应把臂入林。（《大历诗略》）

俞陛云曰：四句纯是写景，而山寺僧归，饶有潇洒风尘之致。高僧神态，涌现毫端，真诗中有画也。（《诗境浅说》续编）

刘拜山曰：着意为诗僧写照。一笠斜阳，青山独往，可谓诗中有画。（《千首唐人绝句》）

[鉴赏]

这首五绝写诗僧灵澈在夕阳晚钟中荷笠归山寺的情景，堪称诗中有画。但尤为难得的是，诗中所涵容的一种悠闲淡远的情致和悠然神远的韵味。而这种情致韵味既与题内的"送"字密切相关，又与诗人主观情思密不可分。

首句写远望中的竹林寺——灵澈晚归的所在。这是一个晴朗的傍晚，远处的青山下，一座竹林环抱中的寺庙，在夕阳暮霭中显现出一片青苍之色。"苍苍"既点晚暮，更显出望中的遥远，它使得远望中的竹林环抱的古寺既对晚归的诗僧具有吸引力，又有一份杳远难即之感。

次句写遥闻竹林寺的钟声。山寺暮钟，是平常景，它通常给人一种归宿感，也因它的悠长余响唤起一种悠远缥缈的情思。妙在前面冠以"杳杳"二字，赋予这无形的钟声一种杳远而隐约的神韵；而句末的那个"晚"字，不但点明山寺暮钟，而且显示出一种动态，仿佛在一声接一声的悠远缥缈的钟声中，天色在逐渐向晚。上句从视觉角度写竹林寺的苍茫杳远，下句转从听觉角度写山寺晚钟的缥缈杳远。两重不同角度的渲染，已经创造出一种悠远的情致韵味，而两句句首以"苍苍""杳杳"叠字为对，更透出一种悠闲容与的意味。

三、四两句，从远望、远闻中的山寺、晚钟转写归寺的灵澈。"荷笠带夕阳"句展现的是一个头戴箬笠，在夕阳余晖映照下悠然归去的僧人身影。这幅写意式的剪影，透出了一种潇洒出尘的情致。"带夕阳"的"带"字，尤饶韵味，仿佛可见夕阳的光影在箬笠上闪动流淌的情状。在整个逐渐苍茫黯淡的背景上透出了几许温煦的色彩。

末句"青山独归远"是一个朝着远处的青山缓缓归去的，在视野中越来越小直至最后融入苍茫暮色的身影。"独"字透露了一种远离尘俗的孤高情致，而"远"字则不但显示了暮色苍茫中前路的悠远，更表现出一种悠闲淡远的情韵。

全篇不着"送"字，但透过对望中苍苍山寺和耳际杳杳寺钟的描写，已使读者感受到诗人与灵澈在临别之际一起遥望山寺、遥闻晚钟的神驰情景，惜别与向往之意均寓其中。后两句更显示出诗人目送灵澈的背影在夕阳余晖中缓缓朝青山独往的情景，其神驰之状可以想见。正是这一系列对目接耳闻、目注神驰情景的描写，将题内的"送"字写得既浑含不露，又使人悠然神远。

比起诗人的许多诗作常流露出一种寂寞凄凉的情思来，这首诗虽也出现"夕阳"的意象和"苍苍""杳杳""独归"一类词语，但诗中所表现的情思却主要是对悠闲淡远境界的向往与欣赏，这既是对灵澈精神风貌的一种写意，也是诗人自己心灵境界的一种展示。

碧涧别墅喜皇甫侍御相访①

荒村带返照②，落叶乱纷纷③。古路无行客，寒山独见君④。野桥经雨断，涧水向田分⑤。不为怜同病⑥，何人到白云⑦。

[校注]

①碧涧别墅，在常州义兴（今江苏宜兴市）阳羡山中。储仲君云："长卿削籍东归（指大历八九年间任鄂岳转运留后、检校祠部员外郎期间遭鄂岳观察使吴仲孺诬陷而再贬睦州司马）后，即在常州义兴营碧涧别墅。碧涧，地志无载。按长卿《酬滁州李十六使君见赠》诗注云：'李公与予俱在阳羡山中新营别墅。'则碧涧亦在阳羡山中……独孤及有《得李滁州书以玉潭庄相托因书春思以诗代答》诗（《全唐诗》卷二四七），知李滁州幼卿庄名玉潭。《江南通志》卷一三山川三：'玉女潭，在荆溪县（按即宜兴）张公洞西南三里，深广逾百尺，旧传玉女修炼于此。唐权德舆称：阳羡佳山水，以此为首。'玉潭，盖玉女潭之省也。以此知碧涧别墅当在阳羡山中，张公洞侧。皇甫侍御，即皇甫曾，曾字孝常。独孤及《唐故左补阙安定皇甫公（冉）集序》（《全唐文》卷三八八）云：'孝常既除丧，惧遗制之坠于地也，以及与茂政前后为谏官，故衔痛编次，以论撰见托，遂著其始终以冠于篇。'《四库全书》本《二皇甫集》载及此序，署大历十年。是知皇甫曾编次乃兄遗文毕，尝于大历十年（775）至常州求序于及。访刘长卿于义兴，当在同时。"考证翔实可信。或有谓"碧涧别墅"在睦州者，非。皇甫曾有《过刘员外长卿别墅》云："谢客开山后，郊扉与水通。江湖千里别，衰老一尊同。返照寒川满，平田暮雪空。沧洲自有趣，不复哭途穷。"为同时之作。皇甫曾于广德至大历初，在京任殿中侍御史，故称皇甫侍御。②返照，夕阳，傍晚的阳

光。③王融《古意》："况复飞萤夜，木叶乱纷纷。"④君，指皇甫冉。⑤谓雨后水涨，涧水盈满，分流到田间。⑥时长卿因鄂岳观察使吴仲孺的诬陷，削职东归，暂居义兴碧涧；而皇甫曾大历六七年间亦因事贬舒州司马，卸任后闲居丹阳，暂时无官职，故云"同病"。《吴越春秋·阖闾内传》："子胥曰：'吾之怨与喜同。子不闻河上之歌乎？同病相怜，同忧相救。'""同病"语出此。⑦白云，指自己栖隐的寒山。谢灵运《入彭蠡湖口》："春晚绿野秀，岩高白云屯。"陶弘景《诏问山中何所有赋诗以答》："山中何所有？岭上多白云。只可自怡悦，不堪持寄君。"到白云，犹到深山隐栖之地。

[笺评]

方回曰：刘随州号"五言长城"。答皇甫诗如此句句明润，有韦苏州之风，他诗为尝贬谪，多凄怨语。(《瀛奎律髓》卷十三)

顾璘曰：又喜又悲，善况物色。(《批点唐音》)

唐汝询曰：暮景凄其，路无行客，所见独侍御耳。试观桥之断、水之分，地之幽僻可想。苟非同病相怜，畴能至此耶！深见侍御之心知也。雨水浮，桥故断。(《唐诗解》卷三十八)

许学夷曰：五言律……刘"荒村带晚照""一路经行处"二篇虽工，实中唐也。(《诗源辩体》卷二十)

吴山民曰：首联可堪寂寥，次联款款语，形容喜处。后四句只从上四语翻出，然不觉冗。(《删补唐诗选脉笺释会通评林·中五律》引)

冯舒曰：细能不弱，淡实有味。(《瀛奎律髓汇评》卷四十二引)

王尧衢曰："荒村带返照，落叶乱纷纷。"荒村日暮，落叶秋凉，一种衰飒之象，令人生迟暮之感，故以"无行""独见"为承。"古路无行客，空山独见君。"此真空谷之足音矣。古路无人肯行，空山今且独见，侍御超出时趋，独由古道，岂真心知者耶？诗中不言"喜"，而喜可知矣。"野桥经雨断，涧水向田分。"以别墅荒僻，无人能到，转到怜同病也。"不为怜同病，何人到白云？"今侍御之临此荒僻，只为同病相怜之故。不然，如此白云深处，亦有何人能到乎！前解叙时景，后解叙地景，总言荒僻，而喜侍御之相访。"喜"意已足。(《古唐诗合解》卷八)

何焯曰：画出闻人足音，跫然而喜。(《瀛奎律髓汇评》卷四十二引)

黄周星曰：笔下全用白描。(《唐诗快》)

吴昌祺曰：五、六又言道之难行。(《删订唐诗解》)

黄生曰：虚实相间格。想皇甫时亦在寂寞，故曰"怜同病"。结语彼此地步俱见……五、六明皇甫乃揭厉而至，却叙得雅。(《唐诗矩》)

纪昀曰：起四句有灏气。五、六言路之难行，以起末二句，非写意也。(《瀛奎律髓汇评》卷十三引)

姚鼐曰：何减摩诘！(《今体诗钞》)

屈复曰："荒村"至"独见君"，一气说下。五、六顿住两句。第七句用折笔，亦有篇法。(《唐诗成法》)

乔亿曰：文房五言皆意境好，不费气力。此尤以不见用意为长。(《大历诗略》)

顾安曰："荒村"至"独见君"，一气说下，五、六顿住两句。第七句用一折笔，亦有篇法。(按：以上与《唐诗成法》同)可惜结句仍是三、四意，止添"白云"而已，安得不薄！(《唐律消夏录》)

范大士曰："古路"二句甚爽豁。然此处只虚写别墅，至末点出"喜访"意，便含蓄有力，试共参之。(《历代诗发》)

吴瑞荣曰：文房"五言长城"，不但"幽州白日寒"不易得，即"野桥经雨断，涧水乱流滩（按：原作向田分）"，亦非馀子所能跻。(《唐诗笺要》)

王文濡曰：只极写山村荒僻，无人肯到，愈见侍御之来此，为同

病相怜之故。不明点"喜"字，而喜可知矣。是画家渲染法。(《唐诗评注读本》)

[鉴赏]

这是刘长卿在仕途上遭到第二次严重打击之后，削职东归，暂居义兴阳羡山中碧涧别墅期间，因友人皇甫曾的造访，欣喜而作的一首五律。萧瑟荒寒的景物和温煦真挚的情谊在诗中形成了鲜明的对照，构成了相反相成的情景交融意境，使这首诗呈现出独特的艺术风貌。

起联渲染荒村秋景。荒凉萧索的山村，映带着一抹夕阳余晖，枯黄的落叶，纷乱地飘洒向地面。荒村、夕阳、落叶，都是带有强烈萧瑟凄寒、凋衰没落情调的意象。"荒村"而"带返照"，"落叶"而"乱纷纷"，更叠加出其荒寒衰暮的色调，透露出诗人凄寒而纷乱的心境。

颔联在续写荒村的寒寂的同时转出正意——喜友人造访。荒村的古路上杳无人迹，寂寞得像远离现实的太古时代，寒山一带，碧色凄然，而今天却在这荒寂凄寒的村中见到了远道来访友人的身影。以上四句，一气直下，荒村、返照、落叶、古路、寒山，这一系列萧瑟凄寒的意象的反复渲染，将诗人内心的凄冷寂寞之情推向极致，而"独见君"三字陡然转折，与前面的一系列描绘渲染形成鲜明对照，有力地突出了友人造访的欣喜。

但写到"独见君"，诗人却不再续写相见后的具体情景，而是一笔宕开，转写荒村景物。"桥"而曰"野"，见出这桥不但置身荒野，而且是那种随便用几根木头草草架成的。由于不久前下了一场大雨，山涧水涨，竟将它冲断了，足见"荒村"之荒僻，亦见道路之难行。而涨满了水的山涧则随意漫溢，分流向两边的田中。如果说上句还继续渲染荒村的荒僻以反衬友人造访的欣喜，下句却只是点染眼前景，不但景物本身纯出自然，诗人目接此景时的感情也比较闲适轻松。故此联虽亦写荒村景物，表现的感情却与前两联一味渲染荒寒冷寂有别，这显然是由于"寒山独见君"的欣喜影响了诗人观照景物时情绪的结果。连带之下，甚至"野桥经雨断"的景物也在荒僻中显示出一种朴素的美感。

"不为怜同病，何人到白云。"尾联结出全篇主旨，揭示皇甫曾之所以特意造访荒村别墅，完全是出于同病相怜的感情，这就为此次造访增添了"同是天涯沦落人"的共同经历遭际、共同思想感情的内涵，使造访更显出情意的真挚，也更显出诗人的欣喜。用反问语口吻，强调的意味更重，以"到白云"指称友人到访，不但与前之"寒山""荒村"相应，且传达出一种摇曳生姿的风调情致。或以为第四句与尾联意重，但"独见君"的原因却必须有待于"怜同病"的揭示，故虽貌似重复，实为意蕴的深化。

写友人间同病相怜情谊的诗，容易陷入凄苦哀伤。此诗却以荒寒冷寂的荒村景物作背景与反衬，使朋友之间同病相怜的情谊显得更珍贵而温煦。故全篇虽多写荒寒凄寂景象，而情调却不冷寂。

新年作①

乡心新岁切②，天畔独潸然③。老至居人下④，春归在客先⑤。岭猿同旦暮⑥，江柳共风烟⑦。已似长沙傅⑧，从今又几年?

[校注]

①《全唐诗》卷五十三收作宋之问诗，《三体唐诗》卷五、《瀛奎律髓》卷十六亦作宋之问诗。杨世明曰："按宋别集不见此诗，而刘集各本均收之。今仍断为刘作。"是。此诗储仲君系睦州诗，谓"诗云'已似长沙傅'，当作于贬睦州已历三年时，盖大历十四年（七七九）作也"，杨世明则谓"上元二年（七六一）南巴作"。按：诗云

"岭猿同旦暮"，作于岭南无疑。长卿乾元二年春贬南巴尉，上元二年自贬所北归，其间有在江西候命，重推，重推后仍赴岭外等情事。在南巴贬所的时间实不足三年。诗云"已似长沙傅，从今又几年"，当指从乾元二年（759）初奉贬南巴之命到作诗时（上元二年，761）已首尾三年。②新岁，新的一年，指上元二年。切，急切，急迫。③天畔，天边。潘州南巴县（今广东电白）滨南海，离中原遥远，唐人称岭外辄云"天涯""海畔"。若睦州，则不得云"天畔"。潸然，流泪貌。④屈原《离骚》："老冉冉其将至兮，恐修名之不立。"《旧唐书·孙儒传》："儒常曰：'大丈夫不能苦战万里，赏罚由己，奈何居人下！'"⑤谓春已归来而己谪宦未归。客，犹逐客。⑥谓旦暮常闻岭猿之啼。岭，指五岭。⑦江，指南巴县境的江。⑧长沙傅，指贾谊。《史记·屈原贾生列传》："天子议以为贾生任公卿之位，绛、灌、东阳侯、冯敬之属尽害之，乃短贾生曰：'雒阳之人，年少初学，专欲擅权，纷乱诸事。'于是天子后亦疏之，不用其议，乃以贾生为长沙王太傅……贾生为长沙王太傅三年。"

[笺评]

方回曰：三、四费无限思索乃得之，否则有感而得之。（《瀛奎律髓》卷十六）

顾璘曰：老居人下，恐只是叹老悲穷，未必是饮酒说也。（《批点唐音》）

陆时雍曰：三、四隽甚，语何其炼！（《唐诗镜》卷二十九）又曰：刘长卿体物情深，工于铸意，其胜处有迥出盛唐者。"黄叶减馀年"，的是庾信、王褒语气。"老至居人下，春归在客先。""春归"句何减薛道衡《人日思归》语！（《诗镜总论》）

周珽曰：迁客久滞他乡，感时触物，无有不伤悲者，篇中只"春归在客先"一句了却。新岁伤心，无限凄怆，胜人多多许。（《删补唐

诗选脉笺释会通评林·中五律》）

冯班曰：此是刘长卿诗。次联即如严介云："风云落时后，岁月度人前。"（《瀛奎律髓汇评》引）

黄生曰：尾联进步。通首都写"乡心新岁切"五字。（《唐诗摘抄》卷一）

盛传敏、王谦曰：此篇工力悉敌，自是不可及。（《碛砂唐诗纂释》）

沈德潜曰：（三、四）巧句。别于盛唐，正在此种。（《重订唐诗别裁集》卷十一）又曰：刘随州工于铸语，不伤大雅。然"老至居人下，春归在客先"，"万里通秋雁，千峰共夕阳"，名俊有馀，自非盛唐人语。（《说诗晬语》卷上）

纪昀曰：三、四乃初唐之晚唐，似从薛道衡《人日思归》诗化出。三、四二句，渐以心思相胜，非复从前堆垛之习矣。妙于巧密而浑成，故为大雅。（《瀛奎律髓汇评》引）

许印芳曰：三、四细炼。初唐无此巧密。诗载刘文房集中。此选（指《瀛奎律髓》）误为宋作，仍归文房为是。（同上引）

乔亿曰：三、四结，上句尤警策。（《大历诗略》）

顾安曰：句句从"切"字写出，便觉沉著。五、六以"同""共"二字形容出"独"字来，甚妙。（《唐律消夏录》）

朱宝莹曰：发句上句出"新岁"二字点题面，冠以"乡心"二字，题意亦已点明。下句承上句写足，题面、题意俱到。领联上句承发句下句，以写其不得志；下句承发句上句，以写其不得归。颈联写景兼写情，所谓情景兼到者。落句上句点在南巴，下句归到新岁，词尽而意不尽，不知还有若干年在此也。与上"乡心"二字亦有回应之意。通首尤以领联下句为得神。[品] 凄丽。（《诗式》）

[鉴赏]

这首诗作于诗人被贬为南巴尉的第三个年头。这次被贬，据独孤及《送长洲刘少府（长卿曾任长洲尉）贬南巴使牒留洪州序》："曩子之尉于是邦也，傲其迹而峻其政，能使纲不紊，吏不欺。夫迹傲则合不苟，政峻则物忤，故绩未书也，而谤及之，臧仓之徒得骋其媒孽，子于是竟谪为巴尉。"其原因是"傲其迹而峻其政"，亦即《中兴间气集》高仲武所谓"有吏干，刚而犯上"。因此，诗人对自己的这次远谪，心情愤郁而凄伤。这在他赴南巴道中所作的一系列诗作中，都表现得相当强烈。其《负谪后登干越亭作》说："独醒空取笑，直道不容身。得罪风霜苦，全生天地仁。"愤郁之情溢于言表。但随着时间的推移，初贬时的愤郁逐渐演变为久贬的哀伤凄怨，这首《新年作》便反映了这种感情的变化。

"乡心新岁切，天畔独潸然。"起联便拈出"乡心"二字，作为全篇抒情的总根。这种在贬谪期间无日或已的"乡心"，在"新岁"到来之际，变得更加急切了。首句五字，不但点明题目，而且揭示出全篇的主意，"切"字着意，突出了乡心的强度和频度。下句"天畔"点明身在天涯海角的贬所南巴，见离乡之遥远。由于乡心转"切"，故潸然泪下。着一"独"字，与"天畔"对照，益见己身独处南荒僻远之地的孤独无告之感。与上句的"新岁"相对照，这"独"字还蕴含了一份人皆欢庆而己独悲的感慨。

颔联承"乡心新岁切"，抒写身世遭遇之悲与久谪难归之慨。"老至"与"春归"，都与"新岁"密切关联。对于一个失意困顿特别是处于贬谪中的士人来说，进入新的一年，意味着自己又老了一岁，而自己的处境，却依然抑塞困厄。安史乱后才释祸为长洲尉，过了四年，依然是一个居人之下的县尉。"居人下"已是有远大抱负者所不堪忍受，何况是"老至"而"居人下"，更何况是一个蛮荒之地的县尉。这一句看似泛说自己不遇的仕宦经历，实则与贬谪蛮荒之地、与新岁这个特定的时间密不可分。"新岁"则"春归"大地，万象更新，但反观自己，却是"定定住天涯"，仿佛被定死在这个海角天涯之地。眼看着一年一度，春又归来，自己却滞留南荒，迟迟不得北归。"春归在客先"之句，可能受了薛道衡《人日思归》"人归落雁后，思发在花前"的启发，但较薛诗更集中凝练，也更自然浑成。这一联确实像沈德潜所评，是"巧句"，可以看出诗人琢炼的痕迹，但读来却清爽流利，毫无滞碍，既省净又含蓄。诗人往日的愤郁在这里化为一种深沉内敛的慨叹。虽不剑拔弩张，却透露出久历艰困之后的深悲，可谓凄怨入骨之语。

"岭猿同旦暮，江柳共风烟。"腹联承"天畔"句，概写贬谪南巴期间自己旦暮所见所闻的景物和孤独寂寞、哀伤凄怨的情怀。"岭""江"点地，即次句所谓"天畔"。猿声凄怨，为客子所不堪闻，对于迁客逐臣，则更是感情上的一种强烈刺激，而三年南巴之贬，朝朝暮暮所闻的便是这凄断欲绝的岭猿哀鸣之声。"江柳"贴"新岁"言。江边柳色，在风烟吹拂笼罩之中摇曳荡漾，这本是春天的美好景色。但身处天畔贬谪之地，远离家乡亲人，日日面对的只有这江柳风烟，却更凸显了自身的孤独与凄凉。"同"字"共"字，似不着力，却是表情达意的关键字眼。耳之所闻，目之所接，无论是凄断之声，还是悦目之景，都只能触动自己的乡心羁愁和凄怨感伤情怀。

"已似长沙傅，从今又几年？"尾联出句总结前六句，说自己远谪岭外，已是第三个年头，和贾谊之贬为长沙王太傅达三年之久遭遇相似。但贾谊终能在外贬三年之后被召回长安，受到君主宣室垂询的礼遇，而自己却不知道在这天涯海角的蛮荒之地还要滞留多少年。故说"从今又几年"。上句总结过去，下句展望未来，"已似"与"又"勾连相应，表现出对未来前途命运的深沉悲慨，用进一层的抒情突出表现前景的渺茫。

诗写得洗练省净，情绪也并不激烈。多年的贬谪生涯和艰困经历多少磨损了诗人刚傲的性格。但从"老至居人下，春归在客先"这种表面上平和的诗句中还是可以品味出诗人内心深处的波澜和深沉的人生悲慨。

送李中丞之襄州^①

流落征南将，曾驱十万师。罢归无旧业^②，老去恋明时^③。独立三边静^④，轻生一剑知^⑤。茫茫汉江上^⑥，日暮欲何之^⑦？

[校注]

①《极玄集》题作"送李中丞归汉阳"。李中丞，名未详。中丞，御史中丞，御史台之副长官。唐代常用作观察使所加之宪衔，节度使之高级幕僚亦有加检校御史中丞衔者。襄州，唐山南东道有襄州。今湖北襄阳市。约作于大历五至八年（770—773）在鄂州任上期间。②旧业，旧日的产业，包括田产、房舍等。③明时，清明的时代。④三边静，《全唐诗》原作"三朝识"，据《中兴间气集》《极玄集》改。三边，汉时指匈奴、南越、朝鲜。《史记·律书》："高祖有天下，三边外畔。"此泛指边塞。⑤轻生，谓奋勇杀敌，不惜生命。⑥汉江，即汉水。襄州濒汉江。又诗人送别之地在鄂州（今湖北武昌市），亦处于长江、汉水交汇处。⑦"日暮"点时，亦兼喻其年暮。欲，《全唐诗》原作复，《中兴间气集》《极玄集》《又玄集》均作"欲"，兹据改。

[笺评]

顾璘曰：清忠勇义，略备将德。（《批点唐音》）

边贡曰：颈联说得出，愈见高手。（《删补唐诗选脉笺释会通评林·中五律》引）

何新之曰：为豪放体。（同上引）

李维桢曰：雅畅清爽，中唐领袖。（《唐诗隽》）

陆时雍曰：三、四老气深隽。（《唐诗镜》）

胡应麟曰：刘长卿《送李中丞》《张司直》……文皆中唐，妙境往往有不减盛唐者。（《诗薮·内编》卷四）

周珽曰：章法明练，句律雄浑，中唐佳品。又曰：大抵忠勇之臣，老不忘战；数奇之将，所信惟勇。如廉颇、李广辈，多以受谗阻弃，岂不可为英雄志慨哉！此篇因送中丞，既美其才德，复悯其运命。结二句即所谓"十二街头春雪遍，马蹄今去入谁家"意。与《送张司直》诗俱清婉有致。（《删补唐诗选脉笺释会通评林·中五律》）

沈德潜曰：（"独立"二句）此追叙其向日之功。（《重订唐诗别裁集》卷十一）

乔亿曰：清壮激昂，而意自浑浑。（《大历诗略》）

范大士曰：一何妥雅。（《历代诗发》）

俞陛云曰：此诗为老将写照。功成身退，绝无怨尤，真廉耻之将。惜未详其名也。起句以咏叹出之。言今日江头野老，即昔之领十万横磨剑，拜征南上将者。三、四言半生戎马，不解治生，至归徒四壁，而恋阙之怀，老犹恳恳。五、六言回首当年，曾雄镇三边，纤尘不动，以身许国之心，焉得逢人而语，惟龙泉知我耳。篇末言以锋镝之馀生，向江潭而投老，不作送别慰藉语，而为之慨叹，盖深惜其才也。（《诗境浅说》甲编）

[鉴赏]

这首五律写一位立过卓著战功、威望素高的老将，晚年流落罢归的境遇，以寄托诗人对统治者刻薄寡恩的不满和对主人公命运的悲慨。通篇恰似一篇浓缩的人物传记，令人联想起《史记·李将军列传》，但又具有浓郁的抒情色彩。这种以叙事为骨架而贯串抒情的写人物的五律，在唐诗中似不多见。

这首诗在叙事上有一个明显的特点，即从主人公当下的境遇着笔，而将其过去的业绩作为追忆来叙写交代，以形成今与昔的鲜明对照。起联出句"流落征南将"写主人公之"今"，而今中寓昔。"征南将"透露主人公过去曾经担任过征讨南方叛乱的军事统帅，对句"曾驱十万师"进一步补足"征南将"统领十万大军的显赫身份,"驱"字稍作点染,而其驱遣雄师、指挥若定的威武形象如见。这样一位曾经手握重兵、为国征南靖边的统帅,如今竟"流落"不偶、不幸罢归,这今与昔的强烈对照一开头便不能不引发读者心理上的震撼,并引起对其具体情况的进一步关切。

"罢归无旧业,老去恋明时。"颔联承篇首"流落"二字,对其当下境况作进一步叙写。出句说他晚年"罢归"之后,连赖以维持生计的田地房产也没有。这既是写他当前境况的困窘,同时也透露出其任南征统帅、为国立功期间品行的清正廉洁。对句说他晚年流落罢归之时无限追恋过去的清明时代。"恋明时"三字,含蕴丰富,其中既有对昔日国家繁荣昌盛气象的追缅,也有对当时统治者重视人才,使自己得以施展军事才能韬略的追恋,而言外则对当前统治者的刻薄寡恩、弃置有功将帅的不满和怨意也可以意会。这里说的"明时",可能即指开元时期,这位老将军大概经历了玄、肃、代三朝,故对今与昔的不同时代面貌和不同境遇有深切感受。这一联主要写今,而"恋明时"三字又透露出"昔"之面影。

"独立三边静,轻生一剑知。"腹联承"征南将""十万师",着意渲染老将过去的功勋威望和忠贞勇敢的品质。在全篇中,这一联是关键。但要在一联十个字的短小篇幅中概括其功绩和品质,而又不流于空泛议论,却很不容易。出句"独立"二字,极富形象感,令人想见其矫首挺立、昂扬奋发的身姿和特出冠群、迥然卓然的气概。而"独立"与"三边",又构成鲜明的对照,突出其以一人之身系三边乃至国家之安危的重要作用,句末的"静"字,更显示出广大边塞地区和平宁静、晏然无虞的景象。这既是对其卓越功勋的赞颂,又是对其威镇三边的崇高威望的渲染。对句先出"轻生"二字,以凸显其忠贞报国、不惜牺牲的品质。对于武将而言,忠和勇是最可宝贵的基本品格。"轻生"而接以"一剑知"三字,化抽象为具象,使人从那始终伴随其征战生涯的一把宝剑身上联想到无数次的身先士卒、浴血奋战,无数次的"相看白刃血纷纷,死节从来岂顾勋"。这一联字锤句炼,却又明白如话,自然流畅,雄浑工整,兼而有之。可与杜甫《蜀相》的"三顾频烦天下计,两朝开济老臣心"相媲美。杜诗纯用议论,此则叙议感慨,形象鲜明,各有特点。"一剑知"言外寓慨,弦外有音,今之统治者恐怕早就忘记了老将的盖世功勋和忠勇品质了,这就自然引出尾联的悲慨来。

"茫茫汉江上,日暮欲何之?"尾联落到题首的"送"字上。"汉江"点地,"日暮"点时,"欲何之"承上"流落""无旧业"。前已明言"罢归无旧业",可见李中丞这次所去的地方不大可能是他的故乡或别业所在,因此题一作"送李中丞归汉阳"或"送李中丞归汉阳别业"均误,与"茫茫""欲何之"之语也直接矛盾。而李中丞这次要去的"襄州",不过是他晚年流落生涯中又一个流落之地(可能是前去投靠依人)。因此才有面对茫茫汉江、夕阳斜日,不知何之的慨叹。这一结,不但将一开头的"流落"具体化了,而且进一步显示了人物的悲剧命运,有"篇终接混茫"之感。

穆陵关北逢人归渔阳①

逢君穆陵路,匹马向桑干②。楚国苍山古③,幽州白日寒④。城池百战后⑤,耆旧几家残⑥。处处蓬蒿遍⑦,归人掩泪看⑧。

[校注]

①穆陵关,古关名,在今湖北省麻城市北。《元和郡县图志·黄州麻城县》:"穆陵关,西至白沙关八十里,在州北二百里;至光州一百四十九里,在县西北一百里。"渔阳,《新唐书·地理志》:"蓟州渔阳郡,下,开元十八年析幽州置……县三:渔阳、三河、玉田。"又《方镇表六·幽州》:开元十八年,"幽州节度增领蓟、沧二州"。按:

秦渔阳郡，辖境相当于今北京市及以东各县，治所在今北京市密云县西南。唐蓟州渔阳郡，辖境相当于今北京市平谷县、天津市蓟县等地，治所在今蓟县。诗题所称"渔阳"，可能指蓟州渔阳郡，也有可能泛指幽州范阳郡。诗作于大历二年（767）奉使淮西，巡行光、黄等州期间。②桑干，河名。《元和郡县图志·河东道三·朔州马邑县》："桑干河，在县东三十里。"《太平寰宇记·幽州蓟县》："桑干水自西北平昌县界来，南流经府西，又东流经府南，又东南与高梁河合。"③穆陵关一带，战国时属楚，故云"楚国苍山古"。此句指与人相逢之地。④《太平寰宇记·幽州范阳郡》："《释名》曰：'幽州在北，幽昧之地，故曰幽。'《晋地道记》云：'幽州因幽都以为名，《山海经》有幽都之山。'""白日寒"之想象即因"幽昧之地"或"幽都"而生。幽州系安禄山巢穴。《旧唐书·地理志·幽州大都督府》："开元十三年，升为大都督府。十八年，割渔阳、玉田、三河置蓟州。天宝元年，改范阳郡，属范阳、上谷、妫州、密云、归德、渔阳、贤义、归化八郡。乾元元年，复为幽州。"治所在今北京市大兴区一带。⑤城池，当指归渔阳的人沿路所经的城邑，这一带经过长达八年的安史之乱的破坏，已经残破荒凉不堪，故云"城池百战后"。非指幽州。幽州虽是安史叛军巢穴，但并未经历"百战"。⑥耆旧，年高望重者，此泛指当地故老。杜甫《忆昔》之二："伤心不忍问耆旧，复恐初从乱离说。"残，余。⑦蓬蒿，蓬草和蒿草，泛指丛生的野草。⑧归人，指题内"归渔阳"的人。曰"处处"，自指沿途所经河南北的城邑。

[笺评]

范晞文曰："故人江海别，几度隔山川（下略）。""暮蝉不可听，落叶岂堪闻（下略）。"前一首司空曙，后一首郎士元，皆前虚后实之格。今之言唐诗者多尚此。及观其作，则虚者枯，实者塞，截然不相通。徒驾宗唐之名，而实背之也。其前实后虚者，即前格也。第反景物于上联，置情思于下联耳。如刘长卿"楚国苍山古，幽州白日寒。城池百战后，耆旧几家残"则始可以言格。若刘商"晚晴江柳变，春梦塞鸿归。今日方知梦，前年自觉非"则下句几为上句压倒。（《对床夜语》卷三）

王世贞曰：刘随州五言长城，如"幽州白日寒"语，不可多得。（《艺苑卮言》卷四）

唐汝询曰：此伤禄山之乱也，意谓禄山构乱，神州陆沉，而渔阳为甚。今逢君于此，观楚国唯苍山为旧物，则知从桑干而向幽州，殆白日无人行矣。百战之后，世家摧残，蓬蒿遍野，归人能无挥涕乎？（《唐诗解》卷三十八）

钟惺曰：壮语平调。又曰：悲在"归人"二字。（《唐诗归·中唐一》）

许学夷曰：五言律，刘如"逢君穆陵路"、钱如"事边仍恋主"二篇，较前四作（指钱之"欲知儒道贵""边事多劳役""绛节引雕戈"、刘之"番禺万里路"）雄丽稍逊，而完美胜之，足继开、宝馀响。刘"荒村带晚照""一路经行处"二篇虽工，实中唐也。（《诗源辩体》卷二十）

蒋一梅曰：此中唐之似盛唐者。（《删补唐诗选脉笺释会通评林·中五律》引）

周启琦曰：文房五律往往语出独造，随意可人。如"砧迥月如霜""后时长剑涩""鸟似五湖人""春归在客先""黄叶减馀年""幽州白日寒"等，皆是奇句不可及者。（同上引）

周珽曰：穆陵在楚，桑干在幽。禄山以范阳、卢龙节度构乱，致神州陆沉，而渔阳为甚。曰"苍山古"，犹云山河如故也；曰"白日寒"，犹云清昼晦冥也。后四句正见白日寒处得归之人，能不挥泪相看也？无限凄伤动人，悲调之最胜者。（同上）

邢昉曰：高调。（《唐风定》卷十四）

吴乔曰：刘长卿五律胜于钱起，《穆陵关》《吴公台》《漂母墓》，

皆言外有远神。(《围炉诗话》卷二)

吴昌祺曰：三、四分承，言楚国如此，而幽州甚惨。(《删订唐诗解》)

何焯曰：只有山川日月不改旧观，并城郭亦非矣。一路逼出"旧"字。(《唐三体诗评》)

黄生曰：起联总冒格。三言屋舍皆空，四言人民俱尽。此两句略言其意，下始透发。"楚国""幽州"，绾住彼此两地。五、六则言中途所经，再以"处处"二字绾之，章法极紧。(《唐诗矩》)

沈德潜曰：("幽州"句)沉郁。(《重订唐诗别裁集》卷十一)

宋宗元曰：("幽州"句)刻挚。(《网师园唐诗笺》)

乔亿曰：句句沉着。"白日寒"三字写出尔时幽州景象，乃竟为千古名言。(《大历诗略》)

顾安曰：此在初、盛为平实之作，在中唐为稳称好诗。(《唐律消夏录》)

范大士曰：坚老无敌。(《历代诗发》)

黄叔灿曰：次联对映说，言其归也。"城池"一联，皆说渔阳时经安史之乱，故云。结言不堪回首，送归意惨切。(《唐诗笺注》)

吴瑞荣曰：通首言安史之乱。前四句虚，后四句实。(《唐诗笺要》)

姚鼐曰：《元和郡县志》："光山县：木陵关在县南百三十二里，麻城县：穆陵关在西北八十八里。"鼐按：此地两县分界，只是一关。其实则作"木"为正，右丞以对"石菌"可证也。(《今体诗抄》)

潘德舆曰：随州近体清妙，可与王、孟埒。若"楚国苍山古，幽州白日寒""卷帘高楼上，万里看日落"，直摩少陵之垒，又不止妙而已。(《养一斋诗话》卷四)

[鉴赏]

在刘长卿一系列感时伤乱的诗作中，《穆陵关北逢人归渔阳》是比较突出的篇章。从诗题"逢人"之语看，所逢者并非故友旧交，而是路上偶然相遇，略作交谈，得知其系乱后归渔阳故里的一般路人。因此，诗的重点就自然放在由"穆陵路"而"向桑干"的旅程引发的时代衰乱之慨上，而对这位偶然相值的路人则仅首尾一点即止。

写这首诗的时候，安史之乱虽已经过去了四年，但这场长达八年的战乱对整个唐帝国，特别是广大的北中国地区造成的巨大破坏和疮痍满目的景象仍随处可见，令人怵目惊心。他在同年所作的《奉使申州伤经陷没》诗中说："举目伤芜没，何年此战争。归人失旧里，老将守孤城。废戍山烟出，荒田野火行。独怜浉水上，时乱亦能清。"《新息道中作》亦云："古木苍苍离乱后，几家同住一孤城。"申州与黄州邻接，新息则离申州很近，可见这一带经战乱后荒凉残破的景象。了解诗人出使淮西之行亲历的上述景象，对正确理解诗意，特别是"城池"一词所指，至关重要。

首联平平叙起，点明题目。"逢君穆陵路"，即题内"穆陵关北逢人"，"匹马向桑干"，即题内"归渔阳"。首句句末的"路"字和次句的"向"字值得注意，隐逗腹、尾二联，暗示这两联所描绘的正是从"穆陵关"到"渔阳"这一路上经行所见所感。点出"匹马"，显示"君"系独自驱马而归，给这次行程增添了一层孤独凄清的色彩。

"楚国苍山古，幽州白日寒。"颔联分承"穆陵路"与"渔阳"，写相逢之地与所归之地的景象，这本是送别诗或行旅诗常见的写法，但在诗人笔下，却显得特别苍劲沉郁，精警工切。穆陵关在战国时系楚地，故称这一带的山为"楚国苍山"。山而曰"苍"，已显示出山色的苍郁渺远，暗透出诗人心绪的黯淡渺茫，句末复着一"古"字，更将思绪由眼前的楚山引向遥远的古代。不必过分寻求这"楚国苍山古"的寓意，但从中自然可以感受到一种空旷荒寂、杳无人烟，唯见苍山隐隐的荒凉苍莽气氛。这一句虽系即目所见之景，但"古"字已蕴含了对遥远时空的想象，故仍具远神。下句则纯属想象。幽州的得名，无论是因其处于北方幽昧之地，或是因其有幽都之山，本身就易引发幽暗、寒冷的想象；再加上那一带是安史叛军的巢穴，连年战乱的摧残，使当地的百姓饱受征战、聚敛之苦，更是一片昏黑景象。在诗人的想象中，幽州的日光也显得分外惨淡，似乎散发出一阵阵寒意。"寒"字极锤炼而形象，又极工稳而贴切。它能引发读者广泛的联想（如民生的凋敝、人民的贫寒），但却不显得是在刻意设喻与象征，故仍觉自然浑成。它着意渲染氛围，创造意境，故能调动读者的想象。和崔信明的著名残句"枫落吴江冷"一样，在艺术上达到很高的境界。

"城池百战后，耆旧几家残。"由于题称"逢人归渔阳"又紧接上句"幽州白日寒"，故注家、评家多以为腹联即写想象中幽州的残破景象。但这种理解与实际情况并不相符。幽州地区，在安史之乱中为了支撑前方的长期战争，强征兵员、苛征暴敛，人民自然也饱受摧残，但整个战争时期，唐军与安史叛军的战斗始终未在幽州一带进行，故谈不上什么"城池百战后"。真正饱受战争直接破坏的地区，主要是关中和河南、北广大地区，而自"穆陵关"至"渔阳"这一"归人"所经的地区，正是战争直接破坏最惨烈之地，《新息道中》所写的"古木苍苍离乱后，几家同住一孤城"的景象，也正是此诗腹联下句的"耆旧几家残"所反映的情景。昔日繁荣富庶、人口密集的中原，经历这场大战乱，竟空旷荒凉如此，正可见其破坏之烈。这一联从感情的沉痛、措语的沉着来看，都类似杜诗"十室几人在，千山空自多"，"几家残"的"残"字，本是剩余、残存之意，但字眼本身，也给人摧残殆尽的怵目惊心的感受。

尾联"处处蓬蒿遍，归人掩泪看"承腹联扣题内"人归"作收。"耆旧几家存"是人民惨遭杀戮，流离逃散；"蓬蒿遍"则是城空人稀，杂草丛生，满目荒凉，进一步写战争的破坏之烈。点明"处处"，正见所经"城池"，处处皆然，见此惨景，"归人"自然只能"掩泪"而看，沉痛悲慨不已了。

整首诗的构思，是借归人所经所至之地，展现安史之乱对整个北中国所造成的巨大破坏。如将后两联理解为指幽州地区，诗的思想内容不免大为削弱，也有背于诗人的创作意图。

秋杪江亭有作①

寂寞江亭下，江枫秋气斑②。世情何处澹，湘水向人闲③。寒渚一孤雁④，夕阳千万山。扁舟如落叶⑤，此去未知还⑥。

[校注]

①《全唐诗》校："一作秋杪干越亭。"储仲君《刘长卿诗编年笺注》谓上元元年（760）至宝应元年（762）间，长卿议贬南巴，命至洪州待命，来往于鄱阳、馀干等地，系诗有《夕次担石湖梦洛阳亲故》《登馀干古县城》《馀干旅舍》《秋杪江亭有作》等。按：此诗有"湘水向人闲"之句，则题中之江亭显在湘江之滨，其非作于鄱阳、馀干来往期间甚明。味诗之末联"扁舟如落叶，此去未知还"，诗当为贬谪途中作，时间约在上元元年（760）秋。②斑，色彩斑斓。首二句《全唐诗》校："一作'日暮更愁远，天涯殊未还。'"③闲，悠闲，与上"澹"对文。④渚，沙洲。⑤如，一作"将"。⑥《全唐诗》校："一作俱在洞庭间。"

[笺评]

钟惺曰：语不须深，而自然奥浑，气之所至。（《唐诗归·中唐一》）

谭元春曰：同一"湘水向"耳，"人闲"二字，远不如"君深"二字。知其故者可与言诗。（同上）

唐汝询曰：此首信佳。（《删补唐诗选脉笺释会通评林·中五律》引）

陆时雍曰：五、六清瘦如削。（《唐诗镜》卷二十九）

周珽曰："向人"二字深而幻。"一孤雁""千万山"，自喻只身历涉。结见杪秋江亭感慨之意。（《删补唐诗选脉笺释会通评林·中五律》）

刘邦彦曰：（末）四语便是一幅潇湘图。（《唐诗归折衷》）

顾安曰：此等清远诗，读去未尝不妙，然通首只写得一光景，不曾有实际。且口气直下，殊少顿跌。初唐固不敢望，较之高、岑，亦相去远矣。"更愁远"三字，初、盛人必然发挥出无数意思来。若下面止是此意，则此三字断不肯轻下矣。（《唐律消夏录》）

[鉴赏]

刘长卿两遭贬谪，所作贬谪诗多哀伤凄怨之音，如著名的《长沙过贾谊宅》。与本篇约略同时的《湘中忆归》亦有"湘流澹澹空愁予，猿啼啾啾满南楚。扁舟泊处闻此声，江客相看泪如雨"之句。这首题为《秋杪江亭有作》的五律，却在清空闲澹的意境中渗透寂寞清冷的情思，显示出另一种艺术风貌。

"寂寞江亭下，江枫秋气斑。"起联点明题目。"江亭"点地；"江枫秋气斑"借景点时令季候；"寂寞"既总写氛围，亦概写心境。深秋季节，江枫经霜变红，色彩斑斓。这本是绚丽的秋光，但在遭受贬谪的诗人眼中，这仿佛热闹鲜艳的江枫反倒衬托出了整体氛围和自己内心的寂寞。不说"秋色斑"而说"秋气斑"，正是因为秋之为气，"萧瑟兮草木摇落而变衰"，故在色彩斑斓中，自含肃杀之气，使人感到一种寂寞萧瑟的氛围。这一联不妨视为全诗内容意境的总括性提示。

"世情何处澹，湘水向人闲。"颔联续写江亭望中景色而有所感触。上联"江枫"斑斓，系江边之景，此联则专写湘水。"澹"与"闲"实均系望中湖水之意态，"澹"状水波之起伏，"闲"状水态之悠闲，二者互文相补，总状湘水之悠闲容与、起伏澹荡之意态。湘水既澹且闲，因而联想到世情恰与此相反，显得既险而恶，故有"世情何处澹，湘水向人闲"的感慨。曰"何处澹"，正见世情之险恶。曰"向人闲"，则湘水悠闲之意态自见。二句看似上句抒情，下句写景，实则上句情自景生，下句景中寓情；上句以问语抒慨，下句以貌似客观描写透露主观情思，一纵一收，尤具风神摇曳之致。顾安谓之"口气直下，殊少顿跌"，未为知言。

"寒渚一孤雁，夕阳千万山。"腹联仍写江亭望中景色，上句俯视近观，下句仰视遥望。时值深秋，故江中沙洲亦显得分外清冷萧瑟，仿佛透出一股凄寒的气息，所见者唯"一孤雁"而已；而举目遥望，天色向晚，西斜夕阳的余光正映照着千山万岭。这一联貌似客观写景，而景中有人、景中寓情。"寒渚一孤雁"，正是诗人自身孤孑凄寒身世境遇的象征，也透露出诗人孤凄的心境；而"夕阳千万山"，则更展现出前路漫漫、千山万岭重叠的情景，而诗人的迟暮之感、黯淡之怀亦寓其中。上句色调清冷，下句则略带暖色，二者相济，使整个意境不至于过分凄黯。"夕阳"句尤具远神。

"扁舟如落叶，此去未知还。"尾联从第六句生出。由"夕阳千万山"的漫漫前路联想到此去南巴，还有相当长的一段水陆行程。而自己所乘的一叶扁舟，此刻就停泊在江亭之下。在诗人的感觉中，自己的身世就像这一片落叶似的扁舟，飘飘荡荡，不知什么时候才能返回自己的故乡。从"未知还"可见诗人此时正在贬谪途中。诗人此行，当是沿湘水而上溯，越梅岭而赴南巴，故有"扁舟如落叶"之语。"扁舟"仍贴"江亭"所见，"落叶"则紧扣"秋杪"。全诗自始至终，均不离题目。

诗中表现的情思虽孤寂清冷，具有诗人创作的共同特征，但既有江枫的斑斓色彩，又有夕阳映照千山万岭的广阔境界和温暖色调，颔联更具悠闲澹荡的意态和摇曳的风神，因此读来并不感到凄黯绝望，而是另具清空闲澹、逸宕隽永的情致韵味。它带给人的更多的是一种美感。

寻南溪常山道人隐居^①

一路经行处^②，莓苔见履痕。白云依静渚^③，春草闭闲门^④。过雨看松色，随山到水源。溪花与禅意^⑤，相对亦忘言^⑥。

[校注]

①诗题明弘治十一年（1498）李君纪刊本作《寻常山南溪道人隐居》，《文苑英华》卷二百二十六同。储仲君谓"常山"即唐江南东道衢州之常山县，乾元二年（759）春长卿初贬南巴，由长洲赴洪州，系取道睦州、衢州、玉山一路，诗即作于此年春贬谪途中。详参其《刘长卿诗编年笺注》第190页本篇题注。而《全唐诗》诗题作《寻南溪常山道人隐居》。杨世明则谓"南溪"在长卿嵩阳旧居附近，颍水三源之左水即出少室山南溪。诗为天宝中家居所作。详参其《刘长卿集编年校注》。按：诗题如依《英华》，则常山似为县名，唯诗之内容、情趣不似贬谪途中所作；如依杨说，则"常山"或为道人籍贯。诗之内容情趣似与家居寻访禅友较合。道人，得道之人，据"禅意"语，当为僧人。《世说新语·言语》："支道林常养数匹马。或言，道人畜马不韵，支曰：'贫道重其神骏。'"叶梦得《避暑录话》卷下："晋、宋间佛学初行，其徒犹未有僧称，通曰道人。"隐居，指其栖隐之所。②经行，佛家语。《法华经·序品》："又见佛子，未尝睡眠，经行林中，勤求佛道。"系指旋绕往返或径直来回于一定之地。此处犹行走经过之意。③渚，储仲君《刘长卿诗编年笺注》引卢文弨本校语："者，近本作渚，不通。"按：《英华》作"渚"。"静渚"与下句"闲门"相对，作"静者"则不对。诗集诸本亦均作"静渚"。句意为白云飘荡在静寂的沙洲之上，此"白云"当即笼盖在沙洲上的雾气，所谓"烟笼寒水"者。④春，《全唐诗》校："一作芳。"⑤禅意，犹

禅心，指清静寂定的心境。⑥忘言，心领神会，不必言传。《庄子·外物》："言者所以在意，得意而忘言。"

[笺评]

桂天祥曰："芳草闭闲门"，绝好绝好。结句空色俱了。（《批点唐诗正声》）

唐汝询曰：观苔间履痕，而知经行者稀；观停云幽草，而知所居之僻。过雨看松，新而且洁；随山寻源，趣不外求。惟其深悟禅意，故对花而忘言也。（《唐诗解》卷三十八）

陆时雍曰：幽色满抱。（《唐诗镜》卷二十九）

周敬曰：起二句便幽。中联自然。结闲静，有渊明丰骨。（《删补唐诗选脉笺释会通评林·中五律》引）

周明辅曰：清老。结句色空俱了。（同上引）

黄生曰：前后两截。前写常所居，后点相寻之意。三、四言所居依静渚而闭闲门。"白云""芳草"字硬装。"亦"字，联自己说，乃因此见彼法。（《唐诗摘抄》卷一）

王尧衢曰："一路经行处，莓苔见履痕。"经行者稀，故路径生苔而见履痕迹，此初入山来寻也。"白云依静渚，芳草闭闲门。"渐见所居之处，云水相依，草木郁茂，而道士门常关，何其境之幽也！"过雨看松色，随山到水源。"此写南溪景。雨后之松，翠色可爱，有源之水，必有一山，此即坡公诗云："溪声尽是广长舌，山色无非清净身。"此中自有禅意。"溪花与禅意，相对亦忘言。"山溪景色如此，相对可悟禅理，得意之处，可以忘言。又如陶诗云："此中有真意，欲辩已忘言。"真静境也。（《唐诗合解笺注》卷八）

盛传敏曰：全首稳称，无一懈笔。清新俊逸，兼有其长，诗家正法眼也。（《碛砂唐诗选》）

沈德潜曰：结意言其道士能通禅理也。（《重订唐诗别裁集》卷十一）

屈复曰：题是"寻常道士"，诗只"见履痕"三字完题，馀但写南溪自己一路得意忘言之妙，其见道士否不论。与王子猷何必见安道同意。（《唐诗成法》）

乔亿曰：一片清机。起言自见经行履痕，则一路无人踪也。三、四写南溪隐居，而道人之风标在望。五、六抱首句。结处拈花微喻，不沾身说法，尤超。（《大历诗略》）

王寿昌曰：结句贵有味外之味，弦外之音……随州之"溪花与禅意，相对亦忘言"是也。（《小清华园诗谈》）

孙洙曰：语语是"寻"。（《唐诗三百首》）

刘文蔚曰：言一路行来，见莓苔间见道士履迹，而道士则开（闭）门于云停草幽之中矣。想其过雨看松，新而且洁；随山寻源，趣不外求，惟其深悟禅意，故对花而忘言也。（按：以上数语袭唐汝询解。）唐仲言（汝询）曰：襄阳以谈言许僧，文房以禅意称道，唐人固不自拘，藉令后人，放之吴子辈，便当磨舌相待矣。（《唐诗合选评解》卷六）

俞陛云曰：诗为寻道士而作。开首即说到"寻"字。山径苔痕，遍留屐齿，非定是道士之履痕，已将"寻"字写足。三句言溪间无人，白云凝然，若为之依留不去，见渚之静也。四句言岩扉长闭，碧草当门，有"绿满窗前草不除"之意。五、六句言其所居在水源尽处，随山曲折而前，松阴雨后，苍翠欲滴，此时已至道观矣。七句花与禅本不相涉，而连合言之，便有妙悟。收句言朋友有临，但须会意，溪花相对，莫逆于心，宁在辞费耶！（《诗境浅说》甲编）

[鉴赏]

此诗写寻访一位栖隐在南溪的禅僧一路所见所感，于清新秀雅、研炼工稳中渗透闲适的意趣和禅意，风格接近王维而明快过之。

"一路经行处，莓苔见履痕。"首句忽然而起，概述一路行程，次句拈出一个细节：在莓苔遍生的山路上，隐约可见屐履踩过的印痕。莓苔被径，见其地之清幽；而其上留下的履痕，则暗示所寻访的禅僧曾经过这里。诗人注意到莓苔上的履痕，正暗透出题首的"寻"字，踏着印有禅僧履痕的莓苔小径，诗人寻访的脚步也似乎加快了。这两句写得很富镜头感、动态感，展现在读者面前的是：在深山密林中，一条逶迤曲折的小路正往密林深处延伸，路上长满了绿色的莓苔，上面深深浅浅，留下了一串屐履的印痕。行走在这条小路上的诗人，则边行走，边辨认履痕，从急匆匆的步伐上，可以想见其即将见到禅僧之际的喜悦。

"白云依静渚，春草闭闲门。"颔联写抵达禅僧栖隐之地所见景象。隐居之所傍着溪边的洲渚，上面缭绕浮动着白色的云雾；萋萋春草，封锁住了幽居的门户。看来，幽居的主人（亦即诗人所要寻访的这位住在南溪的禅僧）并不在住所。是临时外出未归，还是长久外出，诗中未明说，也似乎不必说。总之，是"寻"而未遇。这好像令人有些失望。但眼前展现的景象却自能给诗人也给读者带来一份美感和意趣，而体现美感和意趣的句眼，则是上句的"静"字和下句的"闲"字。禅僧虽不在隐居之所，但隐居之地这既"静"且"闲"的景象，却透出了主人的高标逸韵。两句中的"依"字、"闭"字用得工炼而自然。前者突出了缭绕浮动于溪渚之上的白云似乎深情相依的情态，给眼前的静景增添了流动的意致和亲切的情趣；而"闭"字则不但突出了春草的繁茂，而且显示出隐居的幽静，使"闲门"的"闲"字所蕴含的门虽设而常关的意思也透露出来了。

访友不遇，似乎扫兴，但诗人却兴致不减。本来，寻访禅僧就是为了尽兴适意。友虽不在，但山中景物，随处皆佳，白云绕渚、春草拥门，友人不在的隐居之所也别有一番闲静的情趣。更何况，骤雨初过，松色苍翠如滴，正值得观看欣赏；随着水流淙淙，山势宛转，忽见水源，更饶穷源探幽之趣。"看""到"二字，传达的是一种纯任自然、漫无目的却随处可见美景、有所发现的喜悦。腹联所写的，是在访道人不遇的情况下纵情适意游赏山景的兴致，表现的是一种无往而均适意的意趣。故虽不遇道人而已悟道心，已有禅意。其意致与王维的"行到水穷处，坐看云起时"有些类似。

"溪花与禅意，相对亦忘言。"腹联在"过雨看松色，随山到水源"的游踪中已蕴含有一种随缘自适的禅意，故尾联就势点明。怀着这份无往不适的禅意，面对山中溪旁自开自放的"溪花"，感到自己的心境与客观的物象仿佛交融无间，合而为一，虽彼此无言相对，而灵心妙悟则均在不言之中了。

整首诗所表现的正是这样一种虽寻访禅僧不遇而随缘自适，既观赏山中美景，又体悟道心禅意的心境。这是一种心灵境界，也是一种人生境界。没有遗憾和惆怅，只有随缘自适的欣悦。说全篇"语语是寻"，实在是死扣题目、不符实际的解读。评家中只有黄生看出了"但写南溪自己一路得意忘言之妙，其见道士否不论"这一点，但援王子猷何必见安道为比，则可能引起尽兴而来、兴尽而返的误会。实则诗人的态度是遇固欢悦，不遇亦欣然自得的随缘自适。

饯别王十一南游①

望君烟水阔，挥手泪沾巾。飞鸟没何处，青山空向人。长江一帆远，落日五湖春②。谁见汀洲上，相思愁白蘋③。

[校注]

①王十一，名未详，十一是王某的行第。此诗杨世明系广德至大历初在淮南幕时，储仲君系至德二载（757）任长洲尉时。按：长洲县在苏州之南，离长江有相当一段距离，送人南游而北行至长江饯别，似与地理不符。杨谓"五湖"系王十一所往之地；然太湖在扬州之东南，似与"落日五湖春"之语未合。或此句只泛指日暮时分与友人舟行方向，南游之目的地或更在五湖之南。②五湖，即太湖。《国语·

越语下》："果兴师而伐吴，战于五湖。"韦昭注："五湖，今太湖。"《文选·郭璞〈江赋〉》："注五湖以漫漭，灌三江而漰沛。"李善注引张勃《吴录》："五湖者，太湖之别名也。"③柳恽《江南曲》："汀洲采白蘋，日落江南春。洞庭有归客，潇湘逢故人。故人何不返，春华复应晚。不道新知乐，只言行路远。"尾联从柳诗化出。

[笺评]

宋宗元曰：对景黯然。（《网师园唐诗笺》）

孙洙曰："望君烟水阔"，五字通首作意。（《唐诗三百首》）

俞陛云曰：通首皆别友之意，觉离思深情，盎然纸上……诗为别后所作。首句即言遥望行人，已在烟水空濛之际。次句写别意。诗人送别，每用"泪"字，但知己之泪，未肯轻为人弹。此诗情谊深挚，当非泛语。三句言行人已至飞鸟没处，而犹为凝望，即东坡送子由诗"但见乌帽出复没"同一至情。四句言别后更谁相伴，但有青山一抹，依依向人，曲终人远，江上峰青，宜怀抱难堪矣。五、六句言友所往，由江而湖，愈行愈远。末谓送君者尚临岸未返，秋水蘋花，对芳洲而伫立，此时愁思，见者无人，惟有溯流风而独写耳。（《诗境浅说》甲编）

[鉴赏]

这首送别诗，构思新颖，语浅情遥，朴素明快中蕴含隽永的情味。

题为"饯别王十一南游"，但通篇无一字言及"饯别"情景，一开头即从别后写起。"望君烟水阔，挥手泪沾巾。"朋友所乘的船已经开走了，眼前展现的是烟水迷茫、浩阔空旷的长江。在这阔远的背景上，友人所乘的一叶扁舟显得特别渺小而孤单。遥望小舟逐渐远去，诗人频频挥手致意，却再也看不到友人频频回首的身影。想到从此彼此各在一方，会合难期，不禁潸然泪下，沾湿了衣巾。"望"字冠首，直贯前三联。而首联将"烟水阔"的景色与诗人凝望、挥手、洒泪的动作、表情联结在一起，境界阔远，感情强烈。

"飞鸟没何处，青山空向人。"颔联进一步写凝望中帆影消失的情景。遥望友人船行的方向，但见长空一碧，一只孤单的飞鸟渐飞渐远，终于没入天际，远处的一抹青山若隐若现，空自向着凝望中的诗人。"飞鸟"既是实景，又寓含比兴，使人自然联想起远去的友人，用"没何处"的设问口吻，更明显突出了"飞鸟"这一意象的喻义。而下句的"空"字则强烈地渲染了孤帆远影消失在天际时的空廓感和孤寂感。

"长江一帆远，落日五湖春。"腹联进一步写友人的帆影消失于视野之后的遥望和遥想。上句既是对前四句的回抱与总括，也是进一层的想象。浩阔长江上的这一片帆影消失之后，已经愈行愈远了。"望"中已含遥想。下句则全是想象：今天日落黄昏时分，友人的小舟恐怕正行驶在更加浩瀚的太湖之上吧。句末的"春"字点明送别的季节，也使对友人去路的想象增添了春天的色调而不致黯然伤魂。这一联的境界既阔远又壮丽，也使别情不显得低沉感伤。

以上三联，均从"望"字生发，由遥望而遥想，随着友人的舟行而愈来愈远，尾联却掉笔转写诗人自身在送别之地的情景：有谁知道，此刻在沙洲之畔，面对着白色的蘋花，我正满怀相思怀友之情，而愁思悠悠难已呢？这话像是说给远去的友人听的，又像是自言自语，自诉相思，显得音情摇曳，情思悠远。虽化用柳恽诗意诗语，却浑然天成，毫不着迹，称得上是用典的化境。

酬李穆见寄①

孤舟相访至天涯②，万转云山路更赊③。欲扫柴门迎远客④，青苔黄叶满贫家⑤。

①李穆，刘长卿女婿，娶长卿次女。建中、贞元之际居扬州。长卿贬睦州期间（大历十二年至建中二年，777—781），李穆曾往睦州访问，抵睦州前先有《寄妻父刘长卿》（见《全唐诗》卷二百十五）云："处处云山无尽时，桐庐南望转参差。舟人莫道新安近，欲上潺湲行自迟。"长卿作此诗以酬之。此诗诗题一作《发桐庐寄刘员外》，见《全唐诗》卷二百六十三，误作严维诗。②孤舟相访，指李穆乘舟访己。天涯，极远之地，此指睦州（今浙江建德县）。③赊，远。按：李穆诗首句云："处处云山无尽时。"刘此句承李穆诗意酬答。④柴门，用柴木做的门，言其简陋。远客，指李穆。⑤贫家，长卿自指其家贫寒。

[笺评]

刘克庄曰：刘长卿七言云："欲扫柴门迎远客，青苔黄叶满贫家。"魏野、林逋不能及也。（《后村诗话·前集》卷一）

唐汝询曰：桐庐至歙，道皆滩水云山。穆既来访而预有此寄者，以舟之难进也，故酬答有"万转云山"之语。扫径迎客，而叹青苔黄叶之满，则落寞殆甚。意刘必失意而流寓于歙，岂被诬之时欤？（《唐诗解》卷二十八）按：唐氏因李穆诗有"舟人莫道新安近"之句，误以为新安指歙州，故有"桐庐至歙"，及刘"流寓于歙"等语，而穆诗"新安"实睦州之古称。

陆时雍曰：语气寒俭。（《唐诗镜》）

唐孟庄曰：第二句如此，才见友谊之笃。（《删补唐诗选脉笺释会通评林·中五律》引）

周珽曰：平淡中有深味。末句幽极，即"蓬蒿满径"之意，刘后村谓魏野、林逋之不能及也，信然。（同上）

朱宝莹曰：首句言李穆相访，孤舟远来。二句承首句，亦答穆诗"处处云山无尽时"句。三句言盼穆之来，故欲扫门以迎远客之至，此正见第三句宛转变化工夫。四句"青苔黄叶"与上"扫"字应，此正见第四句如顺流之舟也。（品）疏野。（《诗式》）

刘拜山曰：极写贫士生涯，看是自歉之词，实则深喜佳客远来之意。（《千首唐人绝句》）

[鉴赏]

长卿诗集中另有《别李氏女子》诗，首云："念尔嫁犹近，稚年那别亲。临歧方教诲，所贵和六姻。"此"李氏女子"即其次女，嫁李穆者；诗系临嫁前作。又有《送李穆归淮南》诗云："扬州春草新年绿，未去先愁去不归。淮水问君来早晚，老人偏畏过芳菲。"盖穆娶长卿次女后送其归扬州之作。又有《登迁仁楼酬子婿李穆》诗，中有"新章已在腰"之句，系建中二年（781）春新任随州刺史、尚在睦州时所作。将此三诗与《酬李穆见寄》诗对照，可证作《酬李穆见寄》诗时，穆尚未娶长卿次女，故穆诗《寄妻父刘长卿》之诗题或当作误为严维诗之诗题《发桐庐寄刘员外》。辨明这一点，有助于正确理解寄诗与酬诗的诗意和神情口吻。

首句"孤舟相访至天涯"叙李穆远道来访。穆此次造访，系从扬州乘舟过长江，然后循江南段运河由润州至杭州，再由杭州溯浙江而上富阳、桐庐至睦州。孤舟辗转，道阻且长，殷勤相访，其情可感。而曰"至天涯"，自是为了渲染道途的漫长遥远，同时也是为了突出自己贬谪僻远之地的孤寂处境，故叙事中自含对李穆远道相访、直至天涯的盛情的感动与欣喜。

次句"万转云山路更赊"，进一步渲染道路的曲折。这一句是对李穆原唱的酬和。浙江由富阳至桐庐、睦州这一段，"夹岸高山，皆生寒树。负势竞上，互相轩邈。争高直指，千百成峰"（吴均《与朱元思书》），江流曲折宛转（浙江古称之江，即因江流曲折而得名），山上云笼雾罩，故说"万转云山"。又是逆水上溯，舟行缓慢。因此，这一段实际上并不很长的水程，无论在李穆这位"远客"或是在诗人看来，都显得特别漫长了。"路更赊"应李穆的"行自迟"，"更"字正突出了由于"万转云山"而引起的主观感受。这既是对李穆道途辛苦的形容，更是对其殷勤相访情意的感荷。

远客既如此不惮道途的遥远艰阻而盛情相访，主人自当热情相迎。三、四两句由写对方之"访"转为自己之"迎"，自是情理之必然。接到李穆的寄诗，诗人自然想到要扫门迎接远方的来客。第三句是全诗的转关，句首的"欲"字，表现了乍接寄诗时即时产生的意念——扫门迎远客。而这"门"却是木柴等编成的"柴门"，二字略点，自然引出了全诗中最精彩的第四句——"青苔黄叶满贫家"。环顾柴门内外，青苔丛生，黄叶满地，自己这贫寒之家处处是一片萧然景象。诗写到这里，悠然而收。上句一转，下句一跌，转跌之间，正寓有深长的感慨、隽永的情味和摇曳的风神。

这好像是对殷勤相访的"远客"表示歉意（诗是要回寄给还在来路上的李穆的），说明"贫家"虽然想热情招待，却实在只能是盘餐无兼味，唯有扫黄叶以欢迎了。这自然不是什么"语气寒俭"，而是对远客的真诚歉意。但这两句诗所透露的主人生活境遇虽然贫寒，表现的感情却非单纯的自伤，而是展现了一种清贫自守者对自己所处环境所怀有的特殊美感，其中既有凄伤之感，又有对这种萧条之美的欣赏。读者也在感受诗人的情意之真挚的同时，感受并欣赏这种萧条之美。

从通篇的语气和口吻看，双方的身份不像是翁婿，而像是忘年的友朋；表现的感情不像是亲情，而像是真挚的友谊。看来，在双方作寄诗和酬诗时，彼此的意识中并没有将成为翁婿的念头。这也反过来证明李穆《寄妻父刘长卿》的诗题可能是后人加的。

长沙过贾谊宅①

三年谪宦此栖迟②，万古惟留楚客悲③。秋草独寻人去后④，寒林空见日斜时⑤。汉文有道恩犹薄⑥，湘水无情吊岂知⑦？寂寂江山摇落处⑧，怜君何事到天涯⑨！

[校注]

①《水经注·湘水》："湘州城内郡廨西有陶侃庙，云旧是贾谊宅。地中有一井，是谊所凿，极小而深，上敛下大，其状如壶。旁有一局脚石床，才容一人坐形。流俗相承，云谊宿所坐床。"《元和郡县图志·江南道·潭州长沙县》："贾谊宅，在县南四十步。"《太平寰宇记·潭州长沙县》："贾谊庙在县南六十步。汉时为长沙王傅，庙即谊宅也。"此诗杨世明《刘长卿集编年校注》系乾元二年（759）贬南巴过长沙时。而储仲君《刘长卿诗编年笺注》则系大历六年（771）秋任转运判官、分务鄂岳、南巡湘南诸州时。并谓："或谓此诗作于贬谪途中，然长卿两遭贬谪，均未经长沙。盖诗作于贬谪江西后，感慨颇深，易生误解耳。"按：长卿贬南巴，经湘水一带时，有《秋杪江亭有作》五律，有句云："世情何处澹，湘水向人闲。""扁舟如落叶，此去未知还。"时令与《长沙过贾谊宅》同。从"湘水""扁舟""此去未知还"之语看，《秋杪江亭有作》为贬南巴经湘水一带时所作无疑，则《长沙过贾谊宅》当亦同时之作。储注因认为长卿并未至南巴贬所，而是贬江西，故认为未经长沙。但《新年作》有"岭猿同旦暮"之句，明为岭南作，故长卿贬南巴经长沙、湘水，越梅岭，抵贬所之经历殆属无疑。诗均作于上元元年（760）秋。②《史记·屈原贾生列传》："贾生为长沙王傅。三年，有鸮飞入贾生舍，止于坐隅。楚人命鸮曰'服'。贾生既以适（谪）居长沙，长沙卑湿，自以为寿不得长，伤悼之，乃为赋以自广。"此，指贾谊宅。栖迟，滞留。《后

汉书·冯衍传下》："久栖迟于小官，不得舒其所怀。"贾谊受绛、灌、东阳侯谗害被贬事已见《新年作》"已似长沙傅"二句注。③楚客，指贾谊，也可泛指古今迁客。④贾谊《鵩鸟赋》："野鸟（指鵩鸟）入室兮，主人将去。"⑤贾谊《鵩鸟赋》："庚子日斜兮，鵩集予舍。"上句"独寻"，此句"空见"的主语是诗人。⑥汉文，汉文帝。古代历史上著名的明君，文帝、景帝统治期间，史称"文景之治"。故曰"汉文有道"。⑦《史记·屈原贾生列传》："（屈原）乃作《怀沙》之赋……于是怀石遂自沉汨罗以死……自屈原沉汨罗后百有馀年，汉有贾生，为长沙王太傅，过湘水，投书吊屈原。""于是天子后亦疏之，不用其议，乃以贾生为长沙王太傅。贾生既辞往行，闻长沙卑湿，自以寿不得长，又以谪去，意不自得。及渡湘水，为赋以吊屈原。"⑧《楚辞·九辩》："悲哉秋之为气也，萧瑟兮草木摇落而变衰。"⑨君，指贾谊，亦可自指。天涯，指长沙。唐人每以"天涯"指称被贬谪的僻远之地。

[笺评]

刘辰翁曰：（"汉文"二句）怨甚。（《唐诗品汇》卷八十五引）

顾璘曰：极悲。（《批点唐音》）

唐汝询曰：此文房谪宦长沙，因过贾生宅而赋以自况也。言贾生谪居三年，留此故宅，足以动万古楚客之悲。是以其人已去，而我独寻其迹于秋草之间；当日斜之时，而坐见寒林之萧索，信堪悲矣。吾想汉文乃有道之主，而待君如此之薄；彼无情之湘水，又岂知君之吊而致其情于屈原乎！但以彼寂寞之江山，君初何事而来此，岂非以谗口之故哉！然则文房之被谪，亦必有诬之者矣。夫以有道之汉文而犹寡恩，则今日之主当何如耶？此文房之微意也。（《唐诗解》卷四十三）

胡震亨曰：刘长卿《过贾谊宅》："秋草独寻人去后，寒林空见日斜时。"初读之似海语,不知其最确切也。谊《鵩赋》云:"四月孟夏,庚子日斜。""野鸟入室,主人将去。""日斜""人去"即用谊语,略无痕迹。(《唐音癸签·诂笺八》)

陆时雍曰:五、六当是慰劳,非是诮语。(《唐诗镜》卷二十九)

吴山民曰:三、四无限悲伤,一结黯然。(《删补唐诗选脉笺释会通评林·中七律》引)

周敬曰:哀怨之甚。《鵩赋》中语,自然妙合。(同上)

周珽曰:以风雅之神行感忾之思。正如《鵩鸟》一赋,直欲悲吊千古。又:结见贾生与己不宜并遭远谪。"何事"二字,似怨似诉,自疑自解,悲楚之极。(同上)

邢昉曰:深悲极怨,乃复妍秀温和,妙绝千古。(《唐风定》卷十七)

金圣叹曰:(前解)一解看他逐句侧卸而下,又建一样章法。一,是久谪似贾谊;二,是伤心感贾谊;三,是乘秋寻贾谊;四,是空林无贾谊。"人去后",轻轻缩却数百年;"日斜时",茫茫据此一顷刻也。(后解)五、六言汉文尚尔,何况楚怀王!言自古逸诐蔽明,固不必王听之不聪也。"怜君何事"者,先生正欲自诉到天涯之故也。(《贯华堂选批唐才子诗》卷二)

吴乔曰:刘长卿《过贾谊宅》诗云:"汉文有道恩犹薄,湘水无情吊岂知?寂寂江山摇落处,怜君何事到天涯!"只言贾谊而己意自见。(《围炉诗话》卷三)

胡以梅曰:松秀轻圆,中唐风致。(《唐诗贯珠串释》)

杨逢春曰:只一、二正说,馀俱翻空之笔。(《唐诗绎》)

黄生曰:宅在长沙府城中濯锦坊。次联出题,后四句,语语打到自家身上,怜贾正所以自怜也。三、四"人去""日斜",皆《鵩赋》中字,妙在用得无痕。又曰:(三、四)倒装句,暗用古事。(《唐诗摘抄》卷三)

朱之荆曰:从己说起,"楚客"则古今兼之矣,得渡法。"人去

谓贾，"独寻"自谓，三"过"，四"宅"。(《增订唐诗摘抄》)

赵臣瑗曰：笔法顿挫，言外有无穷感慨，不愧中唐高调。(《山满楼笺注唐诗七言律》)

何焯曰：全篇借贾生以自喻。结句"何事"二字，非罪远谪，包含有味。(《唐诗偶评》)

屈复曰：说贾即是自说。(《唐诗成法》)

沈德潜曰：谊之迁谪，本因被谗。今云"何事"而来，含情不尽。(《重订唐诗别裁集》卷十四)

乔亿曰：五、六对法极活。七句抱"宅"字，极沉挚，以澹缓出之。结乃深悲而反咎之也。读此诗，须得其言外自伤意。苟非迁客，何以低回至此！(《大历诗略》)

宋宗元曰：寄慨深长。(《网师园唐诗笺》)

黄叔灿曰："秋草"一联，怀古情深，有顾影自悲意。(《唐诗笺注》)

吴瑞荣曰：怨语难工，难在澹宕婉深耳。"秋草""湘水"二语，尤当隽绝千古。(《唐诗笺要》)

梅成栋曰：一唱三叹息，慷慨有馀哀，此种是也。(《精选七律耐吟集》)

孙洙曰：怜贾正以自怜。(《唐诗三百首》)

方东树曰：首二句叙贾谊宅。三、四"过"字。五、六入议。收以自己托意。亦全是言外有作诗人在，过宅人在。所谓魂者，皆用我为主，则自然有兴有味。否则有诗无人，如应试之作，代圣贤立言，于自己没涉。公家众口，人人皆可承当，不见有我真性情面目。试掩其名氏，则不知为谁何之作。张冠李戴，东餐西宿，驿传储胥，不能作我家当矣。(《昭昧詹言》卷十八)

施补华曰："汉文有道"一联，可谓工矣！上联"芳草独寻人去后，寒林空见日斜时"，疑为空写，不知"人去"句即用《鹏鸟》"主人将去"，"日斜"句即用"庚子日斜"，可悟运典之妙，水中着盐，

如是如是。(《岘佣说诗》)

王闿运曰：运典无痕迹。(《手批唐诗选》)(又见《湘绮楼说诗》)

王文濡曰：此诗要旨，全在结束一句……盖借以自况也。(《唐诗评注读本》)

[鉴赏]

在唐代贬谪诗中，刘长卿的这首《长沙过贾谊宅》在构思的精妙、用典的入化和意境的创造等方面都具有独特的成就，堪称通体完美的七律精品。

诗作于贬谪潘州南巴尉途中。一个深秋的傍晚，诗人来到长沙贾谊的旧宅。贾谊受谗被贬、才而见斥的不幸遭遇，触发千年之后的诗人因"刚而犯上"、受谗被贬的身世遭遇之悲和"直道不容身"的感慨，吊古伤今，写下这首兴在象外、凄伤哀怨的诗篇。借凭吊贾谊以抒发自己的迁谪之悲，是全诗的基本构思。

"三年谪宦此栖迟，万古惟留楚客悲。"首句叙事，点明贾谊谪宦长沙三年的悲剧遭遇，"此"字指贾谊宅，"栖迟"本义为居留，此处转义为留滞。"此栖迟"三字，声调低沉压抑，透露忧伤意绪。次句是说当年贾谊留滞于此旧宅，千年万代以来，留下了被贬的贾谊这位"楚客"无穷的悲慨。长沙古属楚地，故曰"楚客"，其实际意义实同"骚人""逐客"。"三年"与"万古"相对，突出强调了贾谊的三年谪宦经历留下的是万古的深悲，则其遭遇的可悲、悲慨的强烈可想。而由于贾谊的被贬代表了千年万代今古才人的普遍遭遇，具有极大的典型性，因此这"楚客"又同时是历代无数才而见斥的逐客骚人的代称。当诗人由贾谊的三年谪宦经历联想到自己"已似长沙傅"的经历时，这"楚客"的万古之悲也就自然融合了诗人被贬南巴的深悲，由吊古而伤今，由贾谊而自身，一开头就将被凭吊的对象与自身的经历遭遇和栖迟留滞的悲慨融合到了一起。

"秋草独寻人去后，寒林空见日斜时。"颔联承"此"字、"悲"字，写贾谊旧宅的景物、氛围，抒写自己的怀古伤今意绪。昔日的贾谊宅，如今已经是秋草丛生，荒凉破败不堪，宅旁寒林萧瑟，斜日映照，一片凄伤黯淡的景象。曰"独寻人去后"，则昔贤已没，自己仍在其遗迹上徘徊彷徨、寻觅怀想的情状如见；曰"空见日斜时"，则旧宅虽留、风景如昔，斯人已泯的空廓失落感和凄寒黯淡心绪可想。注家大都注意到"人去""日斜"系用贾谊《鵩鸟赋》中语，并指出其用典的不着痕迹，固是。但它的真正妙处是将眼前所见、心中所感与记忆中的语典毫不着力地融为一体，仿佛随手拈来，从而将古之情景与今之情景打成一片。这样的运用古典，确实已臻化境。

"汉文有道恩犹薄，湘水无情吊岂知？"腹联上句承"三年谪宦"，由贾谊被贬的遭遇联及君恩的疏薄寡情。汉文帝在历史上号称明君，而贾谊仍因大臣之谗害而被贬，故云"有道恩犹薄"。这句措语之妙，全在它的弦外之音。虽有道而恩犹薄，一则说明，无论遇有道之君无道之君，才人之被疏遭贬都是常事，以突出悲剧遭遇的普遍性；二则暗示自己所遇之君，根本不能与汉文相提并论，则自己之受谗遭贬更属必然。其中包含了对当今统治者的不满和怨望，不过说得很委婉含蓄。下句就贾谊作赋凭吊屈原一事抒慨。贾谊渡湘水，感屈原自沉汨罗之事，为赋以吊之。这句表面上是说，湘水悠悠，本自无情，作赋吊屈，情怀又有谁能理解！而言外之意则是：世情悠悠，贾谊借吊屈原以自伤的情怀，并没有人同情理解。上句怨君恩之薄，下句进而慨世情之衰。而更深一层的意蕴则是：我今溯湘水赴贬所而过贾谊宅凭吊贾谊，又有谁理解我的情怀和悲慨。就这样，诗人在意念中将屈原、贾谊和自己的悲剧遭遇和悲剧情怀串到了一起，从而将"万古惟留楚客悲"的意蕴进一步扩展与深化了。

"寂寂江山摇落处，怜君何事到天涯！"尾联承上"秋草""寒林""三年谪宦"，就眼前草木摇落的江山萧瑟秋景，以设问语抒写对贾谊谪宦之事原因的追索和怨怅。贾谊谪贬长沙，是由于才高受到文帝信任，遭到大臣的忌恨谗毁，原因明显，史有明文，本不必问，而曰"何事到天涯"者，故以问语摇曳出之，既引起读者对才高遭忌这一普遍悲剧性现象的深层思索，也使诗的结尾余韵深长，含蓄不尽。"怜君"自是同情贾谊贬谪天涯的悲剧遭遇，但怜君之中又寓有对自己被贬谪岭外的遭遇的自怜。一"君"字绾合双方，贯串古今，怀古伤今，俱在其中。

方东树《昭昧詹言》论唐人七律说："大历十子以文房为最……文房诗多兴在象外。"这首《长沙过贾谊宅》正是"兴在象外"的显例。全诗不但以"秋草""寒林""人去""日斜""江山摇落""天涯"等一系列意象的组合，创造出凄其萧瑟的意境，以传达其遭贬谪后凄伤哀怨的意绪；而且因借古伤今的基本构思，和巧妙入化的用典，使诗中的人、景、事都绾合古今，引发读者由古而今、由贾谊而诗人的联想，"怜君"之情与自怜之意融为一体。贬谪诗、怀古诗的融合能达到这种境界的，唐代诗人中罕见。

登馀干古县城①

孤城上与白云齐②，万古荒凉楚水西③。官舍已空秋草没，女墙犹在夜乌啼④。平沙渺渺来人远，落日亭亭向客低⑤。飞鸟不知陵谷变⑥，朝来暮去弋阳溪⑦！

[校注]

①《元和郡县图志·江南道·饶州》：馀干县：汉馀汗县，淮南王云'田于馀汗'是也。县因馀汗之水为名。随开皇九年去'水'存'干'，名曰馀干。《太平寰宇记·江南道·饶州》：馀干县："白云城在县西，隋末林士弘所筑。隋州刺史刘长卿诗曰：'孤城上与白云齐'云云。又有白云亭在县西八十步，旁对干越亭而峙焉。跨古城之危，

瞰长江之深，其亭以刘诗白云为号。"馀干，今江西馀干县。诗题中之"馀干古县城"，当指隋末林士弘所筑者。杨世明《刘长卿集编年校注》系此诗于乾元二年（759）秋贬南巴途中在江西待命时。储仲君《刘长卿诗编年笺注》则系于上元元年（760）至宝应元年（762）长卿来往于鄱阳、馀干等处时。按：长卿曾抵达南巴贬所，有《新年作》为证。其《将赴南巴至馀干别李十二》诗系上元元年（760）春赴洪州途中逗留于馀干时与李白晤别之作，则此诗约同年秋作。②上与白，《全唐诗》校："一作迢递楚。"③楚水，当指馀水。馀干古为楚地，故曰"楚水"。古城在馀水之西。④女墙，城墙上呈凹凸形的矮墙。《尔雅·释宫室》："城上垣，曰睥睨……亦曰女墙，言其卑小，比于城，若女子之于丈夫也。"⑤亭亭，遥远貌。⑥沙鸟，沙滩或沙洲上的鸟。陵谷变，语本《诗·小雅·十月之交》："高岸为谷，深谷为陵。"此喻世事的沧桑巨变。⑦弋阳溪，即馀水（今称信江）之上游，源于玉山县境的怀玉山，自东向西流经上饶、弋阳、贵溪、馀干，入鄱阳湖。流经弋阳附近的一段称弋阳溪或弋阳江。

[笺评]

范晞文曰：人……知刘长卿五言，不知刘七言亦高……《登馀干古城》……措思削词皆可法。（《对床夜语》卷三）

顾璘曰：自寓感慨。（《批点唐音》）

郝敬曰：凄楚不堪读。（《批选唐诗》）

李维桢曰：清爽流亮之作。（《唐诗隽》）

唐汝询曰：此叹古城之芜没也。首言城之高，次言城之废。颔联言邑之荒芜。腹联见景之萧索。末言城既空而无人，独飞鸟无心，来往其间耳。（《唐诗解》卷四十三）

张震曰：伤今吊古之情，蔼然见于言意之表。（《删补唐诗选脉笺释会通评林·中七律》引）

吴山民曰：愁思要眇之声。（同上引）

周珽曰：悲情凄响，捧诵一过，不减痛读《骚》经。（同上）

金圣叹曰：（前解）一，写古城之高。三、四承二，写古城之萧条。然看其一中有"上与"二字，即知早已写到古城者；二中有"万里"与"楚水西"五字，即知早已写到登古城之人，其胸中有两行热泪，一时且欲直迸出来也。（后解）上解只写到古城城上，此解又写城上回望也。"平沙（江）渺渺"，写城上人欲去何处；"落日亭亭"，写城上人欲待何日。然则只好心绝气绝于此弋阳溪上耳，而其如陵谷之又更变何！我能为无知之飞鸟也哉！（《贯华堂选批唐才子诗》卷二）

胡以梅曰：乱离悲凉之慨，皆登楼所见之景。（《唐诗贯珠串释》）

赵臣瑷曰：弋阳溪去馀干城尚远，当亦蒙"万里"字来，见不仅为区区之一孤城致吊云尔。（《山满楼笺注唐诗七言律》）

《唐诗鼓吹评注》：此登城而感兴废也。首言此城高与云齐，长枕于楚水之西，而萧条已非一日矣。夫所谓萧条者，官舍空而秋草绿，女墙在而夜乌啼，所见于楚水之西如是也。余且为之望平沙之渺渺，睹落日之亭亭，事有兴废，谁不怜之！乃沙鸟无情，不知陵谷之有迁变，朝来暮去于弋溪之上，非不悠悠自适也，亦知万古之为萧条哉！（卷七）

乔亿曰：诗格浑逸，而句解烦碎，为教初学看题，不得一字放过也。"诗要字字读"，遗山岂欺予哉！（《大历诗略》）

范大士曰："落日"句创新。（《历代诗发》）

宋宗元曰：缠绵怆恻。（《网师园唐诗笺》）

纪昀曰：当日之清吟，后来之滥调。神奇腐臭，变化何常！善学者贵以意消息耳。（《批唐诗鼓吹》）

吴瑞荣曰：文房句法之妙，如"贾谊上书忆汉室""飞鸟不知陵谷变"，有盛唐之雄伟而化其嶙峋，有初唐之渊冲而益以声调。（《唐

诗筏要》)

方东树曰：首二句破题。首句破"城"字，而以"上与白云齐"为象，则不枯矣。次句上四字"古"字，下三字"馀干"。三、四赋古城，而以"秋草""夜乌"为象，则不枯矣。五、六"登"字中所"望"意。收句"古"字、"馀干"字，切实沉着而入妙矣。以情有馀而味不尽，所谓兴在象外也。言外句句有登城人在，句句有作诗人在，所以称为作者，是谓魂魄停匀。若李义山多使故事，装贴藻饰，掩其性情面目，则但见魄气而无魂气。魂气多则成生活相，魄气多则为死滞。千古一人，推杜子美，只是纯以魂气为用。此意唐人犹多兼之，后人不解之矣。(《昭昧詹言》卷十八)

俞陛云曰：盛唐之诗人怀古，多沉雄之作。至随州而秀雅生姿，殆风会所趋邪？此诗首句总写古城之景，次句总写萧条之态。三、四承次句，实写其萧条：昔之官舍，衣锦排衙，今则秋原草没；昔之女墙，严城拥雉，今则夜月乌啼。五、六亦承次句，虚写其萧条：极目平沙，更无人迹，惟有向人斜日，伴凭高游客，少驻馀光。末句谓一片荒城，消沉多少人物，而飞鸟无情，依旧嬉翔朝暮。鸟而有知，其亦如令威之化鹤归邪？登临揽胜者，每当夕阳在野，易发思古之幽情。(《诗境浅说》丙编)

[鉴赏]

刘长卿在贬南巴途中，因有至洪州候命、重推及重推后仍贬南巴等一系列情事，在馀干逗留的时间较长，作的诗也较多。这首七律是他登馀干古县城，因见古城荒废而生陵谷变迁、人世沧桑之慨而写的一首吊古之作。

首联总写古城之高峻与荒凉，其间暗藏一"登"字。起句写自己登上古城，但见四面白云缭绕，与城墙相齐，可见这座古城当年的雄伟高峻。着一"孤"字，则其孤独耸峙于广野中的情状可见，已暗逗下句"荒凉"之意。次句写古城之荒凉，着"万古"二字于"荒凉"之上，乃是着意渲染古城的荒凉萧条，仿佛它静静地躺在楚水之西已经持续了千年万代，突出登览时那种触目伤情的主观感受。实则古城系隋末林士弘所筑，距诗人作诗之时不过一百四五十年。用"万古"这种夸张的渲染，正是为了创造出一种时空渺远空旷的境界，使"荒凉"之感更加强烈。

"官舍已空秋草没，女墙犹在夜乌啼。"颔联承"荒凉"二字，作进一步的具体描绘渲染。一座城邑，官舍和城墙是两个有代表性的标志物。前者用以管理士民，后者用以保卫城邑。如今，昔日的官舍早已空无人迹，只剩下断壁残垣和丛生的碧绿秋草，城墙上的矮垛还在，却杳无人影，只听到夜乌在发出凄凉的鸣叫声。上句用"秋草绿"所显示的自然界生机反衬官舍的空无死寂，主要从视觉角度写；下句以"夜乌啼"反托古城的荒凉冷寂，主要从听觉角度写。一写城中，系俯视；一写城上，系平视。

腹联续写登古城遥望所见。"平沙渺渺来人远"，是写遥望中的馀水，渺渺茫茫，渐入天际，孤帆一片，载着来人渐行渐远，直至在视线中消失；此时唯见残阳斜日，远在西边天际，冉冉而落，仿佛对着作者这远方的羁客越来越低，直至沉没。这一联所描绘的境界，旷远迷茫，黯淡空寂，较之颔联着意描绘荒凉之形貌，可以说进一步显示了荒凉之神魂。特别是"落日亭亭向客低"更从动态描写中传达出一种不言而神伤的意境。

"飞鸟不知陵谷变，朝来暮去弋阳溪！"尾联仍就登城遥望所见沙鸟飞翔江上的景色抒感，从反面着笔，托出全篇主旨——"陵谷变"。无论是空寂的官舍、丛生的秋草、残留的女墙、凄鸣的夜乌，或是渺远迷茫的平江孤帆、遥远黯淡的残阳斜日，都显示出这座古城的荒凉空寂，显示出世事的沧桑、陵谷的巨变。而回翔于江上的鸟儿却并不知道这种变化，仍然朝来暮去，在弋阳溪上来回飞翔。以"飞鸟"的"不知"和"朝来暮去"的"不变"来反托诗人的世事沧桑之慨，愈显出感慨之强烈与深沉。

　　写古城的荒芜，此前有鲍照的《芜城赋》，是寓有政治意涵的。这首诗却像是纯粹抒写一种陵谷变迁的历史沧桑感，未必有什么具体的政治寓意。但透过这种"陵谷变"的感慨，仍然可以品味出安史之乱这场大变乱在诗人心灵中的投影，从这方面说，诗中抒写的感慨仍带有特定的时代色彩。

别严士元①

　　春风倚棹阖闾城②，水国春寒阴复晴③。细雨湿衣看不见，闲花落地听无声④。日斜江上孤帆影，草绿湖南万里情⑤。东道若逢相识问⑥，青袍今日误儒生⑦。

[校注]

　　①严士元，华州华阴（今属陕西）人，严损之之子，严武之堂兄弟。天宝末，在永王李璘幕府，后离去。受命于江南，与在苏州任长洲尉的刘长卿晤别。时在至德二载（757）春。此后士元赴长安任大理司直，历京兆府户曹参军、殿中侍御史、虞部员外郎、河南令、刑部郎中等职，终国子司业。贞元八年（792）卒，年六十五。《文苑英华》卷九百四十四穆员《国子司业严公墓志》载其仕履甚详。此诗《才调集》作李嘉佑诗，误。《中兴间气集》卷下、《文苑英华》卷二百七十、《唐诗纪事》卷二十六均作长卿诗。诗题一作《吴中赠别严士元》。②倚棹，靠着船桨，犹言泊舟或泛舟。阖闾城，指苏州。《吴郡图经续记》卷上："吴自泰伯以来，所都谓之吴城，在梅里平墟，乃今无锡县境。及阖闾立，乃徙都，即今之州城是也。"③水国，指江南水乡泽国之地。④闲花，悠闲安静的花。⑤湖，指太湖，在苏州城南五十里。严之"受命南国"当在太湖以南之某地。⑥东道，东道主的省称，指严士元此去路上遇到的接待宴请的主人。语出《左传·

僖公三十年》：“若舍郑以为东道主，行李之往来，共其乏困，君亦无所害。”句意谓：此去路上遇到的东道主如有相识者问起我的近况。⑦青袍，八品九品官所服。上县县尉从九品上，服青袍。或据此句，谓作诗时刘长卿已受到打击罢官，甚至已贬南巴尉，故将此诗作年系于乾元元年春甚至更后，恐误。“青袍今日误儒生”不过是自慨之词，说自己这个夙有抱负的儒生如今屈居尉职，为青袍所误。与获罪之事无关。日，残宋本作“已”。

[笺评]

顾璘曰：“日斜江上孤帆影，草绿湖南万里情”，此诗得此联为骨。（《批点唐音》）

郝敬曰：清空飘逸，文房之诗大抵皆然。（《批选唐诗》）

唐汝询曰：《全唐诗》云：长卿为监察御史，为吴仲孺所诬奏，贬潘州南巴尉。道经阖闾城，因别严士元，赋此自叹也。（按：以上所叙多误。）言泊舟于此，而当春寒乍雨乍晴之时，于是因所见以为比。细雨湿衣，初则不见，久而自湿，正犹谮言渐渍，人不觉也。若朝廷轻弃贤才，则如闲花之落而不以为意，故我无罪而被放也。今既飘零于江上，而又送此孤帆，对此芳草，离情万里，愈难堪矣。此时严盖东行，故言相识问我，当云为青袍所误耳。（《唐诗解》卷四十三）

吴国伦曰：次联对句高妙。（《删补唐诗选脉笺释会通评林·中七律》引）

唐孟庄曰：五、六才入妙境。（同上引）

唐陈彝曰：三、四晚唐陋习。结写其不嫌于直。（同上引）

金圣叹曰：（前解）出手最苦，是先写“春风”二字，犹言春风也，而倚棹于此耶？下便紧接“春寒”二字，犹言人自春风，我自春寒，其阴其晴，身自受之，又向何处相告诉也！三、四承“阴”“晴”极写，言浸润之潜，乃在人所不意；则流落之苦，已在人所不恤。盖自叙吴仲孺之诬也。（后解）"日斜江上"，言日月逝矣；"草绿湖南"，言岁不我与。"孤帆影""万里情"，言青袍误人，今日遂至于此也。因而更嘱"东道"遍诉"相识"，其辞绝似负冤临命，告诫后人也者，哀哉！（《贯华堂选批唐才子诗》卷二）

张世炜曰：语甚工警，以极作意，所以是中唐。（"闲花"句下批）（《唐七律隽》）

陆次云曰：落句闲雅。（《唐诗善鸣集》）

高士奇曰："细雨湿衣"应"阴"字，"日斜江上"应"晴"字。（《三体唐诗辑注》）

黄周星曰："细雨""闲花"一联，若置禅家公案中，犹是最上上乘语。（《唐诗快》）

赵臣瑗曰：首句字字清丽，次句字字凄其，一转笔间正如荆轲渡易水，忽为变徵之声，闻者皆堪泪下也。（《山满楼笺注唐诗七言律》）

吴烶曰：刘长卿为监察御史，为吴仲孺所诬，因别严士元而诉己冤情现于末句，不必以"细雨""闲花"比仲孺也。（《唐诗选胜直解》）

胡以梅曰：通篇秀腻。上界（解？）送别之时、之地，下界（解？）暗藏行役，盖赴楚南，而"情"字落得精。（《唐诗贯珠串释》）

王尧衢曰："春风倚棹阖闾城"，此言泊舟之所。阖闾城，周敬王六年，伍子胥筑，所谓吴门也……"日斜江上孤帆影"，此时严盖东行，再次相别，故见孤帆日影，而不觉自嗟飘泊也……"青袍今已误儒生"，青袍，儒生之服；今为其所误，盖为被谗之故，所以栖迟于道途以自叹也。前解写舟次赠别，后解同悲寥落，而寄怀远之情。（《古唐诗合解》卷十）

何焯曰：第四暗寓淹久，激起五六，兼程以赴期会也。（《唐三体诗评》）

汪师韩曰：友人有游于何义门先生之门者，尝言刘随州诗"细雨湿衣看不见，闲花落地听无声"，先生家有宋椠本，乃是"闲花满地落无声"。盖花已落地，更何可听？古人不沾沾以"听"对"看"也。

余始闻而信之，继思古人写景之词，必无虚设。此诗题是《别严士元》，考长卿尝为转运使判官，以知淮西鄂岳转运留后、鄂岳观察使吴仲孺诬奏，贬潘州南巴尉。会有为辩之者，除睦州司马，是诗应是赴睦州时，道过阊闾城，因有别严之作。其言"细雨湿衣看不见"者，以比浸润之谮；"闲花落地听无声"者，闲官之挫折，无足重轻，不足耸人听闻。此于六义为比。第六句"草绿湖南万里情"，乃追忆湖南时事。末句"青袍今已误儒生"，其为迁谪后诗无疑矣。如云花落不可云"听"，则如"大火声西流"，流火又有声耶？一人迁谪，正何必以"满地"为喻哉！（《诗学纂闻》）

沈德潜曰：三、四只分写阴、晴之景，注释家谓此谗言之所渍、朝廷之弃贤，初无此意。（《重订唐诗别裁集》卷十四）

纪昀曰：虽涉平调，尚不庸肤。中唐人诗清婉中自有雅致。（《删正二冯先生评阅才调集》）

乔亿曰：五、六神彩飞动，调亦高朗，殊不类随州。《才调集》作李嘉佑近是。（《大历诗略》）

屈复曰：写景真切细润。结太显露。（《唐诗成法》）

薛雪曰：如"细雨湿衣看不见，闲花落地听无声"，觉烘染太过。（《一瓢诗话》）

范大士曰：已逗宋人消息，得五、六浑含振之。（《历代诗发》）

方东树曰：前四句写己所送别之地。三、四卓然名句，千载不朽。五、六入"送"，收入自己。（《昭昧詹言》）

余成教曰：随州诗如"老至居人下，春归在客先""古路无行客，寒山独见君""人来千嶂外，犬吠百花中""孤城向水闲，独鸟背人飞""寒渚一孤雁，夕阳千万山""得罪风霜苦，全生天地仁""得地移根远，经霜抱节难""旧浦满来移渡口，垂杨深处有人家""家散万金酬士死，身留一剑答君恩""细雨湿衣看不见，闲花落地听无声""帆带夕阳千里没，天连秋水一人归"……皆佳句也。（《石园诗话》卷一）

王寿昌曰：唐人之诗，有清和纯粹，可诵而可法者，如……刘长卿之"春风倚棹阖闾城，水国春寒阴复晴。细雨湿衣看不见，闲花落地听无声。日斜江上孤帆影，草绿湖南万里情。东道若逢相识问，青袍今已误儒生"……（《小清华园诗谈》卷下）

储仲君曰：此诗状水乡初春乍阴乍晴之奇，得其神髓。故余成教击节称赏。而长卿初仕之喜悦，亦溢于字里行间。"青袍今已误儒生"者，终于入仕之谓也。拘拘于字面，难免失之胶柱鼓瑟。（《刘长卿诗编年笺注》第127页）

[鉴赏]

刘长卿的感时伤乱之作与贬谪之作中，常渗透苍凉凄楚或凄伤寂寞的情思，体现出中唐诗的时代气息和艺术风貌。但他的这首《别严士元》，却写得极细腻秀美、工稳流丽，富于情韵、风调之美。这大约跟他作诗时刚入仕途，尚未经历挫折，心境还比较轻松愉悦有关。

"春风倚棹阖闾城，水国春寒阴复晴。"起联点明别地别时和友人将要乘舟离去的情景。首句不过说春天泊舟苏州城外，却写得风华流丽，极饶风韵。用"阖闾城"来代称苏州，便已给这座千年古城增添悠远的历史想象；不直说泊舟而曰"倚棹"，更形象地表现出友人倚棹伫立船头，即将启航而去的情景；再加上句首的"春风"二字，一幅在和煦摇漾的春风中倚棹姑苏古城，即将作别的图景已完整地展现在读者面前。次句集中笔墨，专写江南水乡春天乍暖还寒时的季候特征。"水国"是对"阖闾城"地理特征的进一步点明，亦与"倚棹"相应。江南水乡，气候湿润，遇到倒春寒时节，天气忽阴忽晴，变幻不定。这是对"水国春寒"特征的传神描写，也微妙地透露出即将与友人作别的诗人此际恍惚不定的情思。这个开头，为全篇定下了一个极具南国水乡柔美气息的基调。

"细雨湿衣看不见，闲花落地听无声。"颔联承"水国春寒"进一步描绘渲染季候特征与别时景物氛围。霏霏细雨，如烟似雾，如丝似缕，使人根本看不见它悄然降落，久而忽然感到衣裳湿润，这才知道它已经下了好一阵了。在春风细雨中，花静悄悄地飘落在地上，根本听不到它陨落的声音。这一联不但体物精细，对仗工切，而且创造出一种极富南国情调的闲静柔美意境。透过这一切，还可想象出一对友人长久伫立在江畔舟旁依依惜别、无言相对的情景。而诗人对这场在细雨春风中江边送别情景的诗意感受也将成为永远的记忆。

"日斜江上孤帆影，草绿湖南万里情。"腹联想象友人乘舟远去的情景和自己的殷殷送别之情。"江"指吴江，"湖"指太湖。友人当循吴江乘舟入太湖，到湖以南的某地任职。上句想象日斜时分，友人所乘的一叶孤帆循江而下，逐渐远去，直至消失于碧空尽头，下句进而想象友人的舟车横越浩渺的太湖，行驶在绿草如茵的湖南大地上，而自己的殷殷惜别之情和相思之意也一直伴随着直至天外。下句的情景类似王维的《送沈子福归江东》中的名句"唯有相思似春色，江南江北送君归"而更凝练而含蓄。次句点明水国的春天气候特征是"阴复晴"，故颔联承"阴"而写细雨落花，腹联承"晴"而写"日斜"孤帆远去之景。颔联意境闲静柔美，腹联意境阔大悠远，二者相济，更显示出情景意境的丰富多彩。

尾联由送友转到自己的境遇上来："东道若逢相识问，青袍今日误儒生。"作诗时诗人刚入仕任长洲尉，对一个有抱负的士人来说，县尉自然非其素望，故临别时托友人告诉沿途延接的东道主中与自己"相识"者，我如今是一袭青袍，恐误平生素志了。这本是送别诗的常套，自谦中虽略寓感慨，却不必看得过于认真，自然也跟前六句的整个基调并不矛盾。

严　维

严维（？—约780），字正文，越州山阴（今浙江绍兴）人。天宝中应进士试未第。至德二载（757）登进士第，授诸暨尉。时年已四十余。宝应元年至大历五年间（762—770），入浙东观察使薛兼训幕，检校金吾卫长史，与鲍防等五十七人联唱，结集为《大历年浙东联唱集》。后闲居越州，与刘长卿过往唱酬甚密。大历十二年（777）入河南府尹严郢幕，兼河南县尉。官终秘书郎。约建中元年（780）卒。《全唐诗》录存其诗一卷，维之《酬刘员外见寄》的"柳塘春水漫，花坞夕阳迟"，传为名句，惜全篇不称。

送人入金华①

明月双溪水②，清风八咏楼③。昔年为客处④，今日送君游。

[校注]

①唐江南东道有婺州东阳郡，治金华县。今浙江金华市。《全唐诗》校：诗题"一作赠别东阳客"。②双溪，水名。《浙江通志》："双溪在金华县南，一曰东港，一曰南港。东港之源出东阳之大盆山，过义乌，合众流西行入县境，又合杭慈溪、白溪、东溪、西溪、坦溪、玉泉溪、赤松溪之水，经马铺岭石碕岩，下与南港会。南港之源出缙云之黄碧山，过永康、武义入县境，又合松溪、梅溪之水，经屏山西北行，与东港会于城下，故曰双溪。"双溪至金华南合为一，谓之东阳江。③八咏楼，在金华市南隅，婺江北岸，旧名玄畅楼。南朝齐隆昌元年（494）沈约为东阳太守时所建。约有《登玄畅楼诗》，又曾作《八咏诗》"登台望秋月"等八首，题于玄畅楼，一时传诵，后人遂易

其名为《八咏楼》。盛唐诗人崔颢有《题沈隐侯八咏楼》诗，有"绿窗明月在，青史古人空"之句。上句"明月"当与沈诗有关。④昔，《全唐诗》校："一作少。"

[笺评]

黄生曰：气局完密，绝无一字虚设，几欲与"白日依山尽"作争衡。所逊者兴象微不逮耳。（《唐诗摘抄》卷二）

宋顾乐曰：绝句妙境多在转句生意。此诗转句入妙，觉上二句都有情。（《唐人万首绝句选》评）

俞陛云曰：凡人昔年履齿所经，积久渐忘，忽逢故友，重履前尘，遂使钩游陈迹，一一潮上心头……人情恋旧，大抵相同。作者回首当年，双溪打桨，八咏登楼，宜有桑下浮屠之感也。（《诗境浅说》续编）

富寿荪曰：此因送人而回忆旧游。前半盛称金华胜境，后半慨叹不能重游。以曲折含蓄生姿。四句皆对，而语对意流。故能浑成一气，悠然不尽。（《千首唐人绝句》）

[鉴赏]

在唐人五绝中，有一类明白如话而又韵味深长的作品，每因其看似清浅而不为人所注意。严维的这首《送人入金华》和后面所选的权德舆《岭上逢久别者又别》便是明显的例证。

诗的内容极单纯：送一位友人到自己昔年曾游之地——金华去。乍看似极平常而乏诗意，但在诗人笔下，却写得音情摇曳、余韵悠长，能唤起一种人生的体验与感慨。

"明月双溪水，清风八咏楼。"前两句对起，写金华胜迹。作为一座历史悠久的古城，金华有众多的名胜古迹，其中具有地理标志意义的风景佳胜，便是双溪水；而最具文化内涵和诗人流风余韵的著名古迹，便是八咏楼。它们正是金华这座城市的"名片"，是它的风景佳胜和古迹的精华。而在它们之上分别冠以"明月""清风"，更形象地展现出在明月映照之下，荡舟双溪之上；在清风徐来之际，登楼览胜怀古的游赏之兴。虽只十个字，却是对金华胜迹和风貌的精练概括。

题为"送人入金华"，乍读似感这是向友人介绍金华的名胜风景之美。但如果真是这样，这开头两句便不免显得平常而缺乏情味。妙在第三句，承中忽转，顿辟新境；第四句再转作收，更饶余韵。

"昔年为客处"，金华的双溪水、八咏楼，都是自己昔年作客金华时的曾历之地，从这方面说，第三句对前两句是"承"；但对于今日送友人入金华而言，这"明月双溪水，清风八咏楼"已经成为一种逝去的记忆，从这方面说，它又是"转"，是由今日送君之游到遥忆昔日自己之游的"忽转"。这一转折，顿时使前两句的描叙变为对昔年曾历情景的充满诗意的追缅；紧接着第四句又从"昔年"再转回到"今日"，并以"送君游"回应题目，就势作收。在"昔年"与"今日"的对映中寓含着深长的情思与感慨。

一个人对昔日曾历之地的追忆，往往与自己昔日年华情事的追缅怀想联结在一起。诗人对"昔年为客处"的金华"明月双溪水，清风八咏楼"游赏情景的追忆，决不仅仅是怀想这些风景名胜本身，而是同时追缅已经逝去的年华岁月、逝去的美好青春。在遥想追缅中，不但将"双溪水""八咏楼"进一步美化、诗化了，也将自己逝去的岁月美化、诗化了。因此，这首诗的艺术魅力正在于今昔的对照中所寓含的对已经逝去的岁月的亲切记忆和诗意追缅。人生的美好生活体验，虽因年华消逝而不可重复，却可长存于美好的记忆之中。诗中有深长的感慨，却无浓重的感伤。

整首诗就像一篇忆昔游的长篇五古，刚开头就煞了尾。而它的深长余韵正主要有赖于这似乎煞不住却又就此作煞的结尾当中，无限情思，尽在不言之中了。

韦应物

韦应物（约737—791），京兆杜陵（今陕西西安市东南）人。曾祖待价曾相武后。年十五，因门荫补右千牛卫。改羽林仓曹，授高陵尉、廷评。代宗广德元年（763）至永泰元年（765）任洛阳丞，因严惩不法军士被讼，请告闲居洛阳。大历六至八年（771—773），任河南府兵曹参军，九年为京兆府功曹参军，十三年为鄠县令，寻迁栎阳令，辞官居长安西郊沣上善福精舍。建中二年（781）除比部员外郎，三年出为滁州刺史，兴元元年（784）冬罢任闲居滁州西涧。贞元元年（785）转江州刺史，三年入为左司郎中。四年冬，出为苏州刺史，六年（790）遇疾终于官舍，州人为之罢市。白居易谓其五言诗"高雅闲淡，自成一家之体"，苏轼谓韦诗"发纤秾于简古，寄至味于澹泊"。其诗于平淡自然中别饶远韵，于朴素平易中时见流丽。有诗集十卷。今人陶敏、王友胜有《韦应物集校注》。生平仕历见丘丹撰《唐故尚书左司郎中苏州刺史韦君墓志铭并序》。

淮上喜会梁川故人[①]

江汉曾为客[②]，相逢每醉还。浮云一别后[③]，流水十年间。欢笑情如旧，萧疏鬓已斑[④]。何因不归去[⑤]，淮上有秋山[⑥]。

[校注]

①淮上，淮河边。此指楚州（今江苏淮阴）。梁川，指流经梁州一带的汉水，即首句之"江汉"。均借指"梁州"。高步瀛《唐宋诗举要》引欧阳行周《上兴元尹仆射》"今日梁川草偏春"，谓"称兴元为梁川可证"。《唐诗品汇》作"梁州"。陶敏、王友胜《韦应物集校注》系此诗于大历四年（769）秋自京赴扬州经楚州时。②江汉，本

指长江、汉水。此实指汉水上游的梁州（今陕西汉中市）一带。《元和郡县图志·兴元府》：南郑县："汉水经县南，去县一百步。"作此诗之前十来年，诗人可能曾客游梁州。③旧题李陵《与苏武三首》之一："良时不再至，离别在须臾。屏营衢路侧，执手野踟蹰。仰视浮云驰，奄忽互相逾。风波一失所，各在天一隅。""浮云一别"从此化出。④萧疏，稀疏。斑，此指头发花白。⑤不，《全唐诗》原作"此"，校："一作不。"据改。⑥有，《全唐诗》原作"对"，校："一作有。"据改。按：韦应物《登楼》五绝有句云："坐厌（正厌倦于）淮南守，秋山红树多。"可与此诗后二句相参。

[笺评]

谢榛曰：此篇多用虚字，辞达有味。（《四溟诗话》卷一）

周珽曰：人如浮云易散，一别十年，又如流水，去无还期。二语道尽别离情绪。他如"旧国应无业，他乡到是归"，其悲慨之思可见。又曰：起想昔时同游之雅，次叙今日阔别之怀。第五句顶首二句来，第六句顶次二句来，总见久别忽会，喜不胜情意。结以喜会而起归思，对故人语气不得不真切，如此而已。（《删补唐诗选脉笺释会通评林·中五律》）

黄生曰：（"浮云"二句）比赋句。硬装句。（"欢笑"二句）倒叙联。（"何因"句）设问为词。（"淮上"句）套装句。前后两截。前叙往事，后说目前。五、六必作倒叙看，始见人老兴不老。结言何因在淮上对秋山而不归去，此一问中，感故人之寂寞，赞故人之高旷，俱有。（《唐诗摘抄》卷一）

查慎行曰：五、六浅语，却气格高。（《瀛奎律髓汇评》卷八引）

纪昀曰：清圆可诵。（同上引）

沈德潜曰：（"淮上"句）语意好，然淮上实无山也。（《重订唐诗别裁集》卷十一）

无名氏曰：大抵平淡诗非有深情者不能为，若一直平淡，竟如槁木死灰，曾何足取！此苏州三首（按：指此首及《扬州偶会洛阳卢耿主簿》《月夜会徐十一草堂》），极有深情，所谓"看似寻常最奇崛，成如容易却艰难（辛）"也。（《瀛奎律髓汇评》卷八引）

黄叔灿曰：喜会故人，将旧游伴说。而十年流水，两鬓萧斑，说得惘然。乃淮上秋山，犹多系恋，情真语挚，自尔黯然。（《唐诗笺注》）

宋宗元曰：大音希声。（《网师园唐诗笺》）

张文荪曰：苏州诗摆脱陈言，独标风韵，三唐无一似者。此前略见一斑，须看其字字锤炼，神气何等简古。（《唐贤清雅集》）

冒春荣曰：以十字道一字者，拙也；约之以五字，则工矣。以五字道一事者，拙也；见数事须五字，则工矣。如韦应物"浮云一别后，流水十年间"，权德舆以"十年曾一别"（按：此《岭上逢久别者又别》首句）五字尽之。（《葚原诗说》）

王寿昌曰：结句贵有味外之味，弦外之音，言情则如……韦苏州之"何因不归去，淮上有秋山"……是皆"一唱而三叹，慷慨有馀音"者。（《小清华园诗谈》卷下）

胡本渊曰：（"浮云"二句）情景婉至。结意佳。（《唐诗近体》）

孙洙曰：一气旋折，八句如一句。（《唐诗三百首》）

高步瀛曰：似王、孟。（《唐宋诗举要》卷四）

[鉴赏]

这首五古写在旅途中与阔别十年的友人相遇时的欣喜与感慨交织的情怀。诗写得如同行云流水，自然流利，却具有深情远韵。

题内的"淮上"，字面上泛指淮河边；而在韦应物的诗里，常用作楚州（地处淮河南）的代称，除本篇外，《淮上即事寄广陵亲故》《淮上遇洛阳李主簿》诗中之"淮上"，均同指楚州。后诗中之"李主簿"指李瀚，曾为洛阳主簿，后归楚州（有《送李二归楚州》诗为证），此可作"淮上"指楚州之的证。或有以为"淮上"指滁州者，非。滁州离淮河甚远，与《淮上遇洛阳李主簿》"结茅临古渡，卧见长淮流"之语显然不合。又，沈德潜谓"淮上实无山"，然《淮上遇洛阳李主簿》有"寒山独过雁，暮雨远来舟"之语，《淮上即事寄广陵亲故》亦有"秋山起暮钟，楚雨连沧海"之句，与本篇"淮上有秋山"正合。

诗从十年前两人的梁州相逢叙起。"江汉"一词，可以泛指长江汉水流域，也可指作为长江最大支流的汉水的某一段，这里即指汉水上游的梁州一带。十年前，诗人曾在那一带客游，结识了这位题中未标姓名的朋友。虽是初次相识，却一见如故，倾心相许，"相逢每醉还"，彼此间关系之融洽，性情之豪爽，形迹之不拘，行为之浪漫，都于此简洁的勾画中可见。

"浮云一别后，流水十年间。"颔联从十年前的相逢突然跳到十年的阔别。十个字中，核心的字眼不过"一别""十年"四字，单纯从叙事的角度看，确实不妨将两句再简约为"一别忽十年"（姑不论平仄），但其所表达的情感和所蕴涵的韵味却大为逊色。关键就在看似毫不起眼、平常得近乎熟套的"浮云""流水"四字所起的作用。"浮云"这一意象，既可用来象喻朋友间的离别（如注引李陵《别苏武》），又可用来象喻游子的飘荡。故"浮云一别后"，即可形象地表现两人梁州一别如两朵偶然相值的浮云，倏忽飘散，从此各在天一方，彼此不通音讯，如飘荡无依的浮云，辗转各地。相逢的偶然、离别的奄忽、身世之飘荡，均可于此五字中想象得之。"流水"的意象，历来用作时间流逝的象喻。当它和"十年"这个在通常情况下表示长久时间的单位联系在一起时，却发生了奇妙的变化，仿佛十年这样长久的时间就像流水一样，在不经意之间忽然消逝了。"十年"之长，因"流水"之形容，给读者的感受与印象却是短短的瞬间，这就自然寓含了人生短促、十年瞬间的深沉感慨。两句连接起来，概括了广远的时空，十年之中，彼此的行踪、际遇、心理与生理的变化，乃至世事的沧桑，尽管无一言具体涉及，却又无不包蕴其中。如此丰富的生活容量、感情容量，都如海纳百川似的蕴含在如此空灵而含蓄的十个字中，又如此地脱口道出，毫不着力，确实在艺术上臻于炉火纯青之境。

"欢笑情如旧，萧疏鬓已斑。"腹联从十年之别回到此次相逢的现境。"欢笑"句承次句，"萧疏"句承第四句。黄生说："五、六必作倒叙看，始见人老兴不老。"他的意思是，尽管彼此双鬓萧疏斑白，但重逢之际，欢情依旧，豪兴不减。这种理解自有一定道理和依据，但似乎忽略了重逢时感情的另一面。其实，按照两句中"情如旧"与"鬓已斑"的对应看，诗人要着重表达的恐怕是欢情虽如旧，而鬓发各已苍的这一面，即对别来十年彼此变化之大的感慨。这种在时代沧桑巨变大背景下的个人身世经历变化的感慨，从杜甫的《赠卫八处士》等一系列诗作开始，至中唐而演为常调，屡见于诸多感时伤乱、感慨盛衰、以离合聚散为主题的诗作中，韦应物此作，虽未正面涉及时代，但十年之别，却离不开大的时代。即使单纯从朋友间的"相逢"、离别、重逢看，"喜会故人"的欣喜中也不可能没有时光流逝、人事沧桑变化的感慨。只是这种感慨并没有消除双方重逢的欣喜而已。因此，它给人的感受是虽有时光流逝、人事沧桑之慨，但这种感慨仍显得比较从容而通达，不致流于沉重的悲慨。

"何因不归去，淮上有秋山。"尾联是淮上重逢故人时诗人与故人间的问答。这位故人自梁州别后，辗转来到淮上楚州，可能已经有相当长一段时间了。因彼此萧疏鬓斑，故问起对方为何不归故乡，对方则回答说，这是因为淮上有秋山红树，秋光绚丽，足以使人流连。这一问一答，将故人的高情雅兴、旷达情怀都表达出来了，也使诗的结尾平添了摇曳生姿的风神和含蓄不尽的远韵。

自巩洛舟行入黄河即事寄府县僚友①

夹水苍山路向东②，东南山豁大河通③。寒树依微远天外④，夕阳明灭乱流中⑤。孤村几岁临伊岸⑥，一雁初晴下朔风⑦。为报洛桥游宦侣⑧，扁舟不系与心同⑨。

[校注]

①巩洛，巩县与洛水。巩县（今河南巩义市）为唐河南府属县。洛水源出洛南县冢岭，东流经卢氏、长水、福昌、寿安、洛阳，至偃师与伊水会，复东北流经巩县，至洛口入黄河。即事，犹即景，面对眼前景物。府县，指河南府及其属县。诗人于广德元年（763）冬至永泰元年（765），任洛阳丞。此府县僚友当指河南府之属僚及洛阳县之僚友。诗作于代宗大历四年（769）秋。时诗人自长安经洛阳、楚州等地赴扬州。②水，指洛水。《元和郡县图志·河南道·河南府》："巩县，古巩伯之国也……按《尔雅》'巩，国也'。四面有山河之固，因以为名。"③豁，开。大河通，通向黄河。《元和郡县图志·河南道·河南府》：巩县："洛水，东经洛阳，北对琅邪渚入河，谓之洛口。亦名什谷。张仪说秦王'下兵三川，塞什谷之口'，即此地。"此句所叙即洛水入黄河的附近一带山川地形。④依微，隐约依稀貌。⑤明灭，忽明忽暗，形容夕阳映照在动荡不定的波浪上闪烁不定的情状。⑥几岁，犹何年，言其时间久远。伊岸，伊水岸边（实指伊洛合流后的洛水岸边，因此处宜平，故不用"洛"而用"伊"）。⑦朔风，北风。时已秋令，故上言"寒树"，此言"朔风"。⑧洛桥，指洛阳城内的天津桥。《元和郡县图志·河南道·河南府》：河南县："天津桥，在县北四里。隋炀帝大业元年初造此桥，以架洛水。以大缆维舟，皆以铁锁钩连之……然洛水溢，浮桥辄坏，贞观十四年更令石工累方石为脚。《尔雅》'箕、斗之间为天汉之津，故取名焉'。"洛桥游宦侣，即题内

之"府县僚友"。⑨扁舟，小船。《庄子·列御寇》："巧者劳而智者忧，无能者无所求，饱食而遨游，泛若不系之舟，虚而遨游者也。"此句谓自己的心境，就如同不停泊系岸的小舟一样，无所系恋牵挂，自由无拘。

[笺评]

郭濬曰：景与兴会，绝似盛唐。只"孤村"自露本色。（《增定评注唐诗正声》）

李攀龙曰：（"寒树"二句）饶有幽致。（"孤村"二句）造意辛苦，写景入微，然亦不做作。（《唐诗广选》）又曰：潇洒不乏法度。（《唐诗训解》）按：《汇编唐诗十集》此评引作蒋汉纪。

袁宏道曰："一雁初晴"语，入画。

唐汝询曰：此客中寄友也。前二联纪舟行之景，因念我与诸君离群，居孤村而临伊岸者数岁矣。今日而始通一书，且告之曰：君欲知我心绪何如，但如扁舟不系耳。（《唐诗解》卷四十四）

邢昉曰：韦诗别有一种至处，真色外色，味外味也。（《唐风定》）

金圣叹曰：（前解）读一、二，如读《水经注》相似，便将自洛入河一路心眼都写出来；又如读《庄子·外篇·秋水》相似，便将"出于涯涘""乃知尔丑"、向不"至于子之门"，实"见笑于大方之家"一段惭愧快活都写出来也。三、四"寒树""远天""夕阳""乱流"，言山豁河通后，有如许境界也。（后解）五、六方正双写末句"不系"之"心"也。"伊岸""孤村"，为时已久；"朔风""一雁"，现见初下。然而今日扁舟适来相遇，我直以为村亦不故，雁亦不新。何则？若言村故，则我今寓目，本自斩新；若言雁新，则顷刻舟移，又成故迹。此真将何所系心于其间也乎！（《贯华堂选批唐才子诗》卷三）

赵臣瑗曰：一，写自巩县至洛水，迤逦而来，不知几许道路。但俯而观水，水则绿也；仰而观山，山则苍也；及志其所向之路，路皆东也。一何潇洒乃尔！二，忽然而南，忽而山豁，忽而河通，遂换出一种苍茫浩荡之境界来。只此二语。已不是寻常笔墨。三、四但见远天之外有景依微，非寒树乎？乱流之中有光明灭，非夕阳乎？此真是乍出口时光景，固不得写向前边也。五、六，久之而后遇孤村，又久而后见一雁，此真是岸转风回时光景，固不得写向前边也。要之，皆从"扁舟不系"中领略其一二者。如此，又何尝有所沾滞眷恋于其间哉！七、八，为报游宦，使之猛省，而却借扁舟之不系，轻轻带出"心"字，立言之妙，一至于此。（《山满楼笺注唐诗七言律》）

王尧衢曰："为报洛桥游宦侣"，此即府县僚友，及现在仕宦者。"扁舟不系与心同"，心绪飘零，如舟之不系，因在舟行，故即扁舟以自况，是报语也。（《古唐诗合解》卷十）

吴昌祺曰："寒树"句可画，"夕阳"句非画所传矣。（《删订唐诗解》）

何焯曰：直叙由巩洛入河，非常笔力（首联评）。（《唐诗偶评》）

吴修坞曰：首二联俱写舟行之景。"孤村""临伊岸""一雁下朔风"，乃舟中所见，横插"几岁""初晴"成句。末联还题中"寄府县僚友"，玩末句，盖有心急于行，不及而别意，结句言此心与扁舟同不系也，特错综成句。"夹"字俗本作"绿"，非，惟其"夹"也，所以"豁"也，紧相唤。（《唐诗续评》卷三）

屈复曰：起亦高亮。三、四写景颇称。五、六又写景，皆成呆句。若将五、六写情，则与下"与心同"三字相应矣。然外貌可观。（《唐诗成法》）

沈德潜曰：（"寒树"句）画本。（"夕阳"句）画亦难到。"鹭鸶飞破夕阳烟""水面回风聚落花""菱荷翻雨泼鸳鸯"，同是名句，然皆作意求工，少天然之致矣。山水云霞，皆成图绘，指点顾盼，自然得之，才是古人佳处。（《重订唐诗别裁集》卷十四）

范大士曰：潇丽之中，范围自在。（《历代诗发》）

宋宗元曰：写景出于自然，此为天籁。（《网师园唐诗笺》）

纪昀曰：三、四名句，归愚所谓上句画句，下句画亦画不出也。（《瀛奎律髓刊误》）

许印芳曰：第六句亦佳。次联与首联不粘。（《律髓辑要》）（《瀛奎律髓汇评》卷三十四引）

张世炜曰：左司古体得柴桑之胜，七律亦具萧散之致，与佻染、嗲悦者不同。（《唐七律隽》）

方东树曰：起叙行程破题，历历分明。中二联写景如画。五、六切地切时，其妙远似文房。收寄友。古人无不顾题、还题如是。（《昭昧詹言》卷十八）

王寿昌曰：唐人之诗，有清和纯粹可诵而可法者，如韦应物之"夹水苍山路向东……"（《小清华园诗谈》卷下）

[鉴赏]

这首以行旅为题材的七律，以清爽流利的笔调描绘由巩洛入黄河行舟所见沿途风光和由此引起的感受，诗情画意，融洽无间。

起联写"自巩洛身行入黄河"的一段旅程。巩县四面有山河之固，故这一段的洛水，两岸连绵不断的山峦，一直随着山势向东延伸。着一"夹"字，形象地显示出两岸山峦紧束洛水的逼仄态势。忽然，东南方向的山峦像是被打开了一个缺口，豁然开朗，洛水与滔滔浩浩的黄河便在瞬间相会贯通了。"豁"字"通"字，与上句"夹"字紧相呼应，不但写出舟行从两岸皆山的逼仄之境进入山豁河通的广阔境界的过程，具有动态感、层次感和变化感，而且透露出诗人因景物境界变化而产生的惊奇感、舒畅感，虽叙行程，而景随程现，情寓其中。

"寒树依微远天外，夕阳明灭乱流中。"颔联承"山豁大河通"，描绘舟行黄河之上极目远望所见。河洛汇合后的黄河，水势突然加大，且已进入广阔无垠的平原地带，故极目东望，但见寒林一带，隐现于远天之外；时值傍晚，夕阳映照下的黄河滚滚波涛，光影闪烁，明灭不定。这一联向为评家所称道，认为上句可画，而下句画亦难到。这是因为，上句描绘的是静景，虽是在舟行过程中远望，但由于寒树依微于天外，故呈现在诗人前面的画面是静止不动的，不妨把它看作一幅远山寒树图。而下句所描绘的却是夕阳映波，光影闪烁，变幻不定的动景，这种变幻闪烁的景色，对于空间艺术的绘画，确实是画笔所难到。而"乱流"的"乱"字，不但渲染出大河波涛滚滚、水流急骤而杂乱的态势，且对"夕阳明灭"起着加倍渲染的作用，给人一种眼花缭乱之感。这一联不但写景极为出色，且进一步将诗人目接此阔远壮美之境时那种舒畅自如的快感和兴会淋漓之情也表现出来了。

"孤村几岁临伊岸，一雁初晴下朔风。"腹联仍写舟行所见之景，但从领联的远望转为回望、仰观。回望来路，但见孤村隐隐，远临伊洛之上；仰望天穹，但见初晴的秋空中，一只孤雁，迎着朔风盘旋而下。上句插入"几岁"二字，便化"孤村临伊岸"的空间画面为对遥远历史时间的想象；而下句"一雁"与广阔的晴空相映照，更衬托出空间的广阔。而"一雁"之乘朔风下晴空，固不免有些孤孑，却更显示出翱翔的自由无拘。

领、腹二联，均为写景，而"寒树""夕阳""孤村""一雁""朔风"等景物，又多带有萧瑟孤凄的色彩，但这两联所创造的境界，却具有广阔悠远、壮美旷逸的特征，诗人的感情也并不黯淡低沉，而是透露出对广远时空的向往欣赏。上述带有萧瑟孤凄色彩的景物恰恰成了阔远之境的有机组成部分。

"为报洛桥游宦侣，扁舟不系与心同。"尾联应题内"寄府县僚友"，但它的主要作用却是自我抒情。全篇中直接抒情的句子只有末句"扁舟不系与心同"七个字，诗的成败与艺术上是否完整，在很大程度上取决于这句诗与前面所描写的景物及景中所寓之情是否密合。如果二者游离，则前六句的写景即便再出色，也不免有前后割裂之嫌，至少是有结尾敷衍了事之失，但从前三联的纪行写景看，其中所蕴含所透露的感情从总体上说，都是一种对广远时空境界的向往欣赏和舒畅愉悦的感受，这和末句所表现的无所牵挂、自由无拘的心境可以说完全合拍。因此，末句是对全篇所抒之情的集中揭示，也是对上六句景中所寓之情的概括，而"扁舟不系"之语仍紧扣"舟行"作结，更显得叙事、写景和抒情的紧密结合。

写这首诗的时候，诗人因在洛阳丞任上严惩不法军骑而见讼，请告闲居，在仕途上遭遇挫折已有数年之久。末句用《庄子·列御寇》典，多少透露出以"无能者无所求"自命的牢骚，但"泛若不系之舟"的比喻所透露的却是他的旷达情性和对自由无拘生活的向往。

韦诗多古澹闲逸，此诗却通体清爽流利、明快畅达，而又具风调情韵之美，在韦诗中可称别调。

淮上即事寄广陵亲故①

前舟已眇眇②，欲渡谁相待？秋山起暮钟，楚雨连沧海③。风波离思满④，宿昔容鬓改⑤。独鸟下东南⑥，广陵何处在？

[校注]

①淮上，淮河边，此指楚州。参《淮上喜会梁川故人》题注。广陵，即扬州。《旧唐书·地理志三·淮南道》："扬州大都督府……天宝元年改为广陵郡……乾元元年复为扬州。"亲故，亲戚故旧。扬州有诗人之兄，诗人离扬州时有《发广陵留上家兄兼寄上长沙》诗。又有友人卢庚，在扬州时有《寄卢庚》。此诗系大历五年（770）秋自扬州北归途经楚州时作。②眇眇，杳远貌。③沧海，大海，指东海。楚州系旧楚地，故称其地之雨为"楚雨"。④满，《全唐诗》校："一作远。"旧题李陵《与苏武三首》之一："风波一失所，各在天一隅。"⑤宿昔，犹旦夕，短时间之内。容鬓，容颜鬓发。曹丕《于清河见挽船士新婚与妻别》："与君结新婚，宿昔当别离。"鲍照《拟古八首》：

"宿昔改衣带，朝旦异容色。"⑥鲍照《日落望江寄荀丞》："惟见独飞鸟，千里一扬音。推其感物情。则知游子心。"广陵在楚州之南稍偏东，此句"下东南"即指飞向广陵的方向。

[笺评]

刘辰翁曰：（"楚雨"句）好句。（"风波"两句）两语足以极初别之怀。又曰："独鸟下东南"，偶然景，偶然语，亦不容再得。（《须溪先生校点韦苏州集》朱墨本）

桂天祥曰：（"广陵"句）用"在"字韵尤妙。（同上引）

唐汝询曰：此叙已客中寂寞也。言前舟已远而我不得渡，为无知己相待也。况暮景凄其，烟波满目，不惟离愁顿生，且觉容鬓改色。于是见孤鸟之飞而悟所思之地，若曰：惜无羽翼以相过耳。（《唐诗解》卷十）

周珽曰：苏州酬寄诸诗，洗净铅华，独标风骨，有深山兰菊花发不知之况。（《删补唐诗选脉笺释会通评林·中五古》）

陆时雍曰：起结佳。（《唐诗镜》卷三十）

王闿运曰：（"前舟"四句）此韦诗惯语，每见益新，不嫌空。（《手批唐诗选》）

高步瀛曰：神似宣城。（《唐宋诗举要》卷一）

[鉴赏]

韦应物大历四年（769）秋自京经巩洛、楚州赴扬州，第二年秋天从扬州返回洛阳，在扬州居留的时间正好一整年。扬州有他的兄长，还有像卢庚这样的朋友。返洛途中，舟行经楚州时怀念在扬州的亲人友朋，写了这首充满离思的五言短古。

开头两句写舟行至淮河边上的楚州时的情景。诗人自扬州乘舟沿漕渠（大运河自扬州至楚州的一段）北上，自楚州至泗州这一段，系利用淮河水道，水面远比漕渠宽阔，因此需要从楚州渡过淮河，再向西南方向舟行至泗州。行至楚州时，前面的舟船已经行驶得很远，杳不可即，淮河渡口只剩下了自己所乘的一叶孤舟，要想渡越淮河，却没有同行的舟船相待，结伴而行。这里所表现的是行舟途中前瞻后顾、帆影杳杳的孤寂感和茫然若失感。

"秋山起暮钟，楚雨连沧海。"正当欲渡未渡、孤子无伴之际，天色将暮，又下起了雨。河边的秋山古寺，响起了缓慢悠长的暮钟声，绵绵秋雨，洒向楚地，向东极望，但见一片蒙蒙，雨势直连大海。上句主要诉诸听觉，下句则诉诸视觉。秋山木落，本已给人以萧瑟之感；而在密密雨幕中透出的暮钟声，更增添一种悠远渺茫、幽寂孤清之感。那势连沧海的茫茫雨幕，笼盖天地，不仅使诗人所乘的一叶扁舟更显得孤子凄凉，而且增添了诗人的渺茫无着和黯淡孤清之感。以上四句，均为写景，着意渲染一种孤寂凄清、黯淡渺茫的氛围，以自然引出全诗的主意——"离思"。

"风波离思满，宿昔容鬓改。"密集的秋雨伴着劲厉的秋风，淮河上掀起了层波叠浪，诗人的心情也随之汹涌起伏，难以平静。周遭的景物、氛围，使自己的离情别绪充满了心胸，诗写到这里，才在层层渲染下引出主句——"风波离思满"。为了进一步渲染"离思"之浓重和强烈，又用"宿昔容鬓改"这种带有明显夸张色彩的诗句来突出它对自己精神上、容颜上的影响，仿佛短时间内就改变了容颜和鬓发。这一联主要是抒情，从表现的感情来看，"离思"既浓而烈，但诗在着笔时却显得相当从容、轻淡。用轻描淡写的笔调来表现浓郁的情思，正是韦诗的重要特征。

"独鸟下东南，广陵何处在？"尾联借回望来路所见景物，点明寄怀广陵亲故的题意。在风雨交加之中，一只孤独的鸟儿向东南方向飞去，那正是广陵（扬州）所在的方向，但暮色苍茫，风雨迷蒙，一切都笼罩在茫茫杳杳之中，自己所怀念的广陵以及在广陵的亲故又究竟在哪里呢？这个用设问语作收的结尾，在似结非结中留下了悠长的余味，诗人的怅然茫然之情也就自寓其中了。

韦应物喜欢写钟声，写雨丝，用以渲染氛围，创造意境，除本篇的"秋山起暮钟，楚雨连沧海"外，像《初发扬子寄元大校书》的"归棹洛阳人，残钟广陵树"，《赋得暮雨送李胄》的"楚江微雨里，建业暮钟时"，《登楼寄王卿》的"数家砧杵秋山下，一郡荆榛寒雨中"，都是著名的佳句，钟声的悠邈远韵和雨丝的凄其情致，都有助于渲染特定的氛围情调。韦应物当是运用这两种诗歌意象最得心应手的诗人之一。

登楼寄王卿①

踏阁攀林恨不同②，楚云沧海思无穷③。数家砧杵秋山下④，一郡荆榛寒雨中⑤。

[校注]

①王卿，名未详。诗集同卷有《郡斋赠王卿》云："无术谬称简，素餐空自嗟。秋斋雨成滞，山药寒始华。濩落人皆笑，幽独岁逾赊。唯君出尘意，赏爱似山家。"当与本篇为同时赠同人之作。陶敏、王友胜《韦应物集校注》谓"王卿，当是被贬至滁州者，名未详。大历建中中有太常少卿王纮，王维弟，未知是此人否。"诗作于建中四年（783）秋任滁州刺史时。②踏阁攀林，指攀援树木登山踏阶而上楼阁，登览胜景。恨不同，恨未能与王同登。③楚云沧海，写登楼所见景物：楚云弥漫，遥连沧海。滁州楚地，故称所见之云为"楚云"。其地离东海不太远，故登楼可见楚云连接沧海的景色。"楚云沧海"与"楚雨连沧海"之境类似，不过易"雨"为"云"，省略"连"字而已。"思无穷"，思绪无穷，其中蕴含对王某的思念，但不止于此。④砧杵，捣衣石与木杵，此指捣衣声。⑤一郡，指滁州郡城。荆榛，丛生灌木。"一郡荆榛"，形容郡城的荒凉残破。

刘辰翁曰：高视城邑，真复如此。开合野兴正浓，正是绝意。复增两联，即情味不复如此。(《唐诗品汇》卷四十九引)

桂天祥曰：绝处二句，正是闻见萧瑟时寄王卿本意。刘评谓"野兴正浓"，尽（盖?）不识景象语。(《批点唐诗正声》)

顾璘曰：登楼愁思，宛然下泪。(《须溪先生校点韦苏州集》朱墨本附引)

杨慎曰：绝句四句皆时，杜工部"两个黄鹂"一首是也，然不相连属，即是律中四句也。唐绝万首，唯韦苏州"踏阁攀林恨不同"及刘长卿"寥寥孤莺啼杏园"两首绝妙，盖字句虽对而意则一贯也。(《升庵诗话》卷五)

唐汝询曰：韦时刺郡，而忆其友阁在林际，最为清幽。楚云沧海，天各一方，离思固自无极。又况听此砧杵，对此荆榛，不倍凄怆乎！此诗先叙情，后布景，是绝中后对法。(《唐诗解》卷二十八)

黄生曰：章法倒叙，以三、四为一、二。言当寒雨、砧杵时，踏阁攀林，恨故人不在。山长水远，悠悠我思亦无穷耳。(《唐诗摘抄》卷四)

宋宗元曰：("数家"二句)凄凉欲绝。(《网师园唐诗笺》)

宋顾乐曰：先叙情，后布景，而情正在景中，愈难为怀。(《唐人万首绝句选》评)

富寿荪曰：下二句但写登楼闻见，而郡邑荒凉，怀人惆怅，俱在言外。(《千首唐人绝句》)

［鉴赏］

这首登临寄友的小诗，虽然写得很饶情韵，却遭到不少误解。无论是刘辰翁的"野兴正浓"，唐汝询的"楚云沧海，天各一方"，还是黄生的"章法倒叙"，都不符合实际。其中尤以"楚云沧海，天各一方"之解，至今仍为学者所沿用，影响相当深远。

起句写登楼的过程与不能和友人同登的遗憾。"踏阁攀林"，按正常词序，应为"攀林踏阁"，意即攀援树枝，登上山岭，沿着梯阶，踏上楼阁。四个字概括的是攀援上山，登上山顶的楼阁的过程，由于这是一首仄起的七绝，故为合律而改为"踏阁攀林"。往常登览出游，总是与友人携手同行，此次对方却因故未能一起攀登，少了同游的乐趣，故说"恨不同"。正由于未能同登，故有寄诗之事。

次句写登楼远望所见云雾弥漫绵延之景与深长的思绪。滁州古属楚地，故称这一带的云为"楚云"。登楼向东极望，但见云雾弥漫绵延，远连沧海，眼前是一片浩渺的云封雾锁的黯淡景色。本来就因友人不能同游而有所遗憾，登楼极望，又见此云雾连绵黯淡之景，不免更添愁绪。说"思无穷"，自然包含有对友人的深长思念，但无论是从本句"楚云沧海"，云封雾锁的黯淡之景，还是从三、四两句所描绘的凄清萧条之景来体味，这无穷的思绪又自不止怀友这一端。

这里需要顺便考辨一下王卿其人是否与诗人分居两地，天各一方。查韦集中，与王卿有关的诗，除本篇及注①所引《郡斋寄王卿》外，尚有《送王卿》《答王卿送别》《池上怀王卿》《陪王卿郎中游南池》《南园陪王卿游瞩》等多首，其中除《送王卿》一首可能作于韦在苏州刺史任上之外，其余各首均为韦任滁州刺史时作。从诸诗中"郡中多山水……相携在幽赏""鹤鸣俱失侣，同为此地游""兹游无时尽，旭日愿相将""元知数日别，要使两情伤"等诗句看，诗人与王卿系同住滁州，故常相携出游，偶有数日之别，也会感到情伤，故此次"踏阁攀林"之游，王卿未能偕游，方深以为憾事。因此，将"楚云沧海"说成是二人"天各一方"，显然不符合实际情况。又，前人或谓此诗"先叙情、后布景"，亦未全合。前二句固有"恨不同""思无穷"之语，但"踏阁攀林"之行程，"楚云沧海"之遥望，又何尝不是景物描写，至于后两句，景中寓情，自不待言。

"数家砧杵秋山下，一郡荆榛寒雨中。"三、四两句将眼光从遥望收回到俯视秋山下的郡城。只听得城中零零星星、断断续续传出了清亮的捣衣砧杵声，这声音，在带着萧瑟情调的秋山衬托下，显得分外凄清寂寥；环视郡城，但见寒雨潇潇，荆棘丛生，一片荒凉萧条景象。乍一看，可能会觉得诗人是用砧杵、秋山、荆棘、寒雨这一系列带有萧瑟凄清、荒凉冷落色调的物象所构成的氛围、意境，来表达因友人未能同游而产生的凄清寂寥情思。但联系诗人的特定身份——在任的滁州刺史，一郡的最高地方长官，特别是联系诗人在滁州的其他诗作，就会感到其中自有更深广的内涵。在写这首诗的头一年（建中三年，782）秋天，他在《答王郎中》诗中说："守郡犹羁寓，无以慰嘉宾……野旷归云尽，天清晓露新。池荷凉已至，窗梧落渐频。风物殊京国，邑里但荒榛。赋繁属军兴，政拙愧斯人。"所谓"邑里但荒榛"，正是这首诗所描绘的"一郡荆榛寒雨中"的荒凉破败景象。滁州虽未直接遭受战乱破坏，但长期战乱所造成的苛重赋税负担，却对这一带起着极大的破坏作用。如宝应元年（762）宰相元载严令追征江淮欠缴租庸，官吏公开掠夺民财。特别是建中二年，河北强藩联兵抗命，藩镇割据加剧；三年，河北、山东、淮西诸镇叛乱，李希烈、朱滔、田悦等结盟称王；四年正月，李希烈陷汝州。作此诗后不久（十月）又发生朱泚之乱。在这样一种动乱频繁的局势下，滁州因军兴赋繁，导致邑里荒榛、百姓逃亡的景象是必然的。诗人览眺郡城，不但会产生对百姓的同情怜悯，也自然会有"政拙愧斯人（民）""邑有流亡愧俸钱"的愧疚之情。秋天本是家家户户裁制寒衣的季节，如今秋山之下的郡城，只有"数家"零零落落地传出砧杵之声，可以想见因赋税繁重百姓流亡、人户稀疏的情景。只不过由于绝句主含蓄尚余韵，像其他诗体可以明白说出的那些感触、感慨就寓情于景，自在不言之中了。

诗从攀林登楼，写到登楼遥望楚云弥漫绵延，直至沧海之景，再到近瞰俯视郡城凄清荒凉之景，诗人的感情则由一开始的不能与友同游的遗憾，发展到"思无穷"，这无穷之思中，既有思念友人不得的凄寂，更有对郡邑荒凉景象的悲慨和忧念百姓、愧对斯民的复杂意绪。其佳处主要体现在三、四两句景中寓情，含蕴丰富，情韵深长上。全篇情与景均系顺叙，倒叙之说亦属错会。

寄李儋元锡①

去年花里逢君别，今日花开已一年②。世事茫茫难自料③，春愁黯黯独成眠④。身多疾病思田里⑤，邑有流亡愧俸钱⑥。闻道欲来相问讯⑦，西楼望月几回圆。

[校注]

①李儋，韦应物关系最密切的朋友。据《赠李儋侍御》诗，儋曾官殿中侍御史或监察御史。建中年间，曾在太原参河东节度使马燧幕。见韦《寄别李儋》诗，韦集中，有关李儋的诗有《赠李儋》《将往江淮寄李十九儋》《雪中闻李儋过门不访聊以寄赠》《善福阁对雨寄李儋幼遐》《赠李儋侍御》《寄李儋元锡》《送李儋》《寄别李儋》《酬李儋》等多首。元锡，洛阳人，字君贶。贞元十一年（795），为协律郎，山南西道节度推官。元和年，历衢州、苏州刺史，福建、宣歙观察使，授秘书监分司，以赃贬壁州，后为淄王傅，卒。详见《元和姓纂》卷四及岑仲勉《元和姓纂四校记》。韦集中，有关元锡的诗有《滁州园池燕元氏亲属》《南塘泛舟会元六昆季》《郡中对雨赠元锡兼简杨凌》《寄李儋元锡》《宴别幼遐与君贶兄弟》《送元锡杨凌》《月溪与幼遐君贶同游》《与幼遐君贶兄弟同游白家竹潭》《与元锡题琅邪寺》等多首，过从亦甚密。据陶敏、王友胜《韦应物集较注》，此诗系德宗兴元元年（784）春在滁州刺史任上作。参注②。或谓贞元初在苏州刺史任上作，误，参注⑧。②建中四年（783）暮春，李儋曾至滁州看望韦应物。《赠李儋侍御》诗云："风光山郡（指滁州）少，

来看广陵（扬州）春。残花犹待客，莫问意中人。"同年秋，有《寄别李儋》诗云："首戴惠文冠，心有决胜筹。翩翩四五骑，结束向并州。名在相公幕，丘山恩未酬……远郡卧残疾，凉气满西楼。想子临长路，时当淮海秋。"建中三年（782）秋，元锡曾来滁访韦应物，有《郡中对雨赠元锡兼简杨凌》诗及《滁州园池燕元氏亲属》诗。四年夏，有《南塘泛舟会元六昆季》诗。此二句叙与李、元二人之逢与别，当以与李之逢、别时间为主。去年花里，指建中四年春。今日花开，指兴元元年春。逢君别，逢君并作别。③建中四年十月，诏泾原节度使姚令言率师东征。丁未，泾原军士入长安城，倒戈作乱。德宗出奔奉天。乱兵奉朱泚为帅，泚自称帝。朱泚军围攻奉天，浑瑊力战始得保全，至十一月奉天之围方解。兴元元年正月，李希烈仍称帝，国号大楚，以汴州为大梁府。二月，李怀光与朱泚通谋，反。德宗奔梁州。韦应物是年春有《京师叛乱寄诸弟》诗云："羁离守远郡，虎豹满西京……忧来上北楼，左右但军营。函谷行人绝，淮南春草生。"此句所谓"世事"，当包括从去年十月至今春的京师叛乱等战乱情事在内。茫茫，模糊不清貌。④黯黯，沮丧忧愁貌。李商隐《自桂林奉使江陵途中感怀寄献尚书》："江生魂黯黯，泉客泪涔涔。"此"黯黯"，即黯然销魂之"黯然"。⑤田里，犹故里、田园。《史记·汲郑列传》："黯（汲黯）耻为令，病归田里。"⑥流亡，因战乱饥馑而逃亡流落到外地的百姓。⑦问讯，慰问。《后汉书·清河孝王庆传》："庆多被病，或时不安，帝朝夕问讯，进膳药，所以垂意甚备。"或解曰"打听"，非。⑧西楼，或指滁州城西门城楼。长安城在滁州之西。注③引《京师叛乱寄诸弟》有"忧来上北楼"，指郡城北门城楼似可类证。也有可能指所居郡斋之西楼。注②引《寄别李儋》诗有"远郡卧残疾，凉气满西楼"之句，则滁州亦有"西楼"，此"西楼"似指应物所居之郡斋西楼。高步瀛《唐宋诗举要》引《清统志》："江苏苏州府：观风楼在长洲子城西。龚明之《中吴纪闻》：唐时谓之西楼，白居易有《西楼命宴》诗。"文研所《唐诗选》从之，并将此诗系于唐德宗贞元初年韦应物任苏州刺史时。无论此"西楼"是指滁州西门城楼，还是指郡斋西楼，均在滁州无疑，非指在苏州者，苏州素称富庶，与"邑有流亡"之语亦不甚符。

[笺评]

黄彻曰：韦苏州《赠李儋》云："身多疾病思田里，邑有流亡愧俸钱。"《郡中燕集》云："自惭居处崇，未睹斯民康。"余谓有官君子当切切作此语。彼有一意供租，专事土木而视民如仇者，得无愧此诗乎！（《碧溪诗话》卷二）

刘克庄曰：有忧民之念。（《后村诗话》）

方回曰：朱文公盛称此诗五、六好，以唐人仕宦多夸美州宅风土，此独谓"身多疾病""邑有流亡"，贤矣。（《瀛奎律髓》卷六）

袁宏道曰：简淡之怀，百世下犹为兴慨。（刘辰翁校点、袁宏道参评《韦苏州集》）

王世贞曰：韦左司"身多疾病思田里，邑有流亡愧俸钱"，虽格调非正而语意亦佳，于鳞乃深恶之，未敢从也。（《艺苑卮言》卷四）按：李攀龙《古今诗删》卷十七选韦应物七律仅《自巩洛舟行入黄河即事寄府县僚友》一首。

胡震亨曰：韦左司"身多疾病思田里，邑有流亡愧俸钱"，仁者之言也。刘辰翁谓其居官自愧，闵闵有恤人之心，正味此两语得之。若高常侍"拜迎官长心欲碎，鞭挞黎庶令人悲"，亦似厌作官者，但语微带傲，未必真有退心如左司之一向淡耳。（《唐音癸签·谈丛一》）

谢榛曰：诗有简而妙者，若……张九龄"谬忝为邦寄，多惭理人术"，不如韦应物"邑有流亡愧俸钱"。又曰（律诗）八句皆淡者，孟浩然、韦应物有之。非笔力纯粹必有偏枯之病。（《四溟诗话》卷二）

田艺蘅曰："花""花"，"年""年"，妙。（《删补唐诗选脉笺释

会通评林·中七律》引)

周启琦曰：此等真诗，我辈长愧。（同上引）

金圣叹曰：（前解）一、二，在他人便是恨别，在先生只是感时。何以辨之？盖他人恨别，皆以花纪别；今先生感时，乃以别纪花。以花纪别者，皆云"已一年"；今以别纪花，故云"又一年"也。三、四，"世事"，即花事也。"春愁"，即愁花也。花有何事？如去年开，今年又开，即花事也。花何用愁？见开是去年，见开又是今年，即花愁也。盖先生除花以外；已更无事，更无愁也，世上学道人，除"无常"二字以外，亦更无事，更无愁也。（后解）五、六，别无他意，只是以实奉告李、元二子，欲来即须早来，不然，我且欲去矣。相其七、八，情知此二子自是不怕花开人。看他分别欲来，而又愆期数月，此便是先生说无常偈。（《贯华堂选批唐才子诗》卷五）

王夫之曰：纯。（《唐诗评选》）

贺裳曰：韦诗皆以平心静气出之，故多近于有道之言。"身多疾病思田里，邑有流亡愧俸钱。"宛然风人《十亩》《伐檀》遗意。（《载酒园诗话又编·韦应物》）

冯舒曰：圆熟却轻蒨。（《瀛奎律髓汇评》卷六引）

查慎行曰：村学小儿皆能读此诗，不可因习见而废也。（同上引）

吴乔曰：求《雅》于杜诗，不可胜举……韦应物之"身多疾病思田里，邑有流亡愧俸钱"。王建为田弘正所作之《朝天词》，罗隐之"静怜贵族谋身易，危惜文皇创业难"，皆二《雅》之遗意也。（《围炉诗话》卷二）

毛张健曰：中四句自述近况，寄怀意唯于起结处作呼应。然次句击动三、四，七句暗承五六，又未尝不关照也。（《唐体肤诠》）

张世炜曰：此等诗只家常话，烂熟调耳。然少时读之，白首而不厌者，何也？与老杜《寄旻上人》之作，可称伯仲。（《唐七律隽》）

沈德潜曰：五、六不负心语。（《重订唐诗别裁集》卷十四）

何焯曰：（"今日花开"句）此句中暗藏"望"字。（《唐律偶

评》）

纪昀曰：上四句竟是闺情语，殊为疵累。五、六亦是淡语，然出香山辈手便俗浅，此于意境辨之。七律虽非苏州所长，然气韵不俗，胸次本高故也。（《瀛奎律髓汇评》卷六引）

范大士曰：通首调达。（《历代诗发》）

黄叔灿曰：诗亦超脱。（《唐诗笺注》）

余成教曰：韦公性高洁，鲜食寡欲，所居焚香扫地而坐。其诗如……"身多疾病思田里，邑有流亡愧俸钱"，皆能摆去陈言，意致简远超然，似其为人。诗家比之陶靖节，真无愧也。（《石园诗话》卷一）

方东树曰：本言今日思寄，却追叙前此，益见情真，亦是补法。三句承"一年"之久，放空一句；四句兜回自己。五、六接写自己怀抱。末始又今日"寄"意。（《昭昧詹言》卷十八）

许印芳曰：晓岚讥前半为"闺情语"，虽是刻核太过，然亦可见诗人措词各有体裁，下笔时检点偶疏，便有不伦不类之病。作者不自知其非，观者亦不觉其谬，病在诗外故也。（《瀛奎律髓汇评》卷六引）

胡本渊曰：有岁月如流，人事如昨之感。（《唐诗近体》）

吴汝纶曰：（"世事"二句）情景交融。（《唐宋诗举要》卷五引）

高步瀛曰：（"身多"二句）蔼然仁者之言。（《唐宋诗举要》卷五）

[鉴赏]

这首寄怀友人的七律，有以下几个突出的特点。一是题曰"寄"，且起结均抒怀念想望之情，但主要内容却是向友人倾诉自己的感慨和苦闷，全篇像一封自诉情怀的诗体书信。二是感情极其真挚自然，仿佛从肺腑中流出。三是风格清畅闲淡，如行云流水，一气舒卷，虽为律体，实近古风。

首联从与对方的"逢"与"别"写起。建中四年（783）暮春，李儋曾来滁州看望韦应物，韦有《赠李儋侍御》诗，其后二人相别；元锡于建中三年秋，亦曾来滁探访应物，韦亦有《郡中对雨赠元锡兼简杨凌》诗，元锡在滁时间较长，四年夏犹与应物南塘泛舟。与二人之"逢"与"别"并不同时，但诗系同寄二人，故这里的"去年花里逢君别"自单指李儋，不必拘泥。次句接以"今日花开已一年"，以"今日"对"去年"，以"花开"应"花里"，以"已一年"承"逢君别"，似对非对，似重非重，出语流易清畅，构成一种萧散自然的风调韵致，而时光流逝之易与相念之情之殷均包蕴其中。这一联的句式，完全是七言古风的风调。

　　颔联却从"君"与我的逢与别跳开，单写自己的感慨和愁绪。纪昀可能是由于看到前四句有诸如"花里""逢君别""花开已一年""春愁黯黯独成眠"一类的词语诗句，而说它"竟是闺情语，殊为疵累"，恐怕是读后世闺情诗词（特别是清代女性诗词）而形成的惯性思维。其实这一联中的"世事"和"春愁"都离不开次句的"花开已一年"，因此它和次句乃是迹似断而神实连。"世事"一语，既可泛指人世间的一切情事，包括时代、社会和个人的情事，也可主要指时代的军事政治方面发生的大事。在"去年花里"到"今日花开"这一年里，发生了震动全国的朱泚之乱，德宗逃奔奉天，被叛军包围，形势极其危急；后又因李怀光与朱泚通谋，德宗再奔梁州。写这首诗时，长安仍为朱泚盘踞，安史之乱的情形似乎又在重演。这一切，都是诗人所未料及的；国事如此，诗人自己的前途命运自然也跟国事一样，茫茫不可知。故说"世事茫茫难自料"。这里所包蕴的，正是对国家、个人命运难以预卜的茫然感和忧伤感。下句的"春愁"承"今日花开"，但内容却绝非一般的时光流逝、年华将暮的哀愁，而是和"世事"变化紧密联结的忧国忧民之情。与此诗同时作的《京师叛乱寄诸弟》说："弱冠遭世乱，二纪犹未平。羁离官远郡，虎豹满西京，上怀犬马恋，下有骨肉情。归去在何时，流泪忽沾缨。忧来上北楼，左右但军营。函谷行人绝，淮南春草生。鸟鸣野田间，思忆故园行。何当四海晏，甘与齐民耕。"其中所抒发的忧世难未平、悯齐民未安、伤羁离难归、痛骨肉分离的感情，正是"春愁"所涵盖的感情内容。这种复杂的忧思，使自己情怀黯然，夜难成眠，着一"独"字，突出了羁离远郡的孤寂感和无奈感。这一联将世乱和家庭骨肉的分离、百姓的流离困苦、自身的前途命运不着痕迹地融为一体、对偶工整，而上下贯通。与上一联一气蝉联，如行云流水，略无停顿，而抒发的感慨与忧思却深挚而悠长。

"身多疾病思田里，邑有流亡愧俸钱。"腹联上句承"春愁黯黯"，写自己在国难家离的忧思难以消解的情况下，想到自己身多疾病，对时局又无能为力，因而产生归休田里的念头，下句承"世事茫茫"，说自己忝为州郡长官，因军兴赋繁，百姓逃亡流离，却又无能为力，深感有愧于官吏的俸钱。话说得很平淡，仿佛脱口道出，却极真挚朴实，道出了一个有良心有同情心的官吏在面对国忧民困的现实时无力改变现实状况的自愧自责。由于这一联所抒写的感情在封建社会的一部分士人官吏中具有很大的普遍性和典型性，充分表现了他们既同情百姓又无力改变其现实处境的矛盾苦闷情绪，因而引起历代文士的共鸣。特别是由于诗人在抒写上述矛盾苦闷时，完全出自内心，出语真率自然，"无一字做作"，故读来倍感亲切，感到与诗人在精神上可以毫无距离地沟通。这种境界，最近陶诗之平淡真切、情味隽永。需要注意的是，诗人之所以思归田里，从诗面看似因"身多疾病"而起，但实际上真正的原因却缘"邑有流亡"所致。在滁州任上所作的另一首《答崔都水》诗中说："岷税况重叠，公门极熬煎。责逋甘首免，岁晏当归田。"可见他的"思田里"之情主要还是由于作为地方官，不忍心向百姓催缴酷重繁多的赋税，与其被责免官，不如干脆归居田里，以免忍受内心的煎熬，故上下两句，虽似单行，意自互补。

在这种忧思苦闷难以消释的情况下，对友人的思念更加深切。尾联遂由一开头的因"逢君别"引起的怀念，进一步发展为对友人前来相会的热切期盼："闻道欲来相问讯，西楼望月几回圆。"听说你俩有意前来慰问我这个羁守远郡、处境困难、心情苦闷的朋友，我已屡上西楼，翘首以待，但西楼之月已经数回圆，我们间的聚会却到现在还未实现。月儿圆而友人未来，是由于战乱道路的阻隔，还是由于别的原因，诗人没有说，也不必说。给读者留下想象的空间，情味更显得隽永。

寄全椒山中道士①

今朝郡斋冷，忽念山中客②。涧底束荆薪③，归来煮白石④。欲持一瓢酒，远慰风雨夕。落叶满空山，何处寻行迹?

[校注]

①全椒，唐淮南道滁州属县，今属安徽滁州市。宋王象之《舆地纪胜》："淮南东路滁州：神山在全椒县西三十里，有洞极深。唐韦应物《寄全椒山中道士》诗，即此道士所居也。"未知所据，录以备参。诗作于兴元元年（784）秋任滁州刺史时。②山中客，指全椒山中道士。③束，《全唐诗》校："一作采。"荆薪，荆条柴木。④煮白石，旧传神仙、方士煮白石为粮，借以指道士修炼。葛洪《神仙传·白石先生》："常煮白石为粮，因就白石山居。"庾肩吾《东宫玉帐山铭》："煮石初烂，烧丹欲成。"

[笺评]

许颛曰：韦苏州诗云："落叶满空山，何处寻行迹。"东坡用其韵曰："寄语庵中人，飞空本无迹。"此非才不逮，盖绝唱不当和也。如东坡《罗汉赞》云："空山无人，水流花开。"还许人再道否?（《彦周诗话》）

洪迈曰：韦应物在滁州，以酒寄全椒山中道士，作诗曰……其为高妙超诣，固不容夸说，而结尾两句，非复语言思索可到。东坡在惠州依韵作诗寄罗浮邓道士云："一杯罗浮春，远饷采薇客，遥知独醉罢，醉卧松石下。幽人不可见，清啸闻月夕，聊戏庵中人，空飞本无迹。"刘梦得"山围故国周遭在，潮打空城寂寞回"之句，白乐天以为后之诗人无复措词。坡公仿之曰："山围故国空城在，潮打西陵意未平。"坡公天才，出语惊世，如追和陶诗，真与之齐驱。独此二者，比之韦、刘为不侔，岂绝唱寡和，理自应尔耶？（《容斋随笔》卷十四）

刘辰翁曰：其诗自多此景意，及得意如此亦少。妙语佳言，非人意想所及。（《韦孟全集》引。《唐诗品汇》卷十四引前两句，未标评点者）

王世贞曰：韦左司"今朝郡斋冷"，是唐选佳境。（《艺苑卮言》卷四）

桂天祥曰：全首无一字不佳，语似冲泊，而意兴独至，此所谓"良工心独苦"也。（《批点唐诗正声》）

钟惺曰：此等诗，妙在工拙之外。（《唐诗归·中唐二》）

唐汝询曰：此言道士炼药山中，我欲载酒以访之，唯恐莫能寻其行迹。盖状其所居之幽僻也。（《唐诗解》卷十）

袁宏道曰：妙人妙语，非人意想所及。（张习刻本《须溪先生校点韦苏州集》引）

周敬曰：通篇点染，情趣恬古。一结出自天然，若有神助。（《删补唐诗选脉笺释会通评林·中五古》）

邢昉曰：语语神境。作者不知其所以然，后人欲和之，知其拙矣。（《唐风定》卷五）

吴乔曰：语贵和缓优柔，而忌率直迫切……韦苏州《寄全椒道士》及《暮相思》亦止八句六句，而词殊不迫切，力量有馀也。（《围炉诗话》卷三）

张谦宜曰：《寄全椒山中道士》，无烟火气，亦无云霞光。一片空

明，中涵万象。(《绲斋诗谈》卷五)

沈德潜曰：化工笔。与渊明"采菊东篱下，悠然见南山"妙处不关语言意思。(《重订唐诗别裁集》卷三)

宋宗元曰：妙夺化工。(《网师园唐诗笺》)

张文荪曰：东坡所谓"发纤秾于简古，寄至味于淡泊"者，正指此种。(《唐贤清雅集》)

方南堂曰：所谓"语不惊人死不休"者，非奇险怪诞之谓也。或至理名言，或真情实景，应手称心，得未曾有，便可震惊一世……韦应物之"欲持一瓢酒，远慰风雨夕。落叶满空山，何处寻行迹"，高简妙远，大音希声。所谓舍利子是诸法空相，非惊人语乎？若李长吉，必藉瑰辞险语以惊人。此魔道伎俩，正仙佛所不取也。(《辍锻录》)

施补华曰：《寄全椒山中道士》一作，东坡刻意学之而终不似。盖东坡用力，韦公不用力；东坡尚意，韦公不尚意，微妙之旨也。(《岘佣说诗》)

王闿运曰：超妙极矣，不必有深意，然不能数见，以其通首空灵，不可多得也。(《手批唐诗选》)

高步瀛曰：一片神行。(《唐宋诗举要》卷一)

[鉴赏]

如果要从近六百首韦诗中选出一首最能体现诗人胸襟气质、个性风神的作品，这首《寄全椒山中道士》无疑是首选。它的高妙之处，就在于纯任天然，纯凭诗性思维的自然流动，不加任何雕饰，一片神行，不可复制。虽通篇淡淡着笔，而所寄对象和诗人自己的风神毕现，所创造的清寂悠远而又充满人情味的意境更令人神远。在整个唐代诗人中，能创造出这种近于天籁式作品的，大约只有李白，尽管他们的个性似乎迥不相同。

"今朝郡斋冷，忽念山中客。"起二句自然淡远，如叙家常。身在郡斋，心念山中。"郡斋冷"的"冷"字，写的是一种复合的感觉，既是寒秋季节那种袭人的寒冷，又透出郡斋的清冷空寂，而由天气的寒冷与环境的冷寂所引起的心境的冷寂也隐隐传出。如此丰富的意蕴，只用极平常随意的一"冷"字便全部包括，却毫不着力，像是随口说出。这样的天气、环境氛围和心境，最易引起对友人的怀念。而所"念"的对象却是一位"山中客"——"全椒山中道士"。韦应物在地方官任上，多与方外之士交往，这自然与他高洁恬淡的个性密切相关，这些方外之士也就成为郡斋中的常客。《宿永阳寄璨律师》写道："遥知郡斋夜，冻雪封松竹。时有山僧来，悬灯独自宿。"即使诗人因事离郡斋外出，这些方外之友也时来独宿。从"山中客"这个称谓可以看出，这位全椒山中道士也是滁州郡斋中的常客之一。因此，诗人在寒冷空寂的环境氛围和清冷寂寞的心境中心念"山中客"，就显得非常自然，句首的那个"忽"字，下得既飘忽又自然，仿佛"忽"然想到却又自然会想到，诗人淡泊恬静的性格和对山中客的关切怀念都从中隐隐透出。

"涧底束荆薪，归来煮白石。"三、四两句紧承次句，遥想"山中客"的生活情景：从山涧深谷采集捆扎了荆条柴枝，回到所居之处来烧煮白石。"煮白石"本是道士的修炼方式之一，用它来点明"山中道士"的身份、点缀其日常生活情景，自很贴切。但诗人在这里主要想表现的是一种远离尘俗、清寂淡泊的生活品格、精神追求，一种清高自守的风貌。"煮白石"与其说是具体的修炼方式，不如说是清高绝尘精神风貌的象征。在遥想中，诗人的向往欣美之情也自然蕴含其中。

"欲持一瓢酒，远慰风雨夕。"山中的生活，是高洁绝尘的，也是清冷空寂的。诗人由"今朝郡斋"之"冷"，联想到"山中"之"冷"，因此自然产生持一瓢酒远慰在风雨寒秋之夕寂处山中的友人的念头。应物诗中，有《寄释子良史酒》《重寄》《答释子良史送酒瓢》一类的诗，其中有"秋山僧冷病，聊寄三五杯"之句，可见寄酒或持酒给方外僧道之事时有之，并非一般的应酬之词。从"远慰风雨夕"之句，可以想象诗人在风雨之夕，与山中客对床共话的诗意场景。前两句将山中客的生活与精神风貌渲染得那样清高绝尘，仿佛不食人间烟火，这两句却将对友人的怀念与关切写得那样充满了温煦亲切的人情味。二者相映相衬，展现的境界既清静幽寂，又温暖安恬，这也正是诗人心灵世界的全面展示。

"落叶满空山，何处寻行迹？"结尾紧承五、六两句，仍写遥想中的情景：值此风雨寒秋之夕，萧萧落叶，布满了整座空寂的山林，山中人行踪本就飘忽不定，又哪里能从落叶满径中寻找你的行迹呢？这种诗句是绝不能从字面上去寻求它的含意的，以为诗人是欲寻山中友人而担心寻找不到，或者是为欲前往山中而终未去找原因，死于句下，不免把诗境破坏无遗。诗人的真意是通过诗意的想象创造出一种较前面所描写的情景更加空灵悠远、令人神远的意境。它所表现的与其说是寻而不可得的失落和茫然，不如说是对这种空灵缥缈、杳远难寻的境界的神往。诗的实际艺术效果也正是引导读者对"落叶满空山"之境的欣赏与陶醉。这首诗的超妙绝诣，固然与整体的浑融完美、一片神行密切相关，但关键却在此一结，它把诗的境界提升到了一个更高远缥缈的层次。

秋夜寄丘二十二员外[①]

怀君属秋夜[②]，散步咏凉天。山空松子落，幽人应未眠[③]。

[校注]

①丘二十二员外，丘丹，苏州嘉兴（今属浙江）人，丘为之弟。大历初年在越州浙江观察使薛兼训幕，与严维、鲍防等唱和联句。曾任诸暨令，贞元三年（787）后以检校尚书户部员外郎兼侍御史在浙西观察使王玮幕为从事。后归隐杭州临平山。卒年在贞元七年十一月

之后，此诗作年，陶敏、王友胜《韦应物集校注》系贞元五年（789）秋韦应物任苏州刺史时。但其时丘丹似已在临平山学道，故有"山空"之语。贞元六年夏秋间，应物有《送丘员外还山》《重送丘二十二还临平山居》诗，此诗当在上二诗之后作。②属，适逢，正值。③山，指临平山。幽人，指丘丹。时丹在山中隐居学道，故称。

[笺评]

刘辰翁曰：寄丘丹如此，丹答云："露滴梧叶鸣，风秋桂花发。中有学仙侣，吹箫弄山月。"更觉句句着力。（张习刻本《须溪先生校点韦苏州集》）

《韦孟全集》：幽情淡景，触处成诗，苏州用意闲妙若此。

顾璘曰：此篇后一句佳。（朱墨本《须溪先生校点韦苏州集》引）

蒋仲舒曰：浅而远，自是苏州本色。（《唐诗广选》）

唐汝询曰：凉天散步，叙己之离怀；松子夜零，想彼之幽兴。（《唐诗解》卷二十三）又曰：以我揣彼，无限情致。（《汇编唐诗十集》）

杨逢春曰：中唐五言绝，苏州最古。《寄丘员外》作，悠然有盛唐风貌。三、四想丘之思己，应念我未眠，妙在含蓄不尽。（《唐诗绎》）

徐增曰：怀君适在秋夜，天凉可爱，惟散步庭际，以咏怀君之诗。于是趁笔写到员外身上去，曰：君今在空山，人境两寂之际，松子间落，林中有声，幽人亦应散步未眠也。幽人，正指员外。员外若非幽人，则苏州亦不必寄怀矣。（《而庵说唐诗》卷九）

吴烻曰：孤怀寂寞，谁与唱酬？忽忆良朋，正当秋夜散步庭院之际，吟诗寄远，因念幽居，想亦未眠，以咏吟为乐，书去恍如觌面也。情致委曲，句调雅淡。（《唐诗选胜直解》）

朱之荆曰：妙在第三句宛是幽人，故末句脱口而出。（《增订唐诗摘抄》）按：吴修坞《唐诗续评》卷二评曰："前二句已况，后二句忆丘。妙在第三句宛是幽人，故末句脱口而出。"此书题"吴修坞续评，朱之荆集注"。

沈德潜曰：（末二句）幽绝。（《增订唐诗别裁集》卷十九）

宋顾乐曰：淡而远，是苏州本色，第三句将写景一衬，落句便有情味。（《唐人万首绝句选》评）

宋宗元曰：悠然神往。（《网师园唐诗笺》）

施补华曰：韦公"忆君属秋夜"一首，清幽不减摩诘，皆五绝之正眼法藏也。（《岘佣说诗》）

刘拜山曰："山空"二句，遥想丘丹山居秋夕情景，写足相怀之意，弥见真挚。（《千首唐人绝句》）

罗宗强曰：王维的诗，在宁静明秀的境界中，蕴含着一种对于生活的美丽热烈向往，那是盛唐精神风貌的产物。韦应物的诗，也表现宁静的境界，但在宁静的境界中，却有一种寂寞冷落之感，有一种世外之思……《秋夜寄丘二十二员外》……在寂静之中笼罩着一重淡远冷落的情思，明显地表现出他对寂寞淡泊生活的向往之情。（《唐诗小史》）

[鉴赏]

这首寄怀友人小诗，笔调闲淡委曲，意境清幽悠远，写得非常富于韵味。

前幅写自己秋夜怀人的情景。首句"怀君属秋夜"点明全诗主意，提挈通篇内容。"怀君"点人，兼顾怀人的自己和所怀的对象；"秋夜"点明怀人的特定季候。"怀君"与"秋夜"之间，着一"属"字，用笔轻淡，似不经意，却显示出"秋夜"这特定的背景与"怀君"之间存在着复杂的联系，引发读者多方面的联想：既因秋夜的凄清静寂而益增怀君之情，又因怀君而不得见益感秋夜的凄其寂寥。也可理解为：既因秋夜的清幽寂静而倍感怀人的别样情趣，又因这别样的情趣而倍感秋夜的清幽寂静之美。两种不同的联想，并不互相排斥，完全可以并存互补，从而使诗情更加丰富，诗味更加隽永。

次句"散步咏凉天"，承首句进一步写自己的行动：凉夜吟诗。"凉天"承"秋夜"。因为怀君而不得见，故于凉夜散步闲庭，吟咏诗篇。所咏之诗，自为即凉夜之景而赋，故曰"咏凉天"。咏诗既为自遣，亦以寄友，故此句实暗寓题内"寄"字。从这句诗的自在轻松口吻看，诗人的凉夜吟诗寄友，情绪并不凄其伤感，而是透露出一种萧散自得的情趣。这一点，从丘丹的答诗所表现的情趣亦可参悟。

"山空松子落，幽人应未眠。"后幅由前幅的写自己秋夜怀人吟诗转写对方此夜的情景，前幅是实写眼前景况，后幅却是虚写遥想中友人的景况。时虽同属"秋夜"，地则一在苏州，一在临平山中。韦应物的寄怀之作，多遥想对方情景，如《宿永阳寄璨律师》："遥知郡斋夜，冻雪封松竹。时有山僧来，悬灯独自宿。"以"遥知"二字领起，通篇均写遥想中璨师夜宿郡斋情景。《寄全椒山中道士》："今朝郡斋冷，忽念山中客。涧底束荆薪，归来煮白石。欲持一瓢酒，远慰风雨夕。落叶满空山，何处寻行迹？"则以"忽忆"二字领起三、四、七、八句对"山中客"生活及行踪的遥想。《寒食寄京师诸弟》："雨中禁火空斋冷，江上流莺独坐听。把酒看花想诸弟，杜陵寒食草青青。"前三句均写自己，而以"想诸弟"三字引出对远在长安的诸弟寒食节情景的想象。而此诗则前二句写己，后二句写对方，以"应"字略透遥想之意。以上诸例，遥想的内容占全篇的比重各不相同，所创造的意境亦各有特点，但都能收言外远神之效，可见这是诗人运用得非常纯熟而成功的一种艺术手段。就本篇来说，遥想所表现的，主要是一种幽情高致，而"山空松子落"则正是表现幽情高致的关键诗句。"山空"之"空"，传达的是一种空旷静寂的氛围。夜静山空，万籁俱寂，静寂中仿佛连松子悄然落地的声音都可感知。这一句虽未直接写到人，但静听松子之落的人却已呼之欲出。故第四句就势转出"幽人应未眠"，便显得水到渠成。这位"未眠"的"幽人"此刻正在欣赏这山中秋夜方有的幽静境界而流连忘寝吧。这一遥想，既表现了"幽人"的高情幽致，也深一层地表现了诗人对友人的怀想。而荡漾于遥想境界之外的，更有一层彼此之间情趣相通的欣喜，套用苏轼的话，那就是：秋夜幽景，何处无之，但少幽人如君我二人共赏之耳。

赋得暮雨送李胄①

楚江微雨里②，建业暮钟时③。漠漠帆来重④，冥冥鸟去迟⑤。海门深不见⑥，浦树远含滋⑦。相送情无限，沾襟比散丝⑧。

[校注]

①凡摘取古人成句为诗题，题首多冠以"赋得"二字。科举考试之诗题，因多取成句，题前多冠以"赋得"二字。亦应用于应制之作及诗人集会分题。后遂将"赋得"视为一种诗体，即景赋诗者亦往往以"赋得"为题。此诗即属于最后一种情况，即以"暮雨"即景为题送李胄。李胄，字恭国，赵郡（今河北赵县）人，李昂之子。贞元十二年（796）在鲁山令任上。迁户部员外郎，终官比部郎中。陶敏、王友胜《韦应物集校注》谓"诗约大历七、八年在洛阳作""诗中所叙均为揣想悬拟之辞，非眼前实有之景"。但诗中"楚江""建业""海门"均为实有之地，似为在建业送李胄乘舟东下即景之作。作年不详。②楚江，建业（今南京）一带，古为吴头楚尾之地，故称这一带的长江为楚江。李白《望天门山》有"天门中断楚江开"之句，天门山离南京不远。③建业，今江苏南京市。《元和郡县图志·江南道一·润州上元县》："本金陵地。秦始皇时望气者云：'五百年后，金陵有都邑之气。'故始皇东游以厌之，改其地曰秣陵。""建康故城，在县南三里。建安中改秣陵为建业，晋复为秣陵。孝武帝又分秣陵水北为建业，避愍帝讳，改名建康。"建康多南朝古寺，故曰"暮钟"。

④漠漠，迷蒙貌。杜甫《茅屋为秋风所破歌》："俄顷风定云墨色，秋天漠漠向昏黑。"⑤冥冥，昏暗貌。《诗·小雅·无将大车》："无将大车，维尘冥冥。"蔡琰《悲愤诗》："沙漠壅兮尘冥冥，有草木兮春不荣。"⑥海门，此指长江入海口。《元和郡县图志·江南道一·润州丹徒县》："北固山，在县北一里，下临长江，其势险固，因以为名……宋高祖云：'作镇作固，诚有其绪。然北望海口，实为壮观，以理而推，固宜为顾。'"海口，即海门。李涉《润州听暮角》："惊起暮天沙上雁，海门斜去两三行。"《镇江府志》："焦山东北有二岛对峙，谓之海门。"《古今图书集成·职方典·镇江府》："焦山在郡城东九里大江中，与金山并峙……山之馀支东出分峙于鲸波淼淼中，曰海门山。"⑦浦树，《元和郡县图志·江南道一·润州丹徒县》："东浦，亦谓之润浦，在县东二里，北流入江。隋置润州，取此浦为名也。"指润浦附近的树。滋，润泽、水分。⑧沾襟，兼指暮雨与泪。张协《杂诗》："密雨如散丝。"王维《齐州送祖三》："送君南浦泪如丝。"鲍照《代君子有所思》："丝泪毁金骨。"

[笺评]

曾季貍曰：唐人诗用"迟"字皆得意……韦苏州《细雨》诗："漠漠帆来重，冥冥鸟去迟。"亦佳句。（《艇斋诗话》）

苏庠曰：余每读苏州"漠漠帆来重，冥冥鸟去迟"之语，未尝不漠然而思，喟然而叹。嗟乎！此余晚泊江西十年前梦耳。自余奔窜南北，山行水宿，所历佳处固多，欲求此梦，了不可得。岂兼葭苍苍，无三湘七泽之壮；雪篷烟艇，无风樯阵马之奇乎？抑吾自老矣，壮怀销落，尘土坌没，而无少日烟霞之想也？庆长笔端丘壑，固自不凡，当为余图苏州之句于壁，使余隐几静对，神游八极之表耳。（《苕溪渔隐丛话·前集》卷十五引《后湖集》）

刘辰翁曰：题古，赠别分题如此亦可观。（张习刻本《须溪先生校

点韦苏州集》）

方回曰：三、四绝妙，天下诵之。（《瀛奎律髓》卷十七）

顾璘曰：咏物更无此篇。（《批点唐音》）

李维桢曰：从来咏物佳句，夸此为最。又曰："丝丝"别离语，道得宛切。又曰："帆来""鸟去"，亦因时之所见以为言耳。（《唐诗隽》）

谢榛曰：梁简文曰："湿花枝觉重，宿鸟羽飞迟。"韦苏州曰："漠漠帆来重，冥冥鸟去迟。"……虽有所祖，然青愈于蓝矣。（《四溟诗话》卷一）

袁宏道曰：起甚佳，馀复称是。（刘辰翁校点、袁宏道参评《韦苏州集》）

周珽曰："楚江""建业"，分去、住两地言。值此微雨里，正当彼暮钟时也。帆带雨觉重，鸟冒雨飞迟，雨中实景，用"漠漠""冥冥"四字，便见精神。五、六写雨亦真。上二句举近所睹言，下二句举远莫辨言。总不脱"暮"字景象。结见雨中送人，有不堪为情意。（《删补唐诗选脉笺释会通评林·中五律》）

郭濬曰：神骨耸峭。（《增定评注唐诗正声》）

查慎行曰：三、四与老杜"湛湛长江去，冥冥细雨来"各极其妙。（《初白庵诗评》）

纪昀曰：净细。（《瀛奎律髓汇评》引）

沈德潜曰：（"沾襟"句）关合。（《重订唐诗别裁集》卷十一）

宋宗元曰：双起点题。（《网师园唐诗笺》）

吴瑞荣曰：通首无一语松放"暮雨"。此又以细切见精神者。苏州之不可方物如此。（《唐诗笺要》）

李因培曰：冲淡夷犹，读之令人神往。（《唐诗观澜集》）

[鉴赏]

韦诗风格清澹闲逸，写景大都不事刻画，重远韵远神，近于陶诗之写意。这首题为《赋得暮雨送李胄》，却对暮雨作精细工切的描绘刻画，以至诗评家纷纷以"咏物更无此篇""咏物佳句，夸此为最""净细"称之，却似乎忘记了这原是一首即景送别的诗。诗的好处，在于将咏物、写景、抒情融为一体，通过对暮雨中景物的精细描绘，烘染出特定的送别氛围，以表达诗人在暮雨中送别时深挚微妙的情思。咏物写景，只是诗人抒写别情的一种手段。从表情的深挚微妙看，仍具有韦诗富情韵、重远神的特点。

"楚江微雨里，建业暮钟时。"起联点明送别的时间、地点和题内"暮雨"二字。傍晚时分，古城建业的长江边，霏微的细雨正悄然无声地下着，浩阔的江面笼罩在一片沉沉暮色和密密雨丝之中。友人李胄所乘的一叶扁舟，就停泊在江边，准备启航。这时，从建业城中传来了悠长深永的古寺暮钟声。这幅由楚江、微雨、建业、暮钟组成的暮江微雨送别图，使全篇一开始就笼罩在苍茫黯淡的氛围、色调之中，隐隐透露出送者与行者的黯淡情思；而那悠长深沉的暮钟声，也烘托出彼此凝神倾听、黯然无语相对的情景和低回荡漾的心声。上句诉之视觉，下句诉之听觉，视听结合，使这幅暮雨楚江送别图有声有色、有情有景。一开始就使读者进入诗境。

"漠漠帆来重，冥冥鸟去迟。"颔联写暮雨中俯视、仰望所见江天景色。这一联中的"帆来""鸟去"，均与李胄乘舟东下海门的方向相对应，即船从下游自东向西驶来，鸟则由西向东飞去。"漠漠""冥冥"这两个叠字联绵词，都是着意刻画描绘"暮雨"的精切传神之笔，渲染出江上空中一片迷蒙晦冥的色调，以进一步烘托送别时迷蒙黯淡的情思。而更加精妙的则是两句句末的"重"字和"迟"字。雨湿帆重，加以来船逆水行驶，更显出舟行的缓慢。说"帆来重"，实际上是说船行缓慢。但用"帆重"来表现，便多了一层想象的成分。将目击本难感知的"重"变得仿佛可见了，从而多了一份曲折的情致。鸟在雨中飞行，羽翼为雨所湿，飞行的速度显得迟缓，因此说"冥冥鸟去迟"。如果说，上句的"重"字隐约透露出沉重的情调，那么下句的"迟"字则透露出依依惜别的情意，仿佛那天上的飞鸟也变得行意迟迟了。

　　"海门深不见，浦树远含滋。"腹联从视觉着笔，却变颔联的俯视近处江帆、仰视空中飞鸟为向友人李胄舟船东下的方向极望。李胄此行，当是由建业乘舟东下扬、润一带，故有极望海门的描写。上句的"深"与下句的"远"意实相近，都是强调视线的杳远，但"深"字同时还兼含海门深藏于冥冥漠漠的暮雨之中的意思。远处江边浦口的树，在冥漠晦暗的暮雨中，只能见到朦胧的树影（如果"浦"指润浦，自然更杳远难及），说它"含滋"，更多的是出于想象，但却凸显了蒙蒙密密的雨丝滋润树林的神韵。而在向东极望中又寄寓了对远赴海门一带的友人的遥想。

　　"相送情无限，沾襟比散丝。"以上三联，虽均写暮雨中送别的情景氛围，却一直没有明点题内"送"字。尾联出句方直接揭出"送别"，并以"情无限"三字总上起下。末句紧承"情无限"的重笔勾勒，将沾襟湿衣的密雨散丝比作沾湿衣襟的泪丝，构思巧妙而又贴切，情、景、人、物融为一体，浑化无迹，诗也就在情感到达高潮时结束，结得非常圆满。

长安遇冯著①

　　客从东方来，衣上灞陵雨②。问客何为来，采山因买斧③。冥冥花正开④，飏飏燕新乳⑤。昨别今已春，鬓丝生几缕⑥。

[校注]

　　①冯著，韦应物密友，行十七，河间（今属河北）人。大历三至七年（768—772）任广州录事。建中中摄洛阳尉。兴元元年（784）至贞元初任缑氏尉。贞元中官左补阙。《全唐诗》录存其诗四首。韦集中与冯著有关的诗有《寄冯著》《赠冯著》《送冯著受李广州署为录事》《长安遇冯著》《张彭州前与缑氏冯少府各惠寄一篇》等。陶敏、

王友胜《韦应物集校注》谓此诗"大历初在长安作"。②灞陵，本作"霸陵"，汉文帝陵墓，在长安城东。《元和郡县图志·京兆府·万年县》："白鹿原，在县东二十里。亦谓之霸上，汉文帝葬其上，谓之霸陵。"③采山，采伐山林。或谓"采山"系用左思《吴都赋》"煮海为盐，采山铸钱"，谓入山采铜以铸钱。"买斧"化用《易·旅卦》"旅于处，得其资斧，我心不快"，意为旅居此处作客，但不获平坦之地，尚须用斧砍除荆棘，故心中不快。"采山"句是俏皮话，大意是说冯著来长安是为采铜钱以谋发财的，但只得到一片荆棘，还得买斧砍除。其寓意即谓谋仕不遇，心中不快。此解似嫌迂曲。且"因"字明言因采伐山林故须买斧，意思明白，盖以形况其隐居山林的生活。④冥冥，迷漫貌。形容花盛开时一片迷漫之状。⑤飐飐，飞扬貌。⑥鬓丝，如丝的鬓发，此特指鬓边的白发。

[笺评]

刘辰翁曰：但不能诗者亦知是好。（张习刻本《须溪先生校点韦苏州集》）

邢昉曰：古意淋漓，独得汉貌之遗。（《唐风定》）

[鉴赏]

韦应物长于五古短制，这首只有短短八句的古诗，写一个极普通的生活场景：在春天的长安街市上，遇到了一位阔别经年的老朋友，不禁生出了一点感慨。内容很单纯，感情也并不深沉，却写得清新活泼，饶有情趣，在韦诗中可谓别调。

"客从东方来，衣上灞陵雨。"开头两句写冯著从东边来到长安，衣裳上还沾带着灞陵的雨迹。起句袭用《古诗十九首》"客从远方来"的开头，显得古朴明快，次句却紧承"东方"，从朋友衣上的雨迹生发饶有诗意的联想。灞陵在长安之东，冯著从东方来到长安，路过灞陵时正好遇上一阵春雨，因此见面时衣衫上仍留有隐隐的雨痕。这原是实情。但由于"灞陵"这一特定的诗歌意象，在历代诗人的反复运用过程中已经积淀了极其丰富的历史文化内涵，因此这"灞陵雨"也就带上了丰富的历史文化气息而引发读者的诗意想象。这种想象，并无具体的内容，显得有些模糊而飘忽。但唯其如此，却更引人遐思。王维的"渭城朝雨浥轻尘"是名句，但并没有浓缩成"渭城雨"的诗歌意象。看来，将特定的地点和"雨"联结起来，创造出"灞陵雨"式的意象，韦应物应是首例。后来苏轼的《青玉案》词的"春衫犹是，小蛮针线，曾湿西湖雨"，历代传为佳句，推本溯源，或当源于韦应物的"灞陵雨"吧。

"问客何为来，采山因买斧。"三、四两句承首句，用古诗中习见的问答方式揭出冯著此来长安的目的。"采山因买斧"表面的意思是说因为要砍伐山林，所以到城里来买斧子，实际上是冯著对自己隐居山林生活的一种饶有情趣的形容。两句语调抑扬有致，口吻轻松幽默，透露出诗人与友人的心态都比较平和轻松。

"冥冥花正开，飏飏燕新乳。"五、六两句，从两人的长安市上相遇，转笔写时令景物。"冥冥"的本义是昏暗不明之状，这里用来形容正在盛开的鲜艳花朵，似乎不伦；但盛开而成片的花丛，在人们的视觉印象中却并不是夺目的鲜亮耀眼之色，而是一片迷蒙而黯淡的色调。因此用"冥冥"来形容盛开的花丛，正突出了花的浓密繁艳，是真切传神的描写。新出巢的乳燕，试飞时似乎分外兴奋，飞翻上下，故用"飏飏"来形容，以突出其新生的活力。两句一地上、一天空，一植物、一动物，概括显示出春天万物欣欣向荣的无限生机和青春活力，也透露出诗人面对三春景物时内心的欣喜。叠字的运用和"正""新"二字的配搭，将诗人的上述感情表现得更加酣畅淋漓。

"昨别今已春，鬓丝生几缕。"结尾两句从春景转出，说昔日一别，忽已经年，眼前又是一片烂漫的春光，不知道你鬓边又新添了几茎白发。"昨别"与今遇之间，是一段流逝的人生岁月。面对又一个春天的来临，不禁产生几许年华消逝的感慨，故有此一结。用问话来表达，又用"鬓丝生几缕"这种轻松幽默的口吻发问，便显得这感慨并不那么沉重，而只是一种轻微的怅触与感喟。

作这首诗时，冯著仍未入仕，这从"采山因买斧"句中可以看出。结尾"鬓丝生几缕"的发问中，也就自然含有对其不遇于时、年华空逝境遇的同情与惋惜。但由于前两联对美好春色的渲染，年华虽然流逝，但充满生机的春天终会又一次降临人间。结尾故用问语作收，也增添了摇曳生姿的情致韵味。

出　还^①

　　昔出喜还家，今还独伤意^②。入室掩无光^③，衔哀写虚位^④。凄凄动幽幔^⑤，寂寂惊寒吹^⑥。幼女复何知^⑦，时来庭下戏。咨嗟日复老^⑧，错莫身如寄^⑨。家人劝我餐，对案空垂泪^⑩。

[校注]

　　①出还，外出还家。指大历十二年（777）任京兆府功曹参军时其妻杨氏亡故后不久，奉使前往富平后归来。韦集卷六感叹类有《伤逝》等诗十九首，均为其妻杨氏亡故后伤逝之作。旧注谓"此后叹逝哀伤十九首，尽同德精舍旧居伤怀时所作"，据傅璇琮《韦应物系年考证》，韦应物永泰元年任洛阳丞时，因惩办不法军士而被讼，后弃官闲居洛阳同德寺。其居同德寺之时间当在永泰元年或后数年间。而永泰元年（765）应物约二十九岁，《伤逝》诗已云"结发二十载"，可证居同德精舍期间作上述悼亡诗之旧注显误。其妻应卒于其在长安任职时。据陶敏、王友胜《韦应物集校注》，十九首悼亡诗分别作于大历末京兆府功曹任或建中初闲居善福精舍时，旧注"同德精舍"或为"善福精舍"之误。按：十九首悼亡诗，第一首《伤逝》约作于大

历十二年。第二首《往富平伤怀》约作于是年冬。第三首即《出还》，当为自富平归家后作。诗有"寒吹"字，第四首为《冬夜》，可证《出还》亦作于大历十二年冬。②伤意，犹伤情。③掩，掩蔽、幽暗。④衔哀，含悲。写，书写。虚位，指亡故者的牌位，因人已殁，故云"虚位"。⑤幽幔，犹灵帐。《往富平伤怀》："恸哭临素帷。""素帷"，白色的灵帐，即此"幽幔"。幽幔之"动"，当因"寒吹"所致。参下句。⑥寒吹，寒风。⑦应物《送杨氏女》诗系建中三或四年（782 或 783）任滁州刺史时送其长女出嫁杨家而作，诗末有"归来视幼女，零泪缘缨流"之句，即此诗之"幼女"。⑧咨嗟，叹息。⑨错莫，又作"错漠"，神思纷乱恍惚貌。沈满愿《晨风行》："风弥叶落永离索，神往形返情错漠。"寄，暂时寄居。《古诗十九首·驱车上东门》："人生忽如寄，寿无金石固。"谓人生短暂，犹如暂时寄寓世间。⑩案，有足的盘盂类食器，即"举案齐眉"之案。鲍照《拟行路难》之六："对案不能食。"

[笺评]

刘辰翁曰：唐人诗气短，苏州诗气平，短与平甚悬绝。及其悼亡，自不能不短耳。短者使人不欲再读。（《唐诗品汇》卷十五引）

顾璘曰：（"时来"句）此语受累。（朱墨套印刻本《须溪先生点评韦苏州集》引）

沈德潜曰：（"幼女"二句）因幼女之戏，而己之哀倍深。又曰：比安仁《悼亡》较真。（《重订唐诗别裁集》卷三）

施补华曰：悼亡必极写悲痛，韦公"幼女复何知，时来庭下戏"，亦以澹笔写之，而悲痛更甚。（《岘佣说诗》）

[鉴赏]

在中国文学史上，以写悼亡诗著称的诗人，潘岳、元稹和李商隐为大家所熟知，而韦应物则很少有人提及。其实，韦应物的悼亡诗不但数量多，写作持续的时间长，而且感情真挚淳厚，有很强的艺术感染力，在悼亡一体中占有重要地位。乔亿说："古今悼亡之作，惟韦公应物十数篇，澹缓凄楚，真切动人。不必语语沉痛，而幽忧郁堙之气灌输其中，诚绝调也。潘安仁气自苍浑，是汉京馀烈；而此题精蕴，实自韦发之。"（《剑溪说诗》又编）可称具眼之评。

这首以《出还》为题的悼亡诗，作于大历十二年冬妻子亡故数月之后（悼亡诗的第一首《伤逝》已云"单居移时节"）。时诗人在京兆府功曹参军任，奉使前往京兆属县富平，回家后触景伤情，写了这首诗。

"昔出喜还家，今还独伤意。"开头两句即从今昔对比着笔。首句"昔出"之"出"与题内之"出"所指不同，前者指妻子健在时外出，后者指此次奉使富平。昔日妻子健在时，每次外出归家，都是妻子儿女候门相迎，家人团聚，其乐融融，故每次都盼着回家、乐于回家，而此次奉使还家，却形单影只，孑然孤独，再也享受不到家庭团聚的暖意，故说"今还独伤意"。今昔的鲜明对比使无家的孤孑感、凄凉感更加强烈。以下便承次句，专写"今还"的"独伤"之意。

"入室掩无光，衔哀写虚位。"进入室内，但见帷幔低垂，掩蔽无光。这是写实，也是诗人对环境突出的主观感受。过去妻子健在时，"返室亦熙熙"，室内给诗人的感受是充满融怡的暖意和明亮的色调，故越发感到今日返家时室内的黯淡无光，虽未明写"昔"而实含今昔之对照。下句"衔哀写虚位"，是说因为伤悼亡妻，哀不自胜，故含悲而书写亡妻的灵位以表达对妻子的思念。"虚位"之语，感情沉痛，盖虽有"位"而人已殁，空对"虚位"，更增凄怆。

"凄凄动幽幔，寂寂惊寒吹。"接下来两句，写冬日的寒风吹动空室中的素帷灵幔所引起的凄寂感。两句所写实为一种景象，即"风吹幔动"，却既用"凄凄""寂寂"渲染凄切空寂的氛围和感受，又用"幽""寒"渲染素帷灵幔给人的幽寂感和冬日寒风给人的凛冽感，恍若有人的恍惚迟疑感。通过这层层渲染，将诗人在空室中见风动素帷时引起的种种复杂感受表现得非常充分而传神。

以上六句为一节，写还家入室所见所感。"幼女复何知，时来庭下戏"二句，转笔写室外所见。幼小的女儿根本不懂得失母的悲哀，还时不时地在庭院中戏耍玩乐。这两句一反上两句的层叠渲染，纯用白描，以淡语出之。在仿佛不经意的描写中透露出内心的深悲巨痛，"幼女"的"无知"，正有力地反衬出自己的不能自抑的悲哀和绵绵不已的长恨，而诗人对失母的幼女的哀悯怜爱之情亦流注于笔端。虽只两句，却因与前六句的深重伤悼形成鲜明对照，而更有力地表现出诗人的深悲，不仅为悼念亡妻而悲，且为幼女丧母而悲，更为幼女丧母而浑然无知而悲。其抒情之深刻，可谓酸心刺骨。以至淡至缓之语，抒最浓最深之情，而又如此自然朴素，宛若随手写成，信口道出，可谓神来之笔。

"咨嗟日复老，错莫身如寄。"接下二句，换笔写自己的感慨。失去相濡以沫二十年的人生伴侣，感到自己一天比一天衰老；神思纷乱恍惚，感到此身在世，犹如逆旅暂寄，为日无多。中年丧偶，历来被视为人生的一大悲哀。明明此后还有相当长的一段人生历程，却因失侣似乎一下子走到了尽头。这种"日复老""身如寄"之感正是典型的中年丧偶者的悲慨。

"家人劝我餐，对案空垂泪。"结尾却不再续写丧妻的悲慨，而是拈出一个生活细节，写自己不思茶饭，默默垂泪，显示出内心因极度悲痛而不能自已地任泪水长流的情景。着一"空"字，更显出绵绵长恨，无时或已。

悼亡诗最重感情的深挚，韦应物的十九首悼亡诗大都具有这一基本品格。但在以淡语写深浓之情，以细节表达深哀巨痛方面，又有自己的特色。这首诗正可作为代表。李商隐的《祭小侄女寄寄文》中有一段出色的描写："自尔殁后，侄辈数人。竹马玉环，绣襜文褓，堂前阶下，日里风中，弄药争花，纷吾左右，独尔精诚，不知所之。"

以侄辈的天真嬉戏来反衬对寄寄精魂不知所之的强烈思念和深沉感伤，以丽景衬哀情，以热闹衬孤寂，与韦应物这首诗的"幼女"二句，可谓异曲同工。

登 楼①

兹楼日登眺，流岁暗蹉跎②。坐厌淮南守③，秋山红树多。

[校注]

①诗有"淮南守"句，系建中三年（782）秋至兴元元年（784）冬任滁州刺史期间所作。陶敏、王友胜《韦应物集校注》谓诗人建中三或四年在滁州所。然诗人《郡斋感秋寄诸弟》云："首夏辞旧国，穷秋卧滁城。"知建中三年深秋时，方抵滁州未久。而本篇有"流岁暗蹉跎"之句，其在滁当已经年，故以作于建中四年的可能性较大，也有可能作于兴元元年秋。所登之楼当为滁州城楼。②流岁：流逝的岁月。蹉跎，虚度（光阴）。③坐，正。厌，厌倦，厌烦。或解"厌"为"餍"，满足之意，亦可通。淮南守，指滁州刺史。滁州属淮南道。

[笺评]

高步瀛曰：餍，猒之借字。《说文》："猒，饱也。"《周语》中韦注曰："猒，足也。"字亦作"餍"。此诗言以淮南守为自足，因耽玩山树耳。若以"厌恶"字解之，失其旨矣。唐滁州属淮南道，此当是为滁州刺史时作。（《唐宋诗举要》卷八）

张相曰：此诗上三句作一气读，末句暗中兜转，言正在无聊之时，幸秋山红树有以娱我也。按此诗当为韦任滁州刺史时作。（《诗词曲语辞汇释》第446页）

富寿荪曰：此诗言日日登楼，以淮南守自足者，因有秋山红树娱

我也。然玩"流岁暗蹉跎"句，则乃抒宦况寥落之感。(《千首唐人绝句》)

[鉴赏]

这首五言绝句，写登滁州郡城之楼所见所感。由于对第三句"厌"字含义的理解有分歧，对诗的后幅的解说也自然有别。但这并不影响对全诗基本感情倾向及意旨的把握。

"兹楼日登眺，流岁暗蹉跎。"诗的首句紧扣题目，由今日的登楼联想起到郡以来日日登楼览眺的情景；次句紧承"日登眺"，感慨自己的流年就在这日日登楼览眺中暗自流失消逝，蹉跎虚度了。韦应物是一位正直、有同情心、勤政忧民的官吏。他出任滁州刺史，首先想到的就是怎样在战乱频繁、赋税苛重的情况下努力减轻人民负担，招抚流亡百姓。但现实情况却是"为郡访凋瘵，守程难损益"(《郡楼春燕》)，"无术谬称简，素节空自嗟"(《郡斋寄王卿》)，"身多疾病思田里，邑有流亡愧俸钱"(《寄李儋元锡》)，"为政无异术，当责岂望迁"(《岁日寄京师诸季端武等》)，"恓惶戎旅下，蹉跎淮海滨"(《简卢陟》)，"风物殊京国，邑里但荒榛，赋繁属军兴，政拙愧斯人"(《答王郎中》)，"泯税况重叠，公门极熬煎。责逋甘首免，岁晏当归田"(《答崔都水》)，"凋泯积逋税，华黍集新秋。谁言恶虎符，终当还旧丘"(《月晦忆去年与亲友曲水游宴》)，"凋散民里阔，摧翳众木衰"(《重九登滁州城楼忆前岁九日归沣上赴崔都水及诸弟宴集凄然忆旧》)。在滁州刺史三年期间，这种因朝廷法令规章所束，无力改善百姓处境，减轻苛重赋税，上愧朝廷忧寄，下愧百姓希望的自愧与自责，始终萦绕于怀。致使他强烈感受到自己在官无所作为，无所事事，感叹"郡中永无事，归思欲自盈"(《寄职方刘郎中》)，"尽日高斋无一事"(《闲居寄诸弟》)，感慨流年虚度，岁月蹉跎。只有联系这一系列诗句，才能真正理解一位以解民之困为己任的官吏何以

"兹楼日登眺"，仿佛无心理政，又何以感慨"流岁暗蹉跎"，仿佛只是感叹年华渐衰。志士仁人无法施展自己的才能，只能在无事中年华暗消，这正是最大的悲哀。从"日登眺""暗蹉跎"的对照中，正透出其欲勤政而"无事"，欲忧民而"无术"的无奈与不甘，"暗"字中更寓有志事无成、年华虚度的沉痛与惊心之感。故出语虽淡而悲慨自深。

第三句"坐厌淮南守"的"厌"字，正紧承上二句，是为郡理政却难解民困、流年虚度的自然结果。"厌"者，厌倦之意。这样的郡守，自然使诗人感到厌倦，产生不如归去的念头。前面所引的"责逋甘首免，岁晏当归田""谁言恶虎符，终当还旧丘"等诗句，正可移作"厌"字的注脚。

第四句却忽作转折，写登楼望中所见"秋山红树多"的美好景色。无所作为的"淮南守"虽令人厌倦，但绚烂的淮南秋山红树之景却令人悦目赏心，流连陶醉。作于滁州任上的《再游西山》说："出身厌名利，遇境即踌躇。"所厌者名利，所好者美景。正可用来解释三、四两句的转折所表达的矛盾感情，用作者的另一首《淮上喜会梁川故人》中的诗句来印证，那就是所谓"何因不归去，淮上有秋山"了。

诗写到"秋山红树多"，即悠然而收，诗人仿佛因眼前的"秋山红树多"而在精神上得到了暂时的慰藉与满足。但实际上矛盾并没有真正解决，只是在无所作为、流年虚度的感慨之余一种暂时的缓解与自足。

此诗第三句的"厌"字另有"厌足"一解。此解与上两句的流岁蹉跎之慨承接似嫌脱节。且即使作这种理解，所谓"厌"也非精神上思想上真正满足，而只是在无所作为、流岁蹉跎的情况下一种习惯性的无奈适应，故其基本感情倾向与旨意仍与前解不相矛盾，参上引富氏之评解可见。

观田家①

微雨众卉新②，一雷惊蛰始③。田家几日闲，耕种从此起。丁壮俱在野④，场圃亦就理⑤。归来景常晏⑥，饮犊西涧水。饥劬不自苦⑦，膏泽且为喜⑧。仓廪无宿储⑨，徭役犹未已⑩。方惭不耕者⑪，禄食出闾里⑫。

[校注]

①陶敏、王友胜《韦应物集校注》谓此诗大历末、建中初在沣上闲居时作，当据韦集卷七诗之前后编次而定。按：韦氏《谢栎阳令归西郊赠别诸友生》诗自注："大历十四年（779）六月二十三日，自鄠县制除栎阳令，以疾辞归善福精舍。七月二十日赋此诗。"《始除尚书郎别善福精舍》题下注："建中二年（781）四月十九日，自前栎阳令除尚书比部员外郎。"则此诗当作于建中元年或二年春居沣上善福精舍之西斋时。②众卉，各种草。卉，草的总称。③惊蛰，《礼记·月令》：仲春之月，"是月也，日夜分，雷乃发声，始电，蛰虫咸动，启户始出。"农历惊蛰节气前后，春雷始鸣，蛰伏在土中或洞穴中冬眠的各种动物开始苏醒活动。句中的"惊蛰"指蛰伏的动物闻春雷动而惊醒。④旧指男子到达服劳役的年龄为"丁"，三十曰壮。此处"丁壮"泛指青壮年男子。⑤场圃，打谷场和菜地。古代场圃同地，春夏为圃，秋冬将土打结实为场。就理，整治完毕。此指将秋冬时用作打谷场的土地翻耕为菜地。⑥景，日光。晏，晚。⑦饥劬，饥饿劳累。⑧膏泽，指雨水。⑨仓廪，储藏谷米的仓库或箱柜。宿储，上一年的陈粮。或谓指隔夜粮，恐非。⑩徭役，官府规定的无偿劳役。⑪不耕者，本泛指农民以外的人，此处联系下文"禄食"，当主要指官吏。⑫禄食，俸禄和粮食。闾里，民间，此特指辛勤耕种的农民。

刘辰翁曰：苏州是知耻人，为郡常有岂弟之思。（张习刻本《须溪先生校点韦苏州集》）

钟惺曰："惭"字入得厚。（《唐诗归·中唐二》）

谭元春曰：（"田家"二句）体贴人情之言。（同上）

邢昉曰：与太祝《田家》仿佛，而各一风气，并臻极致。（《唐风定》卷五）

沈德潜曰：韦诗至处，每在淡然无意，所谓天籁也。（《重订唐诗别裁集》卷三）

[鉴赏]

自陶渊明创立田园诗以来，初唐王绩，盛唐孟浩然、王维、储光羲续有制作，各擅胜场，而农民疾苦的生活，自陶以外，很少进入诗人的视野。韦应物的田园诗，虽亦以表现幽闲意境情趣为主，但他的这首《观田家》，却以真切的描写和真挚的感情表现出农民的辛劳疾苦和自己的反省与惭愧，在中唐前期的诗坛上，显得相当可贵。

诗中所写的是仲春季节农民的生活，所谓"一年之计在于春"，春耕正是农民一年辛劳的开始。选择这个季候来描写农民的耕作生活，便于集中地展现其辛劳疾苦。开头两句，先写惊蛰季节的物候景物：一场春天的霏霏微雨过后，田野上的各种草都显出了新绿；一阵春雷的响声过后，蛰伏一冬的动物都被惊动苏醒，开始活跃起来。仲春的雷雨使田野充满了生命的气息，也预示着田家大忙季节的开始，两句句末的"新"字、"始"字，正传达出浓郁的新鲜的春天生命气息。

"田家几日闲，耕种从此起。"三、四两句，随即转到"田家"身上，揭示出一年的辛勤耕种劳作从此就正式开始了。"农家几日闲"这一句置于"耕种从此起"之前，强调的意味很重，说明诗人生活在乡间，对农民终岁的辛劳有比较真切的体会。而第四句句末的"起"字与第二句句末的"始"字对应，正显示出田家的辛劳耕作与时俱始、直至终岁的意蕴。

"丁壮俱在野，场圃亦就理。"五、六两句，承第四句，写春耕大忙季节的两个场景：青壮年男子都在田地上忙碌耕种，秋冬季节的打谷场也重新翻耕成了菜地。这两句是概写，接下来"归来景常晏，饮犊西涧水"则以一个看似闲适的镜头反衬出春耕大忙季节农民终日辛劳、起早贪黑的情景。以上四句，写农民春耕的忙碌辛劳，均用淡语道出，但读来却感到有一种亲切的情味和泥土气息。

"饥劬不自苦，膏泽且为喜。"九、十两句，是写农民虽终日饥饿辛劳却不自以为苦，只盼雨水充足及时，将来有个好收成就很欣喜了。其中既有对农民勤劳朴素品质的称赞，对他们希望和喜悦的体察，也有对他们境遇的同情。

"仓廪无宿储，徭役犹未已。"接下来两句，进一步揭示出农民的穷困和疾苦。家里根本没有上年剩余的陈粮，而官府摊派的劳役却没有停止。服徭役的农民要自带粮食，可是家无余粮，又怎能忍饥充役！这里触及农民疾苦的一个突出问题，即沉重而无休止的徭役所造成的负担，对本已难保温饱的农民来说，无异雪上加霜。

"方惭不耕者，禄食出闾里。"结尾两句，从"观田家"转到自己身上，用一"惭"字引出对照农民的辛劳困苦与自己的安享禄食而得出结论：像自己这样安享禄食的"不耕者"，一切生活享受的来源都是力耕而终生辛劳穷困的农民。其中有亲睹之后的自省，更有对比之后的自惭乃至自责。这种自省自责似乎只是浅显的常识，但真正认识到这一点却不仅需要亲历，而且更需有正义感、同情心和直面现实的勇气。"食君之禄"向来是士大夫的信条，而要从"食君之禄"转变为"禄食出闾里"，进而转变为"食民之禄"，其间的过程艰难而长久。从这个意义上去体味他的名句"邑有流亡愧俸钱"，这个"愧"应当有愧对斯民的含意在内。

全篇描叙的重点虽是农民的辛劳困苦生活，但真正的亮点却是篇末得出的感悟。而对于诗人来说，这只是自己在观察农民生活、对照自身处境之后自然引发的结论，并非预先设置了一个思想主题之后再用农民生活状况作论证而敷演成篇。因此，虽只是淡淡叙写，并不着力，却使人感到真挚而亲切。沈德潜说："韦诗至处，每在淡然无意，所谓天籁也。"此评对于这首诗来说，可谓一语中的。

幽 居①

贵贱虽异等，出门皆有营②。独无外物牵③，遂此幽居情④。微雨夜来过，不知春草生。青山忽已曙⑤，鸟雀绕舍鸣。时与道人偶⑥，或随樵者行。自当安蹇劣⑦，谁谓薄世荣⑧？

[校注]

①幽居，隐居。《礼记·儒行》："儒有博学而不穷，笃行而不倦，幽居而不淫，上通而不困。"《后汉书·逸民传·法真》："幽居淡泊，乐以忘忧。"作年未详。②营，营求、谋求。蔡邕《释诲》："安贫乐贱，与世无营。"③外物，身外之物。多指势利荣名。牵，牵累。④遂，遂愿，顺应。⑤曙，显现曙色。⑥道人，得道之人，统指僧、道。偶，结伴。⑦蹇（jiǎn）劣，驽钝拙劣，此处含有境遇困厄之意。⑧句意为：谁说这是故意显示对世间荣名利禄的轻视呢？

[笺评]

刘辰翁曰：古调本色。"微雨夜来过，不知春草生。"似亦以痴得之。（张习刻本《须溪先生校点韦苏州集》）

顾璘曰：（"独无"句）说得透。（"微雨"句）好。（"谁谓"句）不炫。（朱墨本《须溪先生校点韦苏州集》引）

钟惺曰：（"微雨"二句）胸中元化。（《唐诗归·中唐二》）

唐汝询曰：此隐居自乐，绝外慕也。言贵贱虽异，谋生则同，孰不营营世务者？我独不为外物所牵，遂此幽居之情，亦足矣。既忘情事变，即草之生亦不复知；鸟之鸣，任其循集；道人樵者，非有意从遊，亦适相值耳。然此皆安我之蹇劣，非以薄世荣而不为也。（《唐诗解》卷十）又曰：不以幽人骄人，何等浑厚！史称韦苏州鲜食寡欲，所居焚香扫地而坐，读此诗其风致可想。（《汇编唐诗十集》）

桂天祥曰：身世俱幻，情景两忘。（朱墨本《须溪先生校点韦苏州集》引）

陆时雍曰：渊明陶然欣畅，应物澹然寂寞，此其胸次可想。（《唐诗镜》卷三十）

邢昉曰：刘云："'春草'句似以痴得之。"此评有玄解。（《唐风定》卷五）

王夫之曰：苏州诗独立衰乱之中，所短者时伤刻促。此作清，不刻直，不促，必不与韩、柳、元、白、孟、贾诸家共川而浴。中唐以降作五言诗者唯此公知耻。（《唐诗评选》卷二）

南村曰：天然生意，较"池塘生春草"更佳。（《唐风怀》引）

徐增曰："贵贱虽异等"。作幽居诗，瞥然从贵贱起。天下人境遇，只有此二种，故以此二种该括天下人。贵，是有爵位者，居于朝，是不能幽居者也。贱，是无爵位者，则处于市，而亦不能幽居。故此诗以贵、贱起。夫贵贱之异等，人皆知之，而下一"虽"字。"虽"字，是我之意有在，尚未说明，且把前件顿住，以伸吾之所欲言之字也。此句中，"虽"字神情，自俗眼看去，有似把世间贱人，颠斤簸两的一般，而不知作者意在幽居上，不好便从幽居下手，停笔凝思，特借贵贱装一引子，不是与他作较量，他不能幽居，我独能幽居也。韦公是个学道人，生平由贱至贵，在在处处，无不留心省察，于二种人境界，如火照火，不作幽居诗时，何尝提起他一字。今虽为作幽居诗，故特地双提出来，终不使天下贵贱人面热眼跳也。韦公口中说贵贱，如吹出云来一般，勿看作重坠也。"出门皆有营"，此又似体贴他。日出事生，不得不有营，有营不得不出门。贵者营之于朝，贱者营之于市。功名在前，饥寒在后，孳孳汲汲，驰逐不了，一身桎梏，安知红尘滚滚外，别有无事国在耶！内既有我，外见有物，拘来时摆脱不得，有反恨物之牵者。韦公学道人，心地如水，幽居是其本等，内既无营，外有何物之牵，乃曰："独无外物牵，遂此幽居情。"从来学道人，不欲求异于世情，开口只是平易，若谓我，幸外物不来牵我，而得遂此幽居之情。彼贵贱者，岂无幽居之情，而不能遂，只是被外物所牵耳。忠恕之道，如此而已，是为第一解。"微雨夜来过，不知春草生。青山忽已曙，鸟雀绕舍鸣。"学道人于世间过日，不外此二六时中。此二六时中，世人于此造恶，为事所迫，有人日间不耐烦，已到夜间，又有人夜间思算，等不得到天明者。学道人无事于心，只顾逐刻逐刻过去，夜由它去夜，日由它自日，微雨刻，吾不知有微雨也，早起来，始知夜来有微雨，而微雨已过矣。草犹是草也，草是易生之物，经微雨，则生尤速，吾忘吾生，而并忘草之生，故不知也。是幽居夜间无事于心之验。夜间既无事，睡去便了，然夜尽朝来，而青山忽已曙矣。"忽已"，是不知不觉之谓，吾哪里晓得天曙。于山之青而始知是曙。又哪里晓得山青？则闻鸟雀之声绕于舍之前后，而青山曙却在鸟雀鸣上见。纯是化机。盖微雨过，则春草生，春草自为春草之事，然细雨不为春草之生而过，则微雨亦自为微雨之事。青山曙，则鸟雀鸣，鸟雀自为鸟雀之事，然青山不为鸟雀之鸣而曙，则青山亦自为青山之事。由此观之，世间何处而非外物？即微雨、春草、青山、鸟雀，孰非牵我之物？只是细雨由它去过，春草由它去生，青山由它去曙，鸟雀由它去鸣，便不为其所牵。此四句一解，实证"独无外物牵"句也。"时与道人偶，或随樵者行。自当安蹇劣，谁谓薄世荣？"我虽得遂幽居，日间亦少不得出门去，然吾只是一个任运：时遇道人，则便与道人为偶；或遇樵者，则随樵者而行。道人是无营者，樵即有营，总不出于山间林下，伐木负薪之事，其亦异于贵贱之所营矣。此二句，不免处己太高，人便以为我薄世荣，不知吾安吾蹇劣耳。行而不前谓之蹇，无美可彰谓之劣。韦公身既幽居，深自贬抑，又唯恐人知其幽居者。大凡学道人最不喜名，不然，与"终南捷径"何异！若韦公者，真可以隐居矣。此四句一解，反"出门各有营"句也。合而言之，总不出"遂此幽居情"一句。此首诗，起四句冒，后双开成章，譬如吠琉璃轮，双轮互旋，不分光影也。(《而庵说唐诗》卷二)

王尧衢曰：此隐居自乐，绝外慕也。言贵贱虽异，谋生则同，谁不营营世务者？我独不为外物所牵，遂此幽居之情，亦足矣。既忘情事变，即草之生亦不复知，鸟之鸣任其循集，道人、樵者非有意从游，亦适相值耳。然此皆安我之蹇劣，非以薄世荣而不为也。刘会孟评："古调古色。'微雨'二联，似亦以痴出之。"何元朗评："左司性情闲逸，最近风雅。其发恬澹之趣，不减陶靖节。唐人中五言古诗有陶、谢遗韵者，独左司一人。"(《唐诗合选详解》卷一)

陆次云曰：韦似陶，有奥于陶处。字字和平，此最相近。(《唐诗善鸣集》)

沈德潜曰：("微雨"二字)中有元化。 每过闾阎门时，诵首二句，为之哑然。(《重订唐诗别裁集》卷三)

宋宗元曰：("微雨"二句)天籁悠然。(《网师园唐诗笺》)

刘熙载曰：韦云"微雨夜来过，不知春草生"，是道人语。(《艺概·诗概》)

[鉴赏]

《幽居》这首五言古诗，抒写自己幽居隐逸生活的情趣，深得陶诗真率自然的韵味。

"贵贱虽异等，出门皆有营。"开头两句，撇开"幽居"的题目，从一般的世情说起：世人或贵或贱，虽然等级迥异，但只要出门，都有所营求。这里所说的"皆有营"，指的就是对名和利的追求。"贵"者追求更高的权势、地位、功名富贵；"贱"者追求维持生计的利益。

正如《史记·货殖列传》所形容的那样："天下熙熙，皆为利来；天下壤壤（通"攘攘"），皆为利往。"总之，离不开对功名富贵、物质利益的追求。两句貌似客观描述，实则对"出门皆有营"的人生追求已含贬抑之意。"出门"二字，亦与"幽居"暗自对应。

"独无外物牵，遂此幽居情。"三、四两句，随即折转到"幽居"的题目上来。这里所说的"外物"，即身外之物，亦即第二句"皆有营"所指的功名富贵、权势地位等人生追求。至于"贱"者所"营"的维持生计的物质利益，从理论上说，似乎也应包括在"外物"之列，但在诗人的主观之意中，却并不把它作为"外物"的主要内容来考虑。这是从末句"世荣"之语可以悟出的。读诗解诗，当不以辞害意，此即一例。诗人用一"独"字，强调自己独不为功名富贵、权势地位这些身外之物所牵累，才能顺遂自己的幽居之情。"幽居情"，实即幽居生活的乐趣，这从下面的描写中自可得到印证。以上四句，从一般的世情说到自己的人生态度，强调不为外物所牵累，才能实现幽居生活的乐趣，可以看作是全篇的一个纲领。

中间四句，便通过景物描写，抒写幽居生活的乐趣。"微雨夜来过，不知春草生。""夜来"即"夜间"之意；"不知"即"不觉"之谓。这两句按照事物发生的自然顺序，应是夜间下了一场霏霏微微的春雨，早晨醒来一看，忽然发现地上已长满了绿油油的春草。但从诗人对景物的观察感受的顺序来看，则是早晨醒来，先看到地上忽然冒出了绿油油的春草，草上还沾有水珠，这才想到夜间下过一场细雨，是它给大地披上了绿装，带来了欣然的生意。妙在这雨并非当下目击，而是只存在于想象之中，存在于新生的带着水珠的绿草上。正是这种诗意的联想，微妙地传达出诗人对于春天和充满生意的绿草忽然呈现在眼前时的那种欣喜的感受。而上句句末的"过"字，和下句句首的"不知"二字，则正是表达这种微妙感受的关键字眼。大自然的变化就是如此神奇，在你夜间丝毫未曾察觉的情况下，一场润物细无声的春雨就悄然降临了，等你早上醒来一看，大地已经改变了颜色。这正是评家所说的"中有元化"。

"青山忽已曙，鸟雀绕舍鸣。"接下来两句，进一步写清晨乍醒时远望所见、近听所闻。雨后初晴，清晨的空气特别澄清，云开雾散，纤尘不染，门前的青山忽然变得如同洗出，青翠满目，带着雨后的鲜润之色。这正是"忽已曙"三字给予人的突出感受。雨后的清晨，鸟雀鸣叫得特别清脆响亮，屋前舍后，被一片欢快的鸟鸣声所包围，故说"鸟雀绕舍鸣"。在这里，"微雨"继续扮演着主要的角色：它不但滋润春草，给大地披上绿装，而且洒洗青山，使青山忽然开朗，鲜润青翠满目；同时又因空气的温润清新而使鸟雀欢快兴奋，绕舍而鸣。四句诗，构成了一幅有声有色、春意盎然的雨后清晨的画图，而其中"过"字、"不知"字、"忽"字所传达的感受，更是画图难以表达的。这四句诗所创造的意境，最突出的特征就是一切都纯任自然：微雨之后，春草之生，青山之曙，鸟雀之鸣，都是自然而然地发生、变化，而这种自然发生变化的景象又是那样充满了大自然的生机。

"时与道人偶，或随樵者行。"这两句由观赏景物转到幽居的人事交往。所交往过从的不是与自己类似的有道之人（包括僧人、道士），就是山野中的樵夫，他们的特点就是不为名利所牵，无所营求，淡泊处世。妙在"时与""或随"四字，表明这一切也是纯任自然，偶尔遇上有道之人，即与之结伴；遇上樵夫，即与之同行。既非有意寻求，亦无任何目的，一切随机随缘而已。

"自当安蹇劣，谁谓薄世荣？"末二句是对自己"幽居"的声明与总结，说自己过幽居的生活，享幽居的乐趣，完全是出于自己"蹇劣"的天性，并非自标清高，故轻世荣。也就是说，这一切纯由自然生成的个性，而非故作高旷。

在诗人看来，幽居生活的情趣，只有在纯任自己爱好天然的个性和不为名利欲望牵累的条件下，才能真正发现并充分享受。只有在心境纯净澄明、空灵透彻的情况下，才能发现那看来极平常的景象和变化中所呈现出来的鲜活的自然律动和生命美感。而诗人在表达这种体验时，又纯用白描，不假丝毫雕饰，故虽有不少理句，却仍能保持自然浑成的风格，不落理障。

韦应物在真率、淡泊、自然方面，近于陶潜，他的这首《幽居》也确能继承陶诗风神。但"微雨"二句，却明显有谢诗"池塘生春草，园柳变鸣禽"的影响。开头四句与结尾二句的说理，也是大谢常用的手段，只不过韦诗说理，多用散句，不像大谢那样用骈偶对仗，显得更具萧散自然之趣而已。

滁州西涧^①

独怜幽草涧边生^②，上有黄鹂深树鸣^③。春潮带雨晚来急^④，野渡无人舟自横。

[校注]

①兴元元年（784）冬，韦应物罢滁州刺史，寓居滁州西涧。此诗当是贞元元年（785）春所作。诗人于贞元元年元日作《岁日寄京师诸季端武等》云："少事河阳府，晚守淮南墙。……昨日罢符竹，家贫遂留连。……听松南岩寺，见月西涧泉。"《大明一统志》卷十八滁州："西涧，在州城西，俗名乌土河。"即上马河。②独，最、特别。怜，爱。③黄鹂，黄莺。④春潮，形容水势如春潮之涌，非实指通长江之海潮。西涧系小河，不可能通潮。

[笺评]

刘禹锡曰：洛中白二十居易苦好余《秋水咏》曰："东屯沧海阔，南壤洞庭宽。"余自知不及苏州韦十九郎中应物诗曰："春潮带雨晚来急，野渡无人舟自横。"（《云溪友议》卷中《中山海》）

欧阳修曰：韦应物《滁州西涧》诗，今城之西乃是丰山，无所谓西涧者。独城之北有一涧水，极浅，遇夏潦涨溢，但为州人之患。其水亦不胜舟，又江潮不至此。岂诗家务作佳句，而实无此耶？然当时偶不以图经考之，恐在州界中也。闻左司员外新授滁阳，欲以此事问之。（《书韦应物西涧诗后》）

谢枋得曰：幽草而生于涧边，君子在野，考槃之在涧也。黄鹂而鸣于深树，小人在位，巧言之如流也。潮水本急，春潮带雨，其急可知，国家患难多也。晚来急，危国乱朝，季世末俗，如日色已晚，不复光明也。野渡无人舟自横，宽闲之野，寂寞之滨，必有济世之才，如孤舟之横野渡者，特君相不能用耳。（《注解章泉涧泉二先生选唐诗》卷一）按：《唐诗品汇》卷四十引谢氏评，于"特君相不能用耳"下尚有"此诗人感时多故而作，又何必滁之果如是也！"十八字。

刘辰翁曰：（末二句）此语自好，但韦公体出数子，神情又别，故贵知言。不然，不免为野人语矣。好诗必是拾得。此绝先得后半，起更难似，故知作者之用心。（张习刻本《须溪先生校点韦苏州集》，又见《唐诗品汇》卷四十九引）

敖英曰：沈密中寓意闲雅，如独坐看山，澹然忘归。诸公曲意取譬，何必乃尔。（《唐诗绝句类选》）按：桂天祥《批点唐诗正声》评同，当录敖氏之评。

吴逸一曰：野兴错综，故自胜绝。（《唐诗正声》录吴氏评）

郭濬曰：冷处着眼，妙。（《增定评注唐诗正声》）

杨慎曰：韦苏州诗："独怜幽草涧边生"，古本"生"作"行"，"行"字胜"生"十倍。（《升庵诗话》卷八《韦诗误字》）又：韦苏州诗："春潮带雨晚来急，野渡无人舟自横。"此本于《诗》"泛彼柏舟"一句，其疏云："舟载渡物者，今不用，而与众物泛泛然俱流水中，喻仁人之不见用。"其馀尚多类是。《三百篇》为后世诗人之祖，信矣。（同上卷八《唐诗翻三百篇意》）

周敬曰：一段天趣，分明写出画意。（《删补唐诗选脉笺释会通评林·中七绝》）

胡应麟曰：韦苏州诗："春潮带雨晚来急，野渡无人舟自横。"宋人谓滁州西涧，春潮绝不能至，不知诗人遇兴遣词，大则须弥，小则芥子，宁此拘物？痴人前政自难说梦也。（《诗薮·外编·唐下》）

王士禛曰：西涧在滁州城西。宋艺祖自清流关浮西涧以取滁州，亦非细流，昔人或谓西涧潮所不至，指为今六合县之芳草涧，谓此涧亦以韦公诗为名，滁人争之。余谓诗人但论兴象，岂必以潮之至与不至为据？真痴人前不得说梦耳。（《带经堂诗话》卷十三）又曰：元赵章泉、涧泉选唐绝句，其评注多迂腐穿凿。如韦苏州《滁州西涧》一首，"独怜幽草涧边生，上有黄鹂深树鸣"，以为君子在下、小人在上之象，以此论诗，岂复有风雅耶！（《唐人万首绝句选·凡例》）

王尧衢曰："独怜幽草涧边生"，言西涧之幽，芳草可爱，我独怜之，而散步至此。"尚有黄鹂深树鸣"，春虽暮矣，尚有黄鹂深树里啼啭，物情尽堪留恋。"春潮带雨晚来急"，此时春水泛滥，雨后之潮，晚来更急。"野渡无人舟自横"，春雨水涨，渡头过渡者稀少，故有无人之舟，因水泛而自横耳。此偶赋西涧之景，不必有所托意也。（《唐诗合选笺注》卷六）

顾嗣立曰：寇莱公化韦诗"野渡无人舟自横"句为"野水无人渡，孤舟尽日横"，已属无味。（《寒厅诗话》）

黄生曰：全首比兴。首喻君子在野，次喻小人在位。三、四盖言宦途利于奔竞，而己则如虚舟不动而已。（《唐诗摘抄》卷四）

朱之荆曰：《太清楼帖》中公手书，"生"作"行"，"上"作"尚"，若"行""尚"二字是，则黄解似未合。（《增订唐诗摘抄》）

沈德潜曰：起二句与下半无关，下半即景好句。元人谓刺君子在下，小人在上，此辈难与言诗。何良俊曰：《太清楼帖》中刻有韦公手书，"涧边行"，非"生"也；"尚有"，非"上"也。其为传刻文讹无疑。稍胜于"生"字、"上"字。（《重订唐诗别裁集》卷二十）

黄叔灿曰：闲淡心胸，方能领略此野趣。所难尤在此种笔墨，分明是一幅画图。（《唐诗笺注》）

宋顾乐曰：写景清切，悠然意远，绝唱也。（《唐人万首绝句选》评）

赵彦传曰：《诗人玉屑》以"春游"二句为入画句法。（《唐人绝句诗钞注略》）

王文濡曰：先以"涧边幽草""深树黄鹂"引起，写西涧之景，历历如画。（《唐诗评注读本》）

富寿荪曰：前半写西涧暮春景物，别有会心。后半写野渡雨景，宛然在目。"春潮带雨"着一"急"字，如闻其声；"无人舟自横"，尤传野渡暮雨之神。诗中有画，极运思用笔之妙。（《千首唐人绝句》）

师长泰曰："野渡无人舟自横"是全诗的结穴……怎样表现"无人"这一幽静的境界？诗人除用莺歌、水声进行衬托以外，主要突出了一只浮泊在水面上的空船。船因"无人"而"自横"，人多以为"横"字用得好，其实这个"自"字下得更妙。"横"字写势态，"自"字写意态。自，有自在、自得之意。一个"自"字，把船写得有了感情，写活了。一叶孤舟，无人摆渡，正悠闲自得地横躺水面，听任潮拍雨打，悠悠然地晃来摇去，静景中有静趣。诗有深幽静寂的境界，诗人恬淡自适的情趣，都通过这只空自摇晃的船，集中地体现了出来。顾嗣立《寒厅诗话》说："若寇莱公化韦苏州'野渡无人舟自横'句为'野水无人渡，孤舟尽日横'，已属无味。"所谓"无味"，就是没有韦诗那种悠然自得的情味，这与抽空"自"字有关。（《百家唐宋诗话》第 307 页）

[鉴赏]

读这首诗，有两点需要注意。一是首句一开头的"独怜"二字，并不只指"幽草涧边生"而言，也不仅包前两句，而是直贯篇末，统指诗中所描绘的所有景象以及由它们所构成的意境。二是诗中所描绘的景象，并不处在同一时间段，具体地说，前两句是晴昼之景，后两句则是雨暮之景，当然地点都是"滁州西涧"所见所闻。

"独怜幽草涧边生"。首句写涧边幽草，系俯视所见。西涧沿岸，幽草丛生，这景象极平常而不起眼，而诗人却"独怜"（特别喜爱）之。是因为它虽处于幽僻之境不为人所注意却欣欣然有生意而偏爱它，还是由于诗人自身对幽静景物有一种天然的爱好使然？似乎兼而有之。

"上有黄鹂深树鸣"。次句写深树鹂鸣，系仰听所闻。西涧岸边，有茂密的树林，时值暮春，黄鹂的鸣声时不时地从茂密的树林中传出。黄鹂的鸣叫声，流美清脆，这声音仿佛是破静的。但曰"深树"，曰"有"，透露出整个环境是深幽的，寂静的，只是从密林深处偶或传来那么一阵两阵黄鹂的鸣叫。这样的"鸣"，正反衬出了整个环境的幽静，就像长夏永昼，偶闻蝉噪，更感环境之寂静一样。以上两句，描绘的是暮春晴昼之景，如果是像三、四句那样的雨骤风急之景，黄鹂是不会欢快鸣叫的，即使鸣叫，也会被风雨所淹没而听不到。

三、四两句，转写西涧雨暮之景。前后幅之间的时间推移过渡，诗人采用暗场处理，略去不写，但"独怜"之情，仍一意贯串。第三句"春潮带雨晚来急"，描绘的是带有明显动态感的景象。春天的傍晚，西涧上下起了急雨，刮起了风，河水陡涨，风卷浪涌，其势如潮；风助雨势，潮涌雨急。单看这一句，也许会觉得不但所写的客观景象富于动荡之感，而且诗人的主观感情和心态也并不平静，但三、四两句是一个整体，写"春潮带雨晚来急"，正是要托出第四句"野渡无人舟自横"来。在雨骤风急潮涌的河面上，一只孤零零的渡船正悠悠然地横躺在那里。因为是荒郊野渡，行人本就稀少，加以风急雨骤，更是行人断绝，那条渡船在风吹浪涌中，便兀自横转船身，晃晃荡荡地在水面上转悠。"野渡无人舟自横"的景象，可以出现在不同的时间和气候条件下，本身有其相对的独立性，故每被摘句者孤立地拎出来欣赏。但在这首诗里，它是和特定的时间、特定的气候条件所构成的环境背景紧密相连的，即与"春潮带雨晚来急"紧密相连，浑然一体，不可分割。因此，统观三、四两句，诗人所要表现的乃是在风急雨骤浪涌这种具有明显动荡感的环境反衬下的寂静和悠然，"晚来急"与"舟自横"正形成鲜明的对比。潮之涌，风之急，雨之骤，恰恰反衬出了这"无人"野渡的荒寂幽静和一叶横舟的悠然自适。而诗人的那份静观雨骤潮涌舟自横景象的幽闲自得情趣也就更加突出地表现出来了。

诗中所写的景象，并非一味的幽静悠闲，其中既有第二句所写的黄鹂鸣于深树的景象，更有第三句所描绘的雨骤潮涌的景象，但它们在诗中所起的作用却是反衬整体环境的幽静和心境的悠闲。正是由于通过这些景象的反衬，使整体环境的幽静和心境的悠闲更加突出，也使这种幽静与悠闲不致陷于死寂与幽冷，而是一种带有生意的幽静和悠闲。

吴乔曾激烈批评唐诗被宋人说坏，从这首诗的诠释史看，他的批评不无道理。尽管谢枋得以牵强附会的诠释遭到后代评家的尖锐指责，但善解诗者如黄生却仍说"全首比兴"，直至当代，仍有谢说的余响，可见这种穿凿之风流毒之深远。

闻　雁①

故园眇何处②，归思方悠哉③。淮南秋雨夜④，高斋闻雁来⑤。

[校注]

①诗有"淮南""高斋""秋雨夜""闻雁"及"归思"等字，当作于建中四年（783）深秋。韦应物于建中三年夏由尚书比部员外郎出为滁州刺史，其《郡斋感秋寄诸弟》说："首夏辞旧国，穷秋卧滁城。"刚到郡不久，似不应说"归思""悠哉"。四年十月，京师兵乱，诗中未提及此事，故以作于四年深秋较为合理。②眇，渺远。"故园"当指长安。韦应物为京兆杜陵人，时诸弟皆居长安杜陵。③悠哉，悠

长。④淮南，指滁州。滁州属淮南道，地处淮河以南。⑤高斋，指郡斋。

[笺评]

刘辰翁曰：更不须语言。（朱墨本《须溪先生校点韦苏州集》。《唐诗品汇》卷四十一引同）

吴逸一曰：转折清峭。（《唐诗正声》评）

桂天祥曰：省此不复言，极苦。归思无着时，更值夜雨闻雁，谁能遣此怀抱？（《批点唐诗正声》）

蒋仲舒曰：更不说愁，愁自不可言。（《唐诗广选》引）

唐汝询曰：归思方迫，复值夜雨，此时闻雁，正触物增感处，故以命题。其曰"淮南"盖刺滁时作也。（《唐诗解》卷二十三）又曰：说破是"归思"，以"雁"作结，便有无限含蓄。（《汇编唐诗十集》）

沈德潜曰："归思"后说"闻雁"，其情自深。一倒转说，则近人能之矣。（《重订唐诗别裁集》卷十九）

黄叔灿曰：高斋雨夜，归思方长，忽闻鸣雁之来，益念故园之切。闲闲说来，绝无斧凿痕也。末句为归思添毫。（《唐诗笺注》）

李锳曰：前二句先说归思，后二句点到闻雁便住，不说如何思归，而思归之情弥深。"渺何处"，离家之远也；"方悠哉"，归思之久也。此时而闻雁，其感触归思为何如？况当秋夜方长，秋雨凄清之际乎！第三句又是加一倍写法。（《诗法易简录》）

钱振锽曰："淮南秋雨夜，高斋闻雁来""山空松子落，幽人应未眠"，两诗皆清绝。奇在音调悉同。（《摘星诗说》）

俞陛云曰：此诗秋宵闻雁，有归去之思。凡客馆秋声，最易感人怀抱。明人诗"一声征雁谁先知，今夜江南我共君"，与韦诗有同慨也。（《诗境浅说》续编）

刘拜山曰：结句正见安置之妙。盖先述归思，后写闻雁，意更深

至。若一倒转说，即是触景生情常语，其间深浅迥殊矣。(《千首唐人绝句》)

[鉴赏]

唐德宗建中三年（782）首夏，韦应物由尚书比部员外郎出任滁州刺史。这首诗可能作于第二年的深秋。

这是一个秋天的雨夜。独立高斋（郡斋之有楼者）的诗人在茫茫夜色和一片雨雾中引领遥望西边的故园。长安离滁州两千里，即使晴空万里的白天登楼遥望，也会有云山阻隔、归路迢递之感；暗夜沉沉，一片模糊，自然更不知其渺在何处了。遥望故园，本身就是乡思的表现和寄托，而故园之渺茫难即，更透出一种怅惘失落之感，加重了对故园的思念，使诗人的"归思"在渺茫难即的遥望中变得更加悠长。空间的渺远与归思的悠长本来就构成正比，而暗夜的迷茫和静寂则更加重了归思的强度，"眇何处"与"方悠哉"之间正存在着这种既对应又加深的因果关系。一、二两句，上句以设问起，下句出以慨叹，言外自含无限低回怅惘之情。"方"字透出归思正殷，既紧承上句之故园渺不可即，又为三、四夜雨闻雁作势。

"淮南秋雨夜"。前两句先写故园之远，归思之长，这一句折转回来点明时地和季候环境，既使诗不流于平直，而且对"归思"起了加倍渲染的作用。独立高斋的诗人在暗夜中听着外面淅淅沥沥下个不停的秋雨，益发感到夜的深永、秋的凄寒和高斋的空寂，本来就正悠长的归思在漫漫长夜、绵绵秋雨的浸染下变得更无穷无已、悠悠不尽了。

正当怀乡之情不能自已的时候，独坐高斋的诗人听到了自远而近的雁叫声。这声音在寂寥的秋雨之夜，显得分外凄清，使得因思乡而永夜不寐的诗人浮想联翩，更加难以为怀了。诗写到这里，戛然而止，对因"闻雁"而引起的感触不着一字，留给读者自己去涵泳玩索。正如沈德潜所指出的："'归思'后说'闻雁'，其情自深。一倒转说，则近人能之矣。"

这样一种构思和结构安排，特别是末句以景结情，除了能为"归思"起进一步渲染的作用和增加含蓄的韵味以外，更重要的还是"闻雁"本身富于包孕，才能引发丰富的联想。秋天雨夜的长空雁鸣声，因环境的影响，显得特别凄清寂寥而空旷，这对于远宦思乡的诗人来说，自然更增凄凉寂寞和空旷之感；鸿雁传书，雁来而远书不来，更增对故园亲友的怀念；雁秋天南飞，春天北返，而自己则羁宦远郡，思归而不得归。这种种与雁有关的联想，在高斋闻雁之际，都会纷至沓来、萦绕脑际，而诗人则既严格遵守五绝在字句篇幅上的约束，又充分发挥五绝"意当含蓄，语务春容"的特点与优长，在仿佛还有无穷思绪要抒写时悠然而收，这才能极大地调动起读者的丰富想象，而扩展其感情容量。

光从文字看，似乎诗中所抒写的不过是远宦思乡之情。但渗透在全诗中的萧瑟凄清情调和充溢在全诗中的秋声秋意，却使读者隐隐约约感到在这"归思""闻雁"的背后还隐现着时代乱离的面影，蕴含着诗人对时代社会的感受。联系诗人的"分竹守南谯（指任滁州刺史）……海内方劳师"（《寄大梁诸友》）不难看出这一点。就在写这首诗后不久，京师兵乱，其所作《西楼》诗说："高阁一长望，故园何日归。烟尘拥函谷，秋雁过来稀。"仍然是高阁长望，却因烟尘满函谷而连秋雁亦"过来稀"了。对照之下，时代消息显然。

沈德潜说："五言绝句，右丞之自然，太白之高妙，苏州之古澹，并入化机。"（《说诗晬语》卷上）古澹，确是韦应物五言绝句的风格特征。从这首《闻雁》可以看出，他是在保持绝句"意当含蓄，语务春容"的特点的同时，有意识地运用古诗的句格、语言与表现手法，以构成一种高古澹远的意境。诗句之间，避免过大的跳跃，语言也力求朴质自然而避免雕琢刻削，一、二两句还杂以散文化的句式句法。这种风格，与白居易一派以浅易的语言抒写日常生活情趣（如白居易的《问刘十九》），判然属于两途。

钱　起

　　钱起（？—782 或 783），字仲文，吴兴（今浙江湖州）人。天宝十载（751）登进士第。释褐秘书省校书郎。曾奉使入蜀。乾元二年（759）至宝应二年（763）春，在蓝田尉任，与王维唱酬。大历中历拾遗、祠部员外郎、考功员外郎，官终考功郎中。约建中三或四年卒。高仲武《中兴间气集》选大历诗人之作，以钱起冠首。《新唐书·卢纶传》谓"与郎士元齐名"，姚合选《极玄集》，于李端下谓其"与卢纶、吉中孚、韩翃、钱起、司空曙、苗发、崔峒、耿㳭、夏侯审唱和，号'十才子'"。有集十卷，《全唐诗》编其诗为四卷。钱起为大历十才子和整个大历诗风的代表人物，在当时有盛名，但诗实工稳而平庸。偶有佳作，除《省试湘灵鼓瑟》当时即有盛誉外，均未入《中兴间气集》《极玄集》等选，可见其时之诗坛好尚。

省试湘灵鼓瑟①

　　善鼓云和瑟②，常闻帝子灵③。冯夷空自舞④，楚客不堪听⑤。苦调凄金石⑥，清音入杳冥⑦。苍梧来怨慕⑧，白芷动芳馨⑨。流水传湘浦⑩，悲风过洞庭⑪。曲终人不见，江上数峰青。

[校注]

　　①省试，唐代由尚书省礼部主持的科举考试，此指进士科考试。湘灵，舜之二妃娥皇、女英，尧之女。相传舜南巡，死于苍梧，二妃追之不及，没于江湘之间，因为湘水之神。《楚辞·远游》："使湘灵鼓瑟兮，令海若舞冯夷。"鼓，弹奏。"湘灵鼓瑟"是天宝十载（751）钱起应进士试时的试题。《旧唐书·钱徽传》："父起，天宝十载登进

士第。起能五言诗，初从乡荐，寄家江湖，常于客舍月夜独吟，遽闻人吟于庭曰：'曲终人不见，江上数峰青。'起愕然，摄衣视之，无所见矣。以为鬼怪，而志其一十字。起就赋之年，李昕（当作李麟）所试'湘灵鼓瑟'题中有'青'字，起即以鬼谣十字为落句，昕（麟）深嘉之，称为绝唱。是岁登第。"同年参加进士试赋此诗今尚存者尚有魏璀、陈景、庄若讷、王邕等人所作，均见《文苑英华》卷一百八十四。②云和瑟，《周礼·春官·大司乐》："孤竹之管，云和之琴瑟。"郑司农注："云和，地名也。"《文选·张协〈七命〉》："吹孤竹，拊云和。"李周翰注："云和，瑟也。"③帝子，指舜之二妃娥皇、女英，因其为尧之二女，故称。《楚辞·九歌·湘夫人》："帝子降兮北渚，目眇眇兮愁予。"④冯夷，传说中的黄河之神，即河伯。此泛指水神。《楚辞·远游》有"使湘灵鼓瑟兮，令海若舞冯夷。"海若，海神名。"冯夷空自舞"之句即因此而生发。⑤楚客，指放逐到沅湘一带的骚人屈原。李白《愁阳春赋》："明妃玉塞，楚客枫林。"也可泛指客游楚地的人。湘江一带系楚地。⑥苦调，凄苦的音调。指瑟所奏出的音调。凄，悲伤。金石，本指钟磬一类乐器，此指钟磬所发出的声音。⑦杳冥，高远的天空。⑧苍梧，地名，在今湖南宁远县南，相传舜南巡，至苍梧而死，葬九疑山。二妃寻而不见，投湘水而死。句意为苍梧九疑山上舜之亡灵听如此凄悲的瑟声亦生怨慕之情。⑨白芷，香草名。夏季开伞形白花，古代以其叶为香料。《楚辞·九歌·湘夫人》："沅有芷兮澧有兰，思公子兮未敢言。"又《招魂》："绿蘋齐叶兮，白芷生。"芳馨，芳香。《湘夫人》："合百草兮实庭，建芳馨兮盈门。"⑩流水，即"流水高山"，指美妙的乐曲。《列子·汤问》："伯牙善鼓琴，钟子期善听。伯牙鼓琴，志在登高山。钟子期曰：'善哉！峨峨兮若泰山。'志在流水，钟子期曰：'善哉！洋洋兮若江河。'"潇，水名。源出九疑山，流入湘江。《山海经·中山经》："帝之二女居之，是常游于江渊，澧、沅之风，交潇湘之渊。"《文选·谢朓·新亭渚别范零陵》："洞庭张乐地，潇湘帝子游。"潇，《全唐诗》

校："一作湘。"《山海经·中山经》："洞庭之山……帝之二女居之。"
⑪《楚辞·九歌·湘夫人》："袅袅兮秋风，洞庭波兮木叶下。"按
《悲风》亦琴曲名。李白《月夜听卢子顺弹琴》："忽闻《悲风》调，
宛若《寒松》吟。"王琦注："释居月《琴曲谱录》有《悲风操》《寒
松操》……并琴曲名。"

[笺评]

葛立方曰：唐朝人士，以诗名者甚众，往往因一篇之善，一句之
工，名公先达为之游谈延誉，遂至声闻四驰。"曲终人不见，江上数
峰青"，钱起以是得名……然观各人诗集，平平处甚多，岂皆如此句
哉！古人所谓尝鼎一脔，可以尽知其味，恐未必然尔。（《韵语阳秋》
卷四）又曰：清庙之瑟，朱弦而疏越，一唱而三叹，岂若后世务为哇
淫绮靡之音哉！……钱起为《湘灵鼓瑟》诗云："冯夷空自舞，楚客
不堪听。"鲍溶云："丝减悲不减，器新声更古。一弦有馀哀，何况二
十五。"二公之咏，于一唱三叹之旨几矣。（同上卷十五）

范晞文曰：李赞皇《桂花曲》云："仙女侍，董双成，桂殿夜凉
吹玉笙，曲终却从仙宫去，万户千门空月明。"钱起云："曲终人不
见，江上数峰青。"虽词约而深，不出前意也。赞皇诗，人少知之，
而钱以此名世，亦可见幸不幸耳。（《对床夜语》卷五）

刘克庄曰：唐世以诗赋设科，然去取予夺，一决于诗，故唐人诗
工而赋拙。《湘灵鼓瑟》《精卫填海》之类，虽小小皆含意义，有王
回、曾巩所不能道。本朝亦以诗赋设科，然去取予夺，一决于赋，故
本朝赋工而诗拙。（《后村先生大全集·题跋》）

王应麟曰：唐人以诗取士，钱起之《鼓瑟》，李肱之《霓裳》是
也，故诗人多。（《困学纪闻》卷十八）

李东阳曰：唐律多于联上著工夫，如雍陶《白鹭》、郑谷《鹧鸪》
诗二联，皆学究之高者。至于起、结，即不成语矣。如杜子美《白

鹰》起句，钱起《湘灵鼓瑟》结句，若奏金石以破蟋蟀之鸣，岂易得哉！（《麓堂诗话》）

谢榛曰：诗有简而妙者……亦有简而弗佳者，若……陈季"数曲暮山青"，不如钱起"曲终人不见，江上数峰青"。（《四溟诗话》卷二）又曰：钱仲文《省试湘灵鼓瑟》云："曲终人不见，江上数峰青。"摘出末句，平平语尔。合两句味之，殊有含蓄。（同上卷四）

王世贞曰：人谓唐以诗取士，故诗独工，非也。凡省试诗类鲜佳者。如钱起《湘灵》之诗，亿不得一；李肱《霓裳》之制，万不得一。（《艺苑卮言》卷四）

胡应麟曰：唐应试诸首拔诗，宋之问三作外，馀皆未惬人意……至场屋省题诗，竟三百年无一佳者，《文苑英华》中具载可见。就中杰出，无如钱起《湘灵》，然亦颇有科举习气，如"苍梧来怨慕，白芷动芳馨"，与起他作殊不类。下此若李肱、李郢，益无讥矣。（《诗薮·内编·近体中·七言》）

唐汝询曰：此以骚语命题也。言古之善瑟者，闻有帝女之灵。鼓则冯夷起舞，楚客增愁。正以调凄金石，声彻杳冥，向苍梧而怨慕，借白芷之芳馨，流水悲风传布于湘浦洞庭间矣。然瑟乃神灵所弹，原无处所，是以曲终而不见其人，徒对江上而惆怅也。（《唐诗解》卷五十）

郭濬曰：馀亦常调，只末二语杳渺，咀味不尽。（《增定评注唐诗正声》）

徐用吾曰：通篇大雅，一结信乎神助。（《唐诗分类绳尺》）

孙月绎曰：风致超脱，然体格却最稳密。（《唐风怀》引）

陆时雍曰：只后二语佳，馀情馀韵不尽。（《唐诗镜》卷三十二）

吴乔曰：结句收束上文者，正法也；宕开者，别法也。上官昭容之评沈、宋，贵有馀力也；"曲终人不见，江上数峰青"贵有远神也。又曰：钱起亦天宝人，而《湘灵鼓瑟》诗，虽甚佳而气象萧瑟。（《围炉诗话》卷一）

陆次云曰：（末二句）真神助语，湘灵有灵。（《五朝诗善鸣集》）

徐增曰：云和，地名，此地桐木，斫琴瑟，音最精。《周礼》："云和之琴瑟。"帝子，指湘灵，灵即舜二妃湘君也。以"湘灵鼓瑟"直做起，看他如何做下去。冯夷，水神。《楚辞》"使湘灵鼓瑟兮"下有"舞冯夷"三字，故以"冯夷舞"承。"空自"，见舞者自舞，人不得而知之。楚客，指屈原，听鼓瑟而心悲，故云"不堪"。"苦调凄金石，清音入杳冥。"瑟之调苦，凄如金石之感人而凄折；瑟之音清，听之如在转，愈入于杳冥而难追。苍梧，《礼记》："舜葬苍梧之野。"怨慕，"舜号泣于旻天"。《孟子》曰："怨慕也，怨己之不得于其亲而思慕也。"清苦之音调，足使舜来怨慕。"白芷动芳馨"，《楚辞》："绿蘋齐叶兮白芷生。"白芷，即药，因鼓瑟而白芷之芳香欲动。"流水传湘浦，悲风过洞庭。"为下"曲终"作转。曲将终，如流水之传于湘浦，见鼓得快；若悲风之已过洞庭，忽然遂止。"曲终人不见"，人不见，方是湘灵。"江上数峰青"，有音时用耳，无音时用目。睁起双瞳，则又恍然若失矣。落句真是绝调。主司读至此，叹有神助。（《而庵说唐诗》卷二十二）

朱之荆曰：结自有神助，亦先有"湘浦""洞庭"二句，故接"曲终""江上"，觉缥缈超旷，云烟万状。吾谓此四句皆神助也。至《流水》《悲风》，原系曲名，紧接"曲终"，真是神来之笔。（《增订唐诗摘抄》）

毛奇龄曰：承点屈平一句，亦补题法。（"楚客"句下评）又曰：诗贵调度，钱诗调度佳，原不止以"江上数峰"见缥缈也，善观者自晓耳。（《唐人试帖》）

沈德潜曰：唐诗五言以试士，七言以应制。限以声律，而又得失谀美之态，先存于中，揣摩主司之好尚，迎合君上之意旨，宜其言又难工也，钱起《湘灵鼓瑟》，王维《奉和圣制雨中春望》外，杰作寥寥，略观可矣。（《说诗晬语》卷下）又曰：（末二句）远神不尽。又曰：落句固好，然亦诗人意中所有，谓得之鬼语，盖谤之耳。（《重订

唐诗别裁集》卷十八）

纪昀曰：此诗之佳，世所共解。惟三句随手注题，浑然无迹；四句提醒眼目，通篇俱纳入“听”字中，运法甚密，读者或未察也。西河毛氏曰：“往在扬州与王于一论诗，王谓：‘钱诗固佳，而起尚朴僿。相比题意，当有缥缈之致，霎然而起，不当缠绕题字。’时余不置辨，但口诵陈季首句‘神女泛瑶瑟’，庄若讷首句‘帝子鸣金瑟’，谓此题多如是，王便默然。盖诗法不传久矣。”臧氏《唐诗类释》訾“白芷动芳馨”句，不知此写声气相感之妙在可解不可解之间。常建《江上琴兴》诗曰：“泠泠七弦遍，万木澄幽阴。能使江月白，又令江水深。”岂复可以言诠乎？《唐诗纪事》：宣宗十二年，上于延英召中书舍人李藩等对。上曰：“凡考试之中重用字如何？”中书对曰：“其间重用文字，乃是庶几。亦非常有例也。”又曰：“孰诗用重字？”对曰：“钱起《湘灵鼓瑟》诗有两‘不’字。”余按古人诗取达意，故汉魏诸诗往往不避重韵，无论重字。律诗既均以俪偶，谐以宫商，配色选声，自不得句重字复。倘不得已，则重字犹可，意必不可使重。此诗“不”字两见，各自为意，所以不妨……中六句句法相同，所谓切脚之病。西河谓“流水”“悲风”是瑟调二曲名，然作者之意正以“流水”“悲风”烘出远神，为末二句布势。如作曲名，反成死句。如杜诗“无风云出塞，不夜月临关”，本自即景好句，宋人以地名实之，意味反索然也。况“流水”“悲风”为曲名，亦未详所出。（《镜烟堂十种·唐人试律说》）

袁枚曰：《楚辞》：“使湘灵鼓瑟兮，令海若舞冯夷。”湘灵，湘夫人，实乃湘水之神。首二点题。《周礼》：“云和之琴瑟。”按：云和，山名，出材可为琴瑟。帝子，尧女也。次联旁衬湘灵。冯夷，河神；楚客，谓屈平。三联写鼓瑟。四联“苍梧”“白芷”写湘灵；“怨慕”“芳馨”写鼓瑟。《楚辞》：“朝发轫于苍梧兮。”又：“绿蘋齐叶兮白芷生。”又：“折芳馨兮遗所思。”五联《流水》《悲风》皆曲名，写鼓瑟；“湘浦”“洞庭”写湘灵。结句意态更远。（《诗学全书》卷二）

蒋鹏融曰：先虚描二句，即点明题之来历，最工稳。结得渺然，题境方尽。"曲终"非专指既终后说，盖谓自始至终，究竟但闻其声，未见其形，正不知于何来于何往，一片苍茫，杳然极目而已。题外映衬，乃得题妙，此为入神之技。（《唐诗五言排律》）

乔亿曰：题境惝恍，非此杳渺之音不称。（《大历诗略》）

宋宗元曰：曲与人与地胶粘入妙。末二句远韵悠然。（《网师园唐诗笺》）

吴智临曰：首二句，直点全题。三、四，从湘灵旁面呼起一笔。五、六实赋鼓瑟。七、八，"苍梧""白芷"写湘灵；"怨慕""芳馨"写鼓瑟。九、十，"流水""悲风"写鼓瑟；"湘浦""洞庭"写湘灵。末二句"曲终"结鼓瑟，"人不见"结湘灵。"江上""峰青"四字，又分顶湘浦、洞庭作结。风致超脱，体格稳密。此诗结句，试官李昕称为绝唱，然同榜庄诗有"悲风丝上断，流水曲中长"，陈、魏诗俱有"曲里暮山青""数曲暮山青"句。毛西河云：诗贵调度，钱诗调度佳。原不止以"江上数峰"见缥缈也，善观者自晓耳。《别裁集》云："落句谓得自鬼语，盖谤之耳。"（《唐诗增评》卷三）

管世铭曰：试帖一体，特便于场屋，大手笔多不屑为，昌黎所谓"类于俳优者"之谓也。即唐贤佳制，与诸体诗并列，几于无可位置。兹选概不之及，惟存钱起《湘灵鼓瑟》一篇，亦以其结句入神而选之，非以其为试帖也。（《读雪山房唐诗序例·五排凡例》）

胡本渊曰：结得缥缈不尽。（《唐诗近体》）

梁章钜曰：纪文达师曰："试帖结语，更要紧于起语，起语可平铺，结语断不可不用意。钱起《湘灵鼓瑟》诗，自以结语擅场。"又曰："陈季《湘灵鼓瑟》：'一弹新月白，数曲暮山青。'语略同钱作，然钱置于篇末，故有远神；此置于联中，不过寻常好句。"（《退庵随笔》卷二十一）

潘德舆曰：近人论诗，多以蜂腰为病，然如……钱仲文"苦调凄金石，清音入杳冥。苍梧来怨慕，白芷动芳馨。流水传湘浦，悲风过洞庭"皆历世相传之名作，而亦犯此病，并不累其气体，何也？乃知此病，在诗为至小；而徒去此病，亦不足以为佳诗耳。（《养一斋诗话》卷十）

朱自清曰：所谓"远神"大概有二个意思：一是曲终而馀音不绝，一是词气不竭，就是不说尽。这两个意思一从诗所咏的东西说，一从诗本身说，实在是一物的两面……"江上数峰青"也正说的是曲调高远，袅袅于江上青峰之间，久而不绝，该是从《列子》（响遏行云、馀音绕梁）脱化而出，可是意境全然是诗的，并非抄袭。所以可喜，这是一……沈说尽，宋不说尽，却留下一个新境界给人想，所以为胜。钱诗是试帖，与沈、宋应制诗体制大致相同，都是五言长律，落句也与宋异曲同工。上官昭容既定下标准在前头，影响该不在小。钱起的试官李晔或有意或无意大约也采取了这种标准，所以嘉许。这是二。还有，据《旧唐书》所记及陈季等同题之作，知道此诗所限之韵中有"青"字。钱押得如此自然，怕也是成为"绝唱"的一个小因子。（《历代名篇赏析集成》第 885 页引）

[鉴赏]

试帖诗之难工，沈德潜指出其"限以声律，而又得失谀美之态，先存于中；揣摩主司之好尚，迎合君上之意旨"，大体允当。这类诗之所以少有佳作，最根本的原因在于所出的试题绝大多数缺乏诗意，又习以为常地在内容上点缀升平、歌颂圣朝，既泯灭作者的个性和真实感情，又激发不起作者的诗意想象，成为千篇一律敷衍颂美、四平八稳的平庸无聊之作几乎是必然的。"限以声律"恐还在其次，因为唐人在"限以声律"的要求下还是写了大批佳作。在所有试帖诗中，被称为"万不得一"的李肱《霓裳羽衣曲》其实是首不离颂圣老调的平庸之作（见《云溪友议》引），而祖咏的那首五言四句的《终南望馀雪》已非合乎要求的试帖诗（换言之，它的成功恰恰是因为表情的需要而突破了试帖诗的程式规定，自由地抒发感情、描写景物）。全唐近三百年中，留存下来真正称得上好试帖诗的只有钱起这首《省试湘灵鼓瑟》。那么，它之所以成功，原因究竟在哪里呢？前人近人之评，或指出"切题"是原因之一。但这一点对绝大多数作者来说，恐怕不致成为问题。在我看来，主要的原因不外乎两个方面：一是"湘灵鼓瑟"这个题目在唐人试帖诗的试题中是一个比较富于诗意（或者说是容易激发诗意想象）的题目。有关舜与二妃的神话传说，没有圣君贤妃的神圣光环，却充满了凄美的爱情内涵和悲剧气氛；而"鼓瑟"的题材和故事传说所在地的潇湘洞庭一带，在古代历史文献和文学作品中，又提供了一系列富于诗意的素材。这就为诗人借这个题目展开想象、创造意境提供了有利的条件。二是钱起本人敏锐地发现了这个题目所蕴含的悲剧内涵与特质，突破试帖诗通常特具的颂扬喜庆特征，着力通过音乐描写，渲染悲剧气氛，创造悲剧意境，而且相当成功地创造出了合人、地、事、乐为一体的完整而富于远神的意境。

这里首先要提及"瑟"这种乐器的声音特征、表情特征问题。《史记·孝武本纪》："泰帝（即太昊伏羲氏）使素女鼓五十弦瑟，悲。帝禁不止，故破其瑟为二十五弦。"可见"悲"是瑟的声情特征。钱起正是抓住瑟声悲这一特征来渲染悲剧气氛，创造悲剧意境的。

诗分三节，每节四句。起四句带有总写的性质。"善鼓云和瑟，常闻帝子灵。"开头两句点明题目，这在一般的诗中可有可无，可显可隐，不必拘守，但在试帖中却是必须遵守的程规。虽属平起，却故用倒句（按平常次序自应作"常闻帝子灵，善鼓云和瑟"），不光是为了趁韵，也是使起势不致过于平衍，稍显顿挫之致。点出"灵"字，既应题内"湘灵"，且为全诗渲染神灵的迷离惝恍气氛张本。

"冯夷空自舞，楚客不堪听。"三、四两句，总写其音乐效果。"冯夷"之"舞"，由《楚辞·远游》"使湘灵鼓瑟兮，令海若舞冯夷"连带而及。古代文献中形容音乐的感人效果，常有使人或物起舞的记述，如《搜神记》谓"有姬曰成夫人，好音乐，能弹箜篌，闻人弦歌，辄便起舞"，《列子》谓"瓠巴鼓瑟而鸟舞鱼跃"。这里说"冯夷空自舞"，是说冯夷虽闻湘灵弹瑟之声而起舞，却并不理解其中传达的凄悲意蕴，故曰"空自"，目的是为了衬起下句"楚客不堪听"。骚人屈原，因忠而被逐，流落江湘，有着与湘灵类似的悲剧遭遇，心声与瑟声共振相通，故曰"不堪听"，突出表现的正是湘灵鼓瑟之悲声所产生的感人心的艺术效果。两句虽神、人对仗，意则重在对句。

中间四句，进一步渲染湘灵鼓瑟的清音苦调及其感动神灵生植的艺术效应。"苦调"句是说瑟所奏的悲凄声调超越其他乐器，"清音"句是说瑟所奏的清越音调传入高远的天空，渺远无际。"苍梧"句是说苍梧山上舜的灵魂都因悲凄的瑟声而兴怨慕之情，"白芷"句是说连无知的白芷也仿佛受到瑟声的感染而散发出沁人的芳香。值得注意的是，这里出现了死葬苍梧的舜的形象，特别是他因闻湘灵鼓瑟而兴起的"怨慕"之情。古圣君的神圣光环在这里消失得无影无踪，有的只是和常人一样的作为爱情主角一方的凄凉怨慕的感情，表现出对所爱者的思慕和思而不见的悲怨。舜以这样的身份和形象在诗中出现，在古代文学作品中罕见，由此可以看出唐人思想感情的不受传统思想拘束、自由而浪漫的特征。"白芷"句，纪昀谓"此写声气相感之妙在可解不可解之间"，可谓善体诗境。自然界中有些花草，会随着动人的音乐有节奏地舞动，诗人所描绘的白芷因闻湘灵鼓瑟而发散沁人的幽香的景象，正有其客观依据。本来与二妃就有深挚感情的舜的神灵闻乐而生怨慕，本来属无知无灵的植物也因闻乐而发芳香，则音乐之感染力真是感鬼神而动万物了。两句所描绘的意境，既凄美又幽洁，"来""动"二字，将无形的怨慕之情描绘得恍若有形，将无知的草木花卉描绘得似有灵性，都是传神写照之笔。

最后四句写瑟声的远传与终结，是全篇的收束。"流水""悲风"，或谓指曲名，纪昀谓若作此解，便成死句。其实两种理解并不矛盾，完全可以理解为凄悲的乐曲随着湘江的流水传送到潇水之浦，随着袅袅的秋风远过洞庭。潇水源于九疑山，系舜之葬地，潇湘、洞庭又是湘灵所居之所，故写曲之随流水、悲风远传潇湘洞庭，正是进一步渲染舜与二妃之间精诚的相感相通，又是形容乐声充盈传播于山水天地之间。

"曲终人不见，江上数峰青。"最后两句，写曲终之后悄然静寂的远韵远神，是全篇的添毫点睛之笔。将乐曲的演奏与"暮山青"的景象联系起来，并不是钱起的独创，天宝十载同时参加进士试的魏璀同题之作有"柱间寒水碧，曲里暮山青"之句，陈季有"一弹新月白，数曲暮山青"之句，但都是用来形况乐曲演奏时所传达的意境，而非曲终之后所展现的意境，而且都置于篇中而非篇末，因此其艺术含蕴与效果与钱起此诗有明显的区别。钱起此结之富于远韵远神，至少可以从以下三个方面加以体味。一是表现诗人在想象中仿佛亲临湘灵鼓瑟的演奏现场——湘江之滨，在乐曲演奏的整个过程中，耳听神驰，沉醉于音乐的意境。曲终之时，但见江上峰青，杳然静寂，恍如梦初醒的境界。二是表现诗人于曲终之际，因听觉暂留与乐曲的感人，似感到江上青峰之间仍然缭绕浮动着乐曲的袅袅余音的意境，亦即余音绕峰间之意。这当然是一种错觉和幻觉，但自有其心理与生理的依据。三是在乐曲演奏的过程中，因音乐的悲凄动人而唤起对湘灵的想象与追慕，一曲终了，悄然不见仙灵身影，但见江上数峰青如染出而已，表现出一种恍然若失的神情。以上三种不同角度的联想，都不妨先后或同时被唤起，故含蕴极为丰富。而无论哪一种联想，又都具有音乐意境之缥缈与神灵境界之缥缈的双重缥缈特征，故极具远韵远神，令人测之无端，玩之无尽。

暮春归故山草堂①

谷口春残黄鸟稀②，辛夷花尽杏花飞③。始怜幽竹山窗下④，不改清阴待我归。

[校注]

①故山草堂，指诗人在蓝田辋川谷口所置的别业。其诗集卷一有

《谷口新居寄同省朋故》，所谓"谷口新居"即此诗题内之"故山草堂"，系休沐及栖隐之地，非指故乡吴兴。此"故山"与王维《山中与裴迪秀才书》中"故山殊可过"之"故山"含义相同。起另有《归故山路遇邻居隐者》《谷口书斋寄杨补阙》《岁初归旧山》《春谷幽居》《晚归蓝田山居》《幽居春暮书怀》《山中酬杨补阙见过》《蓝田溪杂咏二十二首》，所称"故山""谷口书斋""旧山""春谷幽居""山中""蓝田溪"与此诗之"故山"所指均同为蓝田辋川谷口之别业。此诗《文苑英华》卷三百二十五题作《晚春归山居题窗前竹》，署刘长卿作。但《刘随州集》不载此诗，而明铜活字本《钱考功集》卷十收入此诗。《唐音统签·丁签》钱起诗集亦收，题下注："《文苑英华》作刘长卿《题竹》，误。"按：此诗显系钱起作，上引钱诸诗题可证。②谷口，即辋川谷口。"谷口春残"，《文苑英华》卷三百二十五作"溪上残春"。黄鸟，即黄莺。③辛夷，落叶乔木，高数丈，木有香气。花初出枝头，苞长半寸，尖如笔头，故俗称其花为木笔花。此花春天开早，至暮春时已残。杏花二月开，至暮春亦飘零，故云"杏花飞"。④怜，爱。

[笺评]

谢枋得曰：春光欲尽，莺老花残，独山窗幽竹不改清阴，好待主人之归。此与"岁寒，然后知松柏之后凋"同意。（《注解选唐诗》）

敖英曰：风韵含蓄，不落色相，较之"试问门前客，今朝几个来"（按：李适之五言绝《罢相作》后二句），深浅自是不同。（《唐诗绝句类选》）

吴逸一曰：意深讽刺，却又不说出。（《唐诗正声》）

唐汝询曰：此仲文罢官之后，感交道而作也。人之趋势利者，譬若花鸟之向春，春残之后，花落鸟稀，无复存者。独山窗幽竹，不改清阴，非岁寒之交欤？此诗本以愧市道之客，而隐然不露，有风人遗

音。然则翟公之书门，左相之乐圣，浅矣夫！（《唐诗解》卷二十八）

胡应麟曰：绝句最贵含蓄。青莲"相看两不厌，唯有敬亭山"，亦太分晓；钱起"始怜幽竹山窗下，不改清阴待我归"，面目尤为可憎，宋人以为高作，何也？（《诗薮·内编·近体下》）

周敬曰：贞心难识，"始"字见解更深。（《删补唐诗选脉笺释会通评林·中七绝》）

毛先舒曰：李适之《罢相作》，敖子发以为不如钱起《暮春归故山草堂》。不知李诗朴直，钱诗便巧。李出钱上自远，子发未审格耳。（《诗辩坻》卷三）

黄生曰：此即岁寒后凋意。（《唐诗摘抄》卷四）

《诗话类编》：丘仲深尝作《因事有感》诗，其序曰："唐人有诗云'公道世间唯白发'，又曰'唯有东风不世情'……由今日以观，尤有甚于此者，故反其词为一绝云……"今仲深反其词为之，感慨良深，然诗家又病其太露。如钱起《归故山》诗……何等蕴藉！

袁枚曰：此感交道而作。首句写景起，次句承上"春残"，言人之趋势利者，譬若花鸟之向春，及春残，则花落、鸟稀。三句转，独"山窗幽竹"，不改"清阴"，此岁寒之交也。末合到"归"字作结。（《诗学全书》卷四）

宋宗元曰：雅人自饶深致，正不必作讽刺观。（《网师园唐诗笺》）

李锳曰：以鸟稀、花尽，陪出幽竹之不改清阴，借花竹以寓意耳。若以朱子注《诗》之例，当曰"赋而比"也。（《诗法易简录》）

朱宝莹曰：四句一气相生，题中无一字漏却，而又极洒脱之致，无刻画之痕。［品］清奇。（《诗式》）

刘拜山曰：罗邺《芳草》："年年检点人间事，唯有春风不世情。"亦是此意。然失之浅露，不及此深婉。（《千首唐人绝句》）

［鉴赏］

这首七绝写诗人暮春季节回到蓝田辋川谷口别业时所见所感。诗写得轻爽流利，明白晓畅，而又饶有情致。

前两句写归故山草堂时所见暮春景象。"谷口"即辋川谷口，系"故山草堂"所在。"春残"点时令季节，应题内"暮春"。黄莺的鸣啭，轻盈婉转，是春天生命活力的突出标志，繁花满树、紫苞怒放的辛夷花和缤纷繁茂、犹如香雪的杏花，则点缀出春天的热闹和繁盛。但"春残"时节归来，莺的鸣啭已经稀疏，辛夷花早已凋落委地，杏花也纷纷飘飞陨落了。眼前所见，已是一片凋衰寂寞的景象。诗人于"黄鸟""辛夷花""杏花"上下分别用"稀""尽""飞"三字，传达出耳闻目睹上述景象时怅然若失的惆怅与遗憾。但从两句诗的轻快爽利格调看，这种惆怅与遗憾并不那么沉重。而且诗的主意并不是要渲染残春景象以及由此引起的惆怅失落，而是将它作为陪衬，以衬起三、四两句。

"始怜幽竹山窗下，不改清阴待我归。"草堂的窗外，是一片竹林。值此春残花落鸟稀之际，竹林在雨水的滋润下反而更显得青翠欲滴，繁茂葱郁，在窗外撑起一片绿阴，似乎在等待我的归来。诗人在两句的开头，分别冠以"始怜""不改"四字。竹子四季常青，故曰"不改清阴"。这本是客观的物性，但诗人却在与花落、鸟稀的对照中感到它恍若有情，似乎是在有意"待我"之"归"。客观的物景被主观化、拟人化了，清阴依旧的竹林似乎成了诗人的故交旧友，带着它的一片翠绿欢迎诗人的归来。"始怜"二字，正透露出诗人见到翠竹清阴依旧时那种如见情意依依的故友的那份亲切喜悦、怜爱温煦之情。在春残鸟稀花落的惆怅失落中，得此"不改清阴"、殷勤待我归来的翠竹，诗人心灵上得到了慰藉，变得充盈而喜悦了。

竹的四季常青的物性能引发对于人的品性的一系列联想，古代士人对竹的爱好和赞颂中往往寄托有关士人品性的理想。因此，这首诗对于幽竹清阴的怜爱，也可以引发读者的许多联想。但诗人在主观上虽将翠竹拟人化，却未必将其道德化。如果认定诗人要表现的就是岁寒后凋的旨意，甚至联系到交道，联系到世情，那就将一首饶有情致的诗变成以物寓理的哲理诗，将原来优美的抒情变成面目可憎的道德说教了。自谢枋得以来的许多评点，大都犯了这个毛病。还是宋宗元说得好："雅人自饶深致，正不必作讽刺观。"

归　雁①

潇湘何事等闲回②？水碧沙明两岸苔③。二十五弦弹夜月④，不胜清怨却飞来⑤。

[校注]

①大雁秋天南飞，春天北归，故称"归雁"。作诗时诗人身在北方。瑟曲有《归雁操》。②潇湘，潇水和湘水合流一带地区。潇水源出今湖南宁远县九疑山，至永州西北汇入湘水。这一带相传是雁南飞止宿之处，附近的衡山有回雁峰，旧有雁南飞不过衡阳之说。等闲，轻易，无端。③苔，苔藓，生长在潮湿的地方，传为雁所喜食。杜牧《早雁》："莫厌潇湘少人处，水多菰米岸莓苔。"④二十五弦，指瑟。《史记·孝武本纪》："泰帝（即太昊伏羲氏）使素女鼓五十弦瑟，悲。帝禁不止，故破其瑟为二十五弦。"弹夜月，在月夜下弹奏。此暗写湘灵月下鼓瑟。⑤不胜，不能禁受。清怨，指瑟所奏出的凄清怨慕的声音。却，返。却飞，犹返飞，即"归"也。

[笺评]

董其昌曰：古人诗语之妙，有不可与册子参者，惟当境方知之。长沙两岸皆山，余以牙樯游行其中，望之，地皆作金色，因忆"水碧沙明"之语。（《画禅室随笔》）

钟惺曰：悠缓意似瑟中弹出。（《唐诗归》）

唐汝询曰：雁至衡阳而回，即潇湘之间也。言汝何事而即回？彼潇湘之旁，山水甚美，尽可栖托。所以归者，得非湘灵以二十五弦弹月，汝不胜其悲而飞来耶？按：瑟中有《归雁操》。仲文所赋《湘灵鼓瑟》为当时所称。盖托意归雁，而自矜所作，谓可泣鬼神、感飞鸟也。（《唐诗解》卷二十八）

陆时雍曰：意致清远。（《唐诗镜》卷三十一）

桂天祥曰：极佳，后人更无此作者，用意精深，乃知良工心独苦。（《批点唐诗正声》）

周敬曰：馀音婉转，词气悠扬，意似瑟中弹出。（《删补唐诗选脉笺释会通评林·中七绝》）

黄生曰：此设为答问之词。言潇湘之地，可食可居，何事等闲便回。又代答云：盖为彼地瑟声清怨，悲不可止，故却飞来也。说者谓瑟中有《归雁操》，故云。然亦暗用湘灵鼓瑟事也。三句接法浑而健。（《唐诗摘抄》卷四）

朱之荆曰："何事等闲回"，直唤起三、四句。第二句补写潇湘之景，正衬"何事"二字，起"不胜"二字。"等闲"者，轻忽之辞也。（《增订唐诗摘抄》）

高士奇曰：瑟中有《归雁操》。诗意谓潇湘佳境，水碧沙明，何事即回？我瑟夜弹方怨，汝却飞来乎？又一说，以"二十五弦弹夜月"为湘妃鼓瑟，谓潇湘佳境，雁不应回，乃湘瑟之怨不可留耳。此诗人托兴之言，其说亦通。（《三体唐诗》卷一）

何焯曰：托意于迁客也。禽鸟犹畏卑湿而却归，况于人乎！（《三体唐诗》评）

吴烶曰：情与境会，触绪牵怀，为比为兴，无不妙合。（《唐诗选胜直解》）

沈德潜曰："潇湘何事等闲回"，作呼起语，三、四相应。"二十五弦弹夜月，不胜清怨却飞来。"瑟中有《归雁操》，故从操中落想。（《重订唐诗别裁集》卷二十）

袁枚曰：首句破题起，雁至衡阳而回，即潇湘之间。次句承，言潇湘之间，山水甚美。三句转，所以归者，得非湘灵以"二十五弦弹

夜月"？按：瑟（曲）中有《归雁操》。四句合，汝不胜其悲而飞耶？（《诗学全书》卷四）

黄叔灿曰：意似有寄托，作问答法，妙。（《唐诗笺注》）

管世铭曰：王阮亭司寇删定洪氏《唐人万首绝句》，以王维之《渭城》、李白之《白帝》，王昌龄之"奉帚平明"、王之涣之"黄河远上"为压卷，韪于前人之举"葡萄美酒""秦时明月"者矣，近沈归愚宗伯，亦数举数首以续之。今按其所举，唯杜牧"烟笼寒水"一首为当。其柳宗元之"破额山前"，刘禹锡之"山围故国"，李益之"回乐烽前"，诗虽佳而非其至。郑谷"扬子江头"，不过稍有风调，尤非数诗之匹也。必欲求之，其张潮之"茨菰叶烂"，张继之"月落乌啼"，钱起之"潇湘何事"，韩翃之"春城无处"，李益之"边霜昨夜"，刘禹锡之"二十馀年"，李商隐之"珠箔轻明"，与杜牧《秦淮》之作，可称匹美。（《读雪山房唐诗序例·七绝凡例》）

李锳曰：此上呼下应体，用"何事"二字呼起，而以三、四申明之。琴、瑟中有《归雁操》，第三句即从此落想，生出"不胜清怨"四字，与"何事"紧相呼应。寄慨自在言外。（《诗法易简录》）

宋顾乐曰：为雁想出归思，奇绝妙绝。此作清新俊逸，珠圆玉润。（《唐人万首绝句选》评）

《精选评注五朝诗学津梁》："清词丽句必为邻"，为此诗写照。

俞陛云曰：作闻雁诗者，每言旅思乡愁，此诗独擅空灵之笔，殊耐循讽。首句，故作问雁之词，起笔已不着滞相。次句言水碧沙明，设想雁之来处。后二句，言值秋宵良月，冰弦弹彻之时，正清怨盈怀，适有一行归雁，流响云天。雁声与弦声，并作清愁一片。着眼处，在第四句之"却"字，人与雁合写，无意而若有意，可谓妙语矣。（《诗境浅说》续编）

刘拜山曰：似是托意遇合之作。然即作咏归雁诗看，亦觉章法、设想奇绝，脱尽咏物窠臼。（《千首唐人绝句》）

[鉴赏]

在中国古代诗歌中，雁作为一种诗歌意象，经常与乡思羁愁联系在一起。咏雁的诗，也因此而具有大体相近的构思套路。这首题为《归雁》的小诗，却完全跳出习惯性的构思，别出心裁地将雁之"归"与音乐的强烈感染力联系在一起。通过想象，创造出凄清悠远的意境，并具有摇曳的风神和不尽的韵味。

诗人身处北方，春天见南雁北归而触发诗思。衡山有回雁峰，相传雁南飞不过衡阳，潇湘一带，正是南飞的大雁止宿之地。春来南雁北归，本是作为候鸟的大雁的习性使然，诗人却似乎故作不知，劈头发问："潇湘何事等闲回？"在潇湘待得好好的，为什么轻易地飞回北方了？发端新奇而突兀，给读者留下了悬念。

"水碧沙明两岸苔"。次句紧承"何事等闲回"，补充说明"潇湘"之美好宜居。"潇"字本身就是形容水之清深的。《水经注·湘水》："二妃从征，游于湘江，神游洞庭之渊，出入潇湘之浦。潇者，水清深也。"故说"水碧"。"沙明"，则是形容湘江岸边的平沙，一片白色，皎洁如霜。"两岸苔"，则显示这一带雁的食料丰富，诗人用清词丽句，展现出一个清澄皎洁、安恬丰美的境界，进一步突出了对大雁"何事等闲回"的疑问，从而逼出三、四两句的转折和对疑问的解答。

"二十五弦弹夜月"，"二十五弦"是瑟的代称。是谁在月色似水的夜间弹奏清瑟？或谓是诗人自己弹瑟（参笺评引高士奇、俞陛云评），恐非。下句明言"不胜清怨"，显示雁是由于不能禁受瑟声的悲怨而从弹奏之地潇湘飞归北方的。如果是诗人自己弹瑟而雁飞来，那根本不是什么"不胜清怨"，而是为瑟声之清怨所吸引才飞来了，这跟诗人的原意显然不符。根据"潇湘何事等闲回"的发问和二妃溺于湘江，"出入潇湘之浦"的传说，以及湘灵鼓瑟的记载，特别是诗人《湘灵鼓瑟》中"流水传潇浦"的诗句，这弹瑟者自是非湘灵而莫属。

而在皎洁静谧的月夜，瑟声显得更为凄清幽怨。

"不胜清怨却飞来"。这就水到渠成地引出了末句，对首句提出的疑问作了解答：大雁是由于不能禁受湘灵弹奏的瑟声中传出的无限凄清幽怨之情而离开如此清澄幽洁、美好丰饶的潇湘之地，飞归北方的。

诗题为"归雁"，着眼处似乎在那个"归"字。从表面上看，诗好像就是为了解释潇湘的雁何以从如此清澄丰美的地方北归，原因就是"不胜"湘灵鼓瑟的"清怨"。那么，诗人是在渲染大雁的通晓音乐、具有人的情感吗？似乎不像。那么，诗人是意在通过雁的"不胜清怨"而强调湘灵之善于鼓瑟吗？是渲染湘灵鼓瑟的艺术感染力吗？或者更进一层，是为了渲染湘灵通过鼓瑟所表达的无限凄清幽怨之情吗？好像都是，又好像都不足以概括诗的意蕴。如果对诗作通体的玩赏，就不难发现，诗人是就月夜归雁展开一系列诗意的想象，创造出一个明净澄清、高远寥廓，而又凄清寂寥、充满幽怨的境界。在这个境界中，北归的大雁、鼓瑟的湘妃和"不胜清怨"的诗人境似而情通，三位而一体，都融成一片，与境俱化了。问答的方式和起承转合的艺术则更增添了摇曳的风神和不尽的韵味。

韩 翃

韩翃，字君平，南阳（今属河南）人。天宝十三载（754）登进士第，代宗宝应元年（762），淄青节度使侯希逸辟为掌书记，检校金部员外郎。永泰元年（765），希逸为部将所逐，翃随其还朝。在京闲居期间，与钱起、卢纶等唱和。约大历六年（771）曾居官长安。八年初，曾在滑州令狐楚幕。后入汴宋节度使田神功幕，九年神功卒，曾至长安。神玉继任，翃仍为从事。十一年神玉卒，汴州兵乱，节镇数易，翃仍先后留李忠臣、李希烈、李勉幕。德宗建中元年（780），除驾部郎中、知制诰，迁中书舍人。约贞元初卒。翃为"大历十才子"之一。与歌妓柳氏的悲欢离合故事，为许尧佐写成传奇《柳氏传》。有诗集五卷，《全唐诗》编其诗为三卷。

送冷朝阳还上元①

青丝绁引木兰船②，名遂身归拜庆年③。落日澄江乌榜外④，秋风疏柳白门前⑤。桥通小市家林近⑥，山带平湖野寺连⑦。别后依依寒梦里⑧，共君携手在东田⑨。

[校注]

①冷朝阳，上元（今江苏南京市）人。大历四年（769）登进士第。五年至八年间为相卫节度使薛嵩幕僚。兴元元年（784）任太子正字，贞元中任监察御史。《唐才子传》卷四："大历四年齐映榜进士及第。不待调官，言归省觐。自状元以下，一时名士大夫及诗人李嘉祐、李端、韩翃、钱起等，大会赋诗攀饯。以一布衣，才名如此，人皆羡之。"此诗当即作于大历四年秋。上元，唐润州属县。②青丝绁，青丝编的缆绳。木兰船，用木兰树木造的船。此与"青丝绁"分别形

容船与缆的华美。《述异记》卷下："木兰洲在浔阳江中，多木兰树。昔吴王阖闾植木兰于此，用构宫殿也。七星洲中，有鲁般刻木兰为舟，舟至今在洲中。诗家云木兰舟出于此。"③名遂，指登进士第。拜庆，拜家庆，久别归家省亲，常用作成名后归家省亲。④澄江，清澄的长江水。谢朓《晚登三山还望京邑》："余霞散成绮，澄江静如练。"乌榜，或谓指用黑油涂饰的船。榜，船桨，代指船。高步瀛《唐宋诗举要》注引《南齐书·陈显达传》曰："显达退至西州后乌榜村。"并引《大清一统志·江苏江宁府》："乌榜村，《通志》在上元县天庆观西。《庆元志》：初立西州城，未有篱门，树乌榜而已，故以名村。"则南朝时西州（即今南京）已有乌榜村，与下句"白门"均以地名作对，似可从。但梅尧臣《登舟》："向起风沙地，暂假乌榜还。"陈维崧《尉迟杯·别况》："东风斜日，小玉门前缆乌榜。"均将"乌榜"用作船的称谓，可见这种理解由来已久。两说均可通。⑤白门，南朝宋都城建康（今南京）之宣阳门，俗称白门。《宋书·明帝纪》："宣阳门，民间谓之白门。"⑥小市，建邺（今南京）地名，今仍有小市街道。在南京火车站北。⑦山，当指钟山。平湖，当指玄武湖。⑧梦，《全唐诗》原作"食"，校："一作梦。"据改。按：此诗初见于《文苑英华》卷二百七十二，此句正作"别后依依寒梦里"。⑨东田，南朝齐文惠太子所建楼馆名。《南史·齐纪下·废帝郁林王纪》："先是，文惠太子立楼馆于钟山下，号曰'东田'，太子屡游幸之。"《南齐书·文惠太子传》："后上幸豫章王宅，还过太子东田，见其弥亘华远，壮丽极目，于是大怒。"谢朓《游东田》："戚戚苦无悰，携手共行乐。寻云陟累榭，随山望菌阁。"所云"东田"即此。系建康郊外胜地，南齐王公贵族多于此修筑池轩屋舍。《梁书·沈约传》："宅立东田，瞩望郊阜，尝为《郊居赋》。"注家于此多失注。

[笺评]

金圣叹曰：（前解）一解：看他将异样妙笔，只从自己眼中画出一船。只画一船者，便是从船中画出一冷朝阳，从冷朝阳心头画出无限快活也。如言缆是青丝缆，船是木兰船，端坐于中，顺流东下。每当落日，便看澄江于乌榜之外；一见秋风，早报疏柳在白门之前。看江，是写船之日近一日；报柳，是写船之已到其地也。船中一人，则即冷朝阳。而此冷朝阳之心头却有无限快活者，一是新及第，二是准假归，三是二人具庆恰当上寿也。呜呼！人生世间，谁不愿有此事乎哉！（后解）前解纯写冷朝阳之得意，此始写"送"也。方今别是初秋，乃我别后依依，则欲前期必订仲春。于是先以五、六写他东田好景，言来年寒食（按：金氏此句依误本作"别后刚逢寒食节"），则我两人是必携手其地也。（《贯华堂批唐才子诗》卷三）

黄生曰：（"名遂"句）短装句，即三截句。（"共君"句）长短句。又曰：尾联见意，"年"字，即"时"字。五、六倒提"东田"之景。七、八，言别后依依，惟当寒食，携手东田之乐，不能去怀耳。谢朓《游东田》诗："携手共行乐。"（《唐诗摘抄》卷三）

朱之荆曰：七、八，上四，下十，名长短句。（《增订唐诗摘抄》）

杨逢春曰：首二叙冷之还，应是中第归家之时。（《唐诗绎》）

陆次云曰：意致高闲，如把霜毫于玉碗冰瓯中，濯天池浩露而出。（《五朝诗善鸣集》）

赵臣瑗曰：首句无端只写一船，真是凭空结构。写船所以必写船之富丽如此者，正为衬出次句船中人之得意，非泛常可比也。（《山满楼笺注唐诗七言律》）

范大士曰：写景过于描头画角，便落小家。如"落日"一联清真，则身份自在。（《历代诗发》）

宋宗元曰：（"落日"二句）风神摇曳。（《网师园唐诗笺》）

管世铭曰：颔、颈两联，如二句一意，无异车前骖仗，有何生气？唐贤之句，变化不测。如……韩翃"落日澄江乌榜外，秋风疏柳白门前"……皆神韵天成，变化不测。宋元以后，此法不讲，故日近凡

庸。(《读雪山房唐诗序例·七律凡例》)

王寿昌曰：结句贵有味外之味，弦外之音。言情则如……韩翃之"别后依依寒食里，共君携手在东田"……是皆一唱而三叹，慷慨有馀音者。(《小清华园诗谈》卷下)

沈曰：("落日"二句)胜人处在不刻画。(高步瀛《唐宋诗举要》卷五引)

[鉴赏]

送别诗是"大历十才子"最主要的诗歌题材品种。钱易《南部新书》辛卷："大历来，自丞相已下，出使作牧，无钱起、郎士元诗祖送者，时论鄙之。"唐李肇《国史补》卷上："送王相公之镇幽朔，韩翃擅场；送刘相之巡江淮，钱起擅场。"在这种将送别诗作为纯粹酬应的风气影响下，出现大量缺乏真挚感情、艺术上平庸熟滑之作是很自然的。韩翃诗集中，送别诗多达一百零二首，占其现存诗总数近三分之二。其中除《送孙泼赴云中》《送客水路归陕》《送客知鄂州》数首较可读外，这首《送冷朝阳还上元》是写得最饶风神韵致的作品。比起他那首擅名于当时的《奉送王相公缙赴幽州巡边》要强多了。

冷朝阳这次回家省亲，全程走的是由渭入黄经汴抵江再上溯至上元的水程，故起句即从所乘舟船写起。"青丝绋引木兰船"，极力形容舟船之华美，为下句"名遂身归拜庆年"渲染气氛。

"落日澄江乌榜外，秋风疏柳白门前。"颔联打破送别诗遥想对方旅途所经地点景物的老套，越过千里舟行景况，直接写"还上元"后所见景物。这一联中"澄江""乌榜""白门"固然是上元本地风光，就连那"疏柳"也和"白门"密切相关（南朝乐府民歌《杨叛儿》有"暂出白门前，杨柳可藏乌"之句）。在诗人的想象中，在落日余晖的映照下，一道如练的澄江正在历史悠久的乌榜村外蜿蜒隐现；在萧瑟秋风吹拂下，古老久远的白门前，一行疏柳正在摇曳荡漾。两句一北一南，一水一陆，一江村，一城门，正概括描写出金陵这座具有悠久历史文化蕴涵而又风景如画的滨江古城特有的风貌，妙在不施刻绘，只随手稍作点染，而流利清新，风韵天然。"落日""秋风"，本是带有衰飒凄清意味的诗歌意象，但在这一联里，读者所感受到的却是一种疏朗清逸的美感。对偶的工整、语调的流利和情韵的隽永，在这一联中得到了和谐的统一。"乌榜"，或解为用黑油涂饰的船，后代诗人用其语也多作舟船的代称，但一则"乌榜"与首句"木兰舟"在色调上迥不相侔，二则与下句"白门"相对，亦以指历史久远之古村为宜。

"桥通小市家林近，山带平湖野寺连。"腹联仍写上元景物，但由领联之概写转为写冷朝阳家居附近的景物。木板桥通向小集市，过了集市，前面是一片树林，友人所居的村庄就在树林旁边；村外是一座青山，山连着一片平湖，湖边是一座野寺。这一联所写的都是最平常的景物，诗人在描叙时同样是不施刻绘，只随意指点出之，却点染得风光如画。诗中所写，可能是友人平常在描述自己家乡居处时说起过的，此处信手拈来，毫不费力。意态较上联更为闲逸。而诗人对友人家乡风光的向往之情也在领、腹两联这不着力的描述中自然流露出来了。

"别后依依寒梦里，共君携手在东田。"尾联由"别后依依"而想象自己梦中与友人携手共游东田胜景，将对友人的情谊与对友人家乡风光的向往推进一层。时值"秋风疏柳"的季候，故梦亦称"寒梦"；但这个寒秋季节做的梦，却充盈着友谊的温煦。一本"寒梦"作"寒食"，一本上句作"别后刚逢寒食节"，均误，上有"秋风疏柳"可证。诗人并非在登第后立即回家省亲，而是在当年秋天尚未授官时回上元。《唐才子诗》谓"不得调官，言归省觐"，正说明这一点。

诗写得轻快流利而又饶有情致韵味，主要得力于中间两联清丽工秀的白描佳句，起、结也大体相称，与"大历十才子"的许多诗仅工于一联而通体平庸者有别。

寒　食①

春城无处不飞花②，寒食东风御柳斜③。日暮汉宫传蜡烛，轻烟散入五侯家④。

[校注]

①《文苑英华》卷一百五十七题作《寒食日即事》。寒食，节日名，在清明节前一日或二日。《荆楚岁时记》："去冬节（冬至日）一百五日，即有疾风甚雨，谓之寒食。禁火三日，造饧大麦粥。"寒食节及禁火之俗起源甚早，至晋陆翙《邺中记》、范晔《后汉书·周举传》始附会介子推事［介子推随晋公子重耳出亡于外十九年，重耳回国后为君（晋文公），赏赐随从诸臣，介子推不言功，禄亦不及，隐于绵山。文公觅之，焚绵山，之推抱树而死。后人为纪念他，遂于冬至后一百五日禁火］。②春城，指春天的长安城。③御柳，指宫苑中的柳。当时风俗，寒食节折柳插门。④汉宫，借指唐宫。《唐辇下岁时记》："清明日取榆柳之火以赐近臣。"元稹《连昌宫词》："初届寒食一百六，店舍无烟宫树绿……特敕街中许燃烛。"《西京杂记》："寒食日禁火，赐侯家蜡烛。"五侯，《汉书·元后传》：河平二年（前27），汉成帝悉封诸舅：王谭为平阿侯、王商为成都侯、王立为红阳侯、王根为曲阳侯、王逢时为高平侯。五侯同日封，故世谓之"五侯"。又《后汉书·宦者传》：东汉桓帝封宦官单超新丰侯、徐璜武原侯、具瑗东武阳侯、左悺上蔡侯、唐衡汝阳侯。五人亦同日封，故世亦谓之五侯。

[笺评]

孟启曰：韩（翃）已迟暮……邑邑殊不得意……唯末职韦巡官者，亦知名士，与韩独善，一日，夜将半，韦扣门急，韩出见之，贺曰："员外除驾部郎中、知制诰。"韩大愕然，曰："必无此事，定误矣。"韦就座，曰："留邸状报制诰阙人。中书两进名，御笔不点出。又请之，且求圣旨所与。德宗批曰：'与韩翃。'时有与翃相同姓名者为江淮刺史。又具二人同进，御笔复批曰：'春城无处不飞花，寒食东风御柳斜。日暮汉宫传蜡烛，轻烟散入五侯家。'又批曰：'与此韩翃。'"韦又贺曰："此非员外诗耶？"韩曰："是也。"是知不误也。（《本事诗·情感》）

葛立方曰：太原一郡，旧俗禁烟一月。周举为郡守，以人多死，移书子推，只禁烟三日。子美《清明》诗云："朝来新火起。"又云："家人钻火用青枫。"皆在寒食三日之后，则知禁烟止于三日也。而韩翃有《寒食即事》诗，乃云："春城无处不飞花，寒食东风御柳斜。日暮汉宫传蜡烛，轻烟散入五侯家。"不待清明，而已传新火，何耶？元微之《连昌宫词》云："初过寒食一百六，店舍无烟宫树绿……念奴觅得又连催，特敕宫中许燃烛。"乃一时之权宜。（《韵语阳秋》卷十九）

李颀曰：《周礼》四时变火，春取榆柳之火，夏取枣杏之火。唐时唯春取榆柳之火，以赐近臣戚里之家，故韩翃有曰"日暮汉宫传蜡烛，轻烟散入五侯家"之句。（《古今诗话·取火》）

胡仔曰：古今诗人，以诗名世者，或只一句，或只一联，或只一篇，虽其馀别有好诗，不专在此。然播传于后世，脍炙于人口者，终不出此矣，岂在多哉！如……"春城无处不飞花，寒食东风御柳斜。日暮汉宫传蜡烛，轻烟散入五侯家。"此韩翃也。（《苕溪渔隐丛话·后集·楚汉魏六朝下》）

顾璘曰：大家语。（《批点唐音》）

桂天祥曰：禁体不事雕琢语，富贵闲雅自见。（《批点唐诗正声》）

徐增曰："不飞花"，"飞"字窥作者之意。初欲用"开"字，"开"字下不妙，故用"飞"字。"开"字呆，"飞"字灵，与下句"风"字有情。"东"字与"春"字有情，"柳"字与"花"字有情，"蜡烛"字与"日暮"有情，"烟"字与"风"字有情，"青"字与

"柳"字有情，"五侯"字与"汉"字有情，"散"字与"传"字有情。"寒食"二字又装叠得妙。其用心细密，如一匹蜀锦，无一丝跳梭，真正能手。今人将字蛮下，熟玩此诗，则不敢轻易用字也。(《而庵说唐诗》卷十二)

高士奇曰："日暮汉宫传蜡烛"，烛所以传火，元稹所谓"特敕宫中许燃烛"是也。唐《辇下岁时记》："清明日，取榆柳之火，以赐近臣。""青烟散入五侯家。"《宦者传》：桓帝封单超新丰侯、徐璜武原侯、具瑗东武阳侯、左悺上蔡侯、唐衡汝阳侯。五人亦同日为侯，世称"五侯"。自是权归宦者，朝政日乱。唐自肃、代以来，宦者权盛，政之衰乱侔汉矣。此诗盖刺也。《本事诗》谓：翃德宗时以此诗得擢知制诰。(《三体唐诗》辑注)

贺裳曰：君平以《寒食》诗得名。宋亡而天下不复禁烟。今人不知钻燧，又不深习唐事，因不解此诗立言之妙。如"春城无处不飞花，寒食东风御柳斜"二语，犹只淡写。至"日暮汉宫传蜡烛，轻烟散入五侯家"，上句言新火，下句言赐火也。此诗作于天宝中，其时杨氏擅宠，国忠、铦与秦、虢、韩三姨号为五家，豪贵荣盛，莫之能比，故借汉王氏五侯喻之。即赐火一事，而恩泽沾于戚畹，非他人可望。其馀赐予之滥，又不待言矣。寓意远，托兴微，真得风人之遗。(《载酒园诗话又编·韩翃》)

吴乔曰：韩翃《寒食》诗云……唐之亡国，由于宦官握兵，实代宗授之以柄，此诗在德宗建中初，只"五侯"二字见意，唐诗之通于《春秋》者也。(《围炉诗话》卷一)

王尧衢曰："春城无处不飞花"，寒食时，春花正开，旋开旋落，因风而飞。用"无处不"三字，遍地皆春光矣。"寒食东风御柳斜"，以"柳"字映上"花"字，以"风"字应上"飞"字。而又以"斜"字贴"风"，以"东风"映上"春"字，而以"御柳"伏下"汉宫"，且于此句特提"寒食"，无装叠之痕。"日暮汉宫传蜡烛"。时虽禁烟，而宫中则传烛以分火。"轻烟散入五侯家"。五侯近君骄贵，传烛必先及之，于是青烟飘飏，尽散入五侯之家矣……唐自肃、代以来宦者权盛，政之衰乱侔于汉，故此诗寓讽刺焉。(《唐诗合解笺注》卷六)

黄生曰：三、四作骨。"新"，一作"青"，一作"轻"，俱非，今从《诗林》本。汉桓帝封宦官单超等人为列侯。刺宦寺专权，恩宠愈滥也。"花"喻君子见弃，"柳"喻小人承恩。四句略点"五侯"字，而含意甚永。按唐史遗事，德宗因此诗，取为知制诰。唐时人主，无不知诗，然诗意本含刺时事。人主闻之，不以为忤，反加殊擢，诚异数也。贺黄公诗话言翃已有名天宝中，诗盖为杨氏所作。五侯，用西汉王氏事，以比国忠、杨铦、三姨，此亦一说，并存之。再考翃乃天宝六年进士，则五侯比杨氏审矣。(《唐诗摘抄》卷四)

朱之荆曰：唐时京城寒食火禁极严。清明日，乃取榆柳之火以赐近臣。烛，所以传火。(《增订唐诗摘抄》)

沈德潜曰：烛以传火。清明日取榆柳之火赐近臣，此唐制也。五侯，或指王氏五侯，或指宦官灭梁冀之五侯，总之先及贵近家也。(《重订唐诗别裁集》卷二十)

黄叔灿曰：首句逼出"寒食"。次句以"御柳斜"三字引线，下"汉宫传蜡烛"便不突。"散入五侯家"，谓近倖家先得之。有托讽意。(《唐诗笺注》)

宋宗元曰：不用禁火而用赐火，烘托入妙。(《网师园唐诗笺》)

乔亿曰：气象、词调，居然江宁、嘉州。以此得知制诰，宜也。托讽亦微婉不露。(《大历诗略》卷三)

刘文蔚曰：上二句纪寒食之景，下二句纪寒食之事。时方禁烟，乃宫中传烛以分火，则先及五侯之家，为近君而多宠也。宦官之祸，始此也夫！吴绥若曰：唐火禁至严。又，清明赐火，则寒食之暮为时近矣，乃遽赐五侯乎？时注以为宦官。予疑用王氏五侯事，谓贵戚也。德宗书此诗，则不知其为讽刺，此诗之所以佳也。(《唐诗合选详解》卷四)

李锳曰：唐自肃、代以来，宦者擅权，德宗时益甚。君平此诗，托讽婉至。德宗以制诰缺人，并书此诗以示中书曰："与此韩翃（时

有两韩翃)。"想亦有感悟之意而特用之欤？（《诗法易简录》）

宋顾乐曰：气骨高妙不待言。用"五侯"寓讽更微。（《唐人万首绝句选》评）

孙洙曰：唐代宦官之盛，不减于桓、灵，此诗托讽深远。（《唐诗三百首》）

管世铭曰：韩君平"春城无处不飞花"，只说侯家富贵，而对面之寥落可知，与少伯"昨夜风开露井桃"一例，所谓"怨而不怒"也。（《读雪山房杂著·论文四十一则》）

冒春荣曰：绝句字句虽少，含蕴倍深。其体或对起，或对收，或两对，或两不对，格句既殊，法度亦变……两不对，如……韩翃"春城无处不飞花，寒食东风御柳斜。日暮汉宫传蜡烛，轻烟散入五侯家"。三、四作主。（《葚原诗说》卷三）

俞陛云曰：首句言处处飞花，见春城之富丽也，次句言东风寒食，纪帝京之佳节也。三句言汉宫循寒食故事，赐烛近臣。四句言侯家拜赐，轻烟散处，与佳气同浮。二十八字中，想见五剧春浓，八荒无事。宫庭之闲暇，贵族之沾恩，皆在诗境之内。以轻丽之笔，写出承平景象，宜其一时传诵也。（《诗境浅说》续编）

高步瀛曰：唐肃、代以来，宦官擅权。后汉事讽喻尤切。（《唐宋诗举要》卷四）

刘永济曰：此举后汉寒食赐火事，以讥讽唐代宦官专权也。（《唐人绝句精华》）

刘拜山曰：通首写帝城寒食景象。讽意只用"五侯"二字微逗，着墨不在多也。（《千首唐人绝句》）

[鉴赏]

在"大历十才子"中，韩翃的诗风最接近盛唐，这在他的七古与七绝中，体现得尤为明显。

这首擅名当时的七绝，描绘帝京寒食景象。寒食节有两个最突出的特征：一是暮春的时令特征，二是节俗的禁火特征。七绝篇幅有限，更应集中笔墨，描绘主要特征。但由于是在京城长安，因此在描绘时令及节俗特征时又要紧扣帝京的特点，写出帝京寒食特有的景象。这首诗正是以帝京为主轴，分别描绘帝京寒食节的时令特征和节俗特征。并通过这种描绘，渲染出一种繁华贵盛的承平气象。

"春城无处不飞花，寒食东风御柳斜。"前两句当一气读。用春城代指长安，是诗人的创造，不仅渲染出帝京长安的繁华富丽、春天的生机活力，而且透露出诗人置身长安，触处皆春的主观感受。这种"触处皆春"的感受，用"无处不飞花"来形容渲染，确实是再恰当不过的了。单看这五个字，眼前也许会浮现长安的大街小巷、宫廷池苑，处处花瓣飘飞的景象，但联系下句的"东风"和"柳"特别是暮春的时令，就不难发现诗人所说的"飞花"，实际上是指漫天飘飞的柳絮。一般的春花，如桃、李、杏、梨等花，在盛开至快凋谢时，东风起处，自然也会飘散陨落，但不会像杨花那样，漫天飞舞，因此"飞花"的"飞"字，正是对杨花柳絮在东风吹拂下满城飞舞的准确形容。这样理解，也许少了一点繁花似锦的鲜艳色彩，但却更传神地体现出暮春的节令特征和满城柳絮飘飞的热闹气息。次句明点"寒食"，不仅点题，且明示时令。这漫天飞舞的杨花柳絮，再加上随风飘拂摇曳的柳枝，将暮春的帝京长安春天的繁盛热闹气氛和婀娜风流的韵致生动地呈现在读者面前。次句点出"御柳"，既为三、四句"汉宫"作引，又为"传烛"伏脉（取榆柳之火以赐近臣）。而"东风"则纵贯全篇，既上应"无处不飞花"，又照应本句"御柳斜"，更下启"轻烟散入"，勾连上下，使全篇浑然一体。

"日暮汉宫传蜡烛，轻烟散入五侯家。"三、四两句转写寒食的节俗特征，却紧密结合着帝京来写——赐火。寒食例须禁火。但帝王权贵却可比一般百姓享有等级制度规定的特权。点出"日暮"，表明时间的推移，且为"传烛"作引。"传蜡烛"之"传"，即含有依次转授之意。宫中先以榆柳取新火以燃烛，然后再依照地位的高低，先显宦近臣，后一般官吏，然后及于民间。窦叔向《寒食日恩赐火》云："恩光及小臣，华烛忽惊春。电影（指火种）随中使，星辉拂路人。幸因榆柳暖，一照草茅贫。"可以清楚看出"蜡烛"由宦官从宫中依次传出的顺序：先贵近（窦诗中略去，从"恩光及小臣"句可想），后小臣，后平民。这里截取的正是"传火"过程中最早也最风光的一幕：威风凛凛的宦官骑着高头大马，将蜡烛新火首先传递给显赫的权贵近臣，让他们最先享受到皇帝的恩宠。随着走马传送的嘚嘚蹄声，"五侯"之家纷纷升起了新火带来的缕缕轻烟。"轻烟散入"四字，正形象地表现了"五侯"所首先享受到的恩光和荣耀。诗人在描绘这种景象时，明显带有欣美、欣赏、向往的感情色彩。他是把"传火"先及"五侯"的场景当作寒食节的一道风景、一桩盛事来描绘渲染的。"五侯"在这里只不过一个符号，是显贵之家的代称，关键的问题是诗人的口吻神情中所流露的感情究竟是欣美还是厌恶。

自清初高士奇、贺裳等人首创讽刺之说以来，后世解此诗者纷纷附和，除讽刺对象究竟是指贵戚还是宦官有分歧外，在寓讽这一根本点上几乎是空前一致（除俞陛云持不同意见外）。实际上，这种说法无论是从这首诗本身的神情口吻、形象意境上看，还是从韩翃现有的全部诗作看，都找不出任何实际依据。我们看他的《羽林骑》《赠张千牛》《少年行》等作，虽所写对象不过是羽林军骑、千牛将军乃至游侠少年，但神情口吻之间流露的已全是欣美之情，更不用说寒食先受赐火恩宠的"五侯"了。但也不必因此而贬低这类作品。作为京城寒食特征景象的素描，这首诗写得既华美清丽，又潇洒轻扬，生动地展现出繁华贵盛的帝京气象，自有其美学价值。人为地拔高其思想价值，或斥之为粉饰升平，似乎都不尽符合实际。作品所描绘的客观现象可能会引发读者皇恩先及权贵的联想，但这和诗人主观上是否寓讽是两回事。至于德宗赏爱此诗的同一事实，或因此得出讽刺微婉的结论，或相反得出德宗有感悟之意而特用之的结论，那就更是任意评说，毫无定准了。

郎士元

　　郎士元，字君胄，定州（今属河北）人。天宝十五载（756）登进士第。宝应元年（762）补渭南尉。广德二年或永泰元年（764或765）入朝为拾遗。大历中后期为员外郎。大历后期出为郢州刺史。后曾任某司郎中。卒于建中末或贞元初。诗与钱起齐名，时称"前有沈、宋，后有钱、郎"。《中兴间气集》谓"自丞相以下，出使作牧，二君无诗祖饯，时论鄙之……就中郎公稍更闲雅，近于康乐"。《全唐诗》编其诗为一卷。

送杨中丞和蕃①

　　锦车登陇日②，边草正萋萋③。旧好寻君长④，新愁听鼓鼙⑤。河源飞鸟外⑥，雪岭大荒西⑦。汉垒今犹在，遥知路不迷。

[校注]

　　①杨中丞，御史中丞杨济。《旧唐书·吐蕃传下》："永泰二年（766）二月，命大理少卿兼御史中丞杨济修好于吐蕃。"诗当作于其时。蕃，指吐蕃。②锦车，以锦为饰的车。《汉书·西域传下·乌孙国》："冯夫人锦车持节，诏乌就屠诣长罗侯赤谷城，立元贵靡为大昆弥，乌就屠为小昆弥，皆赐印绶。"颜师古注引服虔曰："锦车，以锦衣车也。""锦车"因而常用作出使外国或边地使车的美称。虞世南《拟饮马长城窟》："前途锦车使，都护在楼兰。"陇，陇山，在今陕西、甘肃交界处。赴西北边地或吐蕃须度越陇山。③萋萋，草茂盛貌。④旧好，指唐与吐蕃素为友好的与国。《新唐书·吐蕃传上》："（贞观）十五年，妻以宗女文成公主，诏江夏王道宗持节护送，筑馆河源

王之国。弄赞率兵次柏海亲迎，见道宗，执婿礼恭甚。""中宗景龙二年，还其昏使……明年，吐蕃更遣使者纳贡，祖母可敦又遣宗俄请昏，帝以雍王守礼女为金城公主妻之。"故唐与吐蕃素为舅甥之国。君长，指当时吐蕃的首领。寻，《全唐诗》校："一作随。"⑤鼓鼙，军中的大鼓与小鼓，此借指战伐之声。广德元年（763）后，吐蕃连年入侵，战争激烈。⑥河源，指黄河发源地一带。《新唐书·吐蕃传上》："玄宗开元二年，其相坌边延上书宰相，请载盟文，定境于河源。"《旧唐书·吐蕃传上》："（开元）十八年……诏御史大夫崔琳充使报聘。仍于赤岭各竖分界之碑，约以更不相侵。"赤岭在今青海西宁西，亦近河源一带。⑦雪岭，泛指吐蕃境内积雪的山岭。大荒，荒远的边地。

[笺评]

吴曾曰：张文潜曰："新月已生飞鸟外，落霞更在夕阳西。"盖用郎士元《送杨中丞和蕃》诗耳。郎诗云："河源飞鸟外，雪岭大荒西。"（《能改斋漫录》卷五）

胡应麟曰：郎君胄"春色临关尽，黄云出塞多""河源飞鸟外，雪岭大荒西"，句格雄丽，天宝馀音。（《诗薮》）

许学夷曰：五言律，士元如"河源飞鸟外，雪岭大荒西"。……雄丽有类初唐。（《诗源辩体》卷二十一）

邢昉曰：气象雄阔，与杜相似。（《唐风定》）

纪昀曰：汉有征蕃之垒，今乃有和蕃之使，讽刺入骨。此等处虚谷皆不讲。（《瀛奎律髓汇评》卷三十引）

乔亿曰：五、六浑阔，不减右丞边塞诸诗，钱、刘勿论也。（《大历诗略》卷三）

吴瑞荣曰：开炼精切，发响璆然。沈、宋能事，莫加于此。（《唐诗笺要》）

王寿昌曰：唐人佳句，有可以照耀古今，脍炙人口者，如……

"河源飞鸟外，雪岭大荒西"……此等句当与日星河岳同垂不朽。（《小清华园诗谈》卷下）

[鉴赏]

这首送大理少卿兼御史中丞杨济赴吐蕃修好的五律，作于永泰二年（766）二月。吐蕃自代宗广德元年（763）以来，连年侵扰。元年十月，寇泾州，犯奉天、武功，京师震骇，代宗奔陕州，吐蕃入长安。二年（764）八月，仆固怀恩引回纥、吐蕃十万众将入寇，京师震骇，十月，怀恩引回纥、吐蕃至邠州。又围凉州。永泰元年（765）九月，仆固怀恩诱回纥、吐蕃、吐谷浑、党项、奴剌数十万人同时入寇，吐蕃大将尚结悉赞摩、马重英等从北路往奉天。十月，吐蕃退至邠州，遇回纥，又联合入寇，至奉天，围泾州、屯北原。永泰二年二月命杨济修好于吐蕃，正是在吐蕃连年侵扰的形势下，唐王朝被迫所采取的一次修好行动。这种特殊的形势和背景，对于理解这首诗的内容意蕴，有着重要的意义。

"锦车登陇日，边草正萋萋。"首联想象杨中丞使车登陇时的情景。陇山在唐代繁荣昌盛的时代，只是一道天然的地理分界线，陇山东西虽自然风物殊异，却离唐王朝西北的边境很远。但安史之乱以来，陇右、河西两镇精兵内调，边防空虚，吐蕃陆续攻取两镇所属各州。特别是广德元年以后数年间，西北数十州相继失守，自凤翔以西、邠州以北，均成吐蕃领地。陇山因此也成了当时唐、蕃之间实际的边界。装饰华美的锦车本是天朝上国使臣身份显赫的标志，茂盛的春草本应给人以生机盎然之感，但一将"登陇"与"边草"联系起来，便自然透露出唐王朝在内忧外患的夹攻中疆土逼仄的现实处境，而诗人和被送者目接或想象此境时的悲凉感触也隐隐传出。如果单纯将此联看成点杨中丞启程时季候景物，不免浅会诗意。

"旧好寻君长，新愁听鼓鼙。"颔联点题内"和蕃"。唐与吐蕃自唐太宗下嫁文成公主、中宗下嫁金城公主以来，世为舅甥之国，开元中又于赤岭会盟立碑，约以更不相侵，故称吐蕃为"旧好"。但如今这素称甥国的"旧好"却趁乱屡次侵掠占领唐王朝的领地，致使作为天朝上国的唐朝竟不得不屈尊派遣使臣，不远万里，前往修好。"寻君长"的"寻"字值得玩味，说明唐王朝的君主如今已不再像强盛时那样，高居长安宫阙，坐等吐蕃来朝贡，来求亲，而是特遣使臣、寻访对方的君长，以求修好了。强弱态势的互易，导致了主宾的易位，"寻"字中正透出一种屈辱的悲凉和感慨。下句"新愁听鼓鼙"补足上句，正指吐蕃连年入侵，战事不断，京师告急的情景，这也正是"旧好寻君长"的现实背景。就在杨中丞出发前数月，吐蕃即有一次联合回纥入侵的军事行动，故说"新愁"。"听"字加强了战争不断进行的现场感和紧急气氛，它使上句的"寻"字中包含的无奈更加突出了。

"河源飞鸟外，雪岭大荒西。"腹联进一步遥想杨中丞出使吐蕃途经河源、雪岭一带的情景。黄河源头一带，昔日唐王朝强盛时，是唐、蕃分界之地，如今已经成为飞鸟所不能及的吐蕃腹地，说"飞鸟外"，正见其远出天外，而诗人翘首遥望凝望之态亦如在目前。下句"雪岭"非指岷山雪岭，因为岷山之东为成都平原，沃野千里，不应称"雪岭大荒西"。此"雪岭"当指吐蕃境内诸积雪皑皑的群山，其山岭正处荒远的青藏高原之西，故云。这一联境界壮阔，气象雄浑，声调高亮，骨格遒劲，俨然盛唐余响，向被评家推为佳联，但和前后诸联联系起来体味，却感到在雄浑壮阔、高亮遒劲之中隐隐透出一种旷远孤寂感，这正是时代衰飒氛围在诗人心中的投影。

"汉垒今犹在，遥知路不迷。"汉垒，即唐垒，指唐朝盛时在河源一带地区所筑的营垒，非指汉时的营垒（纪昀谓"汉有征蕃之垒"，非）。尾联承腹联"大荒"之语，谓杨中丞一行值此旷远孤寂之境，虽一路辛苦寂寞，但盛时唐军所筑旧垒犹在，尚可指引路程，不致迷误，言外则见昔日之营垒，犹可想见当时国家之强盛，找回一点自信。诗也就在透露出一丝乐观的气息中结束。"遥知"二字总绾全篇。

柏林寺南望①

溪上遥闻精舍钟②，泊舟微径度深松③。青山霁后云犹在④，画出东南四五峰。

[校注]

①柏林寺，所在未详，据诗题，诗人系泊舟溪边而南望柏林寺及诸峰，非登柏林寺而南望。②精舍，僧人居住之处，此指柏林寺。③微径，细小的山路。度深松，指山上的小径蜿蜒伸展，度越青松丛中。"微径度深松"系"泊舟"时所见。④霁后，雨后放晴。

[笺评]

陆次云曰：云画峰耶？峰画云耶？天然笔意。（《唐诗善鸣集》）

宋宗元曰：（三、四句）须其自来，不以为构。（《网师园唐诗笺》）

俞陛云曰：诗仅平写寺中所见，而吐属蕴藉，写景能得其全神。首二句言闻钟声而寻精舍，泊舟山下，循小径前行，松林度尽，方到寺门。在寺中登眺，霁色初开，湿云未敛，西南数峰，已从云隙参差而出，苍润欲滴。诵此诗如展秋山晚霁图，所谓"欲霁山如新染画"也。（《诗境浅说》续编）

富寿荪曰："青山"二句，写遥峰初霁，有画笔所不能到。王安石《初晴》"前山未放晓寒散，犹锁白云三两峰"，状景亦工，但不及其空灵隽妙。（《千首唐人绝句》）

[鉴赏]

此诗极饶画意，读者所见略同。但由于诗题"柏林寺南望"极易理解为登柏林寺而南望，故自然将前两句理解为泊舟溪边而闻柏林寺之钟声，遂起登柏林寺之想而度山径越松林至柏林寺，后两句方正面写登寺而南望东南诸峰。这样一来，前两句遂成为与"柏林寺南望"无关的题前乃至题外文字，而原本一幅完整的画面也被割裂成两幅画面——溪边泊舟望寺图与登寺望东南诸峰图。直接破坏了意境的浑融完整。其实所谓"柏林寺南望"，实即"南望柏林寺"。"望"的立脚点即在溪边的舟上，而诗中所写的一切景物，均为"泊舟"时所闻所见。

"溪上遥闻精舍钟，泊舟微径度深松。"前两句当作为一个整体一气连读。"溪上""泊舟"点明诗人所处的位置是在溪边的舟上，因为是"泊舟"岸边，方能从容视听观赏。"遥闻精舍钟"，写泊舟溪边时听到远远传来的寺中的钟声。为什么先写遥闻寺钟，这和雨霁有密切关系。由于雨刚停歇转晴，山上仍被湿云遮掩，寺庙及山上景物仍若隐若现，看不真切，而柏林寺的钟声却透过云雾清晰地传到泊舟溪边的诗人耳中。这寺钟的悠远清响自然引起诗人对寺庙的向往，故循声而遥望山上，但见云雾迷漫中，一条蜿蜒曲折的山径向松林深处伸展，而柏林寺的钟声，就是从那深松中悠悠传出的。两句由听而望，由钟声而引出白云深松之中的柏林寺，写得既步骤井然、引人入胜，又境界悠远、缥缈恍惚，为三、四句集中写遥望中的雨霁诸峰酝酿了气氛。

"青山霁后云犹在，画出东南四五峰。"三、四两句，进一步写泊舟溪上南望柏林寺所见。柏林寺在南面的山上。而这山并非孤峰峙立，而是四五座山峰连绵相接。雨后晴霁，青山如洗，但这里那里，还缭绕飘浮着缥缈的白云，远远望去，柏林寺所在的东南四五座山峰，就像高明的造化妙手"画出"的一幅青山晴霁图一般。说雨后晴霁，白云缭绕青山，风光如画，虽也境界明丽优美，但还是一般的形容。妙在"画出"二字，紧承"青山霁后云犹在"，见出这"画"的主体仿佛是大自然的造化施展的丹青妙笔使然，从而使人感到大自然本身所创造的美远胜于人间的丹青妙手，诗的意境也显得更加灵动缥缈，引人遐思。作为"柏林寺"的更广远的背景，这如同造化画出的"东南四五峰"也使全诗的境界在遥"望"中显得更为悠远了。

耿湋

耿湋（736—787），字公利，蒲州（今山西永济）人。宝应二年（763）登进士第，任左卫率府仓曹参军。约广德二年（764）改盩厔尉。约大历初因王缙荐，擢左拾遗。大历九年（774）秋奉使往江淮括图书。十二年坐元载、王缙事贬许州司仓参军，量移郑州司仓参军。约建中三年（782）任河中府兵曹参军。转京兆府功曹参军，贞元三年（787）十一月廿六卒于任。长于五言古诗。在"大历十才子"中，耿湋的诗风比较朴素少雕饰，善写世态人情与乱离荒凉景象，前者如《春日即事》（其二）、《邠中留别》，后者如《宋中》（日暮黄云合）、《路旁老人》、《秋日》。《全唐诗》编其诗为二卷。生平见《唐故京兆府功曹参军耿君墓志铭并序》）。

秋　日

返照入闾巷①，忧来谁共语？古道少人行，秋风动禾黍②。

[校注]

①返照，夕阳反射的光照。闾巷，犹里巷。②《诗·王风·黍离》："彼黍离离，彼稷之苗。行迈靡靡，中心摇摇。知我者，谓我心忧；不知我者，谓我何求。""秋风动禾黍"与次句"忧来"均化用其意。《诗序》曰："《黍离》，悯宗周也。周大夫行役至于宗周，过故宗庙宫室，尽为禾黍，悯周室之颠复，彷徨不忍去而作是诗也。"

[笺评]

范晞文曰：唐人五言四句，除柳子厚"钓雪"（按即《江雪》）一诗之外，极少佳者。今偶得四首，漫录于此。《玉阶怨》云（诗略）。

《拜月》云（诗略）。《芜城怀古》云（诗略）。《秋日》云（诗略）。前二篇备婉娈之深情，后两首抱荒寂之馀感。（《对床夜语》卷四）

唐汝询曰：模写索居之况，情景凄然。（《唐诗解》卷二十三）

桂天祥曰：浅语自觉摇落，佳句，佳句！（《批点唐诗正声》）

郭濬曰：布景萧寂，只一句入情。妙，妙！（《增定评注唐诗正声》）

凌宏宪集评《唐诗广选》：感慨语，却泠然。

《唐诗训解》：只言落日秋风，便见无人。

邢昉曰：得摩诘辋川诗意。（《唐风定》卷二十）

周珽曰：闲雅多神韵。（《删补唐诗选脉笺释会通评林·中五绝》）

徐增曰：前二句，是巷无居人；后二句，是空谷足音。睹此秋日，能无离索之感！（《而庵说唐诗》卷九）

潘德舆曰：《唐人万首绝句》其原本不为不富，渔洋选之，每遗佳作。随意简出，如……耿沣"返照入闾巷"……皆天下之奇作，而悉屏不登，何也？（《养一斋诗话》卷一）

俞陛云曰：往者《麦秀》之歌，《黍离》之什，乃采蕨遗民，过旧京而凭吊，宜其音之哀以思也。作者于千载下，望古遥集，百忧齐来。诗言夕阳深巷之中，抑郁更共谁语？乃出游以写忧。但见古道荒凉，寂无人迹，往日之楚存凡丧，项灭刘兴，以及钟鸣鼎食之家，璧月琼枝之地，都付于水逝云飞，所馀残状，唯禾黍高低，在西风落照中，动摇空翠。可胜叹耶！（《诗境浅说》续编）

刘永济曰：二十字中有一片秋天寥沉之气。（《唐人绝句精华》）

刘拜山曰：禾黍秋风之句，凄然有故国之思，岂作于朱泚称帝时耶？（《千首唐人绝句》）

[鉴赏]

这首仄韵五绝虽以"秋日"为题，内容却不只是描绘一般的秋日萧瑟景象，而是渲染一种乱后荒凉萧条、空寂凄清的境界，渗透万绪悲凉、无可告语的忧思，虽思深而忧广，表现却朴素含蓄，极富韵味。

"返照入闾巷"。起句写秋日的残阳斜照映入深幽的里巷之中。闾巷本是平民百姓聚居之处，在承平年代，无论城市乡镇，闾巷中传出的是热闹喧阗的人间生活气息，即使在渭川那样的隐居之地，也照样有"斜阳照墟落，穷巷牛羊归。野老念牧童，倚杖候荆扉"这种和平安恬、充满人情味的景象。可是眼前的这条"闾巷"却空寂寥落，杳无人迹（从下文"谁共语""少人行"可知）。秋日惨淡的斜阳残照映入这空荡荡的闾巷，更增添了空寂凄清、荒凉萧森的色彩。

"忧来谁共语？"次句由环境氛围转到诗人自身的情思上来。劈头一个"忧"字，揭示出诗人身处此境时自然触发的忧思。这种忧思，和末句的"秋风动禾黍"联系起来，明显是化用《诗·王风·黍离》"彼黍离离，彼稷之苗。行迈靡靡，中心摇摇。知我者，谓我心忧；不知我者，谓我何求"之语、意，具体指对于国家命运的深切忧思和对乱后荒凉残败景象的无限忧伤。而这种忧思和忧伤，虽触绪万端，不可断绝，却无可告语。之所以如此，表面上似是因为眼前空寂无人，找不到倾诉的对象，但更深层的意蕴，则未尝没有"众人皆醉我独醒"之意。就以同时酬唱的"大历十才子"来说，在钱起、韩翃、李端等人的诗作中，对于乱后暂时出现的表面承平气象的歌颂乃至粉饰已经显露端倪。在这种诗坛风气中，耿湋也许真感到自己"忧来谁共语"了。这是一种独醒者的寂寞与深忧。

"古道少人行，秋风动禾黍。"三、四两句由空廓萧森的"闾巷"转到寂无人行的"古道"，随步换形，写古道所见的另一种荒凉景象。行走在眼前这条历史悠久的"古道"上，昔日车马交驰、行人熙攘的景象不见了，路上杳无人迹，只见道旁的田野上，秋风萧瑟，吹动田中的禾黍，摇荡不已，沙沙作响。禾黍在秋风中摇荡的景象，正烘托出村巷的空寂无人，荒凉萧条。而目睹此景象的诗人，自不免中心摇摇，触绪百忧，难以为怀。诗以景结情，不着一字正面抒情，而诗人的忧国伤世情怀已充溢流注于笔端。这样的结尾，极隽永而有韵味。

卢 纶

卢纶（约744[①]—约798），字允言，蒲州（今山西永济）人。安史乱起，避乱寄居鄱阳。大历初，数举进士不第。约大历六年（771），经宰相元载推荐，补阌乡尉，迁密县令。后因王缙荐，为集贤学士、秘书省校书郎。十二年元载、王缙获罪，纶坐累去官。十四年调陕府户曹。建中元年（780）任昭应令。兴元元年（784）入河中节度使浑瑊幕。贞元十三年（797）秋，因其舅韦渠牟推荐，超拜户部郎中，未几卒。纶与吉中孚、韩翃、钱起、司空曙、苗发、崔峒、耿沣、夏侯审、李端皆能诗齐名，号"大历十才子"。宪宗诏中书舍人张仲素访集遗文，文宗遣中人悉索家笥，得诗五百篇。《全唐诗》编其诗为五卷。今人刘初棠有《卢纶诗集校注》。

［注释］

①旧据《纶与吉侍郎……》云："八岁始读书，四方遂有兵……是月胡入洛，明年天陨星。"天宝十四载十二月，安史叛军攻陷洛阳。是年卢纶八岁，则当生于天宝七载（748），然据其父卢元翰撰妻《韦氏（卢纶生母）志》，韦氏天宝元年与元翰结婚，四载三月卒，则纶当生于天宝二年或三载。

和张仆射塞下曲六首[①]

其 二

林暗草惊风[②]，将军夜引弓。平明寻白羽[③]，没在石棱中[④]。

其 三

月黑雁飞高，单于夜遁逃⑤。欲将轻骑逐⑥，大雪满弓刀。

[校注]

①张仆射，有二说，文研所《唐诗选》谓指张延赏。《旧唐书·张延赏传》："张延赏，中书令嘉贞之子……贞元元年，以宰相刘从一有疾，诏征延赏为中书侍郎、同中书门下平章事。与凤翔节度使李晟不协，晟表论延赏过恶，德宗重违晟意，延赏至兴元，改授左仆射。……贞元三年……复加同中书门下平章事……七月薨，年六十一。"张延赏《塞下曲》原作已佚，卢纶和作六首，作于河中浑瑊幕期间。这组诗最早见于令狐楚编选之《御览诗》，题作《塞下曲》。第三首"月黑雁飞高"一作钱起诗，非。傅璇琮《唐代诗人丛考·卢纶考》、吴汝煜《全唐诗人名考》及陶敏《全唐诗人名考证》则均谓题内之"张仆射"指建封。傅《考》云："据《旧唐书》卷一四〇《张建封传》：'贞元四年，以建封为徐州刺史，兼御史大夫、徐泗濠节度支度营田观察使。……十二年，加检校右仆射。十三年冬，入觐京师，德宗礼遇加等……'张建封卒于贞元十六年……卢纶此诗有极大可能作于贞元十三年冬张建封入朝及第二年贞元十四年（797—798）还朝期间……卢纶当是在张建封入朝时，为称颂张建封的武功而作此诗。"陶敏《考证》引权德舆《张建封文集序》"歌诗特犹，有仲宣之气质，越石之清拔"，以证建封之能诗。而刘初棠《卢纶诗集校注》则据组诗第六首"亭亭七叶贵"之句，谓建封父张玠乃一介白衣，而延赏祖孙三代为相。卢纶此诗当和延赏作，或作于贞元二年（786）秋。按：刘说较优，兹从之。陈尚君疑此张仆射指曾任尚书左仆射之张献甫，系卢纶弟媳之父。详《卢绶墓志》。②《易·乾》："云从龙，风从虎，圣人作而万物睹。""草惊风"，暗示有虎。③白羽，指羽箭尾部装置

的白翎。④没，陷入。石棱，石头的棱角，亦指多棱的山石。此指后者。《史记·李将军列传》："广出猎，见草中石，以为虎而射之，中石，没镞，视之，石也。"此二句暗用其事。又，《韩诗外传》卷六："昔者楚熊渠子夜行，见寝石，以为伏虎，弯弓而射之，没金饮羽，下视，知其为石。"事与之相类。《吕氏春秋·精通》："养由基射兕中石，石乃饮羽，诚乎兕也。"⑤单于，汉时匈奴君长的称号。此借指当时北方民族的君长。⑥将，率领。轻骑，轻装快捷的骑兵。逐，追逐。《六韬·五音》："夜半，遣轻骑往至敌人之垒。"

[笺评]

贺裳曰：《塞下曲》六首俱有盛唐之音，"平明寻白羽，没在石棱中"一章尤佳。人顾称"欲将轻骑逐，大雪满弓刀"，虽亦矫健，然殊有逗留之态，何如前语雄壮！（《载酒园诗话又编·卢纶》）

李锳曰：暗用李广事，言外有边防严肃、军威远振之意。（《诗法易简录》）

潘德舆曰：诗之妙全以先天神运，不在后天迹象……卢纶"林暗草惊风"，起句便全是黑夜射虎之神，不至"将军夜引弓"句矣。大抵能诗者无不知此妙。低手遇题，乃写实迹，故极求清脱，终欠浑成。（《养一斋诗话》卷二）

俞陛云曰：此借李广事，见边帅之勇健。李广射虎事，仅言射石没羽，纪载未详。夫弓力虽劲，没镞已属难能，而况没羽。作者特以"石棱"二字表出之。盖发矢适射两石棱缝之中，遂能没羽，于情事始合。卢允言乃读书得间也。（《诗境浅说》续编）

刘拜山曰：此首写将军雄武，隐括李广故事，而"林暗"句宛似猛虎欲出，设景尤妙。（《千首唐人绝句》）

（以上评第二首）

李攀龙曰：中唐音律柔弱，此独高健，得意之作。此见边威之壮，

守备之整，而惜士卒寒苦也。允言语素卑弱，独此雄健，堪入盛唐乐府。（《唐诗训解》）

钟惺曰：中唐音律柔弱，独此可参盛唐。（《唐诗归》）

许学夷曰：纶五言绝"月黑雁飞高"一首，气魄音调，中唐所无。（《诗源辩体》卷二十一）

邢昉曰：音节最古，与《哥舒歌》相似。（《唐风定》卷二十）

周敬曰：中唐高调，句句挺拔。（《删补唐诗选脉笺释会通评林·中五绝》）

黄生曰：（三、四）倒叙。言虽雪满弓刀，犹欲轻骑相逐。一顺看即似畏寒不出矣，相去何营天渊！"夜"字一本作"远"，不惟使句法不健，且惟乘月黑而夜逐，方见单于之在困中。若远而后逐，则无及矣。只争一字，而意悬远若此，甚矣书贵善本也！（《唐诗摘抄》卷二）

沈德潜曰：卢纶《塞下曲》二首"林暗草惊风""月黑雁飞高"雄健。（《重订唐诗别裁集》卷十九）

乔亿曰：末首何酷似西鄙人《哥舒歌》也！（《大历诗略》卷二）

李锳曰：上二句言匈奴畏威远遁，下二句不敢邀开边之功，而托言大雪，便觉委婉，而边地之苦亦自见。（《诗法易简录》）

俞陛云曰：前二首仅闲叙军中之事，此首始及战争。言兵威所震，强虏远遁。月黑雁飞，写足昏夜潜遁之状。追奔逐北者，宜发轻骑躏之，而弓刀雪满，见漠北之严寒，防边之不易也。（《诗境浅说》续编）

朱宝莹曰：首句对景兴起，次句入正意。三句追进一层，承次句意，四句确是逐时情景。"雪"字映上"月"字。［品］壮健。（《诗式》）

刘拜山曰：黑夜逐北，大雪纷飞，似状行军之难，实见将士之勇，写来情景壮绝。（《千首唐人绝句》）

［鉴赏］

卢纶《和张仆射塞下曲六首》，是一组组织严密、首尾完整的五绝组诗。六首分写军中操练、将军夜猎、追逐遁敌、宴饮庆功、呼鹰射雉、功高不名。刘永济《唐人绝句精华》云："此题共六首，乃和张仆射之作，故诗语皆有颂美之意，与他作描绘边塞苦寒者不同。"颂美的具体对象，当即张延赏。从和作推测，张延赏的原唱当亦写军中生活及征战庆赏等情事。文研所《唐诗选》谓"卢纶答和此诗时，正在浑瑊镇守河中的幕府中当幕僚。"似可从。在河中浑瑊幕期间，卢纶有《腊日观咸宁王部曲娑勒擒豹歌》，内容、风格与《塞下曲》近似，可为旁证。但诗并非歌颂浑瑊之作。

先看第二首。这一首写将军夜猎，其素材可能与诸多古籍中所载射石没羽之事，特别是流传最广的李广射石没镞之事有关，但这首诗却并非单纯敷演古事，而是借此富于戏剧性的素材表现将军的神勇，为第三首追逐遁敌渲染声势。

首句"林暗草惊风"，以突兀之笔凌空起势，渲染紧张氛围。漆黑的夜晚，幽暗的丛林中忽然传出一阵迅猛急疾的风声，使草丛猛烈摇动。着一"惊"字，不仅传神地表现出风之劲疾倏忽，草之披靡偃伏，且宛闻风声之杂沓呼啸。而林之暗、风之劲、草之惊，又暗示猛虎即在近处伺伏，使人联想到其随时跃出、森然欲搏人的态势。这一句纯从将军的视觉、听觉感受着笔，虽无一字写到虎，但却传神地渲染出了猛虎近在咫尺、跃然欲出的紧张气氛。

次句紧承，写将军引弓射虎。点明"夜"字，既应上"林暗"，又启下"平明"。上句极形情势之紧急。这一句写将军射虎，却显得气度从容而自信。"夜引弓"三字，殊可玩味。暗夜幽林之中，目不能辨，虽疑其有虎，却看不到对象，"引弓"而射，全凭循声辨踪的敏锐感受和应声而射的高超射技。故此句虽只平平道来，却自具一种从容镇定的大将风度。

"平明寻白羽，没在石棱中。""夜引弓"的战果如何？将军并没有立即寻检，这是因为将军基于对自己射艺的高度自信，早已料其必中鹄的，无须当场检验，只需明日清晨再清点战果即可。但结果却让人大出意料：昨夜射出的箭，没有射中猛虎，却射中了一块棱角凸起的巨石。写到这里，才透露出"将军夜引弓"之举乃是对"林暗草惊风"现象的一种错觉，而暗夜中巨石偃卧的模糊形状则更加强疑似有虎的错觉。

这好像是一场纯粹的误会。闻风吹草动，见巨石峥嵘而疑其为真虎，引弓而射的结果却射中了巨石。但诗人写这样一场戏剧性的误会，目的却是借此凸显将军的神勇。虎皮虽厚韧，利箭劲射自能贯穿；锋棱凸出的巨石，其坚硬的程度远超虎皮，而将军引弓而射的结果，不但直穿巨石，且使箭尾的白羽也陷没在巨石之中，则将军此一箭所发出的神力便远超乎人们的想象。正是这一误射，使将军的超常神勇得到了淋漓尽致的发挥。值得玩味的是，《史记·李将军列传》在"广出猎，见草中石，以为虎而射之，中石没镞，视之石也"之后，还有这样两句："因复更射之，终不能复入石矣。"这正说明，在以石为虎的紧急情况下，李广的神力得到超常的发挥；而一旦知其为石，则心理上无此应急机制，能力亦不再有超常发挥。而写将军的超常神勇，又正显示出他所统率的部队战无不胜、所向披靡的气势，为下"单于夜遁逃"渲染声势。

第三首写敌军夜遁、我军轻骑追逐。首句"月黑雁飞高"承第二首仍写暗夜景象。"月黑"，指没有月亮的夜晚；"雁飞高"，以雁之高飞兴起下句敌之夜遁。全句正写出一个幽暗微茫、便于敌人趁暗夜逃遁的环境。

第二句紧承首句，正面写敌军之夜遁。此前的情形，均略去不写。是两军交战，对方一触即溃，故乘夜追逐，还是听说我方主帅士兵英勇善战，故闻风而遁，抑或经艰苦战斗后对方自料不敌，故乘夜逃脱，均不作交代，任凭读者想象，但我方军威之令敌胆慑则全可想见。五绝篇幅极狭，此等可以省略不写的过程或具体情景自当略而不提，反增含蕴。

"欲将轻骑逐，大雪满弓刀。"三、四两句，承单于夜遁而有率轻骑夜逐之举，务求全歼敌军，以获全胜。黄生谓三、四"倒叙，言虽雪满弓刀，犹欲轻骑相逐"。此意固含于句中，但谓二句倒叙，则并不符合诗的语气口吻。盖第三句"欲"字透露，将军闻敌军夜遁，正欲率轻骑追逐之际，忽见纷扬的大雪洒满弓刀。"欲"之意愿在前，见大雪满弓刀之景象在后，次序之先后显然。而诗之高妙，正在欲逐未逐、忽见此大雪满弓刀景象时戛然而止。遂使此一景象定格为最富包孕的时刻，留下了大片空白给读者以丰富想象余地。诸如轻骑星奔、追亡逐北之势，大获全胜、尽歼残敌之景固可于想象得之。而将士之不畏艰苦，不避严寒，一往无前之战斗精神亦隐然可见。绝句篇幅有限的短处在这里正转化为长处。

这两首诗的风格都极雄健遒劲，适合它所表现的内容。但雄健遒劲的风格并没有导致发露无余，而是在雄健遒劲中兼具蕴蓄之致，其中的奥秘即在选取富于包孕的细节和时刻。第二首的"林暗草惊风"与白羽没石的细节，第三首的"欲将轻骑逐，大雪满弓刀"就是典型的例证。

晚次鄂州①

云开远见汉阳城②，犹是孤帆一日程。估客昼眠知浪静③，舟人夜语觉潮生。三湘衰鬓逢秋色④，万里归心对月明。旧业已随征战尽⑤，更堪江上鼓鼙声⑥！

[校注]

①题下原注："至德中作。"至德，指池州属县至德。"中"字衍。《新唐书·地理志》："池州……县四……至德，至德二载析鄱阳、秋浦置。"卢纶安史乱起后流寓鄱阳，后改为池州至德县。大历初，再举进士不第，归至德。次，途次止宿。鄂州，今武昌市。②汉阳，唐淮南道沔州治所，今湖北汉阳市。与鄂州隔江东西相对。汉阳在汉水之北。

③估客，指舟中的行商。④三湘，泛指湘江流域及洞庭湖地区。⑤旧业，原有的产业，包括田地、第宅等。⑥鼓鼙，军中的大鼓、小鼓。此以"鼓鼙声"代指战伐之声。

[笺评]

曾季貍曰：唐人江行诗云："贾客昼眠知浪静，舟人夜语觉潮生。"此一联曲尽江行之景，真善写物也。予每诵之。(《艇斋诗话》)

顾璘曰：第四句尤妙，但对上句却浅。五、六迥别。一结宛转，极悲。(《批点唐音》)

吴逸一曰：次联老江湖语。三联语忽不测。结悲酷入情。(《唐诗正声》)

郝敬曰：通体熟爽，是近体佳篇。(《批选唐诗》)

唐汝询曰：此亦伤乱之诗，盖独赴汉阳而作也。言前途虽不远而舟行则已久矣。是以习知估客、舟人之事，而我之客怀可胜道哉！愁鬓逢秋而愈凋，归心对月而弥切也。况旧业荡尽，兵戈不息，归期岂有日耶？(《唐诗解》卷四十四)

何景明曰：二联妙。(《删补唐诗选脉笺释会通评林·中七律下》引)

田艺蘅曰：乱后之辞，可怜。(同上引)

陈继儒曰：旅思动人，伤感却不作异调，故佳。(同上)

郭濬曰：情景不堪萧瑟。(同上)

邢昉曰：初联世所共称，不知次联更胜。(《唐风定》卷十七)

金圣叹曰：(前解)写尽急归神理，言望见汉阳，便欲如隼疾飞，立抵汉阳，无奈计其远近尚必再须一日也。三、四承之，言虽明知再须一日，而又心头眼底，不觉忽忽欲去，于是厌他估客胡故昼眠，喜他舟人斗地夜语，盖昼眠便是不思速归之人，夜语便有可以速去之理也。若只写景读之，则既云浪静，又云潮生，此成何等文法哉！(后解）后解言吾今欲归所以如此其急者，实为鬓对三湘，心驰万里，传闻旧业已无可归，而连日江行，鼓鼙不歇，谁复能遣，尚堪一朝乎哉？（《贯华堂选批唐才子诗》卷三）

陆次云曰：诗有高静之气，故白描而远绝于俚。（《五朝诗善鸣集》）

胡以梅曰："浪静"映"云开"，"夜语"由于"晚次"。三、四构句，曲尽水程情景，气度大方精妙。（《唐诗贯珠串释》）

何焯曰：惊魂不定，贪程难待，合下四句读之，意味更长。（《唐三体诗评》）又曰：前半极写归心之迫，却不露，所以次之故，至结句方说明，读之但觉其如画耳。（《唐律偶评》）

《唐诗鼓吹评注》：首言在鄂州，云开而望汉阳之城，固甚远矣。但以路计之，孤帆前去不过一日之程耳。若程途所历，昼则浪静于贾客高眠之际，夜则潮生于舟人絮语之时。而我身历其间，次三湘而生愁鬓，值彼凛秋；隔万里而动归心，对兹明月。因思余之旧业经征战之扰，故极萧条，更堪江上鼓鼙阗然不绝，当此乱离之际，犹在他乡而未归也，其不惆怅何如哉！（卷五）又眉批曰：浪静则可以兼程，潮生更宜夜发，乃胡为淹此留也？发"次"字暗呼起江上兵阻，非无根之铺叙。（此本题何焯、钱牧斋评注，眉批系何焯《唐律偶评》中语）

《唐诗鼓吹笺注》：总是彻底未眠急归情绪也。后四句一气赶下，是倒装文法。（"估客昼眠"二句下评）（此书题陆贻典、王清臣笺注，钱朝鼐、王俊臣参校）

黄生曰：此伤乱之作。"三湘"纪所来之地；"汉阳"纪所止之地。次句暗点所次之地。曰"犹是"者，客途淹泊，虽一日不可耐也。"浪静"明其阻风；"潮生"则可以鼓棹。复写二句，则上文之意见矣。旧业已尽，归将安处？然首丘之心固在，其如世乱未已何！（《唐诗摘抄》卷四）又曰："舟人"句：顺因句。"万里"句：虚眼句。（同上）

毛张健曰：与刘长卿"汀洲"之什，若出一手。盖大历齐名诸贤，其商榷既同，故臭味相通如此。（末句下总评）（《唐风肤诠》）

　　赵臣瑗曰：第六句中"归心"二字，是一篇之眼。前五句写"归心"之急，后二句写"归心"所以如此之急之故。"万里逢秋色"，则"愁鬓"不胜憔悴；"对月明"，则"归心"愈觉凄惶。字字真情，字字实理。（《山满楼笺注唐诗七言律》）

　　屈复曰：一归心急。二有咫尺千里意。中曰"衰鬓""归心"，人眼中耳中无限悲凉，故客眠、人语、秋色、月明，种种堪愁。用意深妙，全以神行，若与题无涉者。结言归亦无益，将来不知作何景象，愁无已时也。（《唐诗成法》）

　　沈德潜曰：读三、四语，如身在江舟中矣。诗不贵景象耶！（《重订唐诗别裁集》卷十四）

　　乔亿曰：有情景、有声调，气势亦足，大历名篇。（《大历诗略》卷二）

　　薛雪曰："估客昼眠知浪静"，是看他得意语；"舟人夜语觉潮生"，是唯我独醒语。（《一瓢诗话》）

　　宋宗元曰：（三、四二句）写景亲切。（《网师园唐诗笺》）

　　方东树曰：起句点题，次句缩转，用笔转折有势。三、四兴在象外，卓然名句。五、六亦兼情景，而平平无奇。收切"鄂州"，有远想。（《昭昧詹言》）

　　高步瀛曰：末句（江上鼓鼙声）疑指永王璘事。《通鉴·唐纪》三十五："至德元载十二月，永王璘镇江陵，薛镠等为之谋主，以为天下大乱，惟南方完富，宜据金陵，保有江表，如东晋故事。璘擅引兵东巡，沿江而下，江淮大震。二载二月戊戌，永王璘败死。"（《唐宋诗举要》卷五）

　　俞陛云曰：作客途诗，起笔须切合所在之境，而能领起全篇，乃为合作。此诗前半首尤佳。其起句言，江天浩莽，已远见汉阳城郭，而江阔帆迟，尚费行程竟日。情景真切，句法亦纡徐有致。三句言浪平舟稳，估客高眠。凡在湍急处行舟，篙橹声终日不绝，惟江上扬帆，但闻船唇啮浪，吞吐作声，四无人语，水窗倚枕，不觉寐之酣也。两句言野岸维舟，夜静闻舟人相唤，加缆扣舷，众声杂作，不问而知夜潮来矣。诵此二句，宛若身在江舟容与之中。可见诗贵天然，不在专工雕琢。五、六句言客子思乡，湘南留滞。结句言三径全荒，而鼙鼓秋高，犹闻战伐，客怀弥可伤矣。（《诗境浅说》丙编）

[鉴赏]

这首吟咏行旅生活的七律，由于生活体验与描写的真切，又融入了对时代乱离的感受，遂使它在同类作品中成为富于时代生活气息的佳篇。

首联写舟行望中所见，兼纪行程。诗人此次旅行，当是溯长江西上，而汉阳则是此行的目的地或由水而陆的一个重要转折地（从尾联及第六句推测，有可能是到汉阳后再转道北上回故乡蒲州）。"云开远见汉阳城，犹是孤帆一日程。"连日阴霾，江上云封雾锁，一片迷茫。此时忽然云开雾散，天气转晴，向西边远眺，舟行的终点汉阳城城郭已经在望了。长时间的舟行，生活本就单调，加上天气阴霾，更觉心情黯然。此时不但天气转晴，且汉阳在望，不觉心情为之豁然开朗。首句写望中所见，正透露出诗人内心的开豁与喜悦。下句却就势折转，说汉阳虽远远可见，计算程途，却仍有一整天的船程。上水船走得缓慢，故汉阳虽遥遥可见，走起来却费时。"犹是"二字折转，透露出可望而难即的些许遗憾和盼望早到舟行目的地的急切。二句一开一合，一纵一收，笔意曲折有致，声情跌宕多姿，传达出诗人远望之际心情的微妙起伏变化。而"犹是一日程"即透露出"晚次鄂州"的缘由。虽未明点题面，却紧扣题意。

"估客昼眠知浪静，舟人夜语觉潮生。"颔联分承一、二句。上句写未抵鄂州时舟中所见所感，从这一联看，诗人所乘的船并非自己独自租用，而可能是搭乘来往长江沿岸行商的商船，故船上有不止一个估客。这些估客，早就习惯了水上漂泊的生活，只要风平浪静，哪怕是大白天，也能安然酣睡。将"知浪静"与首句"云开"联系起来体味，可以推知近日来不但天气阴霾，云雾弥漫，而且江间风浪汹涌，舟行颠簸摇晃，更增艰苦迟滞。此刻云开雾散，风平浪静，故估客们均酣然昼卧。从"知浪静"三字中可以看出，诗人此时已置身船舱之中，他是从"估客昼眠"的情态中推知舱外江面上风平浪静的情景的。不仅体察真切细致，而且透露出一种悠闲静观的情趣。下句"舟人夜语觉潮生"，是写夜泊鄂州所闻所感。在夜半似梦非梦、半睡半醒的迷糊状态中，听到船夫们相互说话的声音，加上船的晃荡摇动之声，知道是夜潮上涨，船夫们正在固缆定舟了。暗夜身处船舱，"潮生"之状自然是看不见的，只能凭感觉感知。若只写因船身的晃动与潮水击舷之声而感知，便比较一般；这里写因"舟人夜语"而"觉潮生"，便新鲜生动，别饶情趣。这种体验，非久历江上舟行夜宿者不能有，此前亦从未有人道及。故这一联向为评家所称赏。尤为难得的是，二句纯用白描，以朴素平易的语言，新鲜而富于生活气息的细节（估客昼眠、舟人夜语），表达真切而独特的感受，遂能千古常新。

"三湘衰鬓逢秋色，万里归心对月明。"腹联转写"晚次鄂州"见月思归之情。"三湘"或言指潇湘、沅湘、蒸湘，或言指湘潭、湘乡、湘阴，实不必拘。唐人诗文中之"三湘"多泛指今湖南及洞庭湖一带广大地区，靠近洞庭湖的鄂州、汉阳也可以包含在内（王维《汉江临泛》"楚塞三湘接"可证）。此借指此时诗人身处之地，"秋色"则点所逢之时。以漂泊之身，"衰鬓"之年，羁泊异乡，又适逢秋色萧瑟之候，更觉孤寂凄清，思乡之情遂益发强烈。而蒲州故园，远在千里之外，独对江上明月，云山迢递，阻隔重重，归思遂绵绵不已。上句"逢"字，下句"对"字，或加倍渲染，或寓慨言外，虽情味隽永，却并不显得着力。上句宾，下句主，"衰鬓"而"逢秋色"，更觉归心之急切深浓。

尾联紧承"万里归心"，进一步抒写思归而不得的心情，并就眼前景收转作结。万里思归之心虽切，但长期的战乱，家乡蒲州的旧时产业早已荡尽，即使回到家乡，也形同无产业的游民，无以安居了，更何况眼前这江上，又处处传来军中鼙鼓的声音，战争的气息正充溢着大江南北，哪里又能找到一片安乐宁静的地方呢。末句转进一层，"更堪"二字，将万里思归的感情，与国家的忧患、战争的背景紧密联系起来，使诗人的旅泊思归之情带上了鲜明的时代色彩。

这首诗前两联着重写舟行旅泊，后两联着重写万里思归，二者之间本有天然联系。但从情调上看，前两联比较舒缓平和，后两联则转为凄楚伤感。前者侧重于写舟行旅泊真切的生活体验，后者侧重于写因秋色明月而触发的思乡情怀。二者之间的过渡，在颔联的"知浪静"与"觉潮生"中已暗暗透出。盖诗人在估客昼卧、舟人夜语之际并未入睡，其漂泊孤寂意绪实已暗启后幅之"归心"，此种过渡，不妨谓之有神无迹。

李 端

李端，字正己，赵州（今河北赵县）人。大历五年（770）登进士第，授秘书省校书郎。与钱起、卢纶、韩翃等文咏唱和，游于驸马郭暧之门。以清羸多病，辞官居终南山草堂寺。《新唐书·艺文志》著录《李端诗集》三卷。《全唐诗》编其诗为三卷。

拜新月①

开帘见新月，即便下阶拜。细语人不闻，北风吹裙带。

[校注]

①此诗一作耿沣诗。非。《乐府诗集》卷八十二、《万首唐人绝句》卷十一均作李端诗。而南宋陈思本耿沣集不载。拜新月，唐代宫廷及民间妇女均有拜新月以祈求福佑、诉说心事的习俗。《全唐诗》有张夫人《拜新月》诗云："拜新月，拜月出堂前。暗魄初笼桂，虚弓未引弦。拜新月，拜月妆楼上。鸾镜始安台，蛾眉已相向。拜新月，拜月不胜情，庭花风露清。月临人自老，人望月长明。东家阿母亦拜月，一拜一悲声断绝。昔年拜月逞容辉，如今拜月双泪垂。回看众女拜新月，却忆红闺年少时。"述拜月情事甚详，可参。

[笺评]

桂天祥曰：末句无紧要，用之便佳绝佳绝。（《批点唐诗正声》）

郭濬曰：语语幽细。末句无紧要，自好。（《增定评注唐诗正声》）

吴逸一曰：乐府贵深厚，此闺情中之幽细者。（《唐诗正声》评）

唐汝询曰：心有所怀，故望月即拜。以情诉月，而人不闻，独风吹裙带耳。此《子夜歌》之遗声也。（《唐诗解》卷二十三）

周敬曰：有古意，闺情中幽细者。（《删补唐诗选脉笺释会通评林·中五绝》）

江若镜曰：含不尽之态于十字之中，可谓善说情景者。（同上引）

陆时雍曰：有古意。（《唐诗镜》卷三十二）

邢昉曰：六朝乐府妙境。（《唐风定》卷二十）

黄生曰："北风"字老甚。"风吹裙带"，有悄悄冥冥之意。此句要从旁人看出，才有景。若直说出所语何事，便是钝汉矣。画家射虎但作弯弓引满之状。《洗砚图》但画清水满地，而弃一砚于中，与此同一关捩。（《唐诗摘抄》卷二）

季贞曰：含情言外，结得古乐府之妙。（清初张揔《唐风怀》引）

徐增曰："即便"，来得紧凑；"细语"又来得稳贴。望西拜月，而北风却横来吹动腰裙带子。你道是无人听，早已被北风逗漏消息也。（《而庵说唐诗》卷九）

《词谱》：此即唐仄韵五言绝句而语气微拗。填此词者，其平仄当从之。（卷一）

吴乔曰：句中不得有可去之字，如李端之"开帘见新月，即便下阶拜"，"即便"有一字可去。（《围炉诗话》卷三）

王尧衢曰："开帘见新月，即便下阶拜。"心有所怀，未开帘以前早已脉脉不得语矣。忽开帘而新见月，不免触动情怀，即便下阶而拜，思欲以情诉之月也。"细语人不闻"，此拜见而诉衷情，喁喁然细语，人岂得闻？却亦不便闻之于人也。"北风吹裙带"，语既不闻，但见北风吹动裙带。只此吹裙带时，又岂令人见乎？情致矕矕，有《子夜歌》之遗声。（《唐诗合解笺注》卷四）

沈德潜曰：对月诉情，人自不闻语也。近《子夜歌》。（《重订唐诗别裁集》卷十九）

黄叔灿曰：上三句写照，心事已是传神。但试思"细语人不闻"

下如何下转语？工诗者于此用离脱法，"北风吹裙带"，此诗之魂，通首活现矣。(《唐诗笺注》)

吴瑞荣曰：六朝乐府妙境，从太白《玉阶怨》《静夜思》脱胎。(《唐诗笺要》)

宋宗元曰：(末二句)隽不落佻。(《网师园唐诗笺》)

刘永济曰：三、四颇具风致，用意少而含意多也。(《唐人绝句精华》)

富寿荪曰：写闺人拜月诉情，宛然如见，韵致特胜。末句以景结情，方不意尽言中，最得用笔之妙。(《千首唐人绝句》)

[鉴赏]

这首仄韵五绝纯用素描，写一位年青女子拜新月的场景。拜月之举，自在对月自诉衷情，表达祈望。但诗的高妙之处，却正在避实就虚，撇开对人物内心感情愿望的正面描写，纯从侧面着笔，借人物的行动与景物烘托渲染，造成一种既鲜明如画又隐约迷离、含蕴丰富、情味隽永的境界。

前两句紧扣题面，叙写拜月之事。"开帘见新月，即便下阶拜。"十字中写了开帘—见新月—下阶—拜等四个紧相连贯的动作，而于"见新月"与"下阶拜"之间，又以"即便"这着意表明时间上紧相承接的虚词加以强调，从而凸显出女主人公拜新月行动之急切和诉衷情、表祈望之愿望的虔诚与迫切。写到这里，无论是诗人还是读者，都自然而然地会唤起一种愿望，想迫切知道女主人公"拜新月"时内心的隐秘。

但接下来三、四两句的描写却大出意外——"细语人不闻"。由于是内心深处的隐秘愿望，因此在拜月自诉时生怕周围有人听见，自然是悄声细语，不为人所闻。写到这里，似乎山穷水尽，无从揣测，亦无以为继了。但诗人却从旁观者的角度突作转笔——"北风吹裙带"，写出一幅虔诚拜月的女主人公在悄声细语、默默祈望之中，料峭的北风吹动裙带的情景。这仍是无言的沉默。但沉默中却包蕴了女主人公此刻的万千思绪和深切祈望。尽管这一切仍属诗人、读者并不能具体了解的内心隐秘，但诗人与读者却可透过这一细节、场景触摸到女子的内心世界。而且越是朦胧隐约，就越是能唤起人们探寻其内心隐秘的兴趣，从而使诗境分外隽永而具深长的韵味。而"北风吹裙带"的飘逸景象也进一步烘托出女主人公的身姿面影和超逸美好的风姿。

听　筝①

鸣筝金粟柱②，素手玉房前③。欲得周郎顾④，时时误拂弦⑤。

[校注]

①筝，古代拨弦乐器，形状似瑟。其弦数历代由五弦增至十二弦、十三弦、十六弦。《隋书·乐志下》："丝之属曰：一曰琴……四曰筝，十三弦，所谓秦声，蒙恬所作者也。"《急就篇》注："筝，瑟类也。本十二弦，今则十三。"李商隐《昨日》："十三弦柱雁行斜。"②鸣筝，弹筝。金粟柱，筝上用以系弦的木以金粟粒为饰，以形容筝之华贵。③玉房，以玉为饰的房屋，状其华美。或谓玉房系筝上安枕之处。④周郎，周瑜。《三国志·吴书·周瑜传》："瑜年二十四，吴中皆呼为周郎，少精意于音乐，虽三爵之后，其有阙误，瑜必知之，知之必顾。故时人谣曰：'曲有误，周郎顾。'"顾，回头看。⑤误拂弦，指故意弹错音调。

[笺评]

唐汝询曰：筝本秦女所习，误拂以邀周郎之顾，盖教坊曲也。

（《唐诗解》卷二十三）

邢昉曰：新意了不尖细，后人不及者，以非尖细则不得新也。（《唐风定》卷二十）

徐增曰：妇人卖弄身分，巧于撩拨，往往以有心为无心。手在弦上，意属听者，在赏音人之前，不欲见长，偏欲见短。见长，则人审其音；见短，则人见其意。李君何故知得恁细？（《而庵说唐诗》卷九）

王尧衢曰："鸣筝金粟柱"。筝为秦声，秦女习之，五弦筑身也。今形如瑟，不知谁所改作。或曰：秦蒙恬所造。金粟粒、玉房，俱筝上所有。"素手玉房前"。鸣筝者，素手在玉房之前也。"欲得周郎顾。"周瑜年二十四，吴中呼为周郎。精音乐，曲有误，必顾。时人谣曰："曲有误，周郎顾。""时时误拂弦"，假意拂弦误曲，以冀周郎之顾，盖将以怨红愁绿心肠，寄与知音者耳。（《唐诗合解笺注》卷四）

《唐诗归折衷》：唐云：翻弄在"欲""误"二字。吴敬夫曰：用事非诗家所贵，似此脱化乃佳。

沈德潜曰：吴绥眉谓因病致妍，语妙。（《重订唐诗别裁集》卷十九）

俞陛云曰：此诗能曲写女儿心事。银筝玉手，相映生辉，尚恐未当周郎之意，乃误拂冰弦，以期一顾。夫梅瓣偶飞，点额效寿阳之饰；柳腰争细，息肌服楚女之丸。希宠取怜，大率类此，不独因病致妍以贡媚也。（《诗境浅说》续编）

刘拜山曰：邀宠之情，曲曲传出，可谓隽而不佻。（《千首唐人绝句》）

［鉴赏］

和《拜新月》类似，这首五绝也好像一幅人物素描，描绘的对象也是年青女子，而所要透露的则是其内心的隐秘情愫。所不同的是《拜新月》是借助女子拜月时"细语人不闻，北风吹裙带"的行动和景象，避实就虚，引发读者的丰富想象；而这首《听筝》则通过女子弹筝时故意"时时误拂弦"的典型细节，明白揭示出其"欲得周郎顾"的内心隐秘。但由于这一典型细节本身的独特性和富于包孕，诗同样写得情味隽永，耐人吟味。

"鸣筝金粟柱，素手玉房前。"前两句写女子弹筝，当一气连读，意谓在华美的玉房前，女子的纤纤素手，在装饰华美的弦柱上弹奏出动人的乐曲。"金粟柱""玉房"等华丽的字面，透露出弹奏的地方是富贵之家。而"玉房"与"素手""金粟"的相互映衬，更显示出女子的冰肤雪貌和莹洁风神。虽未具体描绘其人，而其形神已隐约可见。

"欲得周郎顾，时时误拂弦。"周郎在这里既是知音者的代称，更是年青英俊的男主人公的代称。这位弹筝者可能是贵家的乐伎，或许是教坊的乐伎，似以前者的可能性较大。贵家多蓄声伎，以供主人娱乐。按照通常的情况，弹筝的乐伎总是力求在主人面前充分施展自己的弹奏技艺，以博得精通音乐的主人的欣赏。唯恐弹奏过程中出现错误，遭到知音主人的批评。但这位弹筝女子的心思却不在以高超的技艺博得知音主人的欣赏上，而是另有所图——希望自己能得到主人的特别眷顾。显然，她认为自己真正能引起对方注意的并不是高超的音乐技艺，而是曼妙的容颜和动人的风神。而对一位"知音"的主人来说，动人的乐曲和高超的演奏技艺只能使他如痴如醉地沉迷于音乐的意境中，而完全忽略了演奏者的存在。为了引起"知音"主人的注意，聪明的女子使出了意想不到的招数——用"误拂弦"的反常举动来引起这位"知音"周郎的特别注意。而一次乃至两次的"误拂弦"还不足引起对方的充分注意（以为只是演奏中偶然的疏忽失误），于是便"时时"而"误拂"，对方这才感到演奏者举动的异常，而不得不一顾而再顾，从而使自己的容颜得到了对方充分的注意。诗写到这里，即收行束。以后的情节发展，便全凭读者驰骋想象。

欲求知音赏，本是演奏者的普遍愿望。但这位弹筝女子希望对方欣赏的却不是"艺"而是"貌"或"色"，于是便有了反常而合乎其特殊愿望的举动。透过这一反常而合理的典型细节，将弹筝女子对英俊而知音的主人的倾慕，希望引起对方注意和眷顾的隐秘愿望，以及为了达到这一目的而施展的小聪明乃至狡狯，当然还有对自己容颜的自信自赏，她的大胆与娇羞，都不着痕迹地表现出来了。典型细节在短小的五绝中所具有的丰富蕴含，在这首诗中得到了最充分的体现。这正是它虽明白揭示"欲得周郎顾"的愿望，却仍然耐人咀嚼的原因。

司空曙

司空曙，字文明，一字文初。广平（今河北永年）人。一说京兆（今陕西西安市）人。安史之乱中避难寓居江南。约大历初登进士第。六、七年间任拾遗，与钱起、卢纶等文咏唱和。大历末贬长林丞。任满后久滞荆南。贞元初佐剑南西川节度使韦皋幕，检校水部郎中。官终虞部郎中。曙为大历十才子之一，五律、五绝、七绝均有佳作。《新唐书·艺文志》著录《司空曙诗集》二卷；《全唐诗》编其诗为二卷。

贼平后送人北归①

世乱同南去，时清独北还②。他乡生白发，旧国见青山③。晓月过残垒④，繁星宿故关⑤。寒禽与衰草，处处伴愁颜。

[校注]

①贼平，指安史之乱平定。唐代宗宝应二年（763）正月，史朝义兵败自缢，长达八年的安史之乱终告平定。②所送之人安史之乱爆发后与诗人同至江南避难，乱平后其人独自北还故国，故云。③旧国，指北方广大的中原故土。④残垒，残存的战时堡垒。"过"与下句的"宿"，均指所送之人而言。

[笺评]

何景明曰：中唐雅调，颔联甚不费力，甚不浅促。观其结句，尤不免有伤悲之意，其与《诗经》"鸿雁于飞，哀鸣嗷嗷"，同一用意。（《删补唐诗选脉笺释会通评林·中五律》引）

李维桢曰：用意闲逸，殊令峭削。（《唐诗隽》）又曰：此诗乃安

禄山贼平后送人北归。（同上）

徐献忠曰：“他乡生白发，旧国见青山。”情寄婉转，绰有馀思。（《删补唐诗选脉笺释会通评林·中五律》引）

周珽曰：此与“旧时闻笛泪”一章，悲调自饶神韵，不必深远。（《删补唐诗选脉笺释会通评林·中五律》）

黄生曰：（“世乱”二句）对起。全篇直叙。四即“国破山河在”意，即“楚国苍山古”意，总写乱后事事非故，唯有青山似旧时而已。五言起之早，六言宿之晚。刘文房《穆陵关》作，独三、四二语居胜，全首雅润尚不及此篇。（《唐诗摘抄》卷一）按：刘长卿《穆陵关北逢人归渔阳》已见本编。

沈德潜曰：四语与“残阳见旧山”同妙。（《重订唐诗别裁集》卷十一）

乔亿曰：“见青山”，言城郭人民尽非也。（《大历诗略》）

范大士曰：已在他乡，则生白发；人归故国，便见青山，观起句“同”字“独”字，可知作意。五、六形容在路之景。末仍叹己之流滞不能归也。（《历代诗发》）

喻守真曰：律诗中句法，最宜讲究，八句要不尽同。尤其在两联中，句法不能一样。如本诗中两联，就犯此病。因为四句中，动词都用在第三字，都是以一个动词贯穿上下两个名词，并且四个名词，又各带着一个形容词。因此，“晓月过残垒”，可对“旧国见青山”。造成四句相同的句法。明王世懋《艺圃撷馀》也指摘唐人诗中很多这种毛病，谓“在彼正不自觉，今人用之，能无受人揶揄？”他称这种病为“四言一法”，学者不可不知避免。至于本诗的好处，则在处处不脱乱后的景象。所谓“旧国”“残垒”“寒禽”“衰草”，写出一片荒凉之景，而别情自见。（《唐诗三百首详析》）

[鉴赏]

这首题为《贼平后送人北归》的五律，重点全在“贼平后”三字。"送人"之意，虽亦于"独北还"及想象其途中所见点出，但始终不离"贼平后"这一贯串主题与主线。虽是一首送别之作，实际上却主要是抒写伤时感乱情怀的抒情诗。

"世乱同南去，时清独北还。"首联对起，叙送行者与被送者的经历行踪。诗人与被送的这位友人在安史之乱爆发后一起来到南方避难，安史乱平之后友人独自回到北方故土，而自己则仍然滞留南方。由于"南去"与"北还"之间横亘着长达八年的战乱，因此共同经历过这八年离乱生活的双方，对这场战乱带给国家、人民和自身的创伤苦难和痛苦记忆，都极深刻而沉重。尽管终于盼到了"时清"的年代，但长期战乱所带来的创伤却仍深深刻印在记忆之中。这正是诗虽写于乱平时清之际，却感受不到对"时清"的欢欣与憧憬，及对友人北还的向往，而是渗透了深沉的感慨战乱所带来的破坏与创伤的原因。尽管在"同南去"与"独北还"的对照中也透露出仍然滞留异乡的遗憾，但这显然不是诗人所要抒写的感慨主要侧面。

"他乡生白发，旧国见青山。"颔联分承一、二两句。上句兼绾"同南去"的双方长期流滞他乡的形容变化和心灵伤痛。"同南去"时，彼此正当少壮之年，经历八年离乱，却都已两鬓斑白了。"生白发"既见流滞他乡时间之长，更见愁恨之深，忧国伤时、悯念百姓、怀念家乡，种种愁绪，日积月深，不觉"白发"染鬓。下句单写"独北还"的友人，想象他北归故土，所见者恐怕只有青山依旧了。言外之意，则城郭乡村之残破、百姓之死亡、田地房舍之荒芜，均与乱前景象迥不相同了。"生"字、"见"字，似极平淡而毫不用力，却极有蕴蓄而感情沉痛。司空曙喜用"青""白"字作对，显然是受了王维的影响。但在这一联里，这种色彩鲜明的对比却丝毫不给人以明丽清新之感，而是给人一种沉痛压抑的悲感。"旧国"所指范围较广，不单指狭义的故乡，而且指北中国曾沦为安史叛军占领区的广大故土。如理解为狭义的故乡，则先已抵故乡广平（在今河北北部），下面又反过来叙途中所见，不免叙次颠倒。

"晓月过残垒，繁星宿故关。""晓月""繁星"是途中早行、夜宿所见。送行诗想象道途中所经见景象，本是常调，着意处在"残垒""故关"四字。残存的堡垒，险要的关隘，处处显示出在八年战乱过程中，这一带曾进行过敌我双方惨烈的战争和反复的争夺，有过无数流血牺牲。尽管当下已是贼平后的"清时"，但这一切战乱的遗迹却给每一个经过的旅人平添了战争创伤的记忆和痛定思痛的悲慨。晓行夜宿的辛苦、清寥孤寂的意境和上述悲慨融和在一起，使得这幅"清时行役图"透出了感时伤乱的色调。

"寒禽与衰草，处处伴愁颜。"尾联仍紧扣"北归"，进一步渲染途中所见令人忧愁的景象。时令大约是冬天，越往北走，天气越寒冷，处处是栖息寒池的禽鸟和凋衰枯黄的败草，使刚刚经历了八年战乱的北方故国更显得荒凉萧条，也使归故土的游子更增悲愁凄伤。不说"增"而说"伴"，正描绘出一幅寒禽衰草与愁容满面的归客黯然相对的图景。"伴"字在这里不是对寂寞的慰藉，而是对悲愁的触发和增添。

诗写得很清简省净，几乎不见形容刻画的用力痕迹，但却蕴蓄丰富，感慨深沉，韵味悠长，而且通体一气浑成。在大历诗坛上，算得上是艺术上完整的佳作。

云阳馆与韩绅宿别①

故人江海别②，几度隔山川。乍见翻疑梦③，相悲各问年④。孤灯寒照雨，湿竹暗浮烟。更有明朝恨⑤，离杯惜共传。

[校注]

①云阳，唐京兆府属县，在今陕西泾阳县西北。馆，驿馆。韩绅，《全唐诗》校："一作韩升卿。"疑即韩绅卿，韩愈之叔父。《新唐书·宰相世系表三上》：韩氏：叡素子晋卿、季卿、子卿、仲卿、云卿、

绅卿、升卿。升卿，易州司法参军。陶敏《全唐诗人名考证》："《全文》卷三五〇李白《韩仲卿去思颂》称睿素'成名四子'，仲卿外，尚有少卿、云卿、绅卿，未及升卿。卷五六四韩愈《韩岌志》亦云睿素'有子四人，最季者曰绅卿'；与李白文合。愈乃睿素孙，仲卿子，所云必不误。恐以作韩绅卿为是。"则题内"绅"下当脱"卿"字。绅卿曾任泾阳县令、京兆府司录参军。②江海别，犹遥隔江海之别。③翻，反而。④年，指年龄。⑤明朝恨，指明晨作别之恨。

[笺评]

范晞文曰："故人江海别，几度隔山川。乍见翻疑梦，相悲各问年。孤灯寒照雨，湿竹暗浮烟。更有明朝恨，离杯惜共传。""暮蝉不可听，落叶岂堪闻。共是悲秋客，那知此路分？荒城背流水，远雁入寒云。陶令门前菊，馀悲可赠君。"前一首司空曙，后一首郎士元，皆前虚后实之格。今之言唐诗者多尚此。（《对床夜语》卷三）又曰："马上相逢久，人中欲认难""问姓惊初见，称名忆旧容""乍见翻疑梦，相悲各问年"，皆唐人会故人之诗也。久别倏逢之意，宛然在目，想而味之，情融神会，殆如直述。前辈谓唐人行旅聚散之作，最能感动人意，殆非虚语。（同上卷五）

方回曰：三、四一联，乃久别忽逢之绝唱也。（《瀛奎律髓》卷三十四）

顾璘曰：酷近人情。（《批点唐音》）

李维桢曰：似有悠悠傍人之悲怆。（《唐诗隽》）

谢榛曰：诗有简而妙者，若……戴叔伦"还作江南会，翻疑梦里逢"，不如司空曙"乍见翻疑梦"。（《四溟诗话》卷二）

胡应麟曰：司空曙"乍见翻疑梦，相悲各问年"，戴叔伦"一年将尽夜，万里未归人"，一则久别乍逢，一则客中除夜之绝唱也。（《诗薮·内编·近体上·五言》）

唐汝询曰：馆中不期而遇，故有"如梦""问年"之语，所以状其别之久也。况旅景既凄绝矣，明旦之恨更自难胜，离杯共传，深可惜也。盖彼客我主，则传杯劝别；今尔我俱客，所谓"共传"也。此诗本中唐绝唱，然"江海""山川"未免重叠。（《唐诗解》卷三十八）

陆时雍曰：盛唐人工于缀景，唯杜子美长于言情。人情向外，见物易而自见难也。司空曙"乍见翻疑梦，相悲各问年"，李益"问姓惊初见，称名忆旧容"，抚衷述悰，馨快极矣。又曰：司空曙"相悲各问年"，更自应手犀快。风尘阅历，有此苦语。（《诗境总论》）又曰：四语沉痛。（《唐诗镜》卷三十三）

黄克缵曰：叙别后再会之情，且悲且喜，宛然在目。（《全唐风雅》）

吴山民曰：次联情来语，悠长。（《删补唐诗选脉笺释会通评林·中五律》）

周珽曰：隔别久远，忽然相遇，则疑信相半，悲喜交集，人之实情也。"疑梦""问年"二语，形容真切，"翻""各"二字尤妙。五、六咏旅馆夜景凄楚。（同上）

郭濬曰：第三句情真。（《增定评注唐诗正声》）

邢昉曰：情景逼真，谁能写出？（《唐诗快》）

贺裳曰：司空文明每作得一联好诗，辄为人压占。如"乍见翻疑梦，相悲各问年"，可谓情至之语。李益曰"问姓惊初见，称名忆旧容"，则情尤深，语尤怆，读之者几于泪不能收。（《载酒园诗话又编·司空曙》）

徐增曰：开口便见相见之难。故人，指韩绅。与之江海一别，几度欲相见，而为山川间隔，此吾之恨也。此诗结有"恨"字，玩其用"更有"二字，则知起二句下藏一"恨"字也。今之幸得相见矣，因平日欲见之难，不敢信其为实，乍见之顷，翻疑是梦。良久，既信是真，不免悲楚。相别久远，并年纪亦忘，各各细问，面目又老于向日矣。于是与云阳馆作转云"孤灯寒照雨",天又下雨,灯又不亮,两人形影相对,旅馆真是凄凉。"深竹暗浮烟","暗"字亦跟"照"字来。灯悬室中,竹在庭外,灯照得着的所在,则见雨;灯照不着的所在,则见烟;不阴不阳,即相见也不爽快,然又不可多得也。"更有来朝恨",是明日要别,故恨。"离杯惜共传",叙旧之杯,即作相别之敬,我传杯于绅,绅又传杯于我,惜别之意深,不思停杯。倘能停得一两日昙花一现,则传杯自多兴致,但来朝离别,为可惜耳。(《而庵说唐诗》卷十五)

王尧衢曰:"故人江海别,几度隔山川。"先叙昔时相见之难,以见今日相会之暂,俱为恨事。故人,指韩绅也。"乍见翻疑梦,相悲各问年。"隔别既久,不意忽见。乍见时未信为真,反疑是梦。既而两相悲楚,又不觉各怀老大之叹。因别久,并年纪都忘,故各含悲而望也。"孤灯寒照雨,湿竹暗浮烟。"此写云阳馆之凄凉。此时天雨,孤灯照之。庭外之竹,是灯照不到者,只从暗里浮烟。如此夜景,两人相对,已觉悄然。而况良会片时,又不耐久聚也。"更有明朝恨,离杯惜共传。"别久会难,先有一恨;乍见忽别,又是一恨,故曰"更有"。明日要别,今日传杯相劝,两致绸缪。只可惜叙旧之杯即为别盏,故共为惜也。前解写与韩绅别久之情,后解是云阳旅馆宿别。(《唐诗合解笺注》卷八)

黄生曰:全篇直叙。惜,莫惜也。写情景俱到十分。又曰:("孤灯"二句)硬插句。("更有"二句)缩脉句。(《唐诗摘抄》卷一)

朱之荆曰:起联叙从前之别,项联叙目前初会之情,腰联宿云阳之景,末联本题"别"字。(《增订唐诗摘抄》)

宋长白曰:司空曙:"乍见翻疑梦,相悲各问年。"张蠙:"长疑即见面,翻致久无书。"此二联,足以慰友朋离索之情。(《柳亭诗话》)

史流芳曰:首二句是从前事,三、四句是目前事。五、六句写"宿",七、八句写"别"。(《固说》)

吴昌祺曰:"疑梦"固佳矣。至于"问年"则别久可知。"问"者,半疑而问也。(《删订唐诗解》)

屈复曰:情景兼写,不失古法。(《唐诗成法》)

沈德潜曰:三、四写久别忽遇之情,五、六夜中共宿之景。通体一气,无馁钉习,尔时已为高格矣。(《重订唐诗别裁集》卷十一)

乔亿曰:真情实语,故自动人。(《大历诗略》)

范大士曰:气清力健。(《历代诗发》)

宋宗元曰:("乍见"二句)真景真情。(《网师园唐诗笺》)

纪昀曰:四句更胜。(《瀛奎律髓刊误》)

刘文蔚曰:隔别已久,忽而于馆中相遇,所以有如梦间之语也。况照雨之灯,浮烟之竹,旅景既凄绝矣。明旦之恨,更自难堪,离杯共传,良可惜矣。(《唐诗合选详解》卷六)

王寿昌曰:何谓真?曰……司空文明曙之"乍见翻疑梦,相悲各问年"……等作,皆切实缔当之至者。(《小清华园诗谈》卷上)

方南堂曰:人情真至处,最难描写,然深思研虑,自然得之。如司空文明"乍见翻疑梦,相悲各问年",李君虞"问姓惊初见,称名忆旧容",皆人情所时有,不能苦思,遂道不出。陈元孝云:"诗有两字诀,曰'曲',曰'出'。"观此二联,益知元孝之言不谬。(《辍锻录》)

潘德舆曰:唐人诗"长贫惟要健,渐老不禁愁""乍见翻疑梦,相悲各问年"……皆字字从肺肝中流露,写情到此,乃为入骨。虽是律体,实《三百篇》、汉、魏之苗裔也。初学欲以浅率之笔袭之,多见其不知量。(《养一斋诗话》卷七)

吴汝纶曰:三、四千古名句,能传久别初见之神。(《唐宋诗笺要》卷四引)又曰:李益"问姓惊初见"一联则俚俗矣,世人辄并赏之,以此见知言之难。(同上)

朱宝莹曰:发句先叙别况,曰"几度",见相见之难矣。颔联叙相见,曰"乍见",言别久忽见也;曰"翻疑梦",言未信为真,反疑是梦也。曰"相悲",言相叙别情,不觉悲感也;曰"各问年",言别久人亦老大,不能记其年岁,故各须相问也。颈联写云阳馆之景况。夜本凄清,况是孤灯,又相照雨中乎?故曰"寒"。夜本迷茫,况是深竹,何能见烟浮乎?故曰"暗"。落句想到又别日,更有系缴上意。言此情此景,相对本是寡欢,况来朝又欲别乎!故更添恨事,今夜传杯相劝,即是离杯,只共惜离情而已。落到题后,尤妙在托空也。
[品] 悲慨。(《诗式》)

[鉴赏]

大历时期诗歌风貌的一个重要特征,就是对乱离时代的人生体验与悲慨。"大历十才子"中的卢纶、司空曙都有过安史乱起避难南方的经历,对时代乱离有亲身体验与深切感受。司空曙的这首《云阳馆与韩绅宿别》便是吟咏乱离时代人生体验的典型代表。

"故人江海别,几度隔山川。"首联先叙与故人之间的阔别。"江海别"指与故人之间遥隔江海,通常指称朋友之间的阔别,多指时间的久远,这里强调的则是空间的遥隔,亦即下句所谓"隔山川"。这种情况的产生,自然跟安史乱起,士人多避难南方有密切关系。本来过从甚密的朋友,由于战乱而天各一方,遥隔江海山川,相见无期。唐汝询说"江海""山川"未免重叠,其实"江海别"与"隔山川"正可互相发明补充,类似修辞中的"互文见义"。不仅是空间上遥隔山川江海,而且又是"几度"相隔,可以想见,像这样遥隔江海山川的送别,在他们之间已经是"几度"发生了,则相别时间之久远可知。十个字写出他们之间的远别、屡别与久别。虽未有一字正面触及乱离时代,但乱离时代的影子却隐约可见。

"乍见翻疑梦,相悲各问年。"领联紧承起联的远别、久别与屡别,写骤然相见后的复杂感情。"乍见",指两人在云阳馆骤然相见的刹那,其中亦自然蕴含有感到意外、突然的情绪。久别、远别的朋友意外相逢，感到分外惊喜自属常情，但说"翻疑梦"，则透露出浓郁的时代气息。承平年代，即使是西出阳关，远涉万里的朋友归来重逢，也未必会有"疑梦"之感，因为在那个"九州道路无豺虎，远行不劳吉日出""海内富安，行者万里，不持寸兵"的"全盛日"，远别朋友的平安归来与重逢完全是可以预期的。只有在"丧乱死多门""生还偶然遂"的战乱年代，远别朋友间的重逢才会变得茫茫不可预期，乃至连对方的生死存亡都感到茫然不可预测。正因为这样，才会将面对的真实存在疑为梦境，不敢相信它是真的。"乍见翻疑梦"，不仅透露出乱离年代朋友久别重逢的最初瞬间那种意外、突然之感，而且表现出乍见之际那种惊疑、恍惚、如真似幻、不敢置信的感受，那种惊讶、惊喜交并的感情。类似的描写，在杜甫的《羌村三首》之一中也出现过，但那是在傍晚归来已与妻子相见之后，夜深秉烛相对之时，在摇曳朦胧的烛光中浮现的"相对如梦寐"之感，那是在经历了最初相见的惊讶、疑惑、悲痛之后仍然对重逢所有的恍惚如梦之感。而在这首诗里，则是"乍见"的刹那的心理反应。"乍见翻疑梦"是刹那的强烈情感冲击，"夜闻更秉烛，相对如梦寐"则是事后追思时的惘然和感情余波荡漾。而其共同的根源则是"世乱遭飘荡，生还偶然遂"。

在最初一刹那的情感强烈反应过去之后，接下来的便是"相悲各问年"。当两位老朋友终于由"疑梦"而相信老友重逢的真实以后，第一眼看到的便是双方都已是"鬓发各已苍"的老境将至的人。联想起这些年来的乱离时世和各自的漂泊身世，不禁悲从中来。由于久别，彼此虽是熟悉的故友，却已记不清对方的年龄，因而有"各问年"的举动。"相"字"各"字，说明这"悲"和"问"乃是彼此自然而一致的情感反应。"问年"之举，与其说是向对方打听各自的年龄，不如说是对生命在战乱、别离中悄然流逝的深沉悲慨。

"孤灯寒照雨，湿竹暗浮烟。"在抒写乍见之际的强烈情感反应与既见之后涌现的深沉悲慨之后，诗人却掉转笔锋，去描绘云阳馆中的景物。这是一个寒冷的雨夜。室内，一盏孤灯，荧荧如豆，映照室外的纤纤雨丝，使彼此默然相对的朋友都感受到孤灯、雨丝的寒意；而窗外的竹子，被雨丝所沾湿，反射出几许亮光，孤灯所照不到的竹林深处，则飘浮着一层朦胧的烟雾。这是宕开写景，渲染环境氛围，更是借此烘托双方凄寒孤寂、黯淡迷茫的心境。"孤灯""寒雨""湿竹""浮烟"，这一系列景象组合成的正是一种与上述心境融合的诗歌意境，极具象外之致。

"更有明朝恨，离杯惜共传。"久别重逢，已经触发无限人生悲慨，相逢的悲喜交集还没有来得及散去，再一次的离别又迫在明朝。尾联出句点出"明朝恨"，用"更有"二字将旧日的别恨与明朝的别恨叠加在一起，使人生的别离之悲更进一层。正因为旧恨新恨相续，因此，久别重逢的酒杯也就成了离别的酒杯。想起在离乱中悄然流逝的人生，眼前这短暂的相聚便更感到需要珍惜，就让这别夜在离杯共传中悄然消逝，给彼此的人生再留下一点珍贵的友谊记忆吧。结尾由逢而别，感情上再起波澜，诗境上也再创新境，不再是单纯的悲慨，而是在悲慨的同时更加珍惜短暂的重逢。

这首诗的颔联，纯用白描，抒写乍见之际的复杂感情反应，固为评家交口称誉的佳联。但如无首联对双方阔别的重笔渲染，尾联对明朝重别的深一层揭示，特别是腹联对环境氛围的出色烘染，诗就不可能达到情景交融、浑然一体的境界。它的成功，不在局部而在通体。

江村即事①

钓罢归来不系船②，江村月落正堪眠。纵然一夜风吹去，只在芦花浅水边③。

[校注]

①即事，就眼前景物情事为题材的即兴之作。诗中所写的是江村钓者归来不系船而眠的情景。②不系船，不用缆索（系在岸边的木桩

上）将船固定停泊在岸边。《庄子·列御寇》："泛若不系之舟。"③芦苇多生江边浅水中，故云。

[笺评]

唐汝询曰：全篇皆从"不系船"三字翻出。语极浅，兴味自佳。（《唐诗解》卷二十八）

钟惺曰：达甚。（《唐诗归》）

《唐诗归折衷》：唐曰：兴趣可嘉，不止于达。敬夫曰：不言乐，其乐无穷矣。

王尧衢曰："罢钓归来不系船"，江村正可以垂钓，罢钓正当系船。乃任意旷达，以"不系船"三字，翻出一绝佳句。"江村月落正堪眠"，既不系船矣，又安眠得好，真有率意独驾，任其所止而休之意。"纵然一夜风吹去"，此句一放，下句一收。从"不系船"三字内，便伏此两句之根。"只在芦花浅水边"，芦花浅水，切"江村"。便吹去，也只在江村左右，吹去何害？语意极浅，有一种兴味自佳。（《唐诗合解笺注》卷六）

范大士曰：口头语，意趣自别。（《历代诗发》）

沈德潜曰：三、四语全从"不系"生出。（《重订唐诗别裁集》卷二十）

朱宝莹曰：首句以"罢钓"二字作主，则以下纯从"罢钓"着笔。顾"罢钓"以后，从何处着笔？盖从钓船言，既已罢钓，正当系船。乃以"不系船"三字承之，则诗境翻空，出人意外。二句承江村月落之时，眠于船上，任其所之，便有洒然无拘滞之意……凡做诗，意贵翻陈出新，如此首是。若于"不系船"三字，非著一"不"字，则罢钓以后，便系船矣。以下无论如何刻划，总落恒蹊，断难如此灵妙。[品]超诣。（《诗式》）

刘永济曰：此渔家乐也。诗语得自在之趣。（《唐人绝句精华》）

富寿荪曰：通首从"不系船"写出江村之宁静幽美及主人公之闲适放浪。情景交融，风韵天然。杜荀鹤《溪兴》："山雨溪风卷钓丝，瓦瓯篷底独斟时。醉来睡着无人唤，流到前溪也不知。"意境略似，神味远逊矣。（《千首唐人绝句》）

[鉴赏]

从诗题看，这首诗像是一首伫兴而就的即景书事之作，但在通俗明快、朴素天然的描绘中却寓含着一种萧散自得、无拘无束的生活态度，一种纯任自然的人生态度。

"钓罢归来不系船，江村月落正堪眠。"前两句写钓罢归来，就船而眠的情景。江村月落时分，垂钓的渔翁兴尽归来，该是系舟泊岸归家而眠的时候了。但这位渔翁却一反常情，虽"钓罢归来"，却不系缆泊岸、归家而眠。"不系船"的原因，自然不是由于其"不欲眠"，而是由于在他看来，这"江村月落"时分的静谧境界和身处的小舟，正是他最佳的安眠环境和地方。"江村月落正堪眠"这七个字，正表现出主人公一种随缘自适、随遇而安的生活态度，一种将自身的劳作、休憩与大自然融为一体的生活追求。"正堪眠"三字，不妨说是对"眠"的一种审美追求。在旁人看来或许有些荒唐颓放的举动，在主人公看来正是一种潇洒天然的精神享受。在月落后的静寂中，置身朝夕不离的小舟，在江水拍舷中酣然入睡，较之归家而眠，无疑是一种超凡脱俗的享受。"不系船"与"正堪眠"，相互呼应，透出了一种潇洒自得的风神。

"纵然一夜风吹去，只在芦花浅水边。"三、四两句，从"不系"与"眠"生出。可以理解为诗人对渔翁"江村月落正堪眠"情景的进一步想象，也可以理解为这位渔翁就船而眠时的内心独白。实则诗人与渔翁，已融为一体，渔翁亦即诗人的化身。第三句用"纵然"先放开一步，第四句用"只在"收回。一纵一收之间，将诗人那种萧散自得、顾盼自赏的风神情趣更淋漓尽致地表现了出来。"一夜风吹去"似乎要将小舟带到一个茫然杳远的境地，"芦花浅水边"出现的却是一种安恬自适的境界。"只在"一语，传达出的是一种自赏自得、安然恬然的心境。

诗虽写得很通俗浅显，寓含的感情却并不浮浅。在思想观念上显然渊源于《庄子·列御寇》："巧者劳而智者忧，无能者无所求，饱食而遨游，泛若不系之舟，虚而敖游者也。"但它却并非用具体的生活场景来诠释生活哲理，而是通过生动活泼的生活场景表现一种生活态度，一种纯任自然、无拘无束的生活态度和审美愉悦。诗中的这位渔翁，也许会使人联想起张志和这位"烟波钓徒"笔下的渔翁："青箬笠，绿蓑衣，斜风细雨不须归。""不系舟"的渔翁与"不须归"的渔翁之间，在陶醉于大自然的美景之中，与自然融为一体，充分享受萧散自得的天趣这一点上，不正是一脉相通的吗？

喜外弟卢纶见宿①

静夜四无邻，荒居旧业贫②。雨中黄叶树，灯下白头人。以我独沉久③，愧君相见频。平生自有分④，况是蔡家亲⑤。

[校注]

①外弟，表弟。卢纶，见卢纶小传。见，谦词。《仪礼·丧服》"姑之子"郑注："外兄弟也。"②旧业，旧时的产业、祖传的产业，如田地房舍等。③独沉，独自沉沦不遇。④分，情分。曹植《王仲宣诔》："吾与夫子，义贯丹青，好和琴瑟，分过友生。"⑤蔡家亲，指姑表亲。《博物志》卷四："蔡伯喈母，袁公妹耀卿姑也。"《太平御览》卷五百一十三引《先贤行状》："蔡伯喈母，袁耀卿之姑也。"卢纶之母为司空曙之姑，卢纶为曙姑表兄弟，故称。

[**笺评**]

范晞文曰：诗人发兴造语，往往不约而合。如"雨中山果落，灯下草虫鸣"，王维也。"树初黄叶落，人欲白头时"，乐天也。司空曙有云："雨中黄叶树，灯下白头人。"句法王而意参白（按：白居易生活年代在司空曙之后，此言"意参白"，显误），然诗家不以为袭也。（《对床夜语》卷四）

谢榛曰：韦苏州曰："窗里人将老，门前树已秋。"白乐天曰："树初黄叶日，人欲白头时。"司空曙曰："雨中黄叶树，灯下白头人。"三诗同一机杼，司空为优。善状目前之景，无限凄感，见于言表。（《四溟诗话》卷一）又曰：予曰：晚唐人多用虚字，若司空曙"以我独沉久，愧君相见频"……此皆一句一意，虽瘦而健，虽粗而雅。（同上卷三）

周珽曰：深情剀切。（《删补唐诗选脉笺释会通评林·中五律》）又曰：前四句叙己荒居无偶，贫老凄凉。后四句叙卢不弃荒陋访宿，因言忝在投分至亲之中也，以致喜气。（同上）

田雯曰：（茂秦云）韦苏州曰："窗里人将老，门前树已秋。"白乐天曰："树初黄叶日，人欲白头时。"司空曙曰："雨中黄叶树，灯下白头人。"三诗同一机杼，司空为优。善状目前之景，无限凄感，见于言表。余所见与茂秦不同。司空意尽，不如乐天有馀。味"初"字、"欲"字，妙有含蓄，老泪暗流，情景难堪，更深一层。（《古欢堂杂著》卷三）

黄周星曰："雨中黄叶树，灯下白头人。"相对岂不凄然。（《唐诗快》卷三）

范大士曰：得浩然之神髓。（《历代诗发》）

孙洙曰：（"雨中"二句）十字八层。（《唐诗三百首》评）

姚鼐曰：三、四句佳，以与右丞"雨中山果落"联同四字，则减品矣。羊祜为蔡伯喈外孙，乞以赐舅子蔡袭，见《晋书》。又《南史》：蔡兴宗甥袁颛子昂，皆名士。不知此诗何指。（《今体诗钞》）

高步瀛曰：三、四名句。"雨中""灯下"虽与王摩诘相犯，而意境各自不同，正不为病。（《唐宋诗举要》卷四）

俞陛云曰：前录卢纶诗（《送李端》），佳处在后半首，此诗佳处在前半首。一则以远别，故但有悲感；一则以见宿，故悲喜相乘。卢与司空，本外家兄弟，工力亦相敌也。前四句言静夜而在荒村，穷士而居陋室，已为人所难堪。而寒雨打窗，更兼落叶；孤叶照壁，空对白头。四句分八层，写足悲凉之境。后四句紧接上文。见喜之出于言外。言以我之独客沉沦，宜为世弃，而君犹存问，生平相契，况是旧姻，其乐可知矣。前半首写独处之悲，后言相逢之喜，反正相生，为律诗之一格。司空曙有《送人北归》诗云："世乱同南去，时清独北归。"起笔即用此格。取开合之势，以振起全篇也。（《诗境浅说》甲编）

[鉴赏]

这首五律题为《喜外弟卢纶见宿》，据题意，似主要抒写外弟卢纶见访住宿的欣喜；但通篇给读者的感受，却主要是自悲身世沉沦、家贫年衰。从表达题意来看，诗人是以己之悲凉身世处境反托外弟卢纶相访见宿之"喜"；但从诗的实际艺术效果看，却是因"喜"卢纶之见宿而愈加突出自己的沉沦困顿之"悲"。主观动机与客观效果之间的这种反差，主要原因在于诗人将自己的沉沦困顿身世处境写得非常鲜明突出，而抒写卢纶造访见宿之喜则显得较为平淡，甚至在"喜"中透出了几许悲凉的意味。

"静夜四无邻，荒居旧业贫。"起联撇开题目，先写自己荒居的寂寥和家境的贫困。这是一个寂静的夜晚，因战乱流离而荒芜的旧居，本就残破敝败，再加上四周没有一家邻舍，在无声的寂静中显得更为荒凉冷寂。这个"荒居"当是诗人在安史乱前的旧居。在乱前应当是周围有邻舍的。这里特意点明"四无邻"。正透露出由于战乱流离，原来鸡犬之声相闻的旧居，如今已经成了被荒凉冷寂包围的"荒居"。不但住宅荒凉破败，其他祖传的产业（如田地）也已易主，整个家境已经贫寒不堪了。这一联不仅从听觉上写出旧居的冷寂，而且从视觉上也给人以荒凉破败、家徒四壁之感。

"雨中黄叶树，灯下白头人。"颔联集中笔墨，写"荒居"内外的景物和人物。室外，正下着潇潇的秋雨，在凄冷的雨丝中，已经凋枯的黄叶树正悄无声息地凋零陨落；室内，一盏孤灯，昏黄如豆，映照着自己这个白发萧疏的老人。这是两幅对应鲜明的图景。"黄叶树"与"白头人"之间，在显示生命的凋衰这一点上，构成了内在的联系，通过它们之间的对应，读者能非常自然地领略其中蕴含的寓意：自己这位头鬓斑白的老人正像窗外的黄叶树一样，凋衰飘零，行将走完生命的历程，而"雨中""灯下"的映衬，则进一步渲染了凄清、孤寂的氛围。前代评家对这一联与王维、白居易的两联意象、意蕴类似的诗多有比较，见仁见智，各有所得。单就司空曙、白居易两联来看，白诗用"树初黄叶日"与"人欲白头时"作直接对比说明的意图过于明显，稍嫌直遂而少蕴蓄，不如司空此联只以物象与人事作客观对照，不加任何说明来得含蓄而富韵味，不言而神伤之情亦更耐吟味。如果说白诗近于比喻，则司空诗近于象征。它追求的是一种象外之致。

"以我独沉久，愧君相见频。"腹联由自己荒居贫困冷寂、萧疏衰飒之境转写喜卢纶之过访住宿。第五句用"独沉久"三字承上再点自身处境；第六句用"愧"字透出自己对卢纶的感激愧疚，而"喜"字即蕴含其中。上句因下句果。因"独沉"之"久"，故劳君"频"相造访以慰己之孤寂衰困。"愧"字既喜且悲，情感复杂。这两句在句式句法上也一改颔联工整的对仗和色彩鲜明的对比为带有散文化意味的因果句，显得疏密有致，有萧散自然之趣。

"平生自有分，况是蔡家亲。"尾联进一步揭出卢纶频频造访住宿的原因：彼此之间，本就素有情谊，感情契合，更何况又是姑表之亲呢。"蔡家亲"点题内"外弟"。从用语看，"况是"是推进一层的说法，但在诗人意中，着重强调的倒是"平生自有分"，即双方志向意趣的投合而形成的深厚情谊。这就把朋友之谊置于亲戚之谊之上，卢纶的频频造访见宿也就显得更为可喜可珍了。

从全诗看，着力处与精彩处主要在前半对自己冷寂贫困、衰颓沉沦处境的出色描写，但诗的后半因己之处境而愈感卢纶情谊之珍贵可喜，也写得接续自然，顺理成章。整首诗仍能保持艺术的完整。

崔 峒

崔峒，博陵（今河北定州）人。安史乱时避地江南。约大历初入京，任左拾遗；曾奉使赴江淮访图书；改补阙。后因故贬潞府功曹。未几卒。峒为"大历十才子"之一。《中兴间气集》谓其"文彩炳然，意思方雅。如'清磬度山翠，闲云来竹房'，又'流水声中视公事，寒山影里见人家'，斯亦披沙拣金，往往见宝"。《新唐书·艺文志》著录《崔峒诗》一卷；《全唐诗》编其诗一卷。

题桐庐李明府官舍①

讼堂寂寂对烟霞②，五柳门前聚晓鸦③。流水声中视公事④，寒山影里见人家。移风竞美新为政⑤，计日还知更触邪⑥。可惜陶潜无限酒⑦，不逢篱菊正开花⑧。

[校注]

①桐庐，唐睦州县名（今属浙江）。李明府，名未详，明府系唐时对县令的尊称。《文苑英华》卷二百五十六题作《赠同官李明府》。《中兴间气集》卷下题与此同，"桐庐"下注："一作同官。"按：诗中无"同官"意，当作《题桐庐李明府官舍》。诗当作于大历十四年之前。②讼堂，审理诉讼案件的厅堂。烟霞，云霞，泛指山水胜景。③五柳，五柳先生，即陶潜。此借指李明府。陶潜《五柳先生传》："先生不知何许人也，亦不详其姓字；宅边有五柳树，因以为号焉。"萧统《陶渊明传》谓陶"尝著《五柳先生传》以自况"，盖以此表现其"不慕荣利""忘怀得失"的精神风貌与人生态度。陶渊明曾为彭泽令，后世称"陶令"，故借指李明府。五柳门前指官舍门前。④《吕氏

春秋·察贤》："宓子贱治单父，弹鸣琴。身不下堂而单父治。"此句暗用此事，赞扬李明府为政清简，无为而治。"流水声"既可实指，亦可借指鸣琴声。视公事，处理政事，包括首句所说的诉讼案件。⑤此句《全唐诗》作"观风竟美为新政"，《文苑英华》作"观风竟美新为政"，此从《中兴间气集》。"移风"，移风易俗。⑥此句《全唐诗》《文苑英华》均作"计日还知旧触邪"，此从《中兴间气集》。触邪，指入朝为御史。古代传说中有神羊，名獬豸，能辨奸邪触不正者。故御史戴獬豸冠，又名触邪冠。句意谓李明府被征入朝担任御史、纠弹奸邪当是指日可待的事。⑦陶潜嗜酒。《五柳先生传》谓："性嗜酒，家贫不能常得。亲旧知其如此，或置酒而招之。造饮辄尽，期在必醉，既醉而退，曾不吝情去留。"沈约《宋书·陶潜传》："复为镇军、建威参军，谓亲朋友曰：'聊欲弦歌，以为三迳之资，可乎？'执事者闻之，以为彭泽令。公田悉令吏种秫稻。"萧统《陶渊明传》亦云："为彭泽令……公田悉令吏种秫，曰：'吾常得醉于酒，足矣。'"⑧陶潜《饮酒二十首》之五："结庐在人境，而无车马喧。问君何能尔，心远地自偏。采菊东篱下，悠然见南山。"《宋书·陶潜传》："尝九月九日无酒，出宅边菊丛中坐之，值弘（江州刺史王弘）送酒至，即便就酌，醉而后归。"

[笺评]

周敬曰：三、四写书舍景如画，比张正言"竹里藏公事，花间隐使车"更是灵秀。高仲武所谓"披沙拣金，往往见宝"者也。（《删补唐诗选脉笺释会通评林·中七律》）

黄周星曰："流水声中视公事，寒山影里见人家"，如此为官，世间安得更有俗吏。（《唐诗快》）

《唐诗鼓吹评注》："同官"疑作"桐庐"。三、四只似直书即目，而操之淡、县之偏皆在焉。落句惜其将去，以足上美其新政之意。"观风""计日"四字，又上下之绾结也。（卷六）

屈复曰：五、六俗甚，不为全璧。（《唐诗成法》）

王寿昌曰：何谓气象？曰……"讼堂寂寂对烟霞，五柳门前聚晓鸦。流水声中视公事，寒山影里见人家。观风竞美新为政，计日还知旧触邪。可惜陶潜无限酒，不逢篱菊正开花。"不谓之穷陬县令不可也。（《小清华园诗谈》卷上）

[鉴赏]

这首七律，以清雅疏淡、富于韵致的语言塑造了一位陶渊明式的县令形象，在唐人七律中可谓别具一格。

"讼堂寂寂对烟霞，五柳门前聚晓鸦。"起联就别开生面，勾画出一个与通常印象迥然不同的官舍。审理诉讼案件的大堂上，没有衙役们狐假虎威的大声吆喝和被鞭挞黎民百姓的哭泣哀告，也不见县令大人威风凛凛、坐堂审案的身姿，而是冷清寂寥，面对着山水胜景，云烟朝霞；官舍门前，柳树之上，聚集了一群正在飞鸣聒叫的早鸦。"讼堂"而曰"寂寂"，正透露出县中政事的清简、纷争的稀少，也反映出吏治的清明和民风的淳朴，从而使县令可以面对云烟朝霞，享受大自然的胜景。将县令的官舍门径称为"五柳门前"，不仅表明这官舍的主人乃是一位"不慕荣利"、"忘怀得失"、自足自适的陶潜式的人物，而且使一向以森严著称的官府平添了几许闲适飘逸的风致。而官舍门前竟然晓鸦聚集，更透露出这原本烦苛嘈杂、充满纷争的官府，竟然如此空闲寂静，连树上聚集的晓鸦都丝毫不受惊动。从而进一步渲染了政事的清简。在官舍讼堂与烟霞晓鸦的亲近和谐中透露的正是吏与民之间关系的和谐。

"流水声中视公事，寒山影里见人家。"颔联承上"讼堂寂寂""门聚晓鸦"之意，对李明府的日常生活作进一步描写。《吕氏春秋·察览》记载孔子弟子宓子贱治单父，弹鸣琴，不下堂而单父治。此联出句可能暗用其事，以赞美李明府弦歌而治绩斐然，"流水声中"也不妨借指弦歌声中。但诗句本身还提供了更鲜明的直观形象。桐庐县西傍桐溪，南滨浙江，是一个山清水秀的县城。"流水声中视公事"，正写出李明府在琤琤如同音乐一样的流水声中一边处理政事，一边享受自然风光的那份潇洒从容、悠然自得的精神风貌和清雅脱俗的韵致。下句则进一步写出，在视事之暇，抬头仰望，便可见远处寒山一带，白云深处，隐现着数户人家。这情景，更类似于陶诗之"采菊东篱下，悠然见南山"了。下句写景，与杜牧《山行》"远上寒山石径斜，白云生处有人家"相似，而更为省净，"影"字尤具缥缈的韵致。

"移风竞美新为政，计日还知更触邪。"腹联出句是说李明府移风易俗，施行新政，得到百姓的共同赞美。这里所说的"新为政"，当与前两联所描写的为政清简而不扰民密切相关。正因为这样，才能深受百姓欢迎而"竞美"之。对句是说李明府有此政绩治术，升迁为朝廷御史，弹击奸邪当指日可待。这是对其将来的祝颂。

"可惜陶潜无限酒，不逢篱菊正开花。"尾联却不再顺着上联赞美祝颂之意加以发挥，那样内容既不免于俗，艺术上也流于敷衍。而是归到自己和李明府的关系上来，仍承首联将李明府比做嗜酒的陶潜，说李明府藏有无限醇美的好酒，可惜自己来的不是时候，没有遇上重阳佳节，东篱菊开，和李明府一起把酒赏菊，共度佳节。"可惜"二字，既表明此行的遗憾，也表达了对将来共饮的期盼，而李明府的高士形象也因此而得到更生动的表现。

唐人普遍重功名，重积极用世。他们心目中的县令形象，既很少与陶潜这样的"不慕荣利""忘怀得失"的高士挂钩，也很少赞美其陶然于山水烟霞之间的情怀。这首诗所描绘的李明府形象，却突出其"流水声中视公事"，嗜酒赏菊，流连于山水胜景的精神风貌。这种感情倾向，在一定程度上反映了从盛唐到中唐士人心理的变化。"流水"一联所表现的高情远韵，与其说是写一种当官的方式和态度，不如说是一种品格和情趣。诗人似乎完全是借此写一种情韵高绝的当官的审美情趣，或者说是把当官完全审美化了。这一点，正是它的艺术独创性的表现。

顾 况

顾况（约727—约816），晚字逋翁，自号华阳山人。祖籍润州丹阳（今属江苏），后迁居苏州海盐横山。至德二载（757）登进士第。历杭州新亭监盐官。大历六至九年（771—774）任温州新亭监盐官。建中二年（781）至贞元三年（787）在浙江东西观察使、润州刺史韩滉幕为判官。三年闰五月后任秘书郎，迁著作佐郎。五年贬饶州司户。九年归隐茅山。约元和中卒。顾况性诙谐狂放，其诗风、画风均见其个性。皇甫湜称其"逸歌长句，骏发踔厉"，然"七言长篇，粗硬中时杂鄙句，惜有高调而非雅音"（贺裳评）。真正可读的作品倒是他的绝句。《新唐书·艺文志》著录《顾况集》二十卷，已佚。《全唐诗》编其诗为四卷。

过山农家①

板桥人渡泉声，茅檐日午鸡鸣。莫嗔焙茶烟暗②，却喜晒谷天晴。

[校注]

①此诗《全唐诗》卷二百四十二作张继诗，题为"山家"。胡震亨《唐音统签》卷二百十八张继集、季振宜《全唐诗稿本》第二十六册张继集均不载此诗，而宋《华阳真逸集》、《顾况诗集》、明《唐五十家诗集》、《唐百家诗》均收入此诗，题为《过山农家》。故此诗当为顾况之作。②焙茶，烘制茶叶。制作茶叶的一道工序，用微火烘烤，以去掉其中的水分，烘出香气。陆羽《茶经·茶之具》："棚，一曰栈，以木构于焙上，编木两层，高一尺，以焙茶也。"

富寿荪曰：此诗清新自然，描绘山村风景农事逼真，使人仿佛身临其境，殊见写生之妙。（《千首唐人绝句》）

[鉴赏]

六言绝句一体，整个唐代作者寥寥。时代较早而且写得比较成功的当推盛唐诗人王维的《田园乐七首》，其第六首云：

> 桃红复含宿雨，柳绿更带春烟。
>
> 花落家僮未扫，莺啼山客犹眠。

在鲜妍清新的画面中流动着隐居田园的高人恬然自适的生活情趣，堪称诗中有画。中唐诗人顾况的这首《过山农家》，同样饶有画意，却是地道的山村风光，农家本色，于质朴清淡的笔墨中含有一种真淳的生活美。诗约作于诗人晚年隐居润州延陵大茅山期间。题内的"过"字，是访问的意思。

前两句是各自独立又紧相承接的两幅图画。前一幅"板桥人渡泉声"，画的是山农家近旁的一座板桥，桥下有潺湲的山泉流淌，桥上有行人经过。"人渡"与"泉声"，分写桥上与桥下，本属二事，"人渡泉声"，仿佛无理，却真切地表达了人渡板桥时满耳泉声淙淙的新鲜喜悦感受。诗中有画，这画便是仿佛能听到泉声的有声画。画中的"行人"，实即诗人自己。大约是由于目接耳闻莹澈锵鸣的水声泉声，恍惚置身画图之中，落笔时便不知不觉将自己化为画中人了。抒情的主体融入客体，成了景物的一部分。这一句写出农家附近的环境，"板桥""泉声"显示山居的特点，"人渡"暗点"过"字。

后一幅"茅舍午鸡图"，正写"到山农家"。是"山农家"本色。日午鸡鸣，仿佛是打破了山村沉静的，却更透出了山村农家特有的静寂。在温煦的正午阳光照耀下，茅舍静寂无声，只偶尔传出几声悠长的鸡鸣。这就把一个远离尘嚣、全家都在劳作中的山农家特有的气氛传达出来了。"农月无闲人，倾家事南亩"（王维《新晴野望》），这里写日午鸡鸣的闲静，正是为了反托闲静后面的忙碌。从表现手法说，这句是以动衬静，以声显寂；从内容的暗示性说，则是以表面的闲静暗写繁忙。三、四两句，便直接写到山农的劳动上来。

"莫嗔焙茶烟暗，却喜晒谷天晴。"这两句一般都理解为山农对诗人表示歉意的话，意思是说，您别怪罪屋里因为烧柴烘烤茶叶弄得乌烟瘴气，将就着在破茅屋里歇歇脚；可喜的是今天正好有大太阳，场上的谷子要趁晴翻晒，实在分不开身来招待您。这当然也可以见出山农的淳朴好客和雨后初晴农家的繁忙，而且神情口吻毕肖。不过，理解为诗人对山农说的话也许更符合题意，也更富情味。诗人久居山中，跟附近这一带的山农已经相当熟悉，当他信步闲游，来到这一户山农家时，主人因为焙茶烟雾弥漫，不免有些歉意，诗人则用轻松幽默的口吻对他说：别气恼焙茶弄得烟雾腾腾的了，可喜的是今天雨后新晴，正好翻晒谷子呢。乍一看，三、四两句之间并无必然联系，细加寻味，便可发现它们都是统一在雨后新晴这一特定的天气背景上。久雨茶叶返潮，需加紧用微火焙烤制作；而雨后新晴，空气湿度较大，茅屋里的烟雾透不出去，故有"焙茶烟暗"的景象；但雨后放晴，正可趁此晒谷，故说"却喜晒谷天晴"。不熟悉农家生活、农民心理，说不出这样本色的农家语。诗人虽只随口道出，略不经意，却生动地表现了他跟山民之间那种不拘形迹、融合无间的关系，让人感到他并不是山农茅舍中陌生的尊贵来客，而是跟这个环境高度契合的"此中人"。相比之下，把这两句理解为山农致歉的话，诗人与山农间的关系不免显得生分了。从题目与内容的关系看，首句是过访途中情景，次句正写到山农家所见所闻。三、四句进一步写诗人与山农不拘形迹地聊家常。全篇都紧紧围绕"过"字写抒情主人公的活动，语意一贯，顺理成章。而首句"泉声"暗示"雨后"，次句"鸡鸣"暗透"天晴"，更使前后幅贯通密合，浑然一体。

清新明丽的山村风光，闲静而繁忙的劳动生活气息，质朴真淳的相互关系，亲切家常的农家语言，这一切高度和谐地统一在一起，呈现出一种淳厚真朴的生活美。这正是这首短诗艺术魅力之所在。

　　六言绝句，由于每句字数都是偶数，六字明显分为三顿，因此天然趋于对偶骈俪，工致整饬，语言较为工丽。顾况这首六言绝虽也采取对起对结格式，但由于纯用朴素自然的语言进行白描，前后幅句式与写法（一为写景，一为记言）又有变化，读来丝毫不感单调、板滞，而是显得清新爽利，轻快自如。诗的内容和格调呈现出高度的和谐。

　　贞元四年夏顾况任著作佐郎时，在长安宣平里家中与柳浑、刘太真、包佶等人聚会赋六言诗，次日朝臣皆和，举国传览，结集为《诸朝彦过顾况宅赋诗》一卷。今包佶集中尚存《顾著作宅赋诗》六言律诗一首。看来，顾况在当时还是一位六言体诗的倡导者。

戎　昱

戎昱，长安（今陕西西安）人。少举进士不第。乾元二年（759）在浙西节度使颜真卿幕。大历元年（766）游蜀，二年入荆南节度使卫伯玉幕为从事。大历四年前后入湖南观察使崔瓘幕。后流寓湘中，客居桂林。八年入桂州观察使李昌夔幕。建中三年（782）为殿中侍御史。四年谪辰州刺史。贞元七年入杜亚幕，十二年出任虔州刺史。《新唐书·艺文志》著录《戎昱集》五卷。《全唐诗》编其诗为一卷。

移家别湖上亭①

好是春风湖上亭②，柳条藤蔓系离情③。黄莺久住浑相识④，欲别频啼四五声⑤。

[校注]

①移家，迁居。戎昱另有《玉台体题湖上亭》诗云："湖入县西边，湖头胜事偏。绿竿初长笋，红颗未开莲。蔽日高高树，迎人小小船。清风长入坐，夏月似秋天。"所云"湖上亭"当即本篇之"湖上亭"。湖在县城之西。据诗中所描述，似在南方。又有《移家别树》诗云："手种庭前树，人移树不移。看花愁作别，不及未栽时。"所云"移家"亦当与此诗同指。《本事诗·情感》所载之事似不足信。参下"笺评"所引。②好是，犹好在、妙在，表示赞美。司空图《杨柳枝寿杯词》之十七："好是梨花相映处，更胜松雪日初晴。"是，《本事诗》作"去"。③系，牵系，牵动。④浑，还。曹唐《小游仙》诗："白龙久住浑相恋，斜倚祥云不肯行。"⑤四，《全唐诗》校："一作三。"

孟启曰：韩晋公（滉）镇浙西，戎昱为部内刺史（失州名）。郡有酒妓，善歌，色亦媚妙。昱情属甚厚。浙西牙将闻其能，白晋公，召置籍中，昱不敢留，饯于湖上，为歌词以赠之，且曰："至彼令歌，必首唱是词。"既至，韩为开筵，自持杯，命歌送之。遂唱戎词。曲既终，韩问曰："戎使君于汝寄情耶？"悚然起立曰："然。"言随泪下。韩令更衣待命，席上为之忧危。韩召牙将责曰："戎使君名士，留情郡妓，何故不知而召置之？成余之过！"乃十笞之。命与妓百缣，即时归之。其词曰："好是春风湖上亭，柳条藤蔓系离情。黄莺久住浑相识，欲别频啼四五声。"（《本事诗》情感第一）

敖英曰：末二句言禽鸟犹知惜别，而所居交情亦良薄矣。与杜子美"岸花飞迷客，樯燕语留人"，皆风刺深厚，意在言外。（《唐诗绝句类选》）

周珽曰：极情极语。情也，吾见其厚；语也，吾见其秀。超轶绝伦之诗。（《删补唐诗选脉笺释会通评林》）

王尧衢曰：句句推开，句句牵扯，妙绝。（《古唐诗合解》）

徐增曰：（末）二句句法交互移换，有如此之妙，诗家丘壑，和盘托出。（《而庵说唐诗》）

宋宗元曰：辞意俱不尽。（《网师园唐诗笺》）

富寿荪曰：前半写湖上风物，已含留恋之意。后半以黄鹂伤离频啼，进一层托出惜别之情。通首语意含蓄蕴藉，耐人讽味。（《千首唐人绝句》）

[鉴赏]

这首诗抒写移家别居时对旧居景物恋恋不舍的感情。这本是常人普通的情感，但在诗人笔下，却显得清新活泼，富于童趣。它的妙处，就在将自己的感情投射到物身上，将物拟人化、情感化，使自己对旧居景物的恋恋不舍之情反过来变为物对人的依恋，从而使常见的题材、普通的感情变得新颖脱俗，情趣盎然。

首句紧扣题目，将"别"的对象集中锁定在"湖上亭"上。旧居可恋的景物人事不止一端，但诗人最留恋欣赏的则是旧居旁边湖上亭一带的景色。用"好是"二字喝起，便强烈地表达出赞赏之意。又用"春风"点明季候，渲染氛围，使"湖上亭"一带的景物都笼罩在无边的春色和骀荡的春风之中，下面的"柳条藤蔓"和"黄莺"都直接与"春风"相关。这句总提，以下便分别抒写别情。

次句"柳条藤蔓系离情"，说亭边的柳条、亭上的藤蔓，在骀荡的春风中，披拂摇荡，牵系着自己的离情。从表面上看，这句似只写自己的"离情"被"柳条藤蔓"所牵系触动，并没有直接将物拟人化，情感化。但"系离情"的"系"字，却暗透了物的形态、物的感情。一方面，"柳条"和"藤蔓"本身长条的形状和在春风中摇曳的形态，客观上给人以牵系的感觉印象，而这种形状与形态又特别容易勾起人们对它的爱怜而不忍离舍，故说"柳条藤蔓系离情"。另一方面"杨柳依依"，藤蔓摇曳，又给人以依依惜别，如同送客之感，因此，说"柳条藤蔓系离情"就包含有柳条藤蔓在春风中摇曳荡漾，如同依依惜别的形态更勾起自己的离情之意。一"系"字，物之形态、物之依依惜别之感以及诗人自己被触动牵系的离情全都包含在其中了。而物之"系"情又和上句"春风"的吹拂而作摇曳荡漾之态密切相关，上下句之间，自然密合，融为一体。

"黄莺久住浑相识，欲别频啼四五声。"三、四二句，于"湖上亭"景物中专写黄莺之惜别。"久住"二字，贯通全篇，是物与我均有惜别之恨，于第三句特为点明，起着绾结前后幅的作用。如果说第二句还只是明写己之"离情"为物所牵系，暗透物之依依惜别之情，那么这两句便完全过渡到写物之惜别。由于久住此地，草木禽鸟，与自己都成了老相识，因此当自己离此欲别之际，那黄莺也感到依依不舍，时不时地啼鸣四五声，似乎是在表达它的"离情"。这就将物完全拟人化、情感化了。本来无知的物也临别欲啼，则诗人自己的离情之浓可想而知。"黄莺"之"啼"，本是物性使然，无关乎"离情"，诗人将自己的感情投射于物，故觉"黄莺"之"啼"乃因惜别。这种设想，似无理而自有其情感逻辑，故读者于欣赏其想象的新奇巧妙时也就自然认同了其情感逻辑。

诗的风格朴素清新，与其以口语入诗密切相关。首句的"好是"与第三句的"浑"，均为唐人俗语，末句的"四五声"更是极通俗的口头语。这种朴素清新的语言风格与景物的拟人化、情感化的结合，使得这首诗别具一种生动活泼的童趣，一种既清新自然又婉丽巧妙的情趣，故虽清浅却耐读。

咏　史①

汉家青史上②，计拙是和亲③。社稷依明主④，安危托妇人。岂能将玉貌，便拟静胡尘⑤。地下千年骨，谁为辅佐臣？

[校注]

①《全唐诗》校："一作《和蕃》。"②青史，古代以竹简记事，故称史籍为"青史"。③和亲，封建王朝利用婚姻关系与边疆各族统治者结亲和好。《史记·刘敬叔孙通列传》："（高祖）取家人子名为长公主，妻单于，使刘敬往结和亲约。"④依，靠，倚仗。⑤将，持，拿。拟，打算。静，平息。胡尘，指胡人入侵。二句当一气读。

[笺评]

范摅曰：宪宗皇帝朝，以北狄频侵边境，大臣奏议，古者和亲之有五利，而曰无千金之费。上曰："比闻一卿能为诗，而姓氏稍僻，是谁？"宰相对曰："恐是包子虚、冷朝阳。"皆不是也。上遂吟曰：

"山上青松陌上尘，云泥岂合得相亲。世路尽嫌良马瘦，唯君不弃卧龙贫。千金未必能移性，一诺从来许杀身。莫道书生无感激，寸心还是报恩人。"侍臣对曰："此是戎昱诗也。京兆尹李銮以女嫁昱，令改其姓，昱固辞焉。"上悦曰："朕又记得《咏史》一篇，此人若在，便与朗州刺史。武陵桃源，足称诗人之兴咏。"圣旨如此稠叠，士林之荣也。其《咏史》曰："汉家青史内，计拙是和亲。社稷依明主，安危托妇人。岂能将玉貌，便拟静胡尘。地下千年骨，谁为辅佐臣？"上笑曰："魏绛之功，何其懦也！"大臣公卿，遂息和戎之论矣。（《云溪友议》卷下《和戎讽》）

徐充曰：此诗辞严义正，虽善史断者，不能过也。首二句正本之论。三、四婉言此事之非所宜。五、六实言此事之不可恃。尾乃言当时立朝之臣无能救正，岂非良、平之罪乎？若为不知，而诛及死者，责之深也。甚妙。（《删补唐诗选脉笺释会通评林·中五律》）

陆时雍曰：三、四怨而理。此言有裨国计，殆不徒作。（《唐诗镜》卷三十四）又曰：叙事议论，绝非诗家所需。以叙事则伤体，议论则费词也。然总贵不烦而至。如《棠棣》不废议论，《公刘》不无叙事。如后人以文体行之，则非也。戎昱"社稷依明主，安危托妇人""过因谗后重，恩合死前酬"，此亦议论之佳者矣。（《诗镜总论》）

黄周星曰：此是正论，他作皆翻案耳。（《唐诗快》）

冯班曰：名篇。亦是议论耳，气味自然不同。意气激昂，不专作板论，所以为唐人。（《瀛奎律髓汇评》卷三十引）

查慎行曰：与崔涂《过昭君故宅》略同。五、六太浅。（同上引）

无名氏（甲）曰：此事固为一时将相之羞，然刘敬作俑，尤当首诛。（同上引）

吴乔曰：《咏史》诗太露。何以贻误清泰耶？（《围炉诗话》）

沈德潜曰：人谓诗主性情，不主议论，似也，而亦不尽然。试思二《雅》中何处无议论……但议论须带情韵以行，勿近伧父面目耳。

戎昱《和蕃》云："社稷依明主，安危托妇人。"亦议论正大。昱又有句云："过从谗后重，恩合死前酬。"此议论之佳者。（《重订唐诗别裁集》卷十一）

乔亿曰：颔联史论，宜宪宗诵之而廷臣和戎之议息。（《大历诗略》）

纪昀曰：太直太尽，殊乖一唱三叹之旨。（《瀛奎律髓刊误》）

王寿昌曰：何谓是非取舍？曰：好贤如《缁衣》，恶恶如《巷伯》，故贤愚不分，不足以论人；是非不辨，不足以论事；取舍不明，不足以御事变而服人心。是故太冲《咏史》，其是非颇不下乖人心所同。然嗣宗《咏怀》，其予夺几可继《春秋》之笔削。他如陶题甲子，见受禅之非宜；谢过庐陵，雪沉冤于既死。此后唯杜工部……读之可见其经济之实学，笔削之微权焉。他如"汉家青史上，计拙是和亲。社稷依明主，安危托妇人。岂能将玉貌，便拟静胡尘。地下千年骨，谁为辅佐臣"。（戎昱《和蕃》）……数诗亦其后劲者也。（《小清华园诗谈》卷上）

[鉴赏]

戎昱之著诗名于当时，实因此诗（见"笺评"引《云溪友议·和戎讽》）；而其贻讥评于后世（见"笺评"引吴乔、纪昀评语），亦因此诗。连严羽《沧浪诗话》谓"戎昱在盛唐为最下，已滥觞晚唐矣"，亦与《咏史》之多议论有关。故对此诗之评价，关键在如何看待此诗之议论。

此诗题《咏史》，开篇又直截了当地揭示"汉家青史上，计拙是和亲"，尾联更谓"地下千年骨，谁为辅佐臣"，似乎诗的主旨就是痛斥汉代的和亲政策以及制定施行这一政策的君主大臣。但唐代自安史之乱以来，因内乱外患，国势衰危，却屡有嫁公主和亲之事。如肃宗乾元元年（758），以幼女宁国公主下嫁回纥；大历三年，以仆固怀恩幼女为崇徽公主为其继室；德宗时，以咸安公主下嫁回纥，均其例。戎昱此诗，很可能是针对当代的现实情况，有感而发，否则诗中抒发的感情不会如此强烈。

"汉家青史上，计拙是和亲。"一开头奋笔直书，斥和亲之策为"计拙"。"拙"者，愚拙、拙劣之谓；"计拙"，谓其计穷而不得不为此愚蠢之下策也。一笔抹倒，不留余地，斩钉截铁，不稍假借。这是给历史上、现实中的"和亲"之策作总定位。"汉家"既指汉代，也可包括历代以汉族为主体的封建王朝以及当前的唐朝。封建时代的和亲政策，有各种不同的时代背景和双方强弱不同的态势。有双方均出于交好的动机而进行的有积极意义的和亲，也有处于弱势的汉族王朝不得已的甚至带有屈辱性质的和亲，不能一概而论。诗人在这里虽似概斥和亲之举为"计拙"，实际上他针对的是胡人入侵时汉族封建王朝屈辱性的和亲，这从下文"安危托妇人""便拟静胡尘"等句可以明显看出。

"社稷依明主，安危托妇人。"颔联以沉痛愤激之辞抨击"和亲"之"计拙"。两句貌似直遂，实有蕴涵，值得涵泳玩味。出句是说，治理和保卫国家社稷应该依靠圣明的君主。这仿佛是极平常的议论，但一和对句联系起来，这平常的议论就成了强烈的反讽。对句是说，拙劣的和亲政策却把国家社稷的安危托付给了一个柔弱的妇人。体味此句，诗人显然是指汉族封建王朝处于弱势时屈辱性的"和亲"，否则不会说国家的安危托于妇人。正因为君主将"安危"托付给根本无法承担如此重任的妇人，就反过来证明了君主已经无法承担这原本应当承担的政治责任，也就根本不是什么"明主"，而是"庸主""衰主"甚至"昏主"了。两句对应，对施行"和亲"政策的君主的讽嘲与愤激固可意会，对无力承担却不得不承担拯救社稷安危重任，因而远嫁异域，甚至作了牺牲品的"妇人"的同情怜悯也自寓其中，于同情中又含有一份沉痛之情。

"岂能将玉貌，便拟静胡尘。"腹联用流水对，一气直下，直斥这种屈辱的和亲政策的天真愚蠢、一厢情愿，亦即"计拙"。"岂能""便拟"，前呼后应，讽意显然。处于强势的胡族，之所以恃强乘机入侵，自有更大的目的，根本不会因下嫁公主而休兵，即便暂时言和，不久又将入侵。靠"妇人"的"玉貌"来"静胡尘"只能是不切实际的幻想。

"地下千年骨，谁为辅佐臣？"这种天真愚蠢的屈辱性和亲政策的制定与施行，既有君主的责任，也有辅佐大臣的责任。他们实际上都是"和亲"政策的决策者和主要责任人。对君主，诗人用的是婉讽手法；感情虽愤激，语言却比较婉曲；而对"辅佐臣"，则痛斥其非，感情激愤痛切到直欲起千年地下之骨而面斥之的程度。而这样的"辅佐臣"，千年之前有过，当今也同样存在。诗人在痛斥"地下千年骨"的同时，其言外之意也自可默会。

议论和直陈是这首诗的显著特点，但这和无蕴蓄并不是一回事。关键是这种议论本身是否具有深刻的内涵和深沉的感慨，是否具有诗的激情和韵味。这首诗正是将二者结合得比较好的例子。沈德潜多次提及"议论须带情韵以行"，并以此诗为例，他的看法是比较中肯的。

霁　雪①

　　风卷寒云暮雪晴②，江烟洗尽柳条轻。檐前数片无人扫③，又得书窗一夜明④。

[校注]

①霁雪，雪后放晴。《全唐诗》校："一作《韩舍人书窗残雪》。"②寒云，《全唐诗》校："一作长空。"③数片，指残雪。④《文选·任昉〈为萧扬州荐士表〉》："乃至集萤映雪，编蒲缉柳。"李善注引《孙氏世录》曰："孙康家贫，常映雪读书。"此句暗用其事。事又见《初学记》卷二引《宋齐语》。

杨慎曰：（三、四）暗用孙康事，妙。（《升庵诗话》卷三《戎昱霁雪诗》）

贺裳曰：升庵不满于戎（按：杨慎《升庵诗话·劣唐诗》谓"学诗者动辄言唐诗，不思唐人有极恶劣者，如薛逢、戎昱，乃盛唐之晚唐"），余观其集……好诗尚多，即如升庵所称《霁雪》诗，亦甚佳。（《载酒园诗话又编·戎昱》）

宋宗元曰：（三、四）熟事虚用。（《网师园唐诗笺》）

刘拜山曰："柳条轻""檐前数片"，皆写"残雪"，故只得"一夜明"也，是用字不苟处。（《千首唐人绝句》）

［鉴赏］

写雪后初晴之景，一般作者往往只注意描绘其澄澈清明、朗爽洁净的景象，即着眼于"霁"而忽略了"雪"。这首诗却既写雪后放晴的朗爽之景，又紧紧抓住雪后初晴、残雪尚存的特点，写出自己对此的独特诗意感受，构思、意境都不落常套。诗题一作《韩舍人书窗残雪》，细按诗意，前两句与"韩舍人书窗残雪"无涉，仍以《霁雪》之题较为符合诗的内容。

这是一个雪后初晴的傍晚。寒风卷走了天空中的阴云，暮雪停歇，天宇清朗；江边的烟雾随风而散，洗出了一片晴朗之色；柳条上的积雪纷纷散落，随风飘荡的柳枝显得格外轻盈。雪后初晴之际，寒风凛冽而强劲，正是由于风，才有"寒云"之"卷"，"暮雪"之"晴"，"江烟"之"洗"，"柳条"之"轻"。一、二两句，抓住雪后风劲的天气特点，写出了雪停云散、烟尽柳轻的一片晚晴景象，也透露出诗人目击此景时开朗清澄、轻松愉悦的感受。客观境界与主观心境融为一体，而"卷"字、"晴"字、"洗"字、"轻"字，都是很富表现力的字眼，但读来却并不觉得诗人有意着力的痕迹。

前两句描绘的是雪后晴幕的大环境和广阔境界，后两句则由外而内，将视线收拢到眼前的檐前书窗上："檐前数片无人扫，又得书窗一夜明。"在广阔的天宇和江边，风劲云卷，烟散雪落，一片晴明朗爽之境，而在所居的书房檐前，几片残雪还留存着，发出晶莹的亮光，说"无人扫"，正与前两句云之卷、烟之洗、柳之轻构成对照。然而正是这檐前残留的晶莹之雪，触发了诗人的诗思，使他联想起了古人映雪夜读的故事，因而从心底涌出一片诗兴：这檐前的数片残雪，不正好可以为我的书窗一夜照明，让我享受映雪夜读的乐趣吗？映雪夜读的故事，在勤苦攻读中本含有一些功利的色彩，但诗人化用这个故事，却纯然是将它作为一种富于诗意和美感的享受，因此读来便倍觉其化熟为新，化俗为雅，充满诗情诗趣了。从檐前的数片残雪中发现常人想象不到的美感和欣喜，这正是唐人敏锐诗心的典型表现。正是由于这一发现，这首诗才显得清新脱俗，不落常境。

窦叔向

窦叔向（729—780），字遗直，扶风平陵（今陕西咸阳西北）人。大历初登进士第，累佐幕府，为租庸使从事，又为防御使判官、江阴令。大历十二年（777）任左拾遗内供奉。十四年贬溧水令，建中初卒。叔向有诗名，其五子常、牟、群、庠、巩亦工词章，有佳作传世。系唐代著名的诗歌家族。《新唐书·窦群传》："父叔向，以诗自名……兄常、牟，弟庠、巩，皆为郎，工词章，为《联珠集》行于时，义取昆弟若五星然。"《新唐书·艺文志》著录《窦叔向集》七卷。《全唐诗》及《补遗》录存其诗十一首。

夏夜宿表兄话旧

夜合花开香满庭①，夜深微雨醉初醒。远书珍重何曾达，旧事凄凉不可听。去日儿童皆长大，昔年亲友半凋零。明朝又是孤舟别，愁见河桥酒幔青②。

[校注]

①夜合花，落叶灌木。叶椭圆形，至长圆形，先端尾状渐尖。花顶生，色白，极香。又，马缨花（一称合欢花）亦称夜合花，但其花并无浓香，与此句所称"香满庭"者未合。且马缨花系乔木，树身高大，一般不植于庭中。②酒幔，酒店门前所悬挂的青布招子。即所谓"青旗沽酒有人家"者。

[笺评]

周敬曰：好起结。中本真情，不费斧凿，不知者以为太直致。（《删补唐诗选脉笺释会通评林·中七律下》）

金圣叹曰:"珍重"下接"何曾",妙。"何曾"上加"珍重",妙。此亦人人常有之事,偏能写得出来也。五、六是人人同有之事,是人人欲说之话,不仅他写得出来,叹他写来挑(跳)动。"明朝又别"四字,隐然言他日再归,便是儿童亦已凋零,亲友并无半在也,可不谓之大哀也哉!(《贯华堂选批唐才子诗》)

谭宗曰:收结惓切动情,迥异于寻常晤对,妙。(《近体秋阳》)

陆次云曰:此诗章法一句紧似一句,无凑泊散缓之病,作意可师。(《五朝诗善鸣集》)

朱之荆曰:一、二点夜宿,三、四点话旧。然唯书未达,所以话之长也。五、六申明"不可听"。尾联进一步法。河桥,即河梁,苏武、李陵握别处,此借言耳。(《唐诗摘抄》卷三朱氏补评)

方东树曰:起叙题,兼写景。中二联皆言情,而真挚动人,收自然不费力,而却有不尽之妙。(《昭昧詹言》卷十八)

王寿昌曰:七律发端倍难于五言,如杜员外"今年游寓独游秦,愁思看春不当春"之奥折,钱员外"二月黄鹂飞上林,春城紫禁晓阴阴",暨卢允言"春风吹雨过青山,却望千门草色闲"之幽秀,刘得仁"御林闻有早莺声,玉槛春香九陌闻"之朗润,窦叔向"夜合花开香满庭,夜深微雨醉初醒"之闲逸……尚可备脱胎换骨之用。然但宜师其势,不当仿其意。(《小清华园诗谈》)

俞陛云曰:此诗平易近人,初学皆能领解。录此诗者,以其一片天真,最易感动,中年以上者,人人意中所有也。开篇言微雨生凉,花香满院,密亲话旧,薄醉初醒,此乐正不易得。三句言往日郑重寄书,而关河修阻,天远书沉,四句言酒后纵谈往事,其拂意者,固触绪多悲;即快足之事,俯仰亦为陈迹,总之皆凄凉不可听耳。五、六言此草草数十年中,不觉光阴永逝,迨握手重逢,当日之婴婉,已成丁壮;而老成半就凋零,则吾辈之嵯峨暮景可知。收句言情话方长,而骊歌已唱,真觉风雨西楼,酒醒人远矣。此诗与五律中戴叔伦之"天秋月又满"诗,李益之"十年离乱后"诗,司空曙之"故人江海

别"诗，皆亲友唱酬，情文兼致之作。唐人于此类诗，最为擅场，不失风人敦厚之旨也。(《诗境浅说》丙编)

[鉴赏]

盛唐七律，多高华典丽之作，至中唐而变工秀流易。窦叔向这首七律，初读似感流易有余而工秀不足，尤以颔、腹两联为然。细味之则虽出语平易流利，似若不经意，实则蕴含的感情并不浮浅，可以说是用朴素的语言表达出衰乱时世普遍的人生感受。起、结二联，尤饶意境与远韵。

"夜合花开香满庭，夜深微雨醉初醒。"起联描绘渲染"夏夜宿表兄话旧"的环境氛围。这是初夏时节一个美好的夜晚：天下着霏微的细雨，庭院中的夜合花在细雨浸润下开放得正繁茂，浓郁的芳香充满了庭院。因为久别重逢，欢聚的酒宴上双方都因畅饮而进入微醺的境界。夜深微雨送凉，酒才刚刚醒过来。这是一个充满温馨气息的氛围，在这种氛围中，最易唤起双方对往事的美好回忆。诗人在开篇创造出这样的氛围意境，正是为了在下两联展开"话旧"的主题。

但如此温馨美好的氛围引发的"话题"内容却与这氛围有些不大协调："远书珍重何曾达，旧事凄凉不可听。""话旧"的头一个内容就是分别这些年来彼此间音讯的隔绝。言谈之间，才得知彼此都曾郑重地给对方寄过珍重的书信，却始终未能抵达对方的手中。这就留下了一个悬念：究竟是什么原因使珍重的"远书"不能"达"呢？答案似乎只能是由于战乱兵戈，使远书难达，音信不通。而当双方回忆起这些年来的"旧事"时，又都感到"凄凉不可听"。"旧事"的内容，诗人含而未宣，但联系上句"远书"不达的战乱背景，不难想见这"旧事"，恐怕首先包括了"国事""世事"，即长达八年的安史之乱乃至乱后藩镇割据反叛、外族入侵、百姓流离困苦等令人不堪回首的"凄凉""旧事"。因此这一联尽管写得很虚泛，联系诗人所处的时代，却不难感受到其中所蕴含的时代衰乱的阴影。这种凄凉的旧事，正与首联温馨的氛围构成鲜明的对比，使"话旧"之际那种凄凉不堪追忆的感慨更加突出，不妨说是以温馨之境反衬凄凉之事和凄凉之情。

"去日儿童皆长大，昔年亲友半凋零。"这是"话旧"的另一方面内容，即别后至重逢期间彼此熟悉的此间人事的沧桑变化。离别此间而去时的儿童们，如今均已长大成人，而昔年的亲戚朋友却半数已经凋零去世了，两句显示出别与逢之间时间之长远，人事变化之巨大。这种变化，本来是人间常规，单就"去日儿童皆长大"这一现象而言，似乎还应感到欣喜，但在这里，它却主要是为了反衬"昔年亲友半凋零"而设的衬笔，因此在鲜明的对照中就越发突出了对"亲友半凋零"的悲慨。而亲友的"凋零"中，又有不少是直接或间接与战乱有关的（所谓"丧乱死多门"），这就不只是昭示自然的人事代谢规律，而是悲慨于战乱带来的人事沧桑了。故诗人虽只平淡道来，而无限时代沧桑之感自寓其中。

以上两联，均为与表兄"话旧"的内容，从别后音书难达到世事凄凉，再到亲友凋零、人事沧桑，虽一语未正面道及战乱，但在这一切现象中无不有战乱的阴影在。故语淡而情悲，调流易而慨深沉。

"明朝又是孤舟别，愁见河桥酒幔青。"尾联由"重逢""话旧"而"又别"，将悲慨推进一层。著"又是"二字，既见聚之暂、别之速、别之易、会之难，更将"昔"之别与今之别绾结在一起。往年在河桥边的酒店饮饯作别，乘一叶孤舟离此而去的情景仿佛又重现于眼前。昔别之后，变化已如此巨大，今别之后更不知何时重逢，亦不知世事如何沧桑变化，故说"愁见"，因为它唤起的是对世事人生的深沉感慨。尾联"酒幔"遥应首联"醉初醒"，写景起，写景结，而景中寓情含慨，有意境，有情韵，有风调，堪称佳制。

窦 牟

窦牟（约749—822），字贻周，窦叔向次子。贞元二年（786）登进士第，授秘书省校书郎。历东都留守巡官，河阳、昭义节度使从事，东都留守判官。元和五年（810），入为虞部郎中。出为洛阳令。历都官郎中、泽州刺史、国子司业，长庆二年（822）二月卒。韩愈曾师事之，有《国子司业窦公墓志铭》。《新唐书·艺文志》著录《窦氏联珠集》五卷，收录牟与兄弟共五人诗各一卷，今存。《全唐诗》录存其诗二十一首。

奉诚园闻笛①

曾绝朱缨吐锦茵②，欲披荒草访遗尘③。秋风忽洒西园泪④，满目山阳笛里人⑤。

[校注]

①奉诚园，原注："园，马侍中故宅。"马侍中，指马燧（726—795），唐中期著名将帅。大历至建中间，屡平李灵曜、田悦、李怀光等叛乱。拜司徒，兼侍中，与李晟皆图像凌烟阁。《旧唐书》卷一百三十四、《新唐书》卷一百五十五有传。《新唐书·马燧传》附其子马畅传云："燧没后，以赀甲天下。畅亦善殖财，家益丰。晚为豪幸牟侵……贞元末，神策中尉杨志廉讽使纳田产。至顺宗时，复赐之。中官往往逼取，畅畏不敢吝，以至困穷……诸子无室庐自托。奉诚园亭观，即其安邑里旧第云。故当世视畅以厚畜为戒。"冯翊《桂苑丛谈》："马司徒之子畅，以第中大杏馈中人窦文场，文场以进德宗，德宗以为未尝见，颇怪畅。畅惧，进宅，改为奉诚园。"奉诚园在长安安邑坊内，见《雍录》。"闻笛"，见注⑤。②绝朱缨，扯断结冠的带。

据刘向《说苑·复恩》载：楚庄王宴群臣，日暮酒酣，灯烛灭。有人引美人之衣。美人援绝其冠缨以告王，命上火，以得绝缨之人。王不从，命群臣尽绝缨而上火，尽欢而罢。后三年，晋与楚战，有楚将奋死赴敌，终胜晋军。王问之，始知即前宴席上引美人之衣而绝缨之人。此以"绝缨"借指曾受马燧之恩遇。事又见《韩诗外传》卷七。吐锦茵，《汉书·丙吉传》："吉驭吏耆酒，数逋荡。尝从吉出，醉欧（呕吐）丞相车上。西曹主吏白欲斥之，吉曰：'以醉饱之失去士，使此人将复何所容？西曹地（但）忍之，此不过汙丞相车茵耳。'"吐锦茵，醉酒呕吐污车上锦绣的垫褥。此亦借指马燧宽厚待人，不计较细小的过失，于己有恩。③披，拨开。访遗尘，寻访昔日马燧居此时的遗迹。④西园，传为曹操所建园林，故址在今河北省临漳县邺县旧址北。曹丕、曹植及王粲、刘桢诸文人常宴游于此。王粲《杂诗》云："日暮游西园。"刘桢《公宴诗》云："月出照阁中，珍木郁苍苍。"曹丕《芙蓉池作诗》云："乘辇夜行游，逍遥步西园。"曹植《公宴诗》："清夜游西园，飞盖相追随。"此句"西园泪"可能指昔年曾与马燧及其子辈同游饮宴，今燧已逝，而其安邑里旧第荒废，故悲而下泪。西园，借指奉诚园。⑤山阳笛，晋向秀与嵇康、吕安友善，嵇、吕亡故后，向秀经其山阳（今河南修武）旧居听邻人吹笛，作《思旧赋》追忆昔日游宴之好，其序云："余逝将西迈，经其旧庐。于时日薄虞渊，寒冰凄然。邻人有吹笛者，发音寥亮。追思曩昔游宴之好，感音而叹，故作赋云。"句意谓在奉诚园听到笛声，怀念起昔日对自己有知遇之恩而今已经逝世之马燧，不禁有满目凄凉，不胜今昔之感。着眼处在"旧居"二字。

[笺评]

吴逸一曰：感深知己，一字一泪。叠用故事，略无痕迹，更见炉锤之妙。论其声调，又逼盛唐。（《唐诗正声》）

唐汝询曰：此因笛声兴感，伤马氏之微，见德宗待功臣之薄也。言我曾居马氏幕府，而被绝缨吐茵之宠遇，故欲披芳草以访遗迹。所以对秋风而洒西园之泪者，以目所睹皆山阳笛中之人也。夫德宗得立，马燧力也。今收其宅为园，顿同嵇、吕之旧居，足悲也夫！（《唐诗解》卷二十九）

周珽曰：末句唤起一章慨思，妙，妙。（《删补唐诗选脉笺释会通评林·中七律中》）

宋顾乐曰：精警圆亮，绝调也。（《唐人万首绝句选》评）

俞陛云曰：诗言当年东阁延宾，吐车茵而不憎，绝冠缨而恣笑，曾邀逾分优容。及重过朱门，而荒草流尘，难寻遗迹。秋老西园，不禁泪尽斜阳之笛矣。自来知己感恩者，牙琴罢流水之弦，马策极州门之恸，今昔有同怀也。（《诗境浅说》续编）

[鉴赏]

绝句尚白描、贵风韵，一般很少用典。这首七绝却连用四典（绝朱缨、吐锦茵、西园泪、山阳笛），密度之大，极为罕见。但读完全篇，不但深感用典之贴切，而且可以看出它们在创造意境、形成情韵风神方面的独特作用。这是因为，诗人始终用浓郁沉挚的怀旧之情将这一系列典故贯串起来，使它们成为浑然一片的艺术整体的缘故。

"曾绝朱缨吐锦茵"，首句连用二典，显示诗人与"奉诚园"的旧主人之间特殊的关系。这两个典故有一个共同的特点：主人的地位尊贵（一为明主、一为贤相）而待下宽厚，不以下属有小过而施罚，而臣下或宾客则虽有过失而得到主人的宽容，受到主人的恩遇。用"曾"字提起，暗示过去自己曾作为宾客而游于马燧之门，受到马燧的优容厚遇。诗人未必即有"绝缨""吐茵"那样的情事，但从用典中却可想见当年宾主之间那种不拘形迹、不拘小节的亲密关系，这正是诗人对这位位高权重的旧主人始终怀着一种特殊的亲切之情的缘故。

叠用二典，正加重了这种亲切感怀之情。

"欲披荒草访遗尘"，第二句由感怀昔日的亲切恩遇自然转到寻访旧主人所在的遗迹上来。往日的安邑里府邸，自当是雕梁画栋，车水马龙，极为繁华热闹的，如今却已是荒草被径，一片荒芜冷落景象。从上句的"朱缨""锦茵"，即可想象当年宾客盈门、陈设华丽的景象，这正与眼前的荒草满径的景象形成鲜明对比，言外自含一种世事沧桑的感慨。作为一个曾受厚待恩遇的宾客，在面对荒草丛生的旧居时，心中兴起的或许更有一种世态炎凉的感慨。"欲"字"访"字，显示出诗人面对荒园时那种恍然茫然、寻寻觅觅，而又若有所失的情态，浓郁的怀旧之情，亦于"披荒草访遗尘"中自然流出。

"秋风忽洒西园泪，满目山阳笛里人。""西园"的典故，暗示自己当年为门下客时，曾像昔日刘桢、王粲等人与曹丕、曹植等西园雅集、冠盖相随那样。而今，秋风起处，荒草离披，一片荒凉，触景伤情，不禁潸然泪下，此即所谓"西园泪"。这是怀旧恩、追昔游、伤物是人非、慨人事沧桑之泪。"忽"字生动传神，传达出一种因景物的触动而忽生悲慨的神态。正好在这时，又传来一阵阵凄凉的笛声，联想起山阳闻笛的典故，触发自己对已经逝去的马燧的怀念伤悼，恍惚之间，遂觉满目都是旧日恩主的影子，而更感慨唏嘘不已了。"满目山阳笛里人"自然是一种幻觉式的联想，但这种联想却十分真切地表达了诗人的悲悼怀念之情的真挚与深沉，典故本身所包蕴的怀旧、感逝、悲悼等情感，将历史与现实、实景与幻境融为一体，情致苍凉、风神悠远，结得极饶韵味。

窦 巩

窦巩（772—831），字友封，窦叔向子。元和二年（807）登进士第。五年为义成节度使袁滋从事。历佐山南、荆南、平卢节度使幕。宝历元年（825）入为侍御史。大和二至三年（828—829），以司勋员外郎判度支，迁刑部郎中。四年入武昌节度使元稹幕，五年稹卒，巩北归长安，卒。巩诗当时被目为"友封体"，以绝句著称。《全唐诗》录存其诗三十九首。

宫人斜[①]

离宫路远北原斜，生死恩深不到家[②]。云雨今归何处去[③]，黄鹂飞上野棠花[④]。

[校注]

①宫人斜，唐代埋葬宫人的墓地。王建《宫人斜》："未央宫西青草路，宫人斜里红妆墓。一边载出一边来，更衣不减寻常数。"汉未央宫旧址在唐禁苑中。宋敏求《春明退朝录》："唐内人墓谓之宫人斜，四仲（四季的第二个月）遣使者祭之。"斜，指山坡野地，亦指有一路斜通墓地。汉未央宫"斩龙首山而营之"，地据龙首山原之上。②北原，即唐长安城北之龙首原。北原斜，即宫人斜。宫女生不能回家与家人团聚，死不能返葬故乡，故云"生死恩深不到家"。③云雨，用巫山神女自称"朝为行云，暮为行雨"事，此借指宫女。④黄鹂，即黄莺。野棠花，即棠梨花。

[笺评]

谢枋得曰：宫人承恩幸之时，朝云暮雨，尽态极妍，而今不知死

何处。但见墟墓之旁，听黄鹂之声，观海棠之色。宫人之音容与草木音容同一渐尽，亦可哀矣。（《唐诗品汇》卷五十二引）

周敬曰：悲悼。（《删补唐诗选脉笺释会通评林·中七绝》）

黄周星曰：生死恩深，不知为君恩乎？亲恩乎？忽接"不到家"二字，便觉有啾啾鬼哭。（《唐诗快》卷三）

俞陛云曰：此诗吊宫人埋土之地。第二句言，无论生死深恩，不得故乡归骨，深为致慨。窦有《南游感兴》诗云："伤心欲问前朝事，惟见江流去不回。日暮东风春草绿，鹧鸪飞上越王台。"两诗一咏黄鹂，一咏鹧鸪，所谓"飞鸟不知陵谷变"也。后人习用之，遂成套语，而在中唐时作者，自有一种苍茫之感。（《诗境浅说》续编）

刘永济曰："生死"句写尽宫女一生惨事，盖一选入宫，则生死皆不得到家也。（《唐人绝句精华》）

刘拜山曰："一入深宫里，年年不见春"（天宝宫人诗），已极生前之惨，而今日寂历长眠，更无人一顾，生死之恨，谁实为之！（《千首唐人绝句》）

[鉴赏]

以宫人斜为题材的诗，在现存唐诗中仅六首。除窦巩此首及注①所引王建之作外，尚有权德舆、杜牧、雍裕之、陆龟蒙等诗人各一首。为便于参照比较，将其他四首并录于下：

一路斜分古驿前，阴风切切晦秋烟。
铅华新旧共冥寞，日暮愁鸱飞野田。
权德舆《宫人斜绝句》
尽是离宫院中衣，苑墙城外冢累累。
少年入内教歌舞，不识君王到死时。
杜牧《宫人冢》
几多红粉委黄泥，野鸟如歌又似啼。

应有春魂化为燕，年来飞入未央栖。

雍裕之《宫人斜》

草著愁烟似不春，晚莺哀怨问行人。

须知一种埋香骨，犹胜昭君作虏尘。

陆龟蒙《宫人斜》

尽管从总体看，可以归入"宫怨"这个大类，但和多数宫怨诗以委婉细腻之笔表达宫嫔幽怨望幸之情，风格怨而不怒有别，《宫人斜》这类诗因为所咏的对象是最下层的居于离宫别苑，一辈子"不识君王面"的普通宫女的悲剧命运，一般感情都比较强烈激切，对宫女的命运充满人道主义同情。其中窦巩的这首，不但感情沉挚深至，而且以景结情，富于韵味。

诗的前幅紧扣"宫人斜"的题目，概写宫女一生的悲剧命运。"离宫路远"，是说这些宫女一入宫就分发到离皇宫很远的离宫别苑，一年到头甚至一生一世也见不到皇帝的面（杜牧诗"尽是离宫院中女"可证）；"北原斜"，是说她们如今就长眠在这一路斜通、荒冢累累的北原之上。生前在离宫苦熬着孤寂凄凉的漫长岁月，死后在荒凉的北原与累累荒冢为邻。一句七个字概括了其一生孤苦凄凉的命运。次句"生"字承"离宫路远"；"死"字承"北原斜"，接下来的"恩深不到家"五字，将对宫人悲剧命运的揭示推向极致。宫人被召入宫，俗称"承恩"，但实际上她们所承受的所谓"深恩"，便是活着的时候长守离宫寂寞凄凉的岁月，一辈子见不到家人的面；即使死后，也只能在宫人斜的累累荒冢中埋骨，根本回不了故乡。这是对封建专制时代宫嫔制度反人道本质的深刻揭露，感情激愤而沉痛，但在表达上却并不剑拔弩张，而是用了反讽意味很重却又反言若正的"恩深"二字，使之与"生死""不到家"构成强烈的对比，从而使这句诗既鞭辟入里、深刻入骨，又深沉含蓄、内敛沉痛，称得上是发人深省的名句。

"云雨今归何处去，黄鹂飞上野棠花。"后幅就宫人斜的眼前景进一步渲染凄凉的氛围。"云雨"用巫山神女的典故，借指宫女的美好容颜身姿，而以"今归何处去"五字设问，唱叹出之，引起下文。黄鹂是春天鸣声最为悦耳的鸟儿，野棠花仲春开放，颜色纯白。黄、白两种明丽的色调，相互映衬，更显出春天的绚丽色彩与生命活力，但它们面对的却是宫人斜的累累荒冢和枯骨。这一强烈的对照，愈显出宫人斜的荒寂凄凉，正所谓"以乐景写哀"，愈显其哀。黄鹂飞鸣，野棠花发，都是自然现象，它们并不解人事，亦无关人间的哀乐，但在这里，却成了宫人悲剧命运的有力衬托。

陈　润

陈润，苏州人，郡望颍川（今河南许昌）。大历五年（770）登明经第，六年中茂才异等科。官终坊州鄜城县尉。润系白居易之外祖。生平见白居易《唐故坊州鄜城县尉陈府君夫人白氏墓志铭并序》、《唐诗纪事》卷三十九。张为《诗人主客图》列其为高古奥逸主孟云卿之及门。《全唐诗》录存其诗八首。《全唐诗逸》补诗一首，佚句四句。《全唐诗续补遗》补一首。

宿北乐馆①

欲眠不眠夜深浅，越鸟一声空山远。庭木萧萧落叶时②，溪声雨声听不辨③。溪流潺潺雨习习④，灯影山光满窗入。栋里不知浑是云⑤，晓来但觉衣裳湿。

[校注]

①北乐馆，所在未详。据"越鸟"字，似在南方越地。陈润有《题山阴朱征君》诗佚句，可证其到过越州山阴一带。②萧萧，此状落叶声。杜甫《登高》："无边落木萧萧下。"③听不辨，谓分辨不清。④习习，状雨声。⑤栋里，梁栋之间，犹屋内。浑，全。

[笺评]

钟惺曰："欲眠不眠夜深浅"，作态甚妙。"栋里不知浑是云，晓来但觉衣裳湿。"高、岑森秀之结。（《唐诗归·中唐四》）

沈德潜曰：清幽何减孟襄阳《归鹿门》作，而天然有升降之别，气味有厚薄也。（《重订唐诗别裁集》卷八）

[鉴赏]

这首短篇七古写夜宿山馆的感受，语言通俗清浅，爽利流畅，似不经意，却意境清幽、韵味隽永，令人神远。

这是一个深秋的风雨之夜。首句特意点出感受外界景物的时间："欲眠不眠夜深浅。"夜宿山馆，正当欲眠而尚未眠的恍惚迷离的状态中，也不知道此刻夜深还是夜浅。这样一个特殊的时刻与状态，对外界景物的感受既朦胧又新鲜，别有一种在通常状态下难以领略的情趣。钟惺说此句"作态甚妙"，如果指的是诗人故意作态，恐未必符合实情；但如果指的是诗句的摇曳生姿情趣，则可称具眼。将它置于篇首，尤显出突兀而飘忽的奇趣。

以下四句（从"越鸟"句起），纯从听觉角度写夜宿山馆的感受。由于在暗夜，听觉自然成为感知外界事物的主要凭借。而外界景物，又随着时间的推移，有一个变化的过程。一开始，是在万籁俱寂的氛围中，突然传来一声山鸟的啼鸣，越发显示出空山的宁静悠远。说"越鸟"，表明身在越地。这句主要写山馆的幽静，而所用的手法则是以动衬静，以声示寂，也就是"鸟鸣山更幽"的境界。

过不久，山间刮起了风，庭院中的树叶萧萧飘零，使山馆中不眠的旅人感到一种萧瑟的秋意。风是雨的先兆，紧接着，下起了淅淅沥沥的秋雨，雨越下越大，山间的小溪很快涨满，雨声飒飒，溪声溅溅，浑成一片，听不清哪是溪声，哪是雨声。这正是由萧萧落叶、飒飒秋雨、潺潺溪流带来的风声、雨声、溪声组成的一支山馆雨夜交响曲。字里行间，渗透夜宿山馆的诗人对这种境界愉悦的审美享受。

第五句从听觉角度再补写一笔——"溪流潺潺雨习习"，初看似与第四句有些重复，细味方知四、五两句之间有一个从"不辨"到"辨"的过程。盖诗人初则闻雨声、溪声浑为一片，继则方分辨出"溪声"之"潺潺"与"雨声"之"习习"。从中正反映出诗人侧耳细听，终于发现其间区别的欣喜之情。至此听觉角度的描绘渲染已臻淋漓尽致，第六句忽转笔从视觉角度来写："灯影山光满窗入。"这句所描绘的是一个极具光感、色感和动感的充满诗情画意的境界。室内点着灯，由于风雨交加，故灯影摇曳不定，室外的山色在灯影映照下，闪烁明灭，似乎要涌入室中。"满窗入"三字，是说本来静止不动的山光似乎要排窗而入，使整个室内充满美好的山光。可以说是借"灯影"将"山光"写活了。这种境界，在其他诗人的诗中似乎还很少出现过。

"栋里不知浑是云，晓来但觉衣裳湿。"七、八两句，又转从触觉角度写，雨夜雾气弥漫，梁栋之间全是云雾缭绕，但在暗夜，却并没有察觉，故说"栋里不知浑是云"。一觉醒来，天已破晓，只感到衣裳上湿漉漉的，这才知道昨夜馆内竟是一片云雾弥漫缭绕的景象。从"晓来但觉"推知昨夜的情景，使诗境更富想象，也更具摇曳的情致。

全诗从听觉、视觉、触觉等多种角度描绘了诗人夜宿山馆的一个较长时间过程中对外界景物、氛围的丰富感受。从夜间空山鸟鸣的幽静悠远之境，到风声萧萧、落叶飘零的凄清之境，再到雨声、溪声浑然一片的杂沓之境，灯影山光映照摇曳的奇美之境，晓来衣湿方觉夜间云雾满屋的追思之境，虽角度不同，境界屡换，但都具有清新幽美的共同特征。诗人是写"夜宿"山馆的视听感受，更是写他一夜所历的丰富审美享受。

戴叔伦

戴叔伦（732—789），字幼公，一字次公，润州金坛（今属江苏）人（梁肃《戴叔伦神道碑》："公讳融，字叔伦，谯国人。"与墓志异）。天宝年间师事萧颖士。约至德二载（757）至广德二年间（764）登进士第。后为刘晏举荐，授秘书省正字。大历后期因刘晏表荐，以监察御史里行出任湖南转运留后，大历末调河南转运留后。前后在漕运任十一年。建中元年（780）刘晏被贬，叔伦出为东阳令。四年入江西节度使李皋幕为判官，后守抚州刺史。贞元二年（786）辞官还乡，四年授容州刺史、容管经略使。五年四月以疾受代，六月，北还途中卒于端州。《新唐书·艺文志》著录其《述稿》十卷，已佚。《全唐诗》编其诗二卷，其中多掺入历代伪作。经明胡震亨及岑仲勉、富寿荪、傅璇琮、蒋寅诸学者考证，可确定的伪作达五十六首，可确信的戴作一百八十四首，另有六十首真伪待定。蒋寅有《戴叔伦诗集校注》考辨甚详。

女耕田行①

乳燕入巢笋成竹②，谁家二女种新谷？无人无牛不及犁③，持刀斫地翻作泥④。自言家贫母年老，长兄从军未娶嫂。去年灾疫牛囤空⑤，截绢买刀都市中⑥。头巾掩面畏人识，以刀代牛谁与同⑦。姊妹相携心正苦⑧，不见路人惟见土⑨。疏通畦垄防乱苗⑩，整顿沟塍待时雨⑪。日正南冈下饷归⑫，可怜朝雉扰惊飞⑬。东邻西舍花发尽，共惜馀芳泪满衣⑭。

[校注]

①此诗写两位农村青年女子因家贫母老，兄长从军，无牛耕田，只能用刀代牛翻耕土地。系自拟新题的乐府七言歌行体，作年不详。

②乳燕，当年出生的雏燕。乳燕入巢与春笋长成新竹，表明季候已到暮春耕种的最后时节。③无人，指无男性丁壮，参下"长兄从军"句。不及犁，不能及时翻耕田地。④斫，砍。⑤牛囤，犹牛栏。⑥截绢买刀，从织机上裁下一段绢来买刀。据《新唐书·食货志》，当时市场交易，绢与钱同时流通使用。⑦谁与同，跟谁一起耕田呢？言无人同耕。⑧相携，相互搀扶。⑨因终日低头以刀翻耕土地，故云。⑩畦垄，犹田垄。乱苗，指杂乱生长的禾苗。⑪塍（chéng），田埂。时雨，应农时而降的雨。⑫下饷，正午时收工回家吃饭。⑬朝雉：《诗·小雅·小弁》："雉之朝雊，尚求其雌。"崔豹《古今注·音乐》："《雉朝飞》者，牧犊子所作也。齐处士，湣、宣时人，年五十，无妻。出薪于野，见雉雄雌相随而飞，意动心悲，乃作《朝飞》之操，将以自伤焉。"此句既是写实，亦兼寓姊妹二人见雉飞而触动嫁娶失时之感。⑭馀芳，犹残花。亦双关迟暮年华。

[笺评]

唐汝询曰：情苦而不逸，闺情之浑雅者。（《汇编唐诗十集》）

贺裳曰：此诗语真而气婉，悲感中仍带勉励，作劳中不废礼防，真有女士之风，裨益风化。张司业得其致，王司马肖其语，白少傅时或得其意，此殆兼三子之长而先鸣者也。（《载酒园诗话又编·戴叔伦》）

沈德潜曰：末二句一衬，愈见二女之苦，二女之正。（《重订唐诗别裁集》卷八）

乔亿曰：女耕，纪异也。叙致曲折含情。末幅以牧犊之感，寓《摽梅》之思，巧合天然，有悯其过时不采者矣，是风人之义也。（《大历诗略》卷六）

王闿运曰：引"朝雉"，则心在路人，殊乖。诗乖又无益处，幼公不当如此。（"可怜朝雉"句下评）（《手批唐诗选》）

[鉴赏]

大历诗歌中有不少感时伤乱、感慨乱离之作，戴叔伦也有这类题材的佳作。如《过申州》《除夜宿石头驿》等。但大历诗人却很少关注民生疾苦，特别是具体描绘农民（尤其是农村妇女）疾苦的诗作。在这方面，戴叔伦的《女耕田行》无论是在选材的独特新颖和描写的细致生动上都相当出色。

反映长期战乱对农村的破坏和对农民生活的严重影响，是时代的主题。戴叔伦的这首诗之所以新颖独特，首先是在于选取了一个带有突出时代特征的题材——长期战乱造成农村男子丁壮的稀少而不得不由妇女来担当繁重的农耕任务。同时又特意选用了七言乐府歌行这一便于展开叙述描绘的体裁，从而使这首诗以其鲜明的时代色彩和艺术上的独创性独步于大历诗坛。

"乳燕入巢笋成竹，谁家二女种新谷？无人无牛不及犁，持刀斫地翻作泥。"开头四句，以写景点季候节令起，随即入题，点明两位年轻女子用刀斫泥耕田种谷的突出现象。"乳燕入巢"，说明今年新生的幼燕已经会飞，自由地出巢归巢。"笋成竹"，表明新笋已脱去箨叶长成翠竹。这两种景象都充满了春天的生机与活力，同时也表明一年中最繁忙的春耕季节已进入尾声。"谁家二女种新谷"，是诗人以路人的眼光注意到这一特殊的现象，故以设问语出之，口吻中自含一种不解和疑问。接下来两句进一步写二女种新谷的艰难困苦之状。家里既没有男丁，又没有耕牛，所以不能及时犁田，但季节不等人，只好由两位年轻女子拿着刀一下一下地砍碎泥土翻耕土地。女子耕田，已反男耕女织的传统，更何况是无牛可犁，仅凭砍刀一寸一寸地挖土再将它敲碎成泥！其劳动之艰苦，速度之缓慢，时间之漫长以及难以忍受的程度都超乎常人的想象。诗人虽只以平常的语气口吻道出，但目击此种景象时的内心的悲悯与感慨却自可体味。

"自言家贫母年老，长兄从军未娶嫂。去年灾疫牛圈空，截绢买刀都市中。"这四句是对二女以刀耕田的原因的说明，也是对农民困绝境况的深刻揭示。"自言"二字点出以下四句均为二女对诗人的回答。家既贫母又老，兄从军未娶嫂，是承上说明"无人"的，也透露出是战争服役导致家无男丁，春耕困难；更何况去年又遇灾疫，耕牛病死，牛栏一空，这是说明"无牛不及犁"的，也反映出农民在战乱、天灾的双重灾难前无以为生的困绝之境。这就自然引出了"截绢买刀都市中"，家贫无钱，只能从织机上截一段绢去市上买刀来耕田，从而回应了"持刀斫地翻作泥"这种比最原始的耕作方式还要原始的疑问，揭示了二女以刀斫地耕田的时代社会根源。以下，便转入对两位耕田女子悲苦身世命运与内心感情的描写。

　　"头巾掩面畏人识，以刀代牛谁与同。"这两句写青年女子的悲苦心情。上句通过一个具有特征性的细节透露两位未嫁青年女子抛头露面从事艰苦耕作时羞于见人的心理和遮遮掩掩的情态，下句则是她们内心痛苦而无奈的叹息。"以刀代牛"四字，实际上是以人代牛，而且是以弱女代牛，惨痛至极却只以叹息出之，倍觉伤情。

　　"姊妹相携心正苦，不见路人惟见土。"由于家无男丁，贫困无奈，以刀耕田，故只能姊妹二人相伴相依；"心正苦"三字缩结上下，贯穿全篇，而"不见路人惟见土"七字则是极富蕴含的素描。由于"畏人识"和羞涩，也由于以刀斫土需深深弯腰，更由于进程缓慢不敢稍事休息，故终日不见路人，唯见黄土。极素朴的语言表现出极困苦的劳作、极悲苦的心情，堪称白描高手。

　　"疏通畦垄防乱苗，整顿沟塍待时雨。"这两句是对"耕田"劳作之繁重细致的进一步描写。姊妹两人不仅要用刀翻耕田地，种上谷物，而且要细致地疏通整顿田垄沟埂，防止日后乱苗丛生，便于等待时雨浇灌。尽管是女子，其耕作的繁重、劳动的细致丝毫不亚于强壮的男丁，其付出的艰辛不用说倍增于男丁。"防""待"二字，着眼于禾苗将来的顺遂生长和最终的收成。写到这里，"耕""种"事毕，最后四句，转笔写她们的悲苦命运和内心感慨。

"日正南冈下饷归，可怜朝雉扰惊飞。"姊妹二人，从清晨到正午，一直在田间辛勤耕种，直至太阳正直射南冈时才精疲力尽地回家吃晌午饭。她们走动的时候，惊扰了早晨就静悄悄地停宿在那里的野雉，双双飞起惊鸣。这似乎是即景描写，以野雉的悠闲反衬姊妹的辛勤忙碌；又像是用典，以雉之双宿双飞反衬她们的孤单无侣，透露她们的"意动心悲"，但后一层意蕴，表现得非常含蓄。句首的"可怜"二字，微露端绪。这正是"有意无意之间"的"兴"。

"东邻西舍花发尽，共惜馀芳泪满衣。"结尾两句，写姊妹回到家中，只见在正午艳阳的照耀下，东邻西舍的繁茂的春花都已尽情开放，目睹此景，触动自己青春将逝的情怀，不禁泪满衣襟。"馀芳"含义双关，既指花开尽时的余香，又象征即将消逝的青春年华。"共惜馀芳"的姊妹，既为春花之尽发而悲，更为自己的青春年华在辛苦沉重的田间耕作中黯然消逝而悲。即景生慨，又即景寓情，二者妙合无垠，这个结尾，音情摇曳，余波荡漾，情景交融，兼具明朗与含蓄之美。

年轻女子的怀春伤春意绪，是诗歌特别是后来的词中最常见的主题。但自《诗·豳风·七月》以后，还很少有将这种情绪与农家女子的辛勤耕作、悲苦命运结合起来，而且表现得如此朴素真切的诗例。戴叔伦这首诗，不但以反映战乱给百姓造成的疾苦成为此后中唐元和时期新乐府潮流的先导，而且在反映农家青年女子的悲苦命运上也是富于创造性的佳构。

除夜宿石头驿①

旅馆谁相问②，寒灯独可亲。一年将尽夜，万里未归人③。寥落悲前事，支离笑此身④。愁颜与衰鬓⑤，明日又逢春⑥。

[校注]

①石头驿，在今江西新建县赣江西岸。《水经注·赣水》："赣水

又迳豫章郡北为津步，步有故守贾萌庙……水之西岸有盘石，谓之石头，津步之处也。"《通鉴·大历十年》考异："石头驿，在豫章江之西岸。"《全唐诗》校："一作石桥馆。"按：《文苑英华》卷一百五十八题作《除夜宿石头馆》。②相问，问候、慰问。《论语·雍也》："伯牛有疾，子问之。"③梁武帝《子夜四时歌·冬歌》："一年漏将尽，万里人未归。"三、四二句化用其语意。④支离，流离、流浪。杜甫《咏怀古迹五首》之一："支离东北风尘际，飘泊西南天地间。"⑤愁，《文苑英华》作"衰"；衰，《文苑英华》作"愁"。⑥又，《文苑英华》作"去"。

[笺评]

方回曰：此诗全不说景，意足辞洁。(《瀛奎律髓》卷十六)

顾璘曰：千古绝唱。正不在多，亦不在险。又曰：句句含情。(《批点唐音》)

谢榛曰：观此体轻气薄，如叶子金，非锭子金也。凡五言律，两联若纲目四条，辞不必详，意不必贯。此皆上句生下句之意，八句意相联属，中无罅隙，何以含蓄？颔联虽曲尽旅况，然两句一意，合则味长，离则味短。晚唐人多此句法。遂勉更六句云："灯火石头驿，风烟扬子津。一年将尽夜，万里未归人。萍梗南浮越，功名西向秦。明朝对清镜，衰鬓又逢春。"举座鼓掌曰："如此气重体厚，非锭子金而何！"按：此前尚有一段云："(徐)汝思曰：'闻子能做古人之作为己稿，凡作有疵而不佳者，一经点窜则浑成……如戴叔伦《除夜宿石头驿》诗……可能搜其疵而正其格欤！'"故谢氏有此评改。又曰：梁比部公实曰："崔涂《岁除》诗云：'乱山残雪夜，孤灯异乡人。'观此羁旅萧条，寄意言表，全章老健，乃晚唐之出类者。戴叔伦《除夜》诗云：'一年将尽夜，万里未归人。'此联悲感久客，宁忍诵之！惜通篇不免敷衍之病。"(《四溟诗话》卷三)

胡应麟曰：司空曙"乍见翻疑梦，相悲各问年"，戴叔伦"一年将尽夜，万里未归人"，一则久别乍逢，一则客中除夜之绝唱也。李益"问姓惊初见，称名忆旧容"，绝类戴作，皆可亚之。（《诗薮·内编》卷四）

胡震亨曰：戴句原出梁简文"一年夜将尽，万里人未归"，但颠倒用之，而字无一易。（《唐音癸签》卷十一）

唐汝询曰：人之兴感，莫过于除夕；除夕之感，莫过于客中。今旅馆悄然，独寒灯可亲耳。此夜此人，殆难为怀，况万事零落，一身支离，衰谢逢春，愈难堪矣。（《唐诗解》卷三十八）

徐充曰："谁"字"独"字，自然照应。（《删补唐诗选脉笺释会通评林·中五律》引）

吴山民曰：次联翻古，却健。（同上引）

周珽曰：他乡除夕，举目无亲，孤馆寥寥，寒灯闪闪，人生最所难堪者。此时痛往事之积非，觉病身之散漫。"愁颜""衰鬓"，谁不增感！玩尾句"又"字，有深意。（同上）

郭濬曰：情至深处，反极淡，三、四口头语，竟成绝唱。（《增定评注唐诗正声》）

许学夷曰：茂秦（谢榛）好窜易古人诗句，果于自信。如……杜子美《少年行》、戴叔伦《除夜宿石头驿》、皎然《啼猿送客》、郑谷《淮上与友人别》，不免点金成铁矣。（《诗源辩体》卷三十五）

邢昉曰：言情刻露，无盛唐浑厚气。（《唐风定》卷十四）

黄周星曰：每至除夕时，往往闻人诵此诗，辄为潸然，若旅中尤觉难堪。（《唐诗快》）

盛传敏曰：次联须一贯诵下，令人中怀恻然，通德掩鬒，将无同悲乎！（《碛砂唐诗纂释》）

贺裳曰：近世谢山人茂秦尤喜改古人诗……戴叔伦《除夜宿石头驿》……首联写客舍萧条之景。次联呜咽自不待言。第三联不胜俛仰盛衰之感，恰与"衰鬓""逢春"紧相呼应，可谓深得性情之分。反谓"五言律两联若纲目四条，辞不必详，意不必贯。八句意相联属，中无罅隙，何以含蓄！"遂改为"灯火石头驿，孤烟扬子津。一年将尽夜，万里未归人。萍梗南浮越，功名西向秦。明朝对青镜，衰鬓又逢春。"只顾对仗整齐，堆垛排挤，有词无意，何能动人！真所谓胶离朱之目也。（《载酒园诗话·改古人诗》）又曰：崔涂、张乔、张蠙皆有人情之句，如崔《除夜有感》："迢递三巴路，羁危万里身。乱山残雪夜，孤烛异乡人。渐与骨肉远，转于僮仆亲。那堪正飘泊，明日岁华新？"读之如凉雨凄风飒然而至。此所谓真诗，正不得以晚唐概薄之。按崔此诗尚胜戴叔伦作。戴之"一年将尽夜，万里未归人。寥落悲前事，支离笑此身"已自惨然。此尤觉刻肌砭骨。（同上又编）

徐增曰："旅馆谁相问"，是无人在侧，一问度岁之况。"寒灯独可亲"，只有一寒灯相对。"亲"字妙。灯却对我，我却不堪对灯。但旅馆迫窄，无一步可移之处，只得向灯而坐，似觉可亲。"一年将尽夜，万里未归人。"此十字真使人堕泪。若谓在他日他夜，倒也罢了。独今夕是除夜，除夜应该在家，而却在万里之外，所以无人相问，与灯亲近也。"寥落悲前事"，因此寂寥，腹中车轮转，提着前日已往之事，为之生悲。"支离笑此身"，殊觉此身，支支离离，无处安放，不免又要好笑，所谓哭不得反笑了。"愁颜与衰鬓"，愁则容颜憔悴，衰则鬓毛斑白，全然看不得。"明日又逢春"，索性是除夜也罢了，明日新春，却只是这个颜鬓，如何而可。以"明日"结，妙。此是出路法，不可不知。（《而庵说唐诗》卷十五）

吴昌祺曰：句中则不免于诞，犹胜"舍弟江南没"二句。（《删订唐诗解》）

何焯曰：结浑成。（《瀛奎律髓汇评》引）

沈德潜曰：应是万里归来，宿于石头驿，未及到家也。不然，石城与金坛相距几何，而云"万里"乎！（《重订唐诗别裁集》卷八）
按：沈氏以题内"石头驿"为石头城之驿，故有此语。

屈复曰：三联不开一笔，仍写愁语，此所以不及诸大家。若写石头驿景，可称合作。古诗"一年夜将尽，万里人未归"，此唯倒一字，精神意思顿尔不同，如李光弼将郭子仪之军也。(《唐诗成法》)

乔亿曰：诗极平易而真至动人，故多能口诵之。(《大历诗略》卷六)

宋宗元曰：("一年"二句) 何等自然，却极清切。(《网师园唐诗笺》)

范大士曰：结好。(《历代诗发》)

吴瑞荣曰：为礼山蓝本，要其稳重胜于后贤。(《唐诗笺要》)

刘文蔚曰：除夜之感，莫胜于旅馆寒灯之下。盖一年将尽，万里未归，已觉无聊，况万事寥落，此身支离，衰谢逢春，犹难矣。(《唐诗合选详解》卷六)

吴汝纶曰：五、六能撑起，大家所争，正在此处。又曰：此诗真所谓情景交融者，其意态兀傲处不减杜公。首尾浩然一气舒卷，亦大家魄力。谢茂秦乃妄删改，真可笑也。(《唐宋诗举要》卷四引)

王文濡曰：前半写题已足，后半作无聊语，而以"明日"一结，寻出路法，便不索然。(《历代诗评注读本》)

[鉴赏]

这首诗收入高仲武编选的《中兴间气集》，此集收诗下限为大历十四年。故戴氏此诗当作于大历十四年之前的某个除夕。诗当是奉使外出宿石头驿时所作。

除夕思归诗与节俗心理密切相关。中国传统节俗之中，中秋与除夕都是家人团聚的节日，尤以除夕更为全家所有成员所重视。时至今日，此风仍深入每一个中国人的心灵世界。古代交通远不如今日发达，外出远宦远游的人除夕回不到故乡与家人团聚是常有的事，因此写除夜旅宿孤寂怀乡思亲的诗屡见不鲜，唐诗中这类题材的佳作，除本篇外，像高适的《除夜作》、崔涂的《巴山道中除夜抒怀》都是历代传诵的佳作。这首诗的独特之处，在于它抒发除夜旅宿的孤寂凄凉之感的同时，织入了身世、时世之感，使它的内容超越一般的游子思归怀亲之情，而折射出时代乱离的面影。

"旅馆谁相问，寒灯独可亲。"首句劈头以沉重的慨叹起，似乎有些突如其来，却与"除夜"旅宿的特定时间、情景密切相关。平常的日子，哪怕是其他节令，驿馆内总会有过客住宿，独有除夜，不但一般情况下不会有旅客住宿，恐怕连驿馆的工作人员也早早回家与家人团聚了，因此这空荡荡的石头驿便显得特别凄清孤寂，不要说有人相伴对谈，连人慰问一下除夕独处是否孤寂也没有。"谁相问"这一声发自心底的叹息，将诗人那种仿佛被抛弃在荒岛上的空寂感生动地传达出来了。孤子无依，独对寒灯，按说当更倍感心头的冷寂，那在寒风凛冽中明灭闪烁的孤灯通常也给人带来凛寒之感，但诗人却一反常情，说"寒灯独可亲"。这是因为寒灯虽"寒"，但毕竟可与孤寂的诗人相对，伴他度过这漫长而孤清的除夜，那一点闪烁的灯火，有时也能给诗人带来些许暖意，使他不至沉入无边的孤寂与黑暗之中，因此反而感到它"独可亲"了。说"寒灯独可亲"，正透露出在这旅宿石头驿的除夜，除此之外，一无可亲之物，相伴之人。"独"字应上"谁"字，"独可亲"三字，在仿佛有些许欣慰中正传出惨然的意绪。

"一年将尽夜，万里未归人。"颔联上句紧扣题内"除夜"，下启"明日又逢春"，下句紧扣"宿石头驿"，点明自己旅泊未归。"万里"字只言离家遥远，不必拘泥，像唐汝询那样，说"幼公家于润，去石头不远，而曰万里未归，诗人多诬，不虚哉"（沈德潜仍袭唐说），固缘误考石头驿在今南京市；即使新建离金坛，亦不到千里，此类字面，如果较真起来，诗就不能作了。此联向称名联，而实有所本，即梁武帝萧衍《子夜四时歌·冬歌四首》之四的"一年漏将尽，万里人未归"，原诗系女子思念外出未归的男子之作，故接下来有"君志固有在，妾躯乃无依"之语，戴诗只将"漏"字改成"夜"字，其他一字未改，只调换了一下次序，而给人的感觉却有很大区别。关键就在于原诗是两个完整的句子，表达的是一年将尽的除夕，万里之外的男子尚未归来这样一层比较单纯而明显的意思和女子对男子的思念，但改动次序之后的戴诗次联，却是两个带定语的名词短语（即一年将尽之夜，万里未归之人），它们之间既以"未归人"为中心而相互联系，又相互对待，各自独立，从而构成一个概括了悠长时间和广阔空间的意境，使处于其中的这个"未归"之"人"形影愈显孤单寂寞，处境愈加冷寂凄凉，其中又蕴含有诗人对自己在兀兀穷年而漂泊难归身世的无穷感怆，创造出一种"无字处皆其意"的境界。谢榛批评此诗"八句意相联属，中无罅隙，何以含蓄"，实在是未细体诗境所致。

"寥落悲前事，支离笑此身。"颔联于广远的时空境界中已暗合身世漂泊之慨，腹联便将抒情的重点自然转到这方面来。"寥落"一语，评家多忽略未加解释。按"寥落"有稀少、衰落、冷落诸义，此处所用当为"稀少"之义，白居易《自河南经乱》诗"田园寥落干戈后，骨肉流离道路中"之"寥落"正其义，亦即所谓"时难年荒世业空"之意。戴氏所谓"寥落悲前事"，当亦指安史乱起及永王兵乱，他随亲族逃难至江西鄱阳，家中产业田园受到损失，寥落稀疏之事，因距此诗之写作时间已较久，故曰"前事"。这既是家事，亦紧密关联着世事。下句"支离"即漂泊之义，亦即杜诗"支离东北风尘际"之"支离"。回想自己这些年来的经历，依人作幕，羁泊飘零，奔波劳顿。直到如今，仍然连除夜都远离故乡亲人，孤处驿馆，如此身世，真让人觉得可怜亦复可笑。"支离笑此身"的"笑"，用故作旷达幽默的口吻笑对自己的身世飘零，其意更加悲怆，与次句"寒灯独可亲"都是表面平淡而蕴蓄深厚的诗句。这一联由眼前除夜旅宿的孤寂凄清进而联想到整个身世经历，其中还蕴含了时代乱离之悲，内容已大大拓广加深，但又没有离开除夜旅宿的境况。

"愁颜与衰鬓，明日又逢春。"因除夜旅宿之孤寂凄清联想到万里之外的家乡亲人，联想到整个流离漂泊的身世，悲愁之情层层加深，故说"愁颜与衰鬓"。而一年将尽，明日又是一年开头的春日。如此憔悴悲苦的形容，面对万象更新的春天，相形之下，更觉难堪。诗写到这里，黯然而收，留下无穷的感慨，读者自可默会。"又"字极富含蓄。万里作客，羁泊飘零，在怀乡思亲中度过除夜已经不是一次了，"明日"所"逢"，又是一个明媚新鲜的春天，而自己却是年复一年地悲愁衰老下去了，"又"字中正含有无限凄凉。

　　这首诗和同类题材的作品相比，一个突出的特点是全篇均用抒情语而极少作景语，诗中唯一可视为景物描写的"寒灯"，也因下接"独可亲"而成为抒情浓烈的诗句。但通篇却弥漫着浓郁的孤寂凄清、怅惘伤感的气氛。这是因为，诗中的情感、悲慨，都离不开除夜旅宿、独对寒灯这个环境。这说明，不但一切成功的景语皆情语，而且一切成功的情语也均蕴含着触发它的客观景物。

过申州①

万人曾战死②，几处见休兵。井邑初安堵③，儿童未长成。凉风吹古木，野火入残营④。寥落千余里⑤，山高水复清。

[校注]

①申州，唐淮南道州名。《新唐书·地理志》："申州义阳郡……县三：义阳、钟山、罗山。"天宝元年（742）改为义阳郡，乾元元年复为申州。州治在义阳县，今河南信阳市。诗当作于代宗宝应元年（762）二月之后，参注②。本篇又见于《全唐诗》卷六百四十九方干诗。按：此诗所写申州残破景象系近事，方干时代与此相距遥远，非是。《文苑英华》卷二百九十三作戴诗。②《通鉴·宝应元年》：二月戊辰，"淮西节度使王仲昇与史朝义将谢钦让战于申州城下，为贼所虏，淮西震骇"。"万人曾战死"所指当即此事。③井邑，犹市井。

《新五代史·南平世家》："荆南节度十州，当唐之末，为诸道所侵，季兴（高季兴）始至，江陵一城而已，兵火之后，井邑凋零。"安堵，犹安居。《史记·田单列传》："即墨即降，愿无虏掠吾族家妻妾，令安堵。"④残营，残存的营垒。⑤牢落，萧条冷落貌。左思《魏都赋》："伊、洛榛旷，崤、函荒芜。临菑牢落，鄢、郢丘墟。"

[鉴赏]

此诗向不为选家、评家所注意，实为大历诗人反映战乱所造成的严重破坏之佳作。

首句凌空而起，直书其事，令人怵目惊心，"曾"字表明申州城下，万人战死之事已成过去，似先放一步，次句却逼进一步，转出"几处见休兵"，反映出安史之乱虽于申州之役第二年即告结束，但军阀割据混战、异族乘机入侵、民众聚义反抗之事却连续不断，天下之大，有几处是真正没有战事、百姓得以安居乐业之地呢！这一联从追忆起，高度概括了申州之役以来，战乱不断的局势，感情沉痛激愤，悲慨强烈。

"井邑初安堵，儿童未长成。"颔联从对过去的追忆，回溯到当前，正面写"过申州"所见。那场惨烈的战争已经过去了数年，市井百姓初步得到安居，但儿童们却还都很幼小，未曾长大成人。这一联写浩劫后初步恢复的申州市井景象，用笔轻淡，感慨却很深沉。"初"字固然暗透出在和平安定中的冷落萧条，元气未复，"儿童"句更透露出那次万人战死之役百姓惨遭杀戮，连儿童亦不能幸免的惨状。时至今日，连长大的儿童也看不到。诗人虽只直书所见，但寓含的悲慨却极深。写战乱造成的巨大破坏，如此不动声色，又如此深刻，可见诗人的笔力。

"凉风吹古木，野火入残营。"腹联转而写景，但所见均为荒凉萧条景象和战争遗迹。申州是座古城，但如今举目所见，唯有萧瑟的凉风吹动古木，飒飒作响；野火蔓延，进入往日战争时遗留下来的营垒。这一切，无不唤起人们对往日发生在这里的那场惨绝人寰的战争的惨痛记忆。

"寥落千余里，山高水复清。"尾联由申州放眼四野，联及一路经行的千余里中原大地，但见广野漠漠，四望萧条冷落，千山空寂无人，徒有清水长流，而往日这一带人烟稠密、熙攘繁华的景象已不复见了。这一联扩大视野，反映出长期战乱对更广大地区造成的巨大破坏，使诗境得到拓展和深化。

过三闾庙①

沅湘流不尽②，屈子怨何深③。日暮秋风起④，萧萧枫树林⑥。

［校注］

①三闾庙，即屈原庙。在今湖南汨罗县。《史记·屈原列传》："屈原至于江滨，被发行吟泽畔。颜色憔悴，形容枯槁。渔父见而问之曰：'子非三闾大夫与？何故而至此？'"王逸《离骚序》："屈原与楚同姓，仕于怀王为三闾大夫。三闾之职，掌王族三姓，曰：昭、屈、景。"《水经注·湘水》："汨水又西，迳罗县……汨水又西，为屈潭，即汨罗渊也。屈原怀沙自沉于此，故渊潭以屈为名……渊北有屈原庙。"《括地志》："故罗县城在岳州湘阴县东北六十里，春秋时罗子国，秦置长沙郡而为县地。按：县北有汨水及屈原庙。"蒋寅《戴叔伦诗集校注》系此诗于在湖南任转运留后期间。时在大历三年（768）。但建中三年（782）在湖南观察使李皋幕期间作此诗的可能性也不能排除。②沅湘，沅水和湘水。流入洞庭湖的两条江。屈原遭放逐后，曾长期流浪于沅、湘间。《离骚》有"济沅湘以南征兮，就重华而陈词"之句。③子，《全唐诗》原作"宋"，校："一作子。"兹

据改。④风，《全唐诗》原作"烟"，校："一作风。"兹据改。屈原《九歌·湘夫人》有"袅袅兮秋风，洞庭波兮木叶下"之句。⑤《楚辞·招魂》："湛湛江水兮上有枫，目极千里兮伤春心，魂兮归来哀江南。"

[笺评]

顾璘曰：短诗岂尽三闾，如此一结，便不可测。（《批点唐音》）

《唐诗训解》：更是骚思。

黄生曰：言屈原之怨，与沅湘同深，倒转便有味。复妙缀二景语在后，真觉山鬼欲来。（《唐诗摘抄》卷二）

沈德潜曰：忧愁幽思，笔端缭绕。屈原之怨，岂沅湘所能流去耶？发端妙。（《重订唐诗别裁集》卷十九）

乔亿曰：少许胜后人多多许。（《大历诗略》卷六）

李锳曰：咏古人必能写出古人之神，方不负题。此诗首二句悬空落笔，直将屈原一生悲愤写得至今犹在，发端之妙，已称绝调。三、四句但写眼前之景，不复加以品评，格力尤高。凡咏古以写景结，须与其人相肖，方有神致，否则流于宽泛矣。（《诗法易简录》）

施补华曰：并不用意，而言外自有一种悲凉感慨之气。五绝中此格最高。（《岘佣说诗》）

俞陛云曰：前二句之意，与少陵咏《八阵图》"江流石不转"句，皆咏昔贤遗恨，与江水俱长。后二句以"秋风""枫树"为灵均传哀怨之声，其传神在空际。王阮亭《题露筋祠》诗"门外野风开白莲"，不着迹象，为含有怀古苍凉之思，与此诗同意。（《诗境浅说》续编）

刘永济曰：末二句恍忽中如见屈原，暗用《招魂》语，使人不觉。短短二十字，而吊古之意深矣。故佳。（《唐人绝句精华》）

富寿荪曰：上二句破空而来，高唱入云，正以倒装见妙。下二句即景寓情，状灵均幽怨，极苍茫惝恍之致，乃神来之笔。（《千首唐人绝句》）

[鉴赏]

　　一篇仅二十字的五绝，抒写对屈原的凭吊之情，显然不可能涉及屈原的生平遭际等具体情事，只能从虚处着笔、空际传神。这首诗的高明之处，就在于将眼前景与屈赋中的典型意象、意境融为一体，创造出一种浓郁的氛围，从而将屈原的怨愤、屈赋中所表现的怨愤和后人对屈原的哀思凭吊之情不着痕迹地形成一个艺术整体。

　　屈原庙就在湘水支流的汨罗江边，屈原放逐之地就在沅、湘一带，作品中更多次提到沅湘。因此诗的前幅就从眼前的湘水发兴，因湘水而联及沅水，说明诗人在目睹眼前的湘水时已经神游往古，联想到屈原在沅湘一带遭放逐时的经历与创作，从而将滔滔北去、奔流不尽的沅湘和屈原的遭际、感情乃至创作联系起来，这一切，都集中汇成一个"怨"字。正如司马迁在《史记·屈原列传》中所说："屈平正道直行，竭忠尽智，以事其君，谗人间之，可谓穷矣。信而见疑，忠而被谤，能无怨乎？""忠而被谤"的"怨"，正是对屈原生平遭际、思想感情、辞赋创作的集中概括。诗人将"流不尽"而"深"的沅湘与屈原的"怨"联系起来，形象地表现出屈原怨愤的悠长深沉和强烈奔放。不直说屈原之怨如沅湘之悠长和深沉，而是先出现"沅湘流不尽"的画面，再引出"屈子怨何深"，便使前两句不再是一个单纯的比喻，而是由眼前景（也融合了想象中的景）自然触发的联想和诗人的深切追思凭吊之情，那"流不尽"的"沅湘"仿佛成了屈原深沉悠长怨愤的载体，又好像成了屈原怨愤的物化和象征。读者仿佛可以从沅湘的滔滔流水上感受到一股千年缭绕的怨愤之气。这样的艺术效应是单纯的比喻所根本不能达到的。黄生说："言屈原之怨，与沅湘同深，倒转便有味。"虽然看出了"倒转便有味"，却仍然将它的艺术含蕴理解得过于狭窄了。

　　"日暮秋风起，萧萧枫树林。"后两句转写祠庙边的景物和环境气氛。日暮时分，四望苍茫，秋风起处，庙边的枫树林萧萧作响，落叶纷纷。这幅图景，充满了一种苍茫黯淡、凄清悲凉的情调，用来表现诗人追思凭吊屈原时哀伤凄凉的情思自然非常适合。但诗的妙处却不仅是即景寓情，而且将屈赋中的有关意象、意境与眼前景自然融合起来。"日暮"的意象，《离骚》中即有"日忽忽其将暮""时暗暗而将罢兮"等句，其中即寓含对时代的象征意味；"秋风"更有《九歌·湘夫人》中"袅袅兮秋风，洞庭波兮木叶下"的千古名句作为这一充满萧瑟情调的意象意境作为先导；而"枫树林"的意象则又来自《招魂》的"湛湛江水兮上有枫，目极千里兮伤春心，魂兮归来哀江南"，其中寓含了对国家危亡的哀愤和对亡魂的追思哀悼。诗人将这一切有着丰富内涵的屈赋意象意境与眼前景自然融合，从而使这两句诗不仅仅是出色的环境氛围渲染，而且能触发读者广远的联想与思绪。楚国国势的昏暗与岌危，亡国的凄凉，乃至怀王魂归故国的哀伤，诗人对前贤的追思凭吊，都隐现于字里行间，但又绝不拘泥落实，只凭读者想象。这样以屈赋写屈吊屈，即景寓情，贯串古今，确实达到了诗艺的极致。

畅　诸

畅诸，生卒年不详，汝州（今属河南）人。开元初登进士第。九年（721）中拔萃科。曾任许昌尉。或谓其系畅当弟，误。其年辈早于当，籍贯亦异。生平事迹见《元和姓纂》卷九《四十一漾》、李翰《河中鹳雀楼集序》。《全唐诗》录存其诗一首，其名作《登鹳雀楼》误入畅当诗。

登鹳雀楼①

迥临飞鸟上②，高出世尘间③。天势围平野，河流入断山。

[校注]

①鹳雀楼，已见前朱斌《登楼》诗注①。《全唐诗》原作畅当诗，此盖沿《唐诗纪事》之误。按李翰《河中鹳雀楼集序》云："前辈畅诸，题诗上层，名播前后。山川景象，备于一言。"宋人沈括《梦溪笔谈》卷十五《艺文二》："河中府鹳雀楼三层，前瞻中条，下瞰大河，唐人留诗者甚多，惟李益、王之奂、畅诸三篇能状其景……"畅诸诗曰："迥临飞鸟上，高出世尘间。天势围平野，河流入断山。"彭乘《墨客挥犀》卷二："河中府鹳雀楼，五（当作三）层，前瞻中条，下瞰大河，唐人留诗者甚多。畅诸诗曰：'迥临飞鸟上，高出世尘间。天势围平野，河流入断山。'"敦煌残卷伯三六一九有畅诸《登鹳鹤楼》诗，系八句之五言律："城楼多峻极，列酌恣登攀。迥林飞鸟上，高榭代人间。天势围平野，河流入断山。今年菊花事，并是送君还。"似是此诗原貌。《唐诗纪事》卷二十七始误作畅当诗。岑仲勉《读全唐诗札记》对此有详细考证。②迥临，犹高临。③世尘间，犹人世间，亦状其细如微尘。

沈德潜曰：不减王之涣作。(《重订唐诗别裁》卷十九)

黄叔灿曰：王之涣诗上二句实，下二句虚；此诗上二句虚，下二句实。工力悉故。然王诗妙在虚，此妙在实。(《唐诗笺注》)

吴瑞荣曰：与王之涣诗词同妙。"河流入断山"更饶奇致。(《唐诗笺要》)

潘德舆曰：王之涣"白日依山尽"一绝，市井儿童知诵之，而至今崭然如新。畅当诗"迥临飞鸟上"云云，兴之深远，不逮之涣作，而体亦峻拔，可以相亚。(《养一斋诗话》卷九)

刘永济曰：前二句写楼之高，后二句写楼上所见之广。(《唐人绝句精华》)

刘拜山曰：之涣诗寓整对于流走之中，一气呵成，妙有馀味。此诗下二句景象雄阔，固可与"白日依山""黄河入海"媲美，然通体殊伤板直，殆难与王作抗行也。(《千首唐人绝句》)

[鉴赏]

鹳雀楼为唐代著名登览胜迹，它的出名，固与其所处的"前瞻中条，下瞰大河"的地理形势有关，更由于唐代诗人在登览时留下了一系列杰出的诗篇，其中朱斌、畅诸二作，尤为翘楚。历代诗评家亦多将其相提并论，分析比较。实际上，畅诸的原作很可能是一首五言律体，在流传的过程中，后人因其首尾两联平平，与中间两联不相称，遂截头去尾，成了一首对起对结的五绝。这种删改，亦见于高适的《哭梁九少府》(将一首五古的头四句裁成五绝)。这种历代的淘汰删削，体现了诗的艺术生命力之所在，也表明了读者的审美评判力的公正。如果我们把一首诗在流传过程中艺术水平经改动后的提高看作其生命的延续成长，那么我们便可以理直气壮地将改动后的作品作为评判的对象而不必拘泥于它的原始面貌。

前两句写登楼的最高层俯瞰所见，首句突兀而起，说鹳雀楼高临于飞鸟之上。飞鸟翱翔于天空，而楼却高出于飞鸟之上，则其凌空矗立的雄姿可见。这并非夸张的形容，亦非视觉的反差，而是写实。鹳雀楼建于黄河中的小岛上，地势本高，加以楼高三层，在最高层上俯瞰，见飞鸟从楼下掠过；本很正常，这是我们登上高山或高楼时常见的景象。岑参《与高适薛据同登慈恩浮图》亦云："下窥指高鸟，俯听闻惊风。"可参证。此句系俯瞰近处所见。

次句"高出世尘间"，写俯瞰远处地面所见。蒲州城繁华热闹的街市行人，城外的村庄房舍，田野树木，在诗人的视野中都变得非常细小，这正应验了世间如微尘的说法。这同样是登高俯瞰地面人间的实际感受，其情形与在升高的飞机中望城邑乡村的感觉类似。但这两句却非单纯的客观描绘，从"迥临""高出"的词语中，自能体味出诗人在登高俯瞰之际那种居高临下的凌云气势和超凡脱俗的高逸情怀。

"天势围平野"，第三句写登楼远望天地相接的景象。极目四望，圆盖似的整个天空似乎笼盖了广阔的平原田野，一"势"字显示出天宇自高处低垂的态势，给人以一种动态感，而"围"字则展现出一种四面围合的形象感。这种感受，只有登高四顾，而所处之地又正在大平原附近地区才会产生。

"河流入断山"，末句是登楼顺着黄河奔流的方向远眺时所见的景象。奔腾咆哮的黄河由楼前流过，挟巨浪滚滚而去，诗人的目光也一直送着它远去，直到它流入中条山与华山之间的山峡，掉头东去，隐没不见为止。"入断山"三字极为准确形象，也极富气势力量。黄河冲决一切的伟力仿佛劈断了本来连成一体的山脉，使之成为河东、河西夹岸对峙的两山，而滔滔巨浪则穿峡而去。诗人的目光虽止于断山，而诗情和想象仍随河流远去。故此句与上句虽系写实，但实中寓虚，读者从中仍可感受到一种笼盖宇宙的气势和冲决奔腾的力量。

武元衡

武元衡（758—815），字伯苍，河南府缑氏（今河南偃师南）人。建中四年（783）登进士第。累辟使府。贞元二十年（804）迁御史中丞。元和二年（807）拜门下侍郎、同平章事。十月出为剑南西川节度使。八年征还复拜门下侍部、同平章事。十年六月，因力主讨伐藩镇，为淄青节度使所遣刺客刺杀。张为《诗人主客图》列其为瑰奇美丽主。有《临淮集》十卷，今佚。《全唐诗》编其诗为二卷。

春　兴①

杨柳阴阴细雨晴，残花落尽见流莺。春风一夜吹乡梦②，又逐春风到洛城③。

[校注]

①春兴，因春天的景物引发的情思。②乡，《全唐诗》原作"香"，据《唐诗品汇》卷五二改。③又，《全唐诗》原作"梦"，校："一作又。"兹据改。

[笺评]

谢榛曰：诗有简而妙者……亦有简而弗佳者……武元衡"梦逐春风到洛城"，不如顾况"归梦不知湖水阔，夜来还到洛阳城"。（《四溟诗话》卷二）

贺裳曰：诗有同出一意而工拙自分者。如戎昱《寄湖南张郎中》曰："寒江近户漫流声，竹影当窗乱月明。归梦不知湖水阔，夜来还到洛阳城。"与武元衡"春风一夜吹乡梦，又逐春风到洛城"，顾况

"故国此去千余里，春梦犹能夜夜归"同意，而戎语为胜。以"不知湖水阔"五字，有搔头弄姿之态也。(《载酒园诗话》卷一)

黄叔灿曰：旅情黯黯，春梦栩栩，笔致入妙。(《唐诗笺注》)

俞陛云曰：诗言春尽花飞，风吹乡梦。虽寻常意境，情韵自佳。三、四句"乡梦""春风"，循环互用，句法颇新。与金昌绪"打起黄莺儿"诗，同是莺啭梦回，语皆婉妙。明末柳线女史诗"今夜春江又花月，东风吹梦小长干"，用意与武诗同，其神韵皆悠然不尽也。(《诗境浅说》续编)

富寿荪曰：通首写因春梦而动归思，笔致空灵蕴藉。末句标出"又"字，则思乡之切，入梦之频，俱在言外。(《千首唐人绝句》)

[鉴赏]

唐代诗人写过许多出色的思乡之作。悠悠乡思，常因特定的情景所触发，又往往进一步发展成为悠悠归梦。武元衡这首《春兴》，就是春景、乡思、归梦三位一体的佳作。

题目"春兴"，指因春天的景物而触发的感情。诗的开头两句，就从春天的景物写起。

"杨柳阴阴细雨晴，残花落尽见流莺。"这是一个细雨初晴的春日。杨柳的颜色已经由初春的鹅黄嫩绿转为一片翠绿，枝头的残花已经在雨中落尽，露出了在树上啼鸣的流莺。这是一幅典型的暮春景物图画。两句中"雨晴"与柳暗、花尽与莺现之间又存在着因果联系——"柳色雨中深"，细雨的洒洗滋润，使柳色变得深暗了；"莺语花底滑"，落尽残花，方露出流莺的身姿，从中透露出一种美好的春天景物即将消逝的意蕴。异乡的春天已经在柳暗花残中悄然逝去，故乡的春色此时想必也凋零阑珊了吧。那漂荡流转的流莺啼鸣，更容易触动羁泊异乡的情怀。触景生情，悠悠乡思便不可抑止地产生了。

"春风一夜吹乡梦，又逐春风到洛城。"这是两个出语平易自然，而想象却非常新奇、意境也非常美妙的诗句。上句写春风吹梦，下句写梦逐春风，一"吹"一"逐"，都很富有表现力。它使人联想到，那和煦的春风，像是给入眠的思乡者不断吹送故乡春天的信息，这才酿就了一夜的思乡之梦。而这一夜的思乡之梦，又随着春风的踪迹，飘飘荡荡，越过千里关山，来到日思夜想的故乡——洛阳城（武元衡的家乡就在洛阳附近的缑氏县）。在诗人笔下，春风变得特别多情，它仿佛理解诗人的乡思，特意来殷勤吹送乡梦，为乡梦做伴引路；而无形的乡梦，也似乎变成了有形的缕缕丝絮，抽象的主观情思，完全被形象化了。

不难发现，在整首诗中，"春"扮演了一个贯串始终的角色。它触发乡思，引动乡梦，吹送归梦，无往不在。由于春色春风的熏染，这本来不免带有伤感怅惘情调的乡思乡梦，也似乎渗透了春的温馨明丽色彩，而略无沉重悲伤之感了。诗人的想象是新奇的。在诗人的意念中，这种随春风而生、逐春风而归的梦，是一种心灵的慰藉和美的享受，末句的"又"字，不但透露出乡思的深切，也流露了诗人对美好梦境的欣喜愉悦。

这首诗所写的情事本极平常：看到暮春景色，触动了乡思，在一夜春风的吹拂下，做了一个还乡之梦。而诗人却在这平常的生活中提炼出一首美好的诗来。在这里，艺术的想象起了决定性的作用。

权德舆

权德舆（759—818），字载之，秦州陇城（今甘肃秦安）人，其父皋于安史乱初徙家润州丹阳（今属江苏）。历佐幕府，贞元八年（792）入朝为太常博士，迁左补阙，十年，任起居舍人兼知制诰。历司勋郎中、中书舍人。十八年任礼部侍郎，三掌贡举。元和初历兵部、吏部侍郎。元和五年（810），自太常卿拜礼部尚书、同中书门下平章事，八年出为东都留守。十一年冬任山南西道节度使。十三年因病乞还，卒于归途。今存《权载之文集》五十卷。《全唐诗》编其诗为十卷。两《唐书》有传。

岭上逢久别者又别①

十年曾一别，征路此相逢。马首向何处？夕阳千万峰。

[校注]

①岭上，指五岭中某一岭（可能是大庾岭）上。德舆贞元二年（786）曾以大理评事摄监察御史充江西观察使李兼判官。此诗或是年秋冬间作。因八年已召为太常博士。

[笺评]

《评注精选诗学津梁》：此诗从别时着想，末句言别后不可见也。

冒春荣曰：以十字道一事者，拙也，约之以五字则工矣。以五字道一事，拙也，见数事于五字则工矣。如韦应物"浮云一别后，流水十年间"，权德舆则以"十年曾一别"尽之……此所谓炼也。炼句不如炼意也。（《葚原诗说》卷一）

[鉴赏]

这首小诗，用朴素的语言写一次久别重逢后的分别。通篇淡淡着笔，不事雕饰，而平淡中蕴含深永的情味，朴素中自有天然的风韵。

前两句淡淡道出双方"十年"前的"一别"和今日的"相逢"。从诗题泛称对方为"久别者"看来，双方也许并非挚友。这种泛泛之交间的"别"与"逢"，按说"别"既留不下深刻印象，"逢"也掀不起感情波澜。然而由于一别一逢之间，隔着十年的漫长岁月，自然会引发双方的人事沧桑之感和对彼此今昔情景的联想。所以这仿佛是平淡而客观的叙述就显得颇有情致了。

这首诗的重点，不是抒写久别重逢的感慨，而是重逢后又一次匆匆马上别离的感触。他们在万山攒聚的岭上和夕阳斜照的黄昏偶然重逢，又匆匆作别，诗人撇开"相逢"时的一切细节，直接从"逢"跳到"别"，用平淡而富于含蕴的语言轻轻托出双方欲别未别、将发未发的瞬间情景："马首向何处？夕阳千万峰。"征路偶然重逢，又即将驱马作别。马首所向，是莽莽的群山万壑，西斜的夕照正将一抹余光投向峭立无语的群峰。这是一幅在深山夕照中悄然作别的素描。不施色彩，不加刻画，没有对作别双方表情、语言、动作、心理作任何具体描绘，却自有一种令人神远的意境。千峰无语立斜阳，境界静寂而略带荒凉，使这场离别带上了黯然神伤的意味。马首所向，千峰耸立，万山攒聚，正暗示着前路漫漫。在夕阳余照、暮色朦胧中，更给人一种四顾苍茫之感。这一切，加上久别重逢，旋即又别这样一个特殊的背景，就使得这情景无形中带有某种象征意味。它使人联想到，在人生征途上，离和合，别与逢，总是那样偶然，又那样匆匆，一切都难以预期。十年前的偶然一别，不曾预想到十年后有此偶然的重逢；而今日重逢后的匆匆又别，更不知十年后彼此是否再有相逢的机缘。诗人固然未必要借这场离别来表现人生道路的哲理，但在面对"马首向何处？夕阳千万峰"的情景时，心中怅然若有所思则是完全可以体味到的。第三句不用通常的叙述语，而是充满咏叹情调的轻轻一问；第四句则宕开写景，以景结情，正透露出诗人内心深处的无穷感慨，加强了世路茫茫的情味。可以说，三、四两句正是诗人眼中所见与心中所感的交会，是一种"此中有真意，欲辩已忘言"的境界。

值得玩味的是，诗人还写过一首内容与此极为相似的七绝《馀干赠别张十二侍御》："芜城陌上春风别，干越亭边岁暮逢。驱车又怆南北路，返照寒江千万峰。"两相比较，七绝刻画渲染的成分显著增加了（如"芜城陌""春风别""岁暮逢""寒江"），浑成含蕴、自然真切的优点就很难体现。特别是后幅，五绝以咏叹发问，以不施刻画的景语黯然收束，浑然一体，含蕴无穷；七绝则将第三句用一般的叙述语来表达，且直接点出"怆"字，不免嫌于率直发露。末句又施刻画，失去自然和谐的风调。两句之间若即若离，构不成浑融完整的意境。从这里，可以进一步体味到这首五绝平淡中蕴含深永情味、朴素中具有天然风韵的特点。